RÉSURGENCES

Né en 1959, Ayerdhal a renouvelé la science-fiction française dès la publication de ses premiers romans au rythme narratif porté par l'aventure et l'action, au style exigeant d'une richesse exceptionnelle et au sens politique et philosophique aigu. Il est lauréat du prix Ozone pour *Chroniques d'un rêve enclavé*, du prix Tour Eiffel pour *Étoiles mourantes* (en collaboration avec J.C. Dunyach) et, à deux reprises, du Grand Prix de l'Imaginaire pour *Demain, une oasis* et *Transparences*, thriller également lauréat du prix Polar Michel Lebrun.

Paru dans Le Livre de Poche :

TRANSPARENCES

AYERDHAL

Résurgences

AU DIABLE VAUVERT

ISBN : 978-2-253-15724-3 – 1re publication LGF

À Patrick et Chantal Cressend qui savent que, si Naïs montre aujourd'hui patte blanche, ses griffes restent acérées et promptes à soutenir son frère, son camarade, son semblable, comme nous les nôtres, envers l'inhumanité et contre toute déshumanisation.

Prologue

À plat ventre sur le toit couvert de déjections de pigeons, à l'ombre d'un panneau publicitaire dont la réclame lumineuse se dilue dans les rayons du couchant, la lunette vissée à l'œil droit, le fusil contre le flanc, Marks balaie la place de l'autre côté du fleuve pour la vingtième fois et, pour la vingtième fois, conclut son examen en ramenant le T renversé du viseur sur la même décrépitude.

Elle est là, à quatre cents mètres de lui, assise sur un carré élimé de bâche bleue, épiée par deux zonards plus sales que blêmes, défoncés. Avachie sur son bout de plastique, le dos rond, elle tend sa sébile au hasard vers une obole dont personne ne la gratifiera, parce que ce n'est pas l'heure, pas la bonne vague, seulement le flux du troupeau qui transite de bureaux en domiciles. Elle a le teint cireux, la peau craquelée, les yeux rouges et vitreux, le cheveu gras, la lèvre lie-de-vin. Elle est vieille d'une vieillesse qui se compte en heures de mendicité, en journées trop longues de mauvaises faims, en nuits interminables d'inconfort. Elle est une guenille fripée fagotée de hardes puantes, et les zonards la guettent comme le chien surveille l'assiette du chat. Eux ont encore un foyer, peut-être dans un foyer, mais déjà plus le courage ni la force de gagner leurs doses dans de vrais portefeuilles. Ils dépouillent ceux qui ressemblent aux lendemains qu'ils ont peu de chances d'atteindre. Ils attendent que le troupeau s'évapore, que le flux verse ses dernières gouttes dans la gueule du métro.

Difficile de dire si elle les a remarqués, elle ne relève la tête que pour quémander une charité que son regard implorant refoule aussi sûrement qu'un répulsif.

Marks est fasciné. Elle n'a pas bougé depuis une heure et elle était là avant qu'il se positionne. Sporadiquement, son buste se balance d'avant en arrière, ses lèvres s'agitent mollement, elle psalmodie. Puis elle revient à son immobilité et laisse l'indifférence ou l'agacement des pressés la ravaler à son bout de trottoir. Il aimerait surprendre une émotion dans son regard : du dégoût, de l'ironie, de la colère, de la révolte, n'importe quoi de plus humain que le mépris qu'elle essuie jambes après jambes, seul horizon que lui concèdent les passants.

Marks hausse les épaules, saisit le fusil, se retourne, chausse la lunette sur son pas, ferme les yeux, compte six, trois fois, le canon de l'arme sur l'arête du nez. Puis il bascule sur le ventre à nouveau, se cale en position de tir et rouvre l'œil droit. Le temps qu'une paire de fesses s'éloigne, le visage de la mendiante est toujours dans le viseur, excentré sur le réticule, mais Marks est satisfait : le FRF2 déniché via Internet n'est en sa possession que depuis une semaine et il est monté avec une lunette APXL au lieu de la Scrome avec laquelle il est familier.

Marks pour Marksman.

Tireurs de précision ou tireurs d'élite, les snipers ont leurs figures emblématiques : Simo Häyhä, Vassili Zaïtsev et d'autres dont les noms circulent au grand dam des états-majors et de leurs secrets militaires. Marks n'a pas de héros et il se passerait d'être *le* Marksman, un mythe dont l'identité n'est connue que d'une poignée d'éminents remplaçables qu'aucun cimetière honnête n'aurait dû accueillir. Il ne peut s'en prendre qu'à lui-même, les y ayant personnellement expédiés, sauf un : quand on est plus patient que la Faucheuse, il arrive qu'elle recoure à des expédients pour remplir son office.

En tout cas, ici, maintenant, personne ne fera le boulot à sa place. N'importe où, d'ailleurs, et n'importe quand. Cette terminaison, nul autre ne peut la conduire à bien. Parce qu'il est le seul qui la voit vraiment, le seul qui connaît tous ses noms. Mary Liz Haywood, Annalina Velasquez et tant d'autres, jusqu'à celui qu'elle s'est composé dans un miroir pour n'avoir plus de tain. Ce qu'il ignore d'elle est insignifiant ; le nombre de ses victimes, par exemple, dont il se doute qu'il ne doit pas être éloigné du sien. Un nombre à quatre chiffres, quoi qu'il en soit, bien qu'il n'ait jamais comptabilisé ses propres exeat. De son point de vue, Marks est d'autant moins chiche de billets de sortie que le caractère définitif de ceux qu'il octroie libère à parts égales leurs bénéficiaires et une proportion parfois non négligeable de l'humanité. Ainsi, il ne doute pas qu'il se trouverait beaucoup moins d'endeuillés à pleurer Ann X que de soulagés à cracher sur sa tombe, si la nouvelle s'apprenait et si elle était étayée d'informations correctes à défaut d'être véridiques, ce dont il doute, par contre, très sérieusement.

Pour l'instant, elle est seulement dans la lunette, par intermittence, entre deux grouillements de jambes. Elle apparaît, elle disparaît, toujours aussi amorphe. Une pression sur la queue de détente et la chasse prend fin. La longue chasse. La plus longue à laquelle Marks ait dû s'astreindre. C'est qu'elle l'aura baladé, la diablesse ! Dans le monde entier, des années durant. À sa décharge, il faut reconnaître qu'il n'a pas toujours été très assidu dans sa quête. Souvent, il s'est contenté de garder un œil sur ceux qui gardaient un œil sur elle, et il avait d'autres préoccupations, dont la moindre n'était pas d'échapper à ses propres prédateurs tout en prenant la camarde de vitesse pour le règlement de dettes aussi douloureuses que constitutives.

Pour beaucoup, il est illusoire de chasser un fantôme. Pour Marks, le très théâtral décès d'Ann X en juin 2001 à Washington DC est une aubaine. Passé la période où il est aussi difficile de se convaincre de sa mort que d'accepter l'intuition lui soufflant qu'il s'agit d'une mise en scène, il suffit de corréler quelques faits divers glanés dans des journaux pakistanais, une poignée de communications interarmées en Afghanistan et d'étranges récits de membres d'ONG basés dans le Cachemire. En hommage à son enfance martyre, Annalina a refait le coup de Sarajevo pour sortir des gosses des décombres de villages afghans que les tenants de l'opération Liberté immuable ont qualifiés de dommages collatéraux. Au passage, elle a abrégé les exactions de plusieurs tortionnaires de l'Alliance du Nord et écourté la mission d'encadrement d'une neutralité quelque peu excessive d'observateurs aussi militaires qu'occidentaux. Pour ne pas faire de jaloux, il semble qu'elle ait aussi eu des mots de nature tranchante avec des talibans. Rien que Marks puisse désapprouver, mais une magnifique signature rouvrant la chasse qu'aucun Delaunay, cette fois, ne perturberait.

Depuis, il la suit. De loin en Irak et en Palestine, où elle entre et d'où elle sort comme s'il n'y avait ni guerre, ni couvre-feu, ni occupants, ni censure d'aucune sorte. Ce n'est pourtant pas faute de laisser des traces, parfois bien rouges, mais il n'y a personne pour les recenser et, de toute façon, nul État ni agence n'a intérêt à ce que quiconque se penche sur les menues exactions qui cacheraient mal d'aucuns gros crimes contre l'humanité. En Europe et en Amérique du Nord, par contre, il la serre de plus en plus près, si près que, à plusieurs occasions, il marche quasiment dans ses pas.

Que de points faibles pour un spectre aussi évanescent ! Le bon Dr Nussbauer, d'abord, et l'Association internationale de sauvegarde de l'enfance. Même par l'AISE, le psychiatre n'est pas facile à retrouver, mais il est très simple ensuite, quoique très surprenant, de remonter de lui à Bellanger. Le criminologue et la tueuse en série ! Marks en rit encore. En tout cas, il rit de n'avoir pas compris immédiatement le lien tordu qui les unit. Quand Bellanger séjourne chez Nussbauer, à deux reprises, Marks se demande juste si le criminologue n'a pas rempilé ou s'il ne reprend pas à son seul compte la piste d'Ann X, histoire d'étoffer un deuxième bouquin après le succès de son ouvrage sur les *Mécanismes du crime institutionnel.* Dans un cas comme dans l'autre, il lui semble devoir s'intéresser assidûment au Canadien. Quelques semaines plus tard, à Montréal, il l'aperçoit au bras d'une rousse qui, même s'il est trop loin pour en jurer, n'est autre que la multiparricide Mary Liz Haywood. Il en a la confirmation le surlendemain, à travers ses jumelles, quand ils échangent un baiser d'apparence fraternel à l'aéroport Trudeau. Ann X embarque pour Paris.

Dès cet instant, Marks ne lâche le criminologue que pour fouiner autour de ceux que celui-ci rencontre et tomber sur une communauté de marginaux installée dans les Cévennes, dont un membre, jadis SDF, est l'amant de l'agent de Bellanger : une ancienne journaliste algéroise présente lors de l'assassinat de Douglas Haywood et qu'Ann X aurait assommée pour jouer de la fourchette. À quoi servent les amis, n'est-ce pas ? Et à quoi sert le FBI ? Mais il y a longtemps que Marks sait à quoi s'en tenir avec les services de renseignement.

C'est au pied des Cévennes, à Uzès, qu'il la revoit, en compagnie du dénommé Michel, puis à Barcelone et à Liverpool avec Nadja Khelif, puis à Marseille avec les deux amants et à Antananarivo avec Nussbauer. Ensuite Berlin, *sa* ville, où elle accueille Bellanger, convié à un symposium de criminologie, et où, surtout, elle le flaire.

Il ignore encore quelle erreur il a commise, s'il en a même commis une. Il sait seulement que, depuis, elle vole d'un aéroport à un autre, l'entraînant dans une course erratique, sans autre raison que la certitude d'avoir quelqu'un après elle. Quand il en prend conscience, plutôt que lui lâcher la bride, il stoppe net la poursuite. Il l'a suffisamment étudiée pour comprendre qu'elle est en train d'inverser les rôles. Certes, elle est toujours la fuyarde, mais c'est maintenant lui le gibier, de la même manière qu'elle a autrefois traqué les agents de Delaunay. Et elle est trop furtive pour qu'il se risque à confronter leurs compétences en matière de combat rapproché.

Un autre congrès de criminologues est programmé à Écully, près de Lyon, à l'initiative et dans les locaux de l'INPS[1]. Bellanger y est invité. Il n'a pas encore donné de réponse, mais sa nature nostalgique l'emportera sur ses mauvais souvenirs. Sa protégée ne peut pas l'y laisser

1. Institut national de police scientifique.

sans protection alors qu'elle se connaît une sangsue. Marks n'a qu'à attendre et se préparer, pendant qu'elle fait inévitablement de même, sauf que, avec le temps, il a l'avantage de la distance. Celle que réduit la lunette grâce à laquelle il l'observe, précisément à l'endroit et dans les conditions qu'elle a choisis pour le piéger.

Deux soirs de suite, elle intercepte Bellanger à la sortie du métro, station Cordeliers. Un soir blonde, le cheveu long et indiscipliné, la robe ourlée de fleurs discrètes en dessous du genou, les sandales fines, l'air impatiente et heureuse. Le lendemain brune aux cheveux courts méchés sur le front, le cuir du blouson râpé, le jean camaïeu dans les bottes de motard. Arrogante et excessive, pour changer. Un soir elle se coule dans ses bras. L'autre elle se jette à son cou. Un soir, il serait difficile de lui donner moins de trente-cinq ans. L'autre, elle n'en paraît pas vingt-cinq. Dans les deux cas, un sans-abri parmi les plus expérimentés de l'agglomération veille près de la bouche de métro, au milieu de compagnons d'infortune qui n'ont, eux, pas encore trouvé leur communauté dans les Cévennes ou ailleurs.

C'est ce dernier que Marks a filé la première journée. C'est Bellanger qu'il raccompagne depuis l'INPS en bus et en métro le lendemain. Le troisième jour, il n'a besoin d'aucun guide. La nasse dans laquelle Ann entend l'enfermer est parfaitement balisée, et il ne doute pas qu'elle le soit sur une trajectoire beaucoup plus longue que celle qu'il a choisie, restaurant et hôtel inclus, au minimum. Mais la seule trajectoire qui concerne Marks mesure entre quatre cent cinquante et quatre cent soixante mètres, depuis le toit qu'il a visité cette nuit et sur lequel il s'est positionné en fin d'après-midi.

Avant de se mettre en place, il a étalé un sac-poubelle grand modèle, noir, pour éviter les reflets, qui recueillera les gouttes de sueur, les squames, les poils et les cheveux qu'il perdra inévitablement. Le plastique n'est pas assez épais pour le protéger des aspérités du revêtement, mais l'inconfort augmente son niveau de vigilance. Sa cible exige qu'il soit au summum, dans la zone où tout peut se jouer plus vite que la pensée.

Elle le tente comme elle a si souvent appâté ses ennemis, pour les faucher à bout portant, tout entière cachée derrière sa science du grimage et concentrée sur son art que cet empoté de Bellanger a qualifié de transparence pour ne pas avouer la relativité de son expertise.

L'art auquel recourt Marks aujourd'hui cote 7.62x51 mm que la science propulse initialement à 820 m/s fortement amortis par le modérateur de son. C'est un avantage non négligeable, pour peu qu'on sache reconnaître sa cible sous n'importe quel déguisement. Celui d'une pauvresse rom, par exemple.

Le flux s'est réduit, il la tient de plus en plus longtemps au centre du viseur. Il peut lâcher ses neuf grammes de métal n'importe quand. Or Bellanger pourrait surgir dans un quart d'heure et Marks ne veut pas que le Canadien voie le crâne de son improbable dulcinée se rejeter définitivement vers l'arrière. Il a toujours pris soin de ne pas en rajouter à la douleur des proches. Même si elle est incomprise, c'est une délivrance qu'il leur offre, pas une existence de cauchemars.

Le Communard des Cévennes, il s'en fout. C'est un dur, il en a vu d'autres et il est avant tout l'ami de Bellanger. De toute façon, il est difficile d'épargner son éventuelle sensibilité, vu qu'il se tient au même endroit que la veille et l'avant-veille, à vingt mètres de la vieille sur sa bâche, laquelle est forcément dans son champ de vision. La présence de Michel près de la Bourse est d'ailleurs la meilleure preuve que Marks ne se trompe pas et que c'est bien Ann qu'il cadre dans la lunette.

Mais voilà le problème, voilà pourquoi il ne presse pas encore la détente : s'il se fourvoie, si la vieille n'est qu'une cloche comme les autres, si la logique, son instinct et sa connaissance du morphing ne se plient qu'à son désir d'en finir...

Plus encore que tout à l'heure, il espère une lueur dans ce regard atone. Une étincelle d'intelligence, de méfiance, de vie, d'impatience, de n'importe quoi qui trahisse autre chose qu'un abandon total à la fatalité. Ou alors un coup d'œil vaguement connivent en direction du Communard. Mais elle ne lui concédera rien. Pourtant c'est elle, il en est convaincu.

Tant pis. Elle ne pourra s'en prendre qu'à elle s'il est obligé d'attendre que Bellanger la lui désigne, parce qu'il l'aura reconnue ou qu'il sait, tout bonnement, et qu'il ne pourra pas s'empêcher de regarder vers elle, juste avant de voir une fleur de sang s'ouvrir dans son crâne.

Sur le bout de trottoir qu'elle occupe, les pressés se raréfient encore, les passants ne sont plus que des flâneurs qui sortent d'un magasin pour rejoindre un café. La place des Cordeliers se vide par la rue de la République, les voitures prennent le dessus sur les piétons. Un homme en djellaba s'arrête devant la mendiante, la trentaine arrogante, la barbe bien fournie. Il ne s'intéresse pas à elle, mais elle tend la main en récitant sa psalmodie, alors il daigne abaisser son regard vers le carré de toile et, manifestement, vomit son mépris à sa minable propriétaire.

Encore un qui a oublié le troisième pilier de l'Islam et qui ignore la sadaqah !

Elle tend encore plus la main, il lui crache dessus.

Il a visé le visage. Il ne le rate pas, c'est juste que le haut du corps de la mendiante bouge, juste le buste, les épaules et la tête, très vite, pendant qu'un éclair de fureur jaillit de ses yeux.

Marks tient sa confirmation. Dès que l'homme s'écarte, il tire. Mais l'homme ne s'écarte pas plus qu'il ne sait lire le Coran ou la sounnah. Au contraire, il donne un coup de pied vers la main qui demande encore l'aumône mais celle-ci lui échappe.

Marks décale d'un rien sa visée et presse la détente.

Petit con !

Pendant que la balle traverse la gorge de l'indélicat, il rajuste Ann et tire une deuxième fois. Il voulait un œil, il arrache une lobe d'oreille. Ann s'est laissée basculer sur le côté. Il presse une troisième, une quatrième, une cinquième fois la détente tandis qu'elle se relève. Les trois projectiles l'atteignent dans le dos, l'aidant presque à se propulser vers l'avant. Sixième, septième balles. Elle zigzague. Épaule droite, hanche droite. Elle s'effondre. Enfin.

Marks a le temps de vider le chargeur avant qu'une foule étrangement imprudente se referme sur le corps encore tressautant. Il a aussi celui de croiser la détresse dans les yeux du Communard quand il se penche sur Ann.

Les trois derniers projectiles ont fait mouche, il en est certain, même s'il ne peut pas savoir quelles parties du corps ont été atteintes. Le regard de l'ancien SDF lui précise qu'au moins l'un d'entre eux est mortel.

Il démonte son arme, l'enveloppe dans le sac-poubelle et disparaît par le vasistas. La carrière des avatars d'Ann X est terminée. Pourtant, en quittant l'immeuble pendant que les sirènes beuglent de l'autre côté du pont, le Marksman en veut à Marks parce qu'il a encore déconné.

Marks pour marksiste, moitié Karl, moitié Brothers, avec un net penchant pour Harpo.

Qui d'autre aurait vengé l'humiliation faite à une clodo qu'il savait n'en pas être une ?

22 juin 2006

La journée a encore été laborieuse, dans tous les sens du terme, mais Stephen n'est, pas plus que les jours précédents, parvenu à se concentrer sur son acception studieuse. Ce n'est pourtant pas faute d'apprendre. Il a, par exemple, appris qu'on peut être simultanément à la pointe de l'innovation et inintéressant au point d'écœurer les esprits les plus curieux. Il a aussi découvert qu'on ne peut pas se fier à la cordialité enthousiaste de relations établies quelques mois auparavant et que la crédibilité tombe avec le statut lorsqu'on exprime un doute sur les conclusions hâtives d'un expert encore en poste. Bref, il a vérifié à ses dépens que le petit monde des criminologues s'inscrit parfaitement dans le vaste monde des mesquineries humaines. À Berlin, il était encore un spécialiste dans son domaine. À Lyon, il n'est plus qu'un écrivaillon vulgarisant ledit domaine dans des ouvrages vaguement éclairés. Que s'est-il passé entretemps ? Entretemps, les ventes de son premier ouvrage ont explosé grâce à l'édition poche et le second s'arrache dès sa sortie dans les milieux étudiants : *Le Complexe du gardien (une étude psychosociologique des exactions commises au nom du Temple).*

En traitant sur un même pied les parangons autoproclamés de la démocratie et les sectaires de toute religion, il semble qu'il ne se soit pas fait que des amis. Et, en figurant dans toutes les bonnes et mauvaises librairies de la plupart des pays industrialisés avec un ouvrage qui n'aurait pas dû quitter les bibliothèques universitaires, il a indubitablement éveillé des jalousies collégiales, et un peu d'enthousiasme aussi, en tout cas chez au moins un des participants au colloque. Gaël Caher, un jeune neuronicien, comme il aime à se présenter pour faire rager ses aînés, presque diplômé en neuropsychiatrie et pas du tout en informatique, qui doit à des années de hacking et à l'interruption policière de ses exploits sur la Toile d'émarger à la DCRG[1].

— J'étais pirate. Je suis devenu corsaire. C'est une façon de se racheter plus agréable que les fers.

Mère bretonne et protestante, membre de la mission évangélique tsigane, père catholique irlandais, militant d'un groupuscule se revendiquant du mouvement fenian, Caher a passé son enfance à slalomer entre les dissensions parentales pour échapper aux doctrines de l'un comme de l'autre. Cela renforce la sympathie que Stephen éprouve à son égard, mais il s'efforce de conserver un minimum de distance, ne serait-ce que par défiance vis-à-vis des Renseignements généraux. Alors il s'en tient au vouvoiement et à des discussions d'ordre général chaque fois que le jeune homme l'entreprend, c'est-à-dire chaque fois que le programme du symposium lui en laisse le temps. Cinq minutes entre chaque intervention, une heure pour déjeuner dans une cafétéria proche où la nourriture est aussi indigeste que les conférences.

Deux fois, Caher s'est proposé pour raccompagner Stephen à son hôtel et, au passage, lui payer un pot.

1. Direction centrale des renseignements généraux.

Deux fois, celui-ci s'est réfugié derrière sa phobie de la conduite à la française et l'urgence de rendez-vous avec des amis lyonnais qu'il n'aurait pas vus depuis 2001. Mais, ce midi, le neuronicien a soulevé son intérêt en évoquant des procédures de recoupement inspirées de son travail à Interpol et, à l'instant, ils viennent d'apprendre que la journée s'achèvera plus tôt, pour cause d'hospitalisation inopinée du dernier des conférenciers.

— Ça vous dit de jeter un œil à mon bureau ?

— Vous travaillez ici ?

Caher sourit.

— J'y travaille, j'y mange, j'y dors.

— Je pensais que vous étiez basé place Beauvau.

— Je le suis.

Caher est très satisfait de sa devinette. Stephen a deux heures à tuer mais aucune envie de jouer. Il hausse les épaules.

— D'accord. Montrez-moi votre mobile home.

Caher marque le coup d'une moue admirative.

— On ne vous en remontre pas, hein, monsieur Bellanger ?

— Quelques années à Interpol ou un peu de jugeote, comme vous préférez.

Caher sourit et conduit Stephen derrière un bâtiment auquel un fourgon Mercedes est relié par des câbles. L'eau, l'électricité et une connexion internet, probablement. Stephen ne pose aucune question et grimpe dans le véhicule derrière le jeune homme. Il s'attend à un fouillis d'écrans, de claviers, d'ordinateurs, au milieu duquel gisent des sachets de fast-food, des cartons de pizza et des canettes de Coca, mais l'intérieur est celui d'un mobile home plutôt luxueux à la propreté irréprochable, qui sent vaguement le déodorant au pin. Même le lit, qu'il aperçoit au-dessus de la cabine, est impeccablement fait.

— Vous êtes quelqu'un de soigné.

— J'aime mon confort.

— Pas d'ordinateur ?

Il y a bien un écran, sur un bras pivotant, mais c'est celui d'une télé.

— Bien sûr que si. Ne vous ai-je pas dit que c'était aussi mon bureau ? Je vous en prie, asseyez-vous.

Stephen s'installe sur la banquette que lui désigne le jeune homme qui prend place dans un fauteuil ergonomique de l'autre côté d'une table basse. Derrière lui, un meuble dans lequel doit se trouver son équipement informatique. En tendant l'oreille, Stephen perçoit le ronron étouffé des miniventilateurs. Le système, quel qu'il soit, n'est pas en veille.

— Que puis-je vous offrir à boire, monsieur Bellanger ?

Caher possède effectivement une bouilloire électrique, mais il n'a que du thé en dosettes à proposer. Comme il possède aussi une machine à expresso, en dosettes aussi, Stephen opte pour un déca et Caher l'imite.

— Vous êtes bien équipé.

— Mon confort toujours... et vous n'avez encore rien vu !

Le déca est acceptable, bien qu'un peu amer. Stephen le sirote.

— Montrez-moi.

Caher vide sa tasse d'un trait, la pose sur la table et fait pivoter son siège. Il doit y avoir une commande sous un des bras du fauteuil, car les panneaux du meuble auquel il fait maintenant face coulissent et une tablette équipée d'un clavier et d'une souris sans fil s'avance au-dessus de ses genoux, tandis que deux écrans plats de diagonale respectable se positionnent en V de chaque côté d'un troisième, encore plus large. D'un geste machinal, il en rectifie l'alignement. L'unité centrale est invisible, mais il y a fort à parier qu'elle est multiprocesseur et occupe tout le bas du meuble. Si Caher se tournait, il verrait que Stephen est beaucoup plus amusé, voire légèrement railleur, qu'impressionné.

— L'atelier qui a aménagé mon nid est spécialisé dans l'ameublement de voiliers de course. (Il désigne tout l'habitacle :) C'est rationnel et robuste. Je peux théoriquement coucher le fourgon sans craindre la casse.

— En somme, en cas d'accident, vous seul à bord êtes susceptible d'être endommagé.

— Je suis le maillon faible, en effet.

Caher caresse une touche sur le clavier, les trois monitors s'allument sur trois images qui se complètent pour composer un triptyque que Stephen attribuerait volontiers à Escher, puis il entre une combinaison d'une vingtaine de caractères. Seule l'image de l'écran central bascule vers un bureau 3D typique de Linux.

— Vous voulez voir pourquoi je dis que, d'un point de vue professionnel, je marche dans vos traces ?

Stephen se lève et contourne la table.

— Avec plaisir.

Caher se met à jouer de la souris et du clavier en même temps qu'il parle.

— Pour être tout à fait franc, je suis tombé sur votre travail totalement par hasard. Je pataugeais dans un truc qui n'aurait même pas dû atterrir sur ma bécane quand un contact à la CPI[1] m'a suggéré de m'intéresser à une procédure conduite par le TPIY[2] concernant des événements similaires s'étant produits à Sarajevo au printemps 93. Je pense que vous voyez à quels événements je fais allusion ?

Les documents défilent sur l'écran, sans que Stephen ait le temps de lire plus que les titres, ni de détailler les photos, mais il en connaît la plupart. Il se contente de hocher la tête. Il n'aime pas du tout ce que sous-entend « similaires » accolé à « événements » et se demande comment la DCRG, organe de sécurité intérieure, a été conduite à se pencher sur des faits ne relevant en aucun cas de sa compétence, pour cause d'extra-territorialité.

— Je n'ai pas eu besoin de fouiner pour découvrir qu'Interpol avait été le dernier organisme à s'intéresser à ces événements, et il n'a guère été plus difficile d'accoler votre nom à ce regain d'intérêt. Par contre, j'ai dû recourir aux plus pointues de mes qualités personnelles pour accéder à vos dossiers.

Piratage informatique, donc. Stephen tique.

— Pourquoi ne pas les avoir tout simplement demandés ?

— À défaut de justifier la requête, il aurait fallu fournir des explications. Même à titre informel et officieux, je n'en avais pas la liberté.

Ce sont maintenant les dossiers de Stephen qui s'affichent brièvement sur l'écran.

— Sans parler du dossier Ann X, que le FBI a, si j'ose dire, finalement bouclé malgré lui et sur la base de vos seules investigations, vos résultats m'ont littéralement

1. Cour pénale internationale.

2. Tribunal pénal international pour l'ex-Yougoslavie.

subjugué, monsieur Bellanger. Loin du terrain, simplement en compilant et en analysant de vieilles, parfois très vieilles affaires vous avez permis l'arrestation ou la libération de... de combien de criminels, dans un cas, ou d'innocents dans l'autre, déjà ?

— Je n'en ai aucune idée.

— Cela ne m'étonne pas de vous. Votre méthode de travail, par contre... (Il soupire.) Aujourd'hui, je peux résumer en affirmant que, là où vos collègues pratiquent le systématique, vous développez une systémique, mais il m'a fallu du temps pour démêler l'écheveau de subjectivation et d'objectivité qui vous différencie de l'objectivation de leurs subjectivités... euh... si je vous parais pédant, ne vous formalisez pas, c'est que je le suis.

Stephen n'a pas à se forcer pour sourire. Caher reprend :

— Bref, je ne vous ai pas invité pour faire votre apologie tout en dénigrant les approximatifs qui ont ouvert les dossiers avant vous. D'autant moins que ce serait une contradiction. Arrêtez-moi si j'en fais trop.

— Où voulez-vous en venir ?

— Vous considérez l'improbable comme une possibilité à part entière et vous n'éliminez pas l'impossible avant d'avoir tenté de le rendre invraisemblable donc, dans votre logique, rien de plus ni de moins que potentiel. Au premier abord, c'est une méthodologie non rentable car, si vous me permettez l'analogie, très grosse consommatrice de temps processeur. Mais, en y regardant de plus près, dans le cadre des affaires non résolues et dans la mesure où cela ne mobilise pas d'autres énergies, c'est d'un coût parfaitement acceptable. Croyez-moi, ça a littéralement révolutionné ma façon de concevoir mon travail.

Le criminologue français aime bien le mot « littéralement ».

— Là vous en faites trop.

Caher ne regarde pas le monitor devant lui, il regarde Stephen, l'observe, épie ses réactions.

— Peut-être, mais vous m'avez sorti une sacrée épine du pied en me poussant à revoir mon approche du dossier dont j'ai hérité.

Stephen est de plus en plus méfiant, sa voix commence à se lasser. Et les dernières gorgées de déca, presque froides, ne lui sont d'aucun secours.

— C'est-à-dire ?

— Vous savez ce qu'est le Réseau Échelon, évidemment ?

— Évidemment.

— Et vous savez sûrement que la France possède son propre réseau de surveillance électronique ?

— Surnommé Frenchelon et dont l'existence est très controversée mais qui explique si bien pourquoi la France ne se formalise que très modérément de l'espionnage économique de l'UKUSA[1]...

Caher ne l'écoute pas vraiment. Stephen remarque tout à coup que son regard passe souvent par-dessus son épaule. Comme il ne peut pas ostensiblement se retourner, il contourne le fauteuil du Français et se place de l'autre côté de l'écran, l'air de celui qui s'impatiente. Ce que Caher surveille, c'est l'horloge digitale du four dans le coin cuisine.

— ... En tant qu'informaticien des RG, vous avez accès aux données recueillies, évidemment ?

— Évidemment, le singe Caher.

1. United Kingdom – USA Security Agreement.

— Et je suppose que vous avez quelque chose à me montrer relevant de ces données ?

Caher enchaîne quelques clics de souris. Sur les moniteurs latéraux, les fonds d'écran cèdent la place à un programme que Stephen apparente à un logiciel de gestion vidéo. Caher fait pivoter son fauteuil vers lui.

— Comme cela vous est arrivé jadis, je butais sur un dossier tellement atypique que je me demandais par quel bout l'attraper. Le hasard m'a orienté vers une série d'événements, la curiosité m'a poussé à examiner l'ensemble des affaires que vous avez traitées et l'enthousiasme, doublé d'un indécrottable entêtement, m'a conduit à appliquer vos méthodes.

Si Caher se répète, ce n'est pas qu'il est imbu de sa personne, contrairement à ce que Stephen aurait pensé de prime abord, c'est qu'il cherche à gagner du temps. Mais comme son instinct ne lui souffle pas de s'enfuir en courant et que lui aussi est curieux, le Canadien se contente de recentrer :

— Vous avez utilisé l'expression « marcher dans vos traces » et vous avez mentionné Sarajevo 93 ; j'imagine que votre entêtement ne se limite pas qu'à la méthode.

— Non, monsieur Bellanger, pas qu'à la méthode, mais laissez-moi user de mes effets. Je ne me suis inscrit à ce séminaire que dans le but de vous surprendre.

Il clique. Une voix magnifiquement restituée jaillit d'une enceinte haute-fidélité jouxtant l'écran de gauche au milieu duquel plusieurs sinusoïdales apparaissent, tandis que des graphes dansent sous elles. La voix, en anglais, interrogative : « J'ai manqué quelque chose ? »

— Vous avez reconnu, n'est-ce pas ?

— C'est Nadia, mon agent.

— Écoutez mieux.

La voix de nouveau interrogative : « Mais puis-je me permettre de vous poser une question, à titre personnel, bien sûr ? »

— C'est bel et bien Nadia.

— Je comprends votre confusion. Écoutez encore.

Cette fois, c'est l'écran de droite qui se lance dans un ballet de tracés déchiquetés et l'enceinte de son côté qui restitue la voix. En français, elle dit : « Tu ne veux pas regarder ? Je crois que je me suis fait piquer par une guêpe. »

— Ça c'est Mme Kerrouch, lâche Caher. Vous êtes d'accord ?

Stephen hoche la tête. Il ignore comment Caher s'est procuré un enregistrement de Nadja, mais ce n'est pas ce qui le dérange le plus : il est sûr d'avoir été présent quand elle a prononcé cette phrase, comme les deux précédentes, tout bien réfléchi, pourtant il ne se souvient ni quand ni où.

— Réécoutez l'autre voix.

Enceinte gauche, de nouveau en anglais : « Et toi, monsieur Bellanger, comment veux-tu que je t'appelle ? Grosse pomme ? Bonne poire ? L'asticot ? »

Naïs ! Avec la voix de Nadja, mais c'est Naïs, et cette fois Stephen se souvient précisément où et quand.

— C'était à Washington le soir du 12 juin 2001, monsieur Bellanger. Ann X a pris la place de Nadia Kerrouch pour assassiner son grand-père. Vous vous rappelez, maintenant ?

— Où avez-vous déniché ça ? Et... Tabernak ! La guêpe de Nadia, c'était le matin dans la voiture, pas le soir. Je ne suis pas étonné que le FBI ait tout enregistré, mais comment vous êtes-vous procuré une copie ?

— Landis a été remercié le lendemain de l'enterrement d'Haywood. Il n'est pas parti les mains vides.

— Et il a vendu des documents aux services français ?

— C'est un peu plus compliqué, mais il y a de ça.

Stephen désigne l'un des écrans. Caher intercepte son poignet d'un geste fluide.

— Évitons les traces de doigts, d'accord ? Que voulez-vous savoir ?

— C'est un programme qui permet d'analyser l'empreinte vocale ?

— On dit plutôt signature vocale.

— C'est fiable ?

— Avec assez d'échantillons, très. En l'occurrence, ceux que nous possédons suffisent pour confirmer qu'Ann X s'est bien substituée à Mme Kerrouch lorsque celle-ci s'est absentée en cours de repas.

— Ce qui ne nous apprend rien.

— En effet. Par contre, cela nous a permis d'identifier d'autres échantillons, même si la nature polyglotte du sujet ne nous a pas facilité la tâche. Nous sommes par exemple en mesure d'affirmer que deux Alana Keffidas, dont l'une était Ann X, côtoyaient le Dr Nussbauer, que la survivante continue d'ailleurs à appeler régulièrement.

Stephen essaie de profiter des secondes que Caher lui laisse pour examiner le lapin que celui-ci vient de tirer du chapeau, mais il peine à se concentrer. Dans l'espace oppressant du mobile home, il lui est difficile de faire les cent pas sans se cogner aux angles des meubles, ou à Caher, qui n'attend visiblement que ça. Carl Nussbauer est en danger, c'est une évidence, et lui-même est sur la sellette, ne serait-ce que par les visites qu'il lui rend, donc Nadja aussi, et ce n'est sûrement pas un hasard si le criminologue français a commencé par la substitution de Washington. Si les RG surveillent Nadja, Michel est automatiquement dans leur collimateur. Quant à Naïs...

— J'étais présent lorsque le FBI l'a abattue, dit-il. Croyez-moi, elle était morte avant que son corps ne bascule dans le métal en fusion.

— Pas *son* corps, *un* corps. Rien ne prouve que c'était le sien.

— L'ADN.

— Le sang sur les poutrelles, formellement identifié par le labo du FBI comme celui de Mary Liz Haywood grâce aux séquences ADN que détenait son grand-père. Les généticiens du FBI sont prudents, ils ont même vérifié la corrélation de certains marqueurs entre Haywood et sa petite-fille. Match, comme ils disent, dans les deux cas. Sans vous, je me serais arrêté à leur expertise, monsieur Bellanger, malgré les ressemblances flagrantes entre Sarajevo et le dossier dont j'ai hérité, qui comporte de curieuses caméras myopes. Vous connaissez beaucoup de gens que les appareils photo ou vidéo ne fixent pas ?

— J'ai prononcé sensiblement la même phrase il y a quelques années.

Caher a une moue satisfaite.

— Quand je vous dis que je marche dans vos traces ! Je me suis efforcé de transformer l'impossible en invraisemblable et de considérer l'improbable comme une potentialité. Ann X est une illusionniste, elle a très bien pu flouer le FBI. Je n'ai pas à me préoccuper du comment, seulement à trouver un moyen de prouver qu'elle est toujours en vie. Quelles ressources le FBI et Interpol n'ont-ils pas exploitées ou pas pu mettre en œuvre avant 2001, alors qu'Haywood disposait manifestement de facilités pour localiser sa petite-fille ? La NSA, donc Échelon, donc les communications. Vous devinez la suite.

Cette fois, si Caher ne fait pas le fier, c'est bien imité. Malgré l'implacabilité qui transpire de sa façon de procéder et malgré la peur qui le gagne, Stephen est impressionné. Mais il ne dit rien. De toute façon, Caher s'interrompt à peine.

— Cela a été laborieux. Il a fallu convaincre la hiérarchie, passer au-dessus de certaines têtes, obtenir les autorisations, jongler entre les différents services, dégager un budget, mettre en place ou ajuster des procédures, et analyser le torrent de données qui affluaient, mal discriminées par des programmes mal calibrés. Bref, ça a été un travail de fourmi plutôt ingrat, mais il a été payant. Vous voulez savoir jusqu'à quel point ?

— Bien sûr. Et d'abord, puisque vous n'ignorez pas que j'ai rencontré Alana Keffidas, je vous serai reconnaissant de me rassurer en confirmant que j'ai bien approché la vraie.

— Nous ne disposons pas d'enregistrements de votre rencontre ni, pour cette période, d'enregistrements des conversations téléphoniques de Nussbauer, ni de celles de l'agence pour laquelle travaillait Keffidas. Il est donc scientifiquement impossible de vous répondre.

— Dommage pour mon sommeil.

— Toutefois, en toute logique, je peux certifier qu'il s'agissait d'Ann X.

Stephen ignore s'il devrait prendre l'air effaré ou faussement effrayé, alors il se contente de plisser les yeux, interrogatif.

— Toujours en toute logique, je suis certain qu'elle ne s'est pas mise sur votre route par hasard, que ce n'était peut-être pas la première fois et qu'elle a réitéré à plusieurs reprises dans les deux années suivantes.

— En tout cas, elle était à Berlin pour poignarder Smith sous mes yeux.

— Et dans le Beaujolais pour Delaunay, toujours sous vos yeux. Elle vous a d'ailleurs sorti d'un très mauvais pas, à cette occasion. Je vous passe un autre enregistrement ?

— Vous en avez dégoté un de cette nuit-là ?

Naïs lui a affirmé que Delaunay ne l'avait pas enregistré.

— Non ! Mais j'en ai d'autres beaucoup plus récents.

Forcément. Stephen s'attend au pire.

— Ce que vous allez entendre sont des extraits de la soirée du 12 juin 2001.

Voix de Naïs imitant à la perfection celle de Nadja dans l'enceinte gauche, en anglais : « Surprise... Puis-je me permettre de vous poser une question... Ce que je ne comprends pas c'est... Ces opinions personnelles... Je suis d'accord avec toi... Ne t'inquiète pas. »

Caher manipule la souris. Les graphes caractérisant la signature vocale de Naïs s'affichent dans la moitié supérieure de l'écran central.

— Maintenant, je vous passe trois extraits d'une conversation téléphonique enregistrée le mois dernier.

Naïs en anglais, avec sa vraie voix : « Surprise ! »

Son interlocutrice, en anglais aussi : « Tu peux le dire ! Ça fait un moment que tu n'as pas donné de nouvelles. »

Deux secondes de silence pour marquer la rupture dans le dialogue. Les nouveaux graphes s'affichent dans la partie inférieure de l'écran. Stephen est blême.

Naïs : « Ce que je ne comprends pas, c'est pourquoi tu te formalises. Il a ses opinions personnelles, tu as les tiennes, ce n'est pas nouveau et c'est plutôt enrichissant, non ? »

Son interlocutrice : « Je ne trouve pas sa façon de me reprocher mes opinions très enrichissante. »

Naïs : « Je suis d'accord avec toi, mais tu te piques trop vite. »

Deux nouvelles secondes de silence. Stephen est en apnée.

L'interlocutrice : « Essaie d'appeler plus souvent et prends soin de toi. »

Naïs : « Ne t'inquiète pas. Je t'embrasse. »

Au fur et à mesure, Caher a déplacé les salves de courbes et de pics correspondant à la voix de Naïs du bas vers le haut de l'écran, les superposant à ceux de Washington. Ils s'ajustent presque parfaitement, mais même pour Stephen, les différences sont insignifiantes.

— Inutile de vous demander si vous pouvez mettre un nom sur la seconde voix, n'est-ce pas ?

— C'est ma mère, se force à répondre Stephen pour ne pas sombrer.

— Margaret Bellanger, en effet. (Caher raffole aussi de l'expression « en effet ».) Même si les séquences sont moins flagrantes, nous disposons de deux autres enregistrements où elle donne la réplique à Mary Liz Haywood, dont l'un en alternance avec Gabriel, votre père. Nous sommes en train d'en analyser d'autres. Vous étiez au courant ?

— Que vous surveilliez mes parents ?

Stephen est tellement perturbé qu'il n'a pas immédiatement compris le sens de la question. Il se reprend :

— Excusez-moi, je suis sous le choc. (Le temps de prononcer ces sept mots, son subconscient opte pour une attitude.) Non... enfin, je m'en doutais. Je veux dire... Saint-Chrême ! Je connais cette voix, vous comprenez ? Je ne la connais que trop bien.

Un pli est apparu entre les sourcils du RG. Un pli qui exprime combien il est attentif, combien il espérait cet instant, combien il exulte.

— La voix d'Ann X ? relance-t-il pour le principe.

— La voix d'Anaïs... Saint-Ciboire de tabernak ! Ann X, Anaïs... elle s'est mauditement jouée de moi !

Stephen est content de lui : retrouver ces québécismes sous le coup de l'émotion. Michel adorerait.

— Anaïs ? Jouer de vous ? Expliquez-vous calmement, Stephen, nous avons tout notre temps.

Stephen, pas *monsieur Bellanger*. Bien. Caher marche. Stephen fait le tour de la table, se laisse tomber sur la banquette et se prend brièvement la tête à deux mains, coudes sur les genoux, avant de se redresser. Il ne peut pas juger du résultat, mais il embue son regard de désespoir mêlé de dégoût.

— J'ai rencontré Anaïs à Montréal au printemps 2001. (Il lève les yeux vers le plafond.) Torrieux ! Au printemps, vous vous rendez compte ? Elle est même venue passer quelques jours au chalet familial en même temps que mes parents ! Pendant l'été, je l'ai revue à Mont-Laurier, puis très irrégulièrement, à Montréal ou à Sainte-Anne.

— Sainte-Anne-du-Lac ? Là où vos parents possèdent ce chalet familial ?

— Oui. J'en avais fait mon refuge depuis que j'étais rentré au Canada. J'y ai écrit mon premier bouquin et l'essentiel du second. Anaïs y débarquait à l'improviste et restait quelques jours avant de disparaître. (Il essaie de ne pas trop forcer son air accablé, mais son timbre de voix est parfait.) Nos rapports étaient faciles et confortables : pas d'habitudes, pas d'obligations, pas d'engagement et surtout rien d'ordinaire. Nous étions une sorte de vacances l'un pour l'autre. Puis la fréquence de ses visites a augmenté et je ne pouvais plus mettre les pieds chez mes parents sans qu'elle y soit aussi conviée. Un jour, j'ai compris qu'elle était en train de devenir une belle-fille pour eux. J'ai mis un terme à notre relation. Ma mère m'a fait beaucoup d'allusions, mon père un peu moins, c'est pour cela que je me doutais qu'ils étaient restés en contact avec elle.

— Je comprends.

Stephen aimerait bien savoir ce que Caher croit comprendre. Lui commence à peine à évaluer la situation dans laquelle il se trouve, ce qu'elle implique et ce qui risque d'en découler. Pour l'instant c'est facile, il peut broder son boniment au fil des phrases et rester suffisamment proche d'une réalité que les services français n'auront aucun mal à vérifier. Cependant, jusqu'à quel niveau de précision pourra-t-il descendre sans transformer la suspicion manifeste de Caher en soupçons beaucoup plus inquisiteurs ? Et Naïs est quelque part dans Lyon, comme Michel, comme Nadja ! Il relève brutalement la tête et la secoue comme pour s'extraire de la torpeur qui s'est abattue sur lui.

— Si vous avez une boisson un peu plus forte que le déca, ce sera avec plaisir.

Quelque chose ne tourne pas rond. Stephen a passé les deux dernières soirées avec Naïs et pris ses deux petits déjeuners avec Michel, dont celui de ce matin en compagnie de Nadja, sur le banc rugueux de la place Ampère, en souvenir des années lourdes, comme dit l'ancien clochard. Michel a l'œil, Naïs encore plus. S'ils avaient été surveillés, cela leur aurait d'autant moins échappé que Naïs redouble d'attention depuis qu'elle s'est découvert une ombre.

— J'imagine que vous ne pensez pas à un café... Scotch ? J'en ai un très correct.

Avec ce qu'ils savaient avant qu'il n'atterrisse à Saint-Ex, quelle raison pouvait empêcher les RG de le filer lui, au moins lui ?

— Juste ce dont j'ai besoin.

Même en supposant que la surveillance ait été suffisamment discrète pour passer inaperçue, pourquoi aucun escadron de flics n'est intervenu place des Cordeliers, dans la rue, au resto, à l'hôtel ou lorsque Naïs l'a quitté, les deux fois vers minuit ?

— Dans le placard au-dessus de vous.

Caher bluffe. Mais sur quoi ? Ce qu'il a entre les mains est largement suffisant pour déclencher une opération d'envergure. Qu'ignore-t-il encore qui le retienne ? Ou que sait-il ? Stephen tire une bouteille de Caol Ila du placard. Le Français pose deux verres à cognac sur la table et, de la main, engage Stephen à verser le whisky. Ce que celui-ci fait tout en donnant l'impression de réfléchir à voix haute :

— Pour en arriver à surveiller les téléphones de mes parents, vous avez dû remonter une échelle qui passait par mes propres communications et dont le premier barreau est Carl Nussbauer, avec qui j'échange des mails et que je suis allé voir deux fois ces derniers mois. (Il repose la bouteille après avoir quasiment rempli les verres.) Je ne pense pas que mes dossiers soient étrangers à l'intérêt que vous lui avez porté, mais il y a autre chose, n'est-ce pas ? Carl, Sarajevo, les sœurs Keffidas, tout tourne autour de l'association à laquelle Ann X confiait les enfants qu'elle sauvait. L'affaire de laquelle vous êtes parti concerne l'AISE, c'est cela ?

Ils raflent chacun un verre. Sans vraiment porter un toast, Caher lève le sien au-dessus de la tête.

— Vous reprenez du poil de la bête, j'en suis ravi.

— Ce qui implique aussi Inge et Iza Stern, et Dietmar Stamm.

— Cela implique beaucoup de monde.

Stephen suspend son raisonnement de convenance, interloqué. Caher porte le verre à ses lèvres et fait rouler le whisky en bouche. Le Canadien l'imite, les yeux plissés. Quand il a fini de déguster les saveurs de tourbe, d'iode et de miel, Caher répond à la question implicite :

— En étudiant vos dossiers, deux évidences m'ont sauté aux yeux. D'une part, la plupart sinon toutes les personnes ayant approché Ann X se sont prises de sympathie pour elle. D'autre part, Ann s'est appuyée sur cette sympathie et n'a jamais vraiment rompu le contact avec, pour reprendre votre analyse, ceux qu'elle considère comme les siens, parce qu'ils l'ont à un moment ou à un autre aidée, protégée, voire aimée. Nussbauer, Stamm, les deux Stern, les enfants de l'AISE, vous-même et vos parents font partie de la famille qu'elle s'est construite, mais il y en a d'autres. Je doute que Nadia Kerrouch garde un bon souvenir de sa rencontre avec elle, mais elle a pu la croiser à d'autres occasions sans en avoir conscience. Dans votre entourage, par exemple.

Par défaut, Stephen essaie :

— Si vous songez à Anaïs, Nadia et elle n'ont jamais été en présence.

— Je ne pensais pas nécessairement à cet alias. De toute manière, Mme Kerrouch n'est pour moi l'objet que d'une attention de principe. (Il jette un coup d'œil vers l'horloge du four.) Vous êtes beaucoup plus prometteur.

Nous y voilà. Les RG font l'impasse sur la routine parce que c'est sur lui qu'ils comptent pour débusquer Naïs. Caher en a trop appris dans les dossiers rédigés par Stephen pour se fier à une intervention musclée – et l'échec du FBI à Washington ne l'incite pas à risquer son va-tout. Il n'en sait pas encore assez pour se faire confiance. Stephen se force à vider son verre d'un trait. Il aime les Islay, mais il a besoin de déstabiliser le Français et le provoquer lui semble une bonne amorce. Le regard que celui-ci lui jette le conforte dans cette opinion.

— Vous avez sur moi beaucoup d'avantages, Caher. Vous avez lu les dossiers qui doivent porter mon nom au FBI, à Interpol et, j'imagine, place Beauvau, vous avez épluché mes rapports et mes expertises, vous avez passé mes communications et celles de mes proches au crible, bref vous me connaissez sûrement mieux que n'importe qui, alors que je dois en savoir encore moins sur vous que ce que vous m'avez dit. *(Tiens, attrape ça et essaie encore de me traiter en niaiseux !)* Mais je n'ai personnellement pas envie d'en apprendre plus et vous ne pouvez pas ignorer que je supporte mal d'être épié. Donc, si votre intention est de me transformer en appât, il est urgent de vous convaincre que ce ne pourra même pas être contre ma volonté.

Comme pris en faute, Caher ouvre de grands yeux ronds, puis son visage se ferme.

— Vous avez raison, je vous connais suffisamment pour savoir que vous n'hésiterez pas à nous coller les services canadiens dans les pattes, comme vous l'avez fait pour le FBI. Toutefois, cela ne tournerait pas en votre faveur ce coup-ci car notre argumentation aurait plus de poids que celle de Carlisle, et comme tous les États se sont ou sont en train de se doter d'outils policiers et juridiques exceptionnels pour lutter contre la menace terroriste...

— C'est le sujet de mon prochain ouvrage, le coupe-t-il en s'efforçant de manifester un début d'agacement.

— Vraiment ? Décidément, vous vous éloignez de plus en plus de votre spécialité. Et c'est dommage, car vous êtes doué. Tellement, que j'ai toute latitude pour nous épargner un hypothétique bras de fer.

Dans le mille. Les Français estiment qu'ils ont besoin de Stephen. Caher probablement, mais sa hiérarchie encore plus sûrement. Stephen soupire.

— Je ne m'éloigne pas de ma spécialité simplement parce que j'ai besoin de bons sujets pour vivre de ma plume ! Je ne reprendrai pas le collier, en aucune façon ni pour qui que ce soit. Il est probablement vrai, vu la paranoïa ambiante, que je ne peux pas vous empêcher de trouver un accord avec les autorités de mon pays pour prolonger vos indiscrétions, mais ne comptez pas sur moi pour coopérer.

— Pourquoi ?

Stephen n'a pas besoin de tenir son rôle : il est soufflé.

— Tabernak ! Vous avez lu mes bouquins ou non ? Je ne cautionnerai plus aucun système s'excluant d'emblée de l'examen de son propre arsenal judiciaire pour s'amnistier de fait !

Caher le détaille par-dessus le verre qu'il est en train de vider doucement.

— C'est justement ce que la lecture de vos ouvrages me faisait craindre, dit-il en reposant le verre sur la table. (Il cite :) « On ne rencontre guère, au-dessus des lois, que ceux qui les édictent, les deuxièmes couteaux derrière lesquels ils s'abritent et les troisièmes lames qui seules se salissent de la pointe à la garde. » Ann X se situe au-dessus de toutes les lois, bien à l'abri derrière son charisme, les mains plus sales que le pire commando des forces spéciales. Quels que soient vos scrupules, vous ne pouvez pas vous comporter comme si vous l'ignoriez. La nature même de ces scrupules devrait d'ailleurs vous pousser à faire ce que vous seul êtes en mesure de faire. C'est à ce titre que je vous demande de collaborer.

Pas coopérer. Collaborer. Stephen n'est pas mécontent de la façon dont il a réussi à dominer ses émotions pour analyser correctement la situation. Maintenant il peut rendre moins hypothétique le bras de fer que craint le Français.

— Vous êtes réellement d'origine irlando-bretonne ? demande-t-il.

Caher pince les lèvres en signe de désapprobation.

— Vous pensez que je vous manipule...

— Ce n'est pas ce que vous faites ?

— Je ne prétendrais pas le contraire, mais je ne vous ai à aucun moment menti.

— Vous avez juste omis de menus détails...

— Voilà ! (Il fanfaronne, mais il est excédé.) Sauf qu'ils ne sont pas si menus que ça. Cessons de jouer, voulez-vous ? J'ai besoin d'une réponse.

— Et vite, apparemment.

— Oui, Stephen, très vite.

— C'est non.

Caher ouvre la bouche, Stephen lui subtilise la parole :

— Et je préférais lorsque vous me donniez du « monsieur Bellanger ».

Le Français reste un instant en suspension, pince les lèvres puis les desserre à nouveau.

— Dans ce cas, monsieur Bellanger, vous me voyez contraint de vous arrêter.

Cela va plus loin que ce que le criminologue canadien envisageait, mais lorsqu'il se demande s'il est surpris, il découvre que non. Ils atteignent simplement la conclusion d'un enchaînement logique.

— Je n'ai pas suivi l'évolution récente des procédures. Puis-je appeler mon ambassade ou est-ce vous qui vous en chargez ?

Caher ne répond pas. Il ouvre la porte latérale du fourgon. Un homme monte, referme la porte et s'y adosse. Deux autres grimpent par les portières avant, s'installant chacun sur un siège.

— Asseyez-vous, monsieur Bellanger.

Stephen s'exécute avec fatalisme. Caher fait pivoter son fauteuil et s'installe dedans.

— Comme vous le voyez, dit-il en désignant les trois arrivants, j'avais anticipé votre... entêtement. La défection du dernier conférencier m'a seulement contraint à improviser une approche différente de celle prévue, le temps que mes hommes nous rejoignent.

Stephen note le « mes hommes ». Caher n'est pas un simple criminologue mais, au fond, il s'en doutait.

— Afin d'éviter les malentendus, je vais limiter les fioritures. S'il est vrai que je suis actuellement rattaché à la DCRG, je le suis en tant qu'officier de la DST, missionné par le ministère pour évaluer, expliquer, corriger certains dysfonctionnements et envisager les mesures qui permettront d'empêcher qu'ils se reproduisent.

— L'affaire Clearstream...

— Entre autres. (Fin de non-recevoir.) Très sincèrement, c'est ce qui m'a le plus ralenti dans mes recherches *personnelles* sur ce qui n'était au départ qu'une demande d'informations émanant de la DPSD[1], laquelle travaillait en aveugle et sans l'appui de la DGSE sur une mésaventure de la DIA[2] en Afghanistan. Bref, votre cas relevant de la DST, les procédures importent peu et personne n'interpellera votre ambassade.

Stephen encaisse, plutôt mieux qu'il ne devrait, même. Peut-être parce que la mention de la DPSD et de la DIA lui donne une indication sur le souffle que Naïs a senti dans son dos.

— En clair, je n'ai aucun droit.

— Vous ne m'avez pas laissé le choix.

L'hypocrite !

— Non, Caher. C'est vous qui me privez de la liberté de faire seul les miens. Maintenant, je serais curieux de savoir comment vous allez vous y prendre pour me subvertir. Torture, menaces, chantage, pression sur les proches, contrainte chimique, ou vous espérez simplement que je me lasse d'être enfermé ?

Caher désigne la banquette au type contre la porte. Celui-ci s'assoit près de Stephen. Puis il s'adresse à celui sur le siège conducteur :

— On y va.

---

1. Direction de la protection et de la sécurité de la Défense.
2. Defense Intelligence Agency.

Enfin, à Stephen, il répond :

— Vous avez perdu votre liberté, donc votre faculté de choix, le jour où vous êtes tombé sur le dossier Ann X, monsieur Bellanger. Tout ce que vous faites depuis est consécutif à la décision de le dépoussiérer. Lorsque je l'ai rouvert, le chemin sur lequel vous avanciez est devenu encore plus étroit, mais c'est encore une conséquence de votre décision initiale. C'est à vous de vous en sortir, moi je ne suis que l'opportunité qui vous permettra de le faire.

Let it be...

8 novembre 2006

Les consignes de Naïs étaient claires :

« Si je me fais prendre ou s'il m'arrive un truc encore plus désagréable, disparaissez. Ceux qui me trouveront sauront bien avant de me coincer tout ce qu'il y a à savoir sur vous, et ils ne laisseront aucune trace. Alors pas de bagages, pas d'au revoir, pas de message derrière soi. Vous foutez le camp à poil, illico, destination no return. »

Sur le coup, Michel a bien ri. Que peut bien abandonner un exclu de tout qu'il regretterait au point de se mettre en danger ? Maintenant, il ne rit plus. La Commune des Cévennes lui manque. Les copains, les fous rires, la sueur en commun, les baba-cooleries autour du feu, les philosophades à la con, les prises de tête stériles, il regrette jusqu'au foutoir de gamins élevés par personne en particulier qui collent systématiquement aux basques de ceux qui n'en ont pas et n'en veulent surtout pas.

« Ce grognon, c'est Tonton Michel. Quand tu as le blues, va le voir, il est capable de remonter le moral à un type qui vient d'acheter une téloche et qui n'aime pas le foot. »

Merci bien Naïs. Pour le sobriquet et pour le rôle. Si tu aimes les mômes au point de rappliquer chaque fois avec un chiot errant, t'as qu'à les élever !

Ce n'est pas vrai qu'elle ramenait systématiquement des gosses, mais ça lui arrivait et personne ne s'en plaignait. Des préados ou des ados dont Michel n'avait pas besoin d'entendre l'histoire pour savoir qu'elle ressemblait à la sienne. Oh, pas dans les détails, mais elle finissait pareil : à la rue.

Putain de monde de merde !

Nadja et lui ont suivi les recommandations à la lettre, ils se sont volatilisés de leurs existences, en larmes, de douleur et de rage, mais sans un regard en arrière. L'expérience d'autres interruptions tout aussi brutales dans le cours de leurs vies ne leur a permis que d'être irréprochables d'efficacité, pas d'esquiver les regrets. À commencer par celui de ne plus se voir qu'en clandestins après un rituel de précautions, de codes, de redondances, qui ne leur garantit rien de plus qu'une longue glissade vers la paranoïa.

Dans combien de temps on sera définitivement dingues, Nad ?

Ils ne savent pas de qui ni de quoi ils se cachent. Naïs n'a pas eu le temps de mettre un sigle sur les salauds qui l'ont tirée comme un gibier. Dix balles à plusieurs centaines de mètres, neuf dans la bête, dont trois quand elle était à terre. Elle n'a eu aucune chance. Et Steph a disparu.

Michel aimerait bien se convaincre que son pote canadien est rentré au pays ou qu'il se planque, comme eux, mais il n'y parvient pas et Nadja n'y croit pas plus que lui. Aucune de leurs boîtes aux lettres de complaisance n'a livré le moindre message et il ne répond pas aux leurs. Rien sur les forums ni les blogs par lesquels Naïs et eux tous communiquaient depuis 2001. Iza y montre son nez régulièrement, Dietmar y apparaît quelquefois, mais ils n'ont pas plus de nouvelles qu'eux. L'ancien flic berlinois essaie d'être rassurant, il a activé son réseau et cela finira par payer, mais ses contacts font chou blanc depuis des mois. Et Iza a pris le risque d'un aller et retour en France pour demander l'assistance de Decaze, sans mentionner Naïs évidemment. Celui-ci ne peut pas se servir de la machinerie d'Interpol, mais ses moyens privatifs ne sont pas moins impressionnants que ceux de Dietmar et, jusqu'ici, tout aussi vains.

Depuis Romans-sur-Isère où il s'est réfugié dans une mansarde aménagée, Michel se sent terriblement inutile. Alors il traîne la ville d'un peu avant l'aube à bien après le crépuscule. Pas en clodo, comme il l'a fait jadis, quand l'info courait de SDF à SDF que Romans était une ville hospitalière – et c'est vrai qu'il n'a jamais eu à se plaindre des moyens mis à la disposition des associations pour accueillir les sans-abri. Aujourd'hui, il arpente les rues en paumé patenté, renifleur de galères, expert ès débrouilles, grand frère sans origines. Il tue pas mal d'heures dans les bars aussi. Un café, un verre d'eau, un journal et des mots échangés avec qui veut bien.

Il a ses habitudes. Le matin c'est le Bizarre Café de huit à dix, sauf le lundi, jour de fermeture, où il siège au Ducal, et rebelote en fin d'après-midi. Le personnel qui se succède au Ducal est sympa, mais le patron du Bizarre est un cas d'espèce et ceux qui bossent avec lui sont des perles, ne serait-ce que pour supporter son tempérament soupe au lait et ses goûts musicaux. Il sait faire les yeux noirs, le Roland, et il a le sens de l'inflexibilité, mais il a l'oreille attentive et il connaît les mots simples, ceux qui font rire la vie le temps d'une consommation. Dans son café, on peut ne rester qu'un client, à condition d'avoir une barre à mine dans le fondement ou d'être irrémédiablement allergique à la cordialité. Même Michel n'y est pas parvenu, malgré la discrétion qu'exige son statut de fuyard.

Le cinquième jour, alors qu'il vient à peine de s'asseoir à une table près de la baie vitrée qui filtre à peine les échos de la rue, Roland lui sert le café et le verre d'eau sans qu'il les commande. C'en est fini de l'anonymat, le patron l'a élevé au rang d'habitué, comme de nombreux autres, tous aussi différents les uns des autres, que Michel apprend à connaître au fil des semaines sans qu'ils échangent plus de quelques phrases.

Ce matin, c'est marché sur la place Jean-Jaurès, alors le café est bondé et le Grand Duc s'est posé à la table de Michel. Le Grand Duc est grand et porte beau, mais il est l'antithèse de l'aristocratie. Michel ne l'a surnommé ainsi que pour ses moustaches et ses sourcils qui lui évoquent plutôt incongrûment les houppettes du rapace. Michel aime beaucoup le Grand Duc et les moments trop rares qu'ils partagent. Petit à petit, parce qu'elles se ressemblent dans l'absurde et par les enfers, ils ont échangé leurs histoires, au milieu du brouhaha du café qui leur sert d'isoloir. Souvent, dans cette intimité d'anciens galériens, Michel est tenté de parler de Naïs et de Stephen, mais ce ne serait pas un service à rendre à quelqu'un qui se mouille déjà plus souvent qu'à son tour pour ceux qu'il appelle « mes Magnifiques ». Sans abri, sans papiers, sans boulot, sans autre droit que celui de fermer leur gueule, il n'en manque pas de ces Magnifiques que la société traite en Intouchables.

Ce matin, Michel n'a pas envie de discuter. Il donne la réplique par onomatopées en surveillant la rue, ce qui ne passe pas inaperçu.

— Tu attends quelqu'un ? Si c'est le cas, tu préfères peut-être que je te laisse seul ?

— Ma nana, mais comme elle est à la bourre, elle s'arrêtera juste le temps que je monte dans la bagnole.

Le Grand Duc ne pose jamais de question sur la vie privée d'autrui, il laisse venir, et Michel n'a à aucun moment nommé Nadja ; il a seulement évoqué une relation très forte avec quelqu'un que le boulot envoie trop souvent à dache.

— On se fait un week-end en amoureux, ajoute-t-il. Mais il faut d'abord qu'on passe voir quelqu'un, et il y a de la route.

— Je comprends.

Non, ça tu risques pas. Et c'est tant mieux.

— Donc on ne te verra pas à la Loucherie, demain soir.

— Merde !

L'exclamation est sincère. La Loucherie Messaline est un café associatif dans la rue qu'habite Michel. Ouvert seulement les vendredis et samedis soir, il accueille des débats, des rencontres, des concerts, des soirées culturelles, enfin un peu de tout ce qui fait mal à la tête de ceux qui préfèrent réfléchir moins pour être plus cons – c'est peut-être pour ça que le café s'est affublé de l'épithète « alternatif ». Michel y a rencontré à peu près tout ce que la ville compte d'esprits critiques, un brin marginaux, un rien gais lurons, pas mal engagés. Même s'ils le font marrer en organisant une semaine sans téloche au lieu de cesser purement et simplement de la regarder, il leur doit le sentiment de sa propre inutilité. C'est une sensation nouvelle et dérangeante.

Enfant, punching-ball puis bouche de trop, il ne s'est pas vraiment posé de questions. Ado, il n'a pas eu à se demander non plus comment aider sa sœur, puisqu'un juge a considéré qu'elle serait une tutrice acceptable malgré les croûtes sur ses veines. De toute façon, son adolescence a été de courte durée. On grandit vite dans les squats. Ensuite, les parkings non surveillés et les bouches de métro mal fermées n'ont pas plus estimé nécessaire de l'ouvrir aux responsabilités ordinaires que les flics et les plus ou moins charitables qui seuls ont osé l'approcher. Excepté Stephen qui ne l'a pas fait exprès, mais ce n'est pas se rendre utile qu'épauler un ami, c'est juste normal, et c'est à double sens. On croit filer un coup de main à un pote et on se retrouve à se demander s'il n'est pas temps de trouver une planque plus confortable qu'un banc. Parce que la Commune des Cévennes, finalement, ça n'a jamais été plus qu'une retraite douillette et régénératrice. Mais maintenant Michel se sent bien régénéré.

— J'irai à la réu de l'ASTI[1], jeudi.

— Tu veux parrainer un sans-papiers ?

Michel n'a jamais eu de papiers, pas même une carte d'identité – de toute façon, en France, avant que le sinistre de l'Intérieur n'annonce son intention de la rendre obligatoire, seul le gouvernement de Vichy l'avait imposée. Il n'a passé aucun permis de conduire, n'a jamais eu besoin de passeport ni d'aucun certificat d'aucune sorte, et le livret de famille de ses parents est parti en fumée en même temps que sa sœur. Par ailleurs, il ne se souvient de personne qui pourrait témoigner d'une identité qu'il n'a jamais déclinée au-delà d'un prénom que ne lui ont pas donné ses parents.

— Il faut des papiers pour le faire, non ?

---

1. Association de Solidarité avec TouTEs les Immigrés.

— Et tu n'en as pas...

Le ton du Grand Duc est celui du doute. Celui de Michel est blasé :

— La solidarité voudrait que tous ceux qui se sentent concernés renoncent aux leurs.

— Un autodafé public. Nous y avons songé, mais il ne nous a pas semblé que cela aiderait qui que ce soit. La justice condamne même des élus lorsqu'ils font soi-disant obstruction à une expulsion. Ce n'est pas en nous mettant hors la loi que nous faciliterons la régularisation de ceux qu'elle qualifie de clandestins.

— Tu peux arranger les évidences et les contradictions comme tu veux, le Sinistre aura son quota et la moitié au moins des électeurs en seront ravis. C'est ce qu'il y a dans la tête de ceux-ci qu'il faut combattre. Pour ça il vous faut l'attention des médias, et vous l'aurez toujours moins que le Sinistre, surtout si vous restez dans le cadre des lois qu'il écrit lui-même. Vous ferez quoi, gros malins, quand il interdira les parrainages de sans-papiers ?

— Il n'osera pas.

— Ben voyons ! De toute façon, il n'en a pas besoin. Il lui suffit de décréter que les parrains font obstruction à la justice, comme les clampins qui essaient de discuter avec les flics dans les avions ou qui s'indignent des traitements infligés aux expulsés. Excuse-moi.

Michel se lève, en finissant son petit noir avec regret. Ça aussi, c'est une chose que Roland sait faire avec générosité : les cafés qu'il tire de sa machine ont du goût, de l'amertume, et juste ce qu'il faut de chaleur. Une voiture s'est arrêtée devant la porte du bar. Nadja est au volant.

— Faut que j'y aille, dit-il en reposant la tasse. On en reparle jeudi.

— À jeudi.

Le trajet n'est pas folichon. Chaque fois, il leur est un peu plus difficile de se retrouver. Nadja est obnubilée par sa recherche de Stephen et des fumiers qui ont abattu Naïs. Elle raconte les détails de la double enquête qu'elle essaie de conduire avec une poignée de journalistes d'investigation, tous les détails, même les plus insignifiants. Les rendez-vous discrets, les rencontres furtives, les informateurs douteux, les renseignements bidon, les pistes prometteuses, les désillusions, les rebondissements, les impasses. Elle précise tout, elle se répète souvent, elle espère un de ces traits de logique décalée dont Michel est coutumier. Mais Michel est aussi vide que les onomatopées qu'il lâche sporadiquement. Il aimerait bien lui aussi avoir quelque chose à raconter. Il aimerait un peu de vie. Il aimerait un peu d'entre eux et de la quiétude qu'ils ont perdue. Il signerait même des deux mains pour replonger dans les tempêtes que Naïs et Stephen leur ont fait traverser, du temps où ils étaient tous les quatre immortels, quand Naïs était invulnérable.

Il a suffi de neuf balles, probablement d'une seule d'entre elles, et que Steph se fasse ramasser à Vaise, quelque part entre l'arrêt de bus et la station de métro – c'est l'hypothèse la plus vraisemblable.

— Il est inutile de continuer à se planquer, lâche-t-il à brûle-pourpoint.

Les mains de Nadja se crispent sur le volant, mais elle ne quitte pas la route des yeux.

— Ça fait un moment que je redoutais que tu dises un truc comme ça.

— Un moment ?

— Tu t'ennuies, Michel, et tu te sens inutile.

— Je ne me sens pas inutile, je le suis, mais ça ne change rien au problème. Nous nous terrons parce que nous avons peur d'un grand méchant loup qui est retourné dans sa forêt après avoir commis son crime.

— Tu t'ennuies au point de jouer ta peau ?

— Je ne pense pas que ce soit le cas.

— Qui cherchera Stephen quand nous nous serons fait descendre ? À moins que tu penses qu'il n'y a plus de Stephen à chercher.

— Je ne sais pas.

— Nous arrivons.

La voiture s'immobilise devant un portail. Nadja baisse sa vitre, présente son visage à la caméra qui surplombe l'interphone et donne simplement leurs prénoms. Le portail s'ouvre immédiatement. Ils sont attendus.

Martha Köch est une enfant de l'AISE, de l'époque où l'association n'existait que dans l'esprit de ceux qui allaient la constituer et qui œuvraient déjà en tant que réseau d'urgence. Quelqu'un l'a arrachée à son martyre, Nussbauer l'a prise en charge, Stamm lui a fourni une identité, une famille l'a accueillie. Ses blessures ne se sont jamais effacées, elle a simplement appris à vivre avec et à être attentive lorsque, telles des cicatrices, elles se rappellent à son souvenir d'une inflammation passagère. Elle n'apparaît nulle part sur les rôles de l'association, elle participe en anonyme, parfois en clandestine, comme la plupart de ceux qui lui doivent une existence inespérée à défaut d'être tout à fait normale.

Sur les bords du lac Léman, côté suisse évidemment, le Pr Martha Köch, neurologue, dirige un centre de nursing pour personnes en coma profond, qui prend aussi en charge la rééducation des patients sortant de l'état comateux. C'est un établissement extrêmement calme, comme elle se plaît à en rire avec les proches des miraculés quand, d'aventure, le miracle a lieu. Pour satisfaire les exigences mercantiles du conseil d'administration de la fondation, elle ne prononce jamais les mots « miracle » ou « miraculé », mais elle est bien placée pour savoir que, si les résultats obtenus par sa clinique sont parmi les meilleurs du monde, c'est qu'elle nurse les comateux tant que la famille paie leur séjour et que, sa clientèle étant opulente, les soins peuvent être prolongés indéfiniment. Par contre, son équipe est inégalée en termes de rééducation et, ça, elle ne le doit qu'aux compétences des spécialistes qui la constituent.

Depuis que Naïs a été admise sous le nom de Mary Dupont-Stuart, Martha Köch reçoit toujours Nadja et Michel, non pas avec l'égard qu'elle accorde à tout proche d'un patient, mais comme s'ils faisaient partie de sa propre famille. Elle les accompagne un moment auprès de Naïs, elle mange avec eux dans son bureau, elle évoque son enfance maltraitée, prend ou donne des nouvelles de Nussbauer, s'enquiert de ce qu'elle peut faire pour eux personnellement et leur parle sans réserve.

Depuis la première série d'examens, elle ne leur a laissé aucun espoir. Les chirurgiens lyonnais ont fait du bon boulot, du très bon même en ce qui concerne le neurochirurgien, mais Mary Dupont-Stuart a peu de chances de sortir du coma, très peu de retrouver l'usage de la parole et aucune de remarcher. Quand Nadja a demandé :

« — Tu veux dire qu'elle est promise à la chaise roulante ? »

Michel a dit :

« — Elle veut dire que ce sera un légume. »

Il ne sait pas pourquoi il a dit ça. Il a instantanément éclaté en sanglots. Nadja l'a pris dans ses bras pour le réconforter. Martha l'en a arraché, l'a retourné et, du haut de son mètre cinquante, lui a planté son regard furibond dans les yeux.

« — Ici, c'est moi qui fais les diagnostics et moi qui suis seule en mesure de condamner. Ce que je ne fais jamais, non pas parce que les administrateurs me l'interdisent, mais parce que j'en sais assez sur la machinerie humaine pour admettre que l'essentiel de son fonctionnement m'échappe. J'ai appris en faculté que les neurones étaient les seules cellules humaines qui ne se renouvelaient pas, puis on a découvert que, non seulement la machine peut se réarranger et créer des ramifications pour transférer des fonctions, mais que, dans certaines conditions, toutes les cellules nerveuses sont capables de se régénérer. Dans l'état actuel de la patiente, mes connaissances m'incitent à penser que celle-ci restera para-hémi- ou tétraplégique, qu'elle ne retrouvera probablement pas son élocution et qu'elle peut très bien ne jamais reprendre conscience, mais elle est, encore plus que tout autre, un cas sur lequel il est hasardeux de se prononcer.

« Elle a survécu à la fusillade parce que tous ses organes sont inversés et que les deux balles qui auraient dû toucher le cœur lui ont seulement traversé le poumon gauche. Rien ne laisse supposer qu'il n'en va pas de même avec son cerveau et que l'anoxie dont il a souffert localement a endommagé les fonctions habituellement attribuées aux sections concernées. De la même façon, si la moelle épinière est rompue en deux endroits, nous savons aujourd'hui qu'elle peut cicatriser, or nous la traitons en conséquence... statistiquement en vain, mais s'il existe des statistiques c'est qu'il existe des précédents ayant invalidé nos pronostics les plus catégoriques. »

Sur le coup, le moral de Michel s'en est trouvé ragaillardi, mais le temps passe et Martha n'annonce jamais d'amélioration, n'évoque aucun signe encourageant, ne leur donne aucun autre espoir.

Ils se tiennent tous les trois autour du lit dans lequel gît le fantôme de Naïs, pâle, décharnée, hermétique au monde. À part l'écran sur lequel défilent les données du monitoring de drains, canules, cathéters, électrodes, qui la nourrissent, la purgent, la surveillent, l'enregistrent, on n'aperçoit rien de l'appareillage médical. D'une corbeille de fruits en faïence colorée posée sur la table de chevet montent des odeurs de pommes. C'est un des trucs de Martha pour rappeler à ses patients qu'il existe un monde en dehors de leur esprit. Et, peut-être, leur donner envie de mordre.

Il y a des larmes dans les yeux de Michel, de la rage dans les poings serrés de Nadja, une hésitation inhabituelle dans la voix de Martha.

— Ces trois dernières semaines, nous avons eu une alerte thrombotique et beaucoup de mal à équilibrer ses minéraux. Parallèlement, l'encéphalogramme a enregistré plusieurs séquences d'activité pouvant suggérer qu'elle était en phase de passage du coma à l'état végétatif. Ce qu'aucun test n'a confirmé, que ce soit en scores GCS[1], GLS[2] et WHIM[3], et notre propre échelle d'évaluation n'a pas fait mieux.

1. Glasgow Coma Scale.
2. Glasgow-Liège Scale.
3. Wessew Head Injury Matrix.

— Ce qui signifie ? demande Nadja (mais Michel sait qu'elle le fait pour lui).

— Mary est atypique, ce que nous savions déjà. Maintenant nous sommes sûrs que quelque chose se produit, mais nous ignorons quoi.

— Et c'est bon ou mauvais signe ? s'impatiente Michel.

— Cela aussi nous l'ignorons. Il y a un rapport certain entre le déséquilibre minéral et l'activité cérébrale, mais il ne nous dit pas si Mary est en train de lâcher ou de se battre.

— Rien de nouveau, donc.

Martha pince les lèvres.

— Si. Qu'il soit sur le chemin de la lutte ou sur celui de l'abandon, son cerveau est en train de réagir et, à mon sens, c'est encourageant. Je dispose des moyens techniques pour le contrer sur le terrain de l'abdication et, dans le cas contraire, si je ne sais pas l'aider dans l'immédiat, je sais comment m'y prendre dès qu'il entrebâillera une porte.

Nadja et Michel ouvrent tous les deux la bouche, Martha les devance :

— Pas de faux espoir, pas d'illusion. Si, et seulement si, Mary sort du coma, elle entrera dans une phase végétative qui sera longue, si et seulement si celle-ci ne se révèle ni définitive ni fatale. Et la phase postcoma sera encore plus longue. Et plus je me serai plantée dans mon évaluation, plus le réapprentissage sera laborieux. Mais je n'ai hélas toujours aucune raison de revoir mon diagnostic.

Michel n'aime pas que ce genre de propos soit tenu dans la chambre de Naïs, même si Martha leur a expliqué que, d'une part, rien dans son expertise neurologique ne valide la possibilité que les patients en coma profond ne perçoivent quoi que ce soit, et que, d'autre part, son expérience dans le domaine de la rééducation démontre que les patients progressent plus vite et se rétablissent mieux quand ils sont parfaitement informés de leur état et des pronostics médicaux. Il sait qu'il ne devrait pas s'imposer ces visites, qu'il en sortira vide de volonté et d'envies, qu'il cauchemardera pendant plusieurs jours, que l'indifférence aux autres succédera à l'apathie, que le mépris et le cynisme prendront ensuite le relais, puis la culpabilisation et, enfin, le sentiment de devoir faire quelque chose, n'importe quoi, de toute urgence. Alors il sera temps de retourner en Suisse et le cycle recommencera.

Pas cette fois.

Putain ! Pas cette fois !

— Tu peux nous laisser, Martha ?

— Bien sûr. Faites-moi appeler avant de partir. Je ne serai pas dans mon bureau.

Elle s'éclipse. Nadja jette un regard interrogateur à Michel et approche une chaise de la tête du lit. Michel en fait autant de l'autre côté. Ils s'assoient simultanément et s'observent un instant. Derrière l'odeur de pommes, il y a celle, légère, d'un désinfectant bactéricide.

— Toi, tu as pris une décision, laisse tomber Nadja.

— J'en ai marre de me planquer.

— Ça, j'avais compris.

— Dans deux ou trois jours, tu vas repartir à la chasse au Steph. Moi, je n'ai rien à faire.

— Viens avec moi. En faisant gaffe, nous...

— Tu sais que ce n'est pas possible. Tu peux aller où tu veux, moi pas. Nous prenons déjà des risques chaque fois que nous venons ici. Un contrôle de douane ou de flics et nous tombons tous les deux.

— Je t'ai pris en stop. Mes papiers sont en règle. Tu te fais embarquer, mais je ne risque rien. Tu t'es déjà fait ramasser, tu sais qu'ils te relâcheront vite. Moi je serai loin.

— Et nous pourrons encore moins nous voir, dans des conditions encore pires. Sans moi. De toute façon, passer la frontière autour de Genève est une chose, t'accompagner dans tes rendez-vous à droite ou à gauche en est une autre. Je suis un poids mort qu'on ne peut pas emmener n'importe où. Et cela n'améliorera ni les chances de retrouver Stephen, ni celles de coincer les enculés qui ont eu Naïs. Je peux être plus utile.

— Aïe.

Elle anticipe forcément ce qu'il va dire. Elle en a probablement eu conscience avant lui. Son visage n'exprime rien. Elle s'apprête à entendre ce dont elle se passerait volontiers mais contre lequel elle ne peut rien.

— Je vais faire la chèvre. C'est la seule façon d'attirer les loups hors du bois.

Elle ferme les yeux deux secondes. Quand elle les rouvre, il y a dedans autant de colère que de fatalité.

— Et tu vas t'attacher à quel piquet ?

— Les médias.

— Pardon ?

Les idées naissent dans l'esprit de Michel au fil des mots qu'il prononce.

— Il y a deux ou trois trucs qui me chiffonnent depuis un moment et je crois que je suis mûr pour foutre un coup de pied dans la fourmilière.

— Des trucs comme quoi ?

— L'indifférence, la peur, le silence, toute cette chape de plomb qui découle de la règle des trois singes... je ne vois pas, je n'entends pas, je ne dis rien.

Nadja sourit.

— Mizaru, Kikazaru, Iwazaru. Les singes de la sagesse. C'est une allégorie japonaise pour expliquer que lorsqu'on ne regarde rien de mal, qu'on n'écoute rien de mal et qu'on ne dit rien de mal, alors il ne peut nous arriver que du bien. Ta façon de t'en servir est originale.

Michel lui retourne une moue affligée.

— Et qui définit le bien et le mal ? Qui décide de ce qu'il faut voir, entendre et dire ? La sagesse est une hypocrisie dont je commence à avoir plein le cul, Nad.

— Au temps pour moi, désolée. Ceci dit, tu comptes faire quoi au juste ?

— De la lumière et du bruit.

Nadja attend une suite qui ne vient pas.

— Euh... tu peux m'en dire plus ? Parce que là...

— À dire vrai, non.

— Tu veux faire quelque chose mais tu ne sais pas quoi.

— Pour l'instant.

— Ce n'est quand même pas pour rien que tu as parlé des médias ?

Michel n'a pas assez de fierté et encore moins d'amour-propre pour ne pas reconnaître que si, mais il sent que, s'il le fait, son cerveau se rendormira, alors il essaie :

— Tout le monde se fout des SDF et des sans-faf' parce qu'ils ne sont pas gênants. Nous pouvons le devenir. Nous pouvons même faire suffisamment de bruit pour que les médias nous éclairent un peu.

— Tu ne crois pas que d'autres ont déjà essayé ?

— Si. D'autres qui n'étaient ni SDF ni sans-faf'. D'autres qui jouaient suivant les règles. D'autres qui avaient quelque chose à perdre. Ils ont fait, ils font de leur mieux, je sais. J'en connais même quelques-uns qui ont fini par se noyer à force de se mouiller. Pour quel résultat ? Il n'y a jamais eu autant de personnes à la rue et le Nain Démago expulse à tour de bras. On n'est plus en 54. Aujourd'hui, aucun abbé Pierre ne réussirait à émouvoir ni les politicards, ni les foules qui pourraient réveiller leur frousse des urnes. Regarde Gaillot. Non, je ne crois pas à ça. Comment voudrais-tu qu'il en soit autrement ?

Il n'y a aucun reproche dans le regard de Michel, pourtant Nadja baisse les yeux. Les horreurs auxquelles elle a assisté, les terreurs qu'elle a ressenties, l'existence qu'elle a dû abandonner derrière elle ne lui permettent que de partager les émotions de Michel, pas de douter de la pertinence du raisonnement ni de s'opposer aux décisions qu'elles engendrent. Et la vision de Naïs, gisante sur son matelas anti-escarres, suffirait à la rappeler à l'ordre. Elle relève la tête et fait claquer ses mains sur ses cuisses.

— On y va ?

26 novembre 2006

Les semaines succèdent aux semaines sur un rythme désespérément hebdomadaire scandé par la visite de Caher chaque lundi. Arrivé 10 heures sonnantes, départ 16 heures. Enfin, quand Stephen ne s'amuse pas à le retenir en éveillant son intérêt dans la dernière demi-heure, mais c'est un divertissement qui n'est payant que s'il n'est pas systématique. Ce n'est d'ailleurs qu'un aspect d'un jeu beaucoup plus subtil qui permet à Stephen de conserver un semblant de contrôle sur son inexistence et de prendre l'ascendant sur le Français, pendant que celui-ci mise sur une variante du syndrome de Stockholm pour le circonvenir. Et, le moins que Stephen puisse reconnaître, c'est que Caher conduit habilement la partie. Par exemple, même s'il n'a qu'une très vague idée de l'endroit où il se trouve, ses conditions de détention sont luxueuses.

Une chambre de trente mètres carrés dans une gentilhommière au milieu d'un parc de plusieurs hectares, salle d'eau privative avec baignoire, douche et WC, literie impeccable, petit coin salon, table pour déjeuner avec deux chaises et bouquet de fleurs artificielles au centre, bureau sur lequel trône un ordinateur... ne manquent que l'accès à Internet (mais l'unité centrale est reliée par le câble à un réseau intérieur qui lit son disque dur de façon permanente) et une chaîne hi-fi ou n'importe quoi qui restitue de la musique. À certaines heures, variables suivant le jour de la semaine, et sous la surveillance de l'un ou l'autre muet qui lui servent de gardes-chiourmes, il a accès au parc, à une bibliothèque dans laquelle il trouve parfois des journaux de moins d'un mois, mais d'où il ne peut sortir aucun ouvrage, et à une salle de musculation aussi pauvre en équipements qu'il a d'intérêt pour ce genre d'occupation.

Ses gardiens ne sont pas totalement muets. Tous maîtrisent parfaitement quelques mots : bonjour, bonsoir, petit déjeuner, déjeuner, dîner, promenade, bibliothèque et muscu. Certains réussissent même à aligner des phrases complètes, genre « le toubib vous examinera en salle de muscu » ou « Monsieur Caher vous attend dans la bibliothèque ». Jamais deux d'entre eux n'échangent le moindre propos en sa présence, jamais le médecin ne prononce un mot sans rapport avec ses examens bimensuels de routine, jamais il ne croise qui que ce soit d'autre. Les horaires, l'organisation des déplacements dans la bâtisse, l'alignement des portes closes sur le même côté du couloir que celui de sa « cellule » (dont les fenêtres donnent sur la partie du parc qui lui est inaccessible), tout lui laisse supposer que la gentilhommière abrite d'autres pensionnaires, détenus ou protégés, de la DST.

S'ils existent, il y a fort à parier que les protégés ne bénéficient pas du même régime d'incommunication et de vide informationnel que les détenus, celui-ci n'ayant pour vocation que de générer le manque, donc de favoriser la relation de dépendance entre le sujet et son unique interlocuteur. Caher un jour, Caher toujours.

Parfois, Stephen se demande si Caher est réellement dupe de l'efficacité des techniques qu'il met en œuvre à son encontre ou s'il attend simplement que son prisonnier se lasse. Souvent, il arrive à la conclusion que cela a fort peu d'importance puisque, au bout du compte, le résultat sera le même : un jour le Français lui offrira une chance de racheter sa liberté sans qu'aucun d'eux concède quoi que ce soit, en apparence. Ce jour, Caher aura gagné (selon sa définition), alors Stephen commencera à assembler le virus psychologique instillé molécule après molécule depuis son incarcération et conduira le Français à l'implosion. En attendant, il se contente de le haïr comme il ne se pensait pas capable de haïr qui que ce soit, voire de haïr tout court.

Et il écrit.

Un roman sans queue ni tête dans lequel les fantômes de John Kennedy Toole et de Lautréamont viennent hanter un ouvrage sur lequel travaille John Irving.

Il s'est lancé dans cette histoire dans le seul but d'agacer Caher et ceux qui surveillent son disque dur à l'autre bout du câble, mais il prend plaisir à la tâche et il lui semble ne pas être trop mauvais dans l'exercice. En tout cas, cela l'occupe et c'est d'ailleurs l'occupation à laquelle il se livre quand on frappe à sa porte.

— Entrez, laisse-t-il tomber sans lever le nez de l'écran.

Les Muets ne pénètrent jamais dans sa chambre sans qu'il les y ait invités. Ce qu'il fait toujours immédiatement.

Deux tours de clé, la porte s'ouvre. Il s'attend à entendre « promenade », même s'il est un peu tôt pour un dimanche après-midi, et il s'apprête à répliquer « un instant, je termine ma phrase ». Cela fait partie du rituel qu'il impose à ses geôliers.

— Terminez votre phrase, je vous en prie.

Caher ? Un dimanche ? Stephen sauvegarde et se tourne aussitôt.

— Bonjour, dit-il.

— Bonjour, lui retourne le Français. Comment vous portez-vous ?

— À merveille, mais je suis étonné que vous travailliez un dimanche.

Stephen va pour se lever, Caher l'arrête d'un geste, attrape une des chaises contre la table, l'approche du bureau et s'assoit à côté du Canadien.

— Pour être franc, je m'en serais passé.

Il sort un disque dur portatif d'une de ses poches, un câble USB d'une autre, relie le disque à l'UC sous le bureau et tire le clavier et la souris vers lui.

— J'ai besoin de votre expertise, dit-il.

— Oh, oh !

— Ça ne m'amuse pas et ça ne vous amusera pas non plus.

— Ah.

Il fait glisser le pointeur, clique plusieurs fois sur des dossiers et ouvre un fichier pdf. C'est un article de journal. En gros caractères, il titre : « Un islamiste abattu par le GIGN en centre-ville ». En dessous, en plus petit : « Une femme grièvement blessée par les complices du terroriste dans l'échange de coups de feu ». S'ensuivent un exposé banal sur l'intervention du corps d'élite de la gendarmerie et un vague communiqué sur l'état alarmant de la passante immédiatement prise en charge par le SAMU. Stephen note seulement que le journal est *Le Progrès*, de Lyon, et que la date est celle de son arrestation par Caher.

— Vous avez noté le lieu et la date ? demande celui-ci.

— Oui.

— Bien. Je vous laisserai les fichiers concernant la réalité de ce prétendu fait d'armes et de ses suites. Vous aurez ainsi tout loisir de les examiner et, je n'en doute pas, de confirmer mon point de vue. Mais, pour gagner du temps, je vais vous résumer ce que le journal ne dit pas.

— Je vous en prie.

Quelque chose dans le ton de Stephen irrite Caher, mais il se contente de lever les yeux au plafond avant de se lancer.

— Un, si l'islamiste en question était effectivement fiché et sous surveillance, ce n'était pas par le GIGN. Deux, ce n'est pas une escouade du GIGN qui l'a descendu mais un tireur isolé qui n'est toujours pas identifié. Un tireur d'élite qui a fait un véritable carton sur la femme en question, elle aussi non identifiée mais que différents services supposent être membre du même groupe terroriste que l'homme abattu d'une seule balle. Trois, dans la mesure où cette fable s'avérerait, il n'y avait pas d'autres islamistes sur le terrain et pas l'ombre d'un gendarme ou d'un agent de quelque service que ce soit. Quatre, les seuls intervenants ont été les passants, les médecins et infirmiers du SAMU et de vulgaires flics de la préfecture lyonnaise épaulés par des légistes et relayés bien plus tard par la brigade antiterroriste. Cinq, la femme a survécu à huit blessures graves, dont au moins trois étaient mortelles, après plusieurs heures d'opération entre les mains d'une véritable armée de chirurgiens. Six, elle était encore dans le coma et n'a donc été entendue par personne une semaine après son admission à l'hôpital, lorsqu'elle s'est littéralement volatilisée au nez et à la barbe du planton dont il me faut bien avouer qu'il émarge place Beauvau. Sept, personne n'ayant jugé utile de diffuser l'information dans les services susceptibles d'être concernés, je ne suis tombé dessus qu'hier et tout à fait par hasard. Huit, pas un connard n'a conservé le moindre prélèvement qui nous permettrait de procéder à une analyse génétique. Et enfin neuf, je suis persuadé qu'il s'agissait d'Ann X parce que d'autres connards racontent la bonne blague du photographe de l'Identité qui a flouté tous ses clichés d'une nana tellement immobile qu'elle aurait pu être morte.

— C'est ce qui vous a alerté ?

— Et comment !

— Vous avez vu les photos ?

— Elles sont dans les fichiers que j'ai chargés dans votre ordinateur.

— Je peux les regarder maintenant ?

Stephen est étonnamment serein et ne se départit pas de son calme en visionnant les photos. Pourtant, il connaît bien ce type de déformations, qui rend le visage de la femme inidentifiable sur tous les clichés, et il n'aime ni les bandages qui lui couvrent le crâne, ni l'attirail médical qu'on devine autour d'elle.

— Alors ? demande Caher.

— Kurzsichtigen V-K für Dreikönigsfest[1].

— Pardon ?

— Excusez-moi. C'est une référence personnelle aux caméras myopes.

— Donc vous pensez aussi qu'il s'agit d'Ann X.

Stephen se lève et arpente la chambre avant de s'immobiliser devant l'une des fenêtres. Ce qu'il attendait est en train de se produire. À huit balles près, il en jubilerait. Il se retourne.

1. Des caméras myopes pour l'Épiphanie.

— C'est une expertise que vous souhaitez, n'est-ce pas ?

— Je ne connais pas d'autre spécialiste dans ce domaine.

— Je veux dire *seulement* une expertise.

— Que craignez-vous donc tant ?

— De revivre ce qu'aucune thérapie ne me permettra d'oublier.

Caher hoche la tête.

— Je comprends.

— Je n'en doute pas. Je ne doute pas non plus que vous sacrifieriez père et mère pour mettre la main sur le potentiel d'Ann X. (Stephen poursuit avant que le Français ne se récrie.) En aucun cas, je ne servirai d'appât.

Caher hoche une nouvelle fois la tête.

— Les photos floues et sa présence à Lyon en même temps que vous... Vous êtes certain qu'il s'agit d'elle, n'est-ce pas ?

— Je pense plutôt que nous avons affaire à un deuxième phénomène doué de transparence.

— Vous êtes sérieux ?

— Jumelle homozygote.

À son tour, Caher se lève et arpente la pièce, en enjambant de façon compulsive les carrés de soleil du plancher.

— Cela explique la concordance d'ADN sans avoir recours à un tour de passe-passe difficile à réaliser sous les yeux de deux cents agents du FBI, et c'est bien dans la manière d'Haywood, poursuit Stephen. Une naissance double, un bébé subtilisé, peut-être les deux mais les parents en récupèrent un et changent de nom. Ils se pensent à l'abri sous couvert de la CIA, mais Haywood ne les perd pas de vue, il adapte simplement son protocole expérimental, peut-être même y voit-il une aubaine. Sans préjuger de ce qu'elle est ou de ce qu'on a fait d'elle, il est d'une logique quasi pavlovienne que, libérée de son grand-père, la sœur de Mary Liz se lance sur les traces de celle-ci dès qu'elle apprend le décès et, éventuellement en même temps, l'existence de cette jumelle.

Le Français s'immobilise face à Stephen, croise les bras et penche légèrement la tête sur le côté, comme pour mieux lire le regard de son vis-à-vis.

— Le psychologue que vous êtes a-t-il remarqué que l'hypothèse du romancier que vous devenez offre à l'homme qui se cache en vous l'opportunité de se laver le subconscient d'une relation amoureuse pour le moins traumatique ?

Stephen répliquerait volontiers que l'avantage quand on manipule un manipulateur, c'est qu'on peut toujours compter sur l'intelligence de celui-ci pour faire la moitié du travail, mais il lui paraît préférable d'aider Caher à se surpasser pour en faire encore plus :

— À dire vrai, je suis moins gêné par une éventuelle distorsion salutaire de mon subconscient que par ce que vous m'avez appris sur les signatures vocales. C'est pour ça que je privilégie la thèse d'une gémellité homozygote, partant du principe qu'il est plus facile pour une vraie jumelle de contrefaire la voix de sa sœur que pour tout autre individu, ne serait-ce que par conformité physique donc mécanique, même si cela suppose un certain entraînement. Parce que, en ce qui concerne la faculté de perturber les capacités mnésiques en saturant le système de reconnaissance noologique, il n'y a aucune raison, puisque Annalina Velasquez l'a acquise, de surcroît seule, que d'autres ne puissent le faire, surtout bien épaulés. Quant aux caméras, n'ayant toujours aucune explication satisfaisante à ce qui provoque leur très sélective myopie, nous serions de fumeux hypocrites en prétendant que ce n'est pas reproductible, n'est-ce pas ?

Caher a les sourcils froncés, mais il y a de l'amusement dans son regard. Il se permet d'ailleurs un moulinet de la main pour engager le Canadien à poursuivre.

— C'est cette reproductibilité qui vous motive. Decaze préférait descendre Ann X sans sommation plutôt que risquer la vie d'un de ses hommes pour que, au bout du compte, elle s'échappe d'une autre prison et reprenne son parcours meurtrier. Mais Decaze est un flic. Pas vous. Quel que soit votre sens du devoir, il obéit à des considérations qui placent l'intérêt du citoyen loin en dessous de celui de l'État.

— Nous avons déjà eu cette discussion plusieurs fois.

— Et ?

— Et quoi ?

Stephen soupire.

— Et vous ne vous êtes jamais demandé pourquoi l'ordre a été donné d'abattre Ann X ? Ou au moins qui l'avait donné et à quel moment ?

Pour la première fois depuis qu'il le connaît, Stephen voit le Français perdre un peu de sa superbe. Néanmoins, celui-ci fait bonne figure :

— Je suppose que la solution de ce Cluedo n'est pas Carlisle quand il a la possibilité de le faire parce qu'elle vient de tuer Haywood.

— Carlisle a mis le dispositif en place, mais celui-ci n'est pas destiné à capturer Ann X ni à simplement protéger Haywood.

— À l'évidence, il s'agit de l'abattre. Elle le dit d'ailleurs, et vous-même soupçonniez depuis un moment qu'un service américain, représenté par Delaunay, subissait ses foudres parce qu'il tentait de se débarrasser de l'épouvantail derrière lequel il cachait des assassinats stratégiques. Aujourd'hui, nous savons qu'Haywood était le commanditaire de Delaunay et que vous avez précipité sa décision d'en finir en rouvrant le dossier.

— C'est exactement ça.

— Alors ?

— Alors vous résoudriez-vous à éliminer quelqu'un dont les talents vous font baver, supposant qu'ils sont reproductibles et que vous ignorez simplement la méthode ?

Caher souffle du nez et retourne s'asseoir.

— L'opinion que vous avez de moi et, plus généralement, des services secrets de nos démocraties n'est pas flatteuse, Stephen.

— Vous préférez que je pose la question autrement ? Auriez-vous abattu Oppenheimer en 43 ?

— Il aurait fallu éliminer beaucoup plus de physiciens et bien avant.

— C'est le problème avec l'humanité, elle évolue en tant qu'espèce, mais pendant quelque temps certaines adaptations confèrent un avantage décisif à la minorité qui en bénéficie.

Ils restent un moment à se dévisager, chacun avec un demi-sourire sur les lèvres, puis Caher hausse les épaules.

— Admettons. Haywood n'aurait pas ordonné l'élimination d'Ann X sans la certitude qu'elle ne lui était plus indispensable...

— Haywood ou quelqu'un d'autre.

Le Français lève la main.

— S'il vous plaît. Nous réalisons déjà une expérience de pensée que rien n'étaie, je vous saurais gré de ne pas la compliquer tant que nous n'en aurons pas validé au moins le principe, sinon la faisabilité.

— À votre guise.

Stephen s'adosse au montant de la fenêtre et se croise les bras.

— D'accord, soupire Caher. Haywood ou... Attendez, je commence à bien vous connaître. Vous ne dites pas ça par hasard ! Vous ne dites jamais rien par hasard. À côté de quelle évidence suis-je passé ? Vous avez dit quelque chose tout à l'heure... c'est ça, vous avez dit : un *deuxième* phénomène doué de transparence. Pas un « autre », comme tout le monde l'aurait fait, ni un « second » comme ce serait logique, surtout en recourant à la gémellité pour vous dédouaner de votre relation avec une tueuse en série. L'islamiste ! Non, c'est absurde, il était fiché.

— En êtes-vous bien certain ?

— Pardon ?

— L'élection présidentielle approche, le ministre de l'Intérieur est candidat. Un coup d'éclat ne saurait nuire à sa popularité. Je serais vous, je vérifierais minutieusement le dossier de ce soi-disant terroriste. Je ne serais pas étonné que son engagement vis-à-vis de l'Islam se soit borné à sa foi et qu'il ait intercepté une balle tout à fait par hasard.

— C'est en tout cas plus plausible qu'un doublé providentiel, je vous le concède, sauf si Ann X était en relation avec lui et que...

Stephen fait la moue. Caher l'imite.

— Je n'y crois pas plus que vous. (Il enchaîne sur le même ton :) C'est donc au tireur que vous faites allusion.

Un tireur qui a pu loger Ann X, donc la reconnaître, repérer ses habitudes, préparer son coup et lui coller huit pruneaux à quatre cents mètres de distance.

— Même si les photos suggèrent le contraire, il est possible que la jumelle soit moins douée qu'Ann X, mais le tireur lui est un phénomène auquel vous auriez tout intérêt à prêter une attention particulière, surtout si, comme c'est fort probable, ses employeurs jouent sur le même terrain que les vôtres.

Caher se lève.

— Je me fiche de savoir où et à quoi ils jouent, mais je déteste que les voisins viennent déverser leurs ordures dans ma cour. (Il ouvre la porte.) Je repasserai demain, si la lecture des fichiers vous inspire... (Et juste avant de sortir, il ajoute :) En ce qui concerne cette histoire de jumelle, continuez à examiner votre subconscient, le reste ne tient pas la route.

Mais si, Caher de ma bile, mais si. C'est juste que je ne t'ai pas encore appris à douter.

S'il ne craignait pas que la chambre recèle des caméras et des micros, Stephen se laisserait aller à pleurer sur les clichés et le dossier clinique de Naïs. Les trois blessures mortelles mentionnées par Caher ont été opérées avec « réussite », ainsi que les autres évidemment (sans qu'il soit besoin de guillemets), mais les chirurgiens ne sont pas simplement réservés, leur pronostic est beaucoup plus que pessimiste. Ischémie trop longue, trop d'organes atteints, trop de lésions nerveuses, trop de dommages irréversibles. Sans amélioration notable, qui ne s'était toujours pas produite lors de sa disparition, ils n'envisageaient d'ailleurs pas de la réopérer en cas de complication. Et elle était encore en soins intensifs lors de l'évasion que seul Dietmar Stamm a pu orchestrer, dans des conditions forcément imparfaites du point de vue médical.

Stephen n'est toujours pas un fan de Dietmar, mais il doit lui reconnaître une efficacité redoutable. À part des conjectures, il n'a strictement rien laissé que les enquêteurs puissent examiner. Le planton a reconnu avoir piqué du nez plusieurs fois quelques minutes, comme il l'avait fait chaque nuit de garde, et c'est une infirmière qui lui a appris que la patiente avait disparu lors d'une de ses rondes. Seules certitudes : l'enlèvement a eu lieu entre 2 et 4 heures du matin et l'un des kidnappeurs connaissait parfaitement les appareils de surveillance médicale, qu'il a shuntés pour qu'aucune alarme n'alerte les infirmières.

Les fichiers sont beaucoup plus riches en données concernant le tireur, mais celles-ci sont tout aussi vaines. Grâce à l'étude balistique, la DST sait d'où il a tiré, avec quel type d'arme, de réducteur de bruit et de munitions, en combien de temps et dans quel ordre les projectiles ont frappé ses cibles et c'est tout. Aucune empreinte, aucun mégot, aucune fibre de tissu sortant suffisamment de l'ordinaire pour fournir un indice, aucun témoignage sur des allées et venues suspectes, pas même de témoins ayant entendu les coups de feu ou aperçu l'éclair qu'ils produisent en sortie de canon, aucun informateur habituel ou occasionnel au courant de quoi que ce soit, aucune information en provenance d'un quelconque service ami. Rien, même du côté des instructeurs militaires ayant formé la petite communauté des tireurs d'élite français... moins que rien, en fait, une unanimité d'allégations suggérant que soit les relevés de terrain ont été effectués en dépit du bon sens, soit les légistes et les balisticiens ont commis des erreurs dans les procédures mais que, en aucun cas, un seul sniper n'a pu en quelques secondes faire mouche dix fois avec un FRF2 à une distance de quatre cents mètres sur deux cibles dont une en mouvement erratique au milieu des passants.

Dans le fichier mémo qu'il a ajouté à l'intention de Stephen, Caher l'informe qu'il a demandé que toutes les analyses soient refaites par les scientifiques de la DST mais qu'il craint que des erreurs commises sur le terrain, dans la transmission, la préservation ou la manipulation des pièces à conviction (les projectiles extraits des corps) ne soient rédhibitoires. Il précise toutefois que, par acquit de conscience, il a renvoyé une demande de précisions auprès des spécialistes du tir lointain en insistant sur l'éventuelle faisabilité du cas qu'il leur soumet, avec scénario le plus probable. Il attend aussi une liste qu'il espère la plus exhaustive possible des tireurs d'élite français ou étrangers susceptibles de réaliser un exploit se rapprochant au mieux du carton lyonnais.

S'il n'y avait pas sa peine et son inquiétude, Stephen exulterait. Caher est bientôt mûr pour qu'il lui serve l'allégorie du chaînon manquant de Decaze en évoquant le sniper de la CIA arrêté par celui-ci et Inge Stern en 92, donc les expériences conduites par les psys de DG Haywood dans un bunker d'Arizona, donc les cobayes humains si proches de Naïs que certains pourraient être doués de talents similaires, et certaine en particulier.

Mais surtout, surtout, une fois l'esprit empoisonné par la théorie du chaînon manquant, le Français n'aura d'autre choix pour en vérifier la validité que d'approcher Decaze.

I get by with a little help from my friends

3 février 2007

Il fait un temps à ne pas mettre une Algéroise dehors, mais c'est souvent le cas à Grenoble en cette saison, même si la neige se fait plus rare ces dernières années, réchauffement planétaire oblige. La cuvette grenobloise ! On y crève de chaud l'été, de chaud ou de cette satanée pollution qui, tout compte fait, ne réchauffe pas assez l'atmosphère dès que l'hiver succède à la grisaille de l'automne. Bien sûr, Nadja est de parti pris. Nadja est une fille du soleil, à condition que celui-ci ne se lève pas sur une vallée blanche de givre, ou qu'on reste près du feu dans la cabane au Canada des Bellanger. Elle ne se souvient pas d'avoir eu froid à Sainte-Anne-du-Lac, pourtant, à chacun de ses brefs séjours hivernaux, le thermomètre affichait allègrement vingt degrés de moins qu'ici. Mais au Québec, elle n'a jamais été obligée de faire les courses. À Grenoble non plus, c'est seulement la moindre des choses quand on est hébergé.

Cemtare Goshovë est une journaliste albanaise exilée qui a fui son pays dans des conditions épiques après des mois de brimades professionnelles et de persécution policière, pour sensiblement les mêmes raisons qui ont valu à Nadja un traitement similaire en Algérie. Elle a fini par obtenir le statut de réfugié politique en France mais pas de carte de presse, bien qu'elle continue à travailler pour des journaux albanais clandestins, alors elle a repris le chemin des études, en sciences politiques, et elle enseigne le français à d'autres réfugiés dans une structure associative. Toutes deux connaissaient bien leur travail respectif et communiquaient par Internet depuis le début de leurs carrières avortées, mais elles ne se sont rencontrées que lorsque Nadja est venue frapper à la porte de Cemtare le lendemain de l'attentat contre Naïs.

« — Tu peux me planquer quelques jours ?

« — Tu es chez toi. »

Pas de question, pas de condition, pas de gêne. Cemtare est aussi simple et directe que Nadja, elle fait ce qu'elle a à faire, elle dit ce qu'elle a à dire. Les quelques jours se sont transformés en semaines puis en mois, même si Nadja est souvent absente, peut-être grâce à ces absences, quoique Cemtare affirme le contraire.

Nadja n'a jamais évoqué Naïs, mais elle a expliqué qu'elle était devenue Nadia Kerrouch, l'agent de Stephen Bellanger, auteur canadien embarrassant pour les services secrets américains, disparu la veille du jour où elle a débarqué chez Cemtare. Celle-ci a interpellé ses propres réseaux, sans illusion vu leur spécificité et sans résultat, mais ils ont permis à Nadja de contacter d'autres réseaux qui sont venus s'ajouter aux siens et qui, jusqu'ici, comme eux, ne lui ont apporté que de très rares faux espoirs.

Deux fois, elle a appelé les parents de Stephen, par Skype, en se cachant derrière une cascade aléatoire d'adresses IP. Les deux coups de téléphone ont été douloureux et elle ne communique plus avec eux que par mail, une ou deux fois par quinzaine, depuis des cybercafés. Gabriel et Margaret ont recouru à d'anciennes relations de Stephen dans les milieux judiciaire et policier canadiens qui ont signalé la disparition de celui-ci aux autorités françaises et à Interpol, sans autre effet qu'obtenir en retour une demande d'informations du service de recherche des disparus de la gendarmerie française concernant Nadia Kerrouch, ressortissante canadienne, agent littéraire et probablement maîtresse de Stephen Bellanger, s'étant apparemment volatilisée en même temps que lui. Néanmoins, aucun avis de recherche n'a été lancé pour l'un comme pour l'autre. Interpol s'est contenté de garantir que tout enregistrement sur un vol international ou tout passage de douane ferait l'objet d'une signalisation aux services de police canadiens, mais Nadja sait par Iza Stern que Decaze a *alerté* ses relations aussi discrètes que privilégiées. L'échec du réseau intime de Decaze ne fait d'ailleurs qu'ébrécher chaque jour un peu plus sa confiance et sa combativité, au même titre que le chou blanc de Stamm dans sa recherche du tireur.

La porte de l'appartement n'est pas verrouillée. Cemtare est déjà rentrée. Quand Nadja traverse le séjour pour aller poser ses courses dans la cuisine, Cemtare quitte à peine le téléviseur d'un œil pour la saluer. De la cuisine, Nadja demande :

— Qu'est-ce que tu regardes avec cet air hébété ?

— Un truc incroyable. Faut que tu voies ça.

— Je range et j'arrive.

Quand elle revient dans le séjour, Cemtare est toujours avachie sur un coussin devant la télé, mais celle-ci est éteinte.

— C'est déjà fini ?

— Non, enfin oui. C'était les infos régionales. On regardera le national tout à l'heure, ça risque d'être assez amusant.

— Je n'en doute pas... mais qu'est-ce qui risque d'être assez amusant ?

Le visage de Cemtare s'éclaire d'une grimace plus comique que désolée.

— Excuse-moi, je... Je vais te montrer, c'est plus simple.

— Tu as enregistré un JT ?

— Non, j'avais sur l'ordi les séquences dont ils se sont servis pour monter le sujet. Je me suis amusée à faire un montage perso, puis j'ai mis le JT pour voir ce que eux en avaient fait.

— Oh ! Encore un cadeau de ton soupirant ?

— Amant.

— Amant, si tu veux, sauf que ni toi ni lui n'avez l'intention de vous en tenir là, pas plus que le courage de vous engager plus loin.

— C'est ce que je dis : amants.

Nadja pince les lèvres.

— Sincèrement, Cem, si je n'étais pas là, tu vivrais encore ici ?

— Sincèrement, Nad, tu serais un prétexte génial pour qu'Asim se sente obligé de m'accueillir chez lui, au moins un temps. Il suffirait que je sous-entende que ta présence me pèse. Sauf que ce serait un mensonge aussi énorme que l'égoïsme qui me préserve d'une vie de couple.

— Égoïsme ?

— Tout avoir à moi, pour moi, quand je veux, comme je veux, où je veux. Ça porte un autre nom ?

— La peur. De l'autre, de soi, de perdre son indépendance, de partager, de donner, de recevoir, de vivre avec quelqu'un d'aussi important que soi-même dans le crâne, dans le cœur, dans la peau. Et si je n'étais pas aussi froussarde ou égoïste que toi, je dirais quelqu'un de plus important que soi. Seulement je suis bien trop cynique pour ne pas penser que ce n'est jamais que son propre ego dont on se préoccupe dans la relation avec l'autre et que c'est indiscutablement ce qui la fausse, quelle que soit la façon dont on la pratique. La tienne comme la mienne n'étant rien de plus qu'un procédé tordu pour éviter d'avoir à assumer les aspects délétères du malentendu que nous entretenons.

Cemtare fronce les sourcils puis éclate de rire.

— Il faudra quand même que tu me présentes le type qui supporte à la fois le malentendu, le procédé d'évitement et ton curieux mais indiscutable sens du cynisme !

— J'aimerais assez aussi, ne serait-ce que parce que cela signifierait que nos emmerdes sont terminées.

De Michel, Cemtare ne connaît que le prénom.

— *Vos* emmerdes ? Ne serais-tu pas en train de me dire que Stephen Bellanger est le pseudo sous lequel se cache ton Michel ?

— Ah ça non ! Michel est le meilleur sinon le seul ami de Stephen.

— Parce que tu ne l'es pas, toi, peut-être ?

— Je suis son agent, la copine de son pote et l'amie de la nana qui est de tous ses rêves en tant que pire cauchemar. Crois-moi, c'est un peu trop compliqué pour que nous puissions l'un et l'autre considérer notre relation comme amicale. Bon, tu me le montres ton truc ?

Le truc est un assemblage d'images, un peu comme un patchwork en mouvement, qui raconte, tel que Cemtare aimait le faire quand elle était reporter, une manifestation dans le centre-ville de Valence. C'est assez décousu au départ, puis le puzzle de scènes se met en place et ce qu'il masquait par séquences trop brèves devient une évidence.

À côté de Nadja, donc pour elle seule, Cemtare fait le commentaire qu'elle aurait fait sur un plateau de télévision, sans déroulant, sans notes et, surtout, sans l'accord des responsables de chaîne.

— En début d'après-midi, à Valence, au milieu de la foule des badauds et des lèche-vitrines qu'un froid glacial n'avait pas découragés d'arpenter les rues du centre-ville, s'est déroulée une manifestation si peu ordinaire que ce doit être la première dans son genre.

« Ils se sont rassemblés près de la gare, où nous n'étions pas, pas plus que les chaînes concurrentes ni les autres médias, puisque la manifestation n'avait pas été annoncée, donc encore moins autorisée. Ils se sont rassemblés discrètement, sans tapage, sans vacarme, sans même un porte-voix, mais quand on est deux mille sur un parking, ça finit par se remarquer, surtout ces deux mille-ci, surtout quand on se met en branle tout doucement et qu'on commence à gêner la circulation, puis à la paralyser. À ce moment, nous avons été prévenus. Enfin, la police l'a été et quelqu'un de la préfecture nous a alertés. À moins qu'un passant n'ait jugé bon d'attirer notre attention en voyant l'unique banderole que le cortège arborait et qui la tenait.

Le patchwork d'images s'interrompt. Une seule caméra se fixe sur la tête du cortège. Une vingtaine d'hommes tiennent à hauteur d'épaules une banderole qui leur descend jusqu'aux genoux. De loin, on ne peut lire le texte. La caméra zoome. En même temps que Cemtare, Nadja lit :

Art. 25.1 de la Déclaration universelle des droits de l'homme : Toute personne a droit à un niveau de vie suffisant pour assurer sa santé, son bien-être et ceux de sa famille, notamment pour l'alimentation, l'habillement, le logement, les soins médicaux ainsi que pour les services sociaux nécessaires...

Après s'être concentrée sur le texte, la caméra balaie les visages. D'autres plans accrochent le cortège sous d'autres angles et s'attardent sur des manifestants en plein champ, seuls ou par petits groupes. La voix de Cemtare énonce ce qui ne peut plus échapper au spectateur :

— Cet après-midi, à Valence, deux mille SDF ont défilé en silence avenue Victor-Hugo, place des Clercs, Grande-Rue, en passant devant les commerces, l'hôtel de ville, la médiathèque, le théâtre Bel-Image, la mairie annexe, pour accrocher sur la préfecture l'article 25. 1 de la Déclaration universelle des droits de l'homme et finalement s'asseoir devant celle-ci, fermée puisque nous étions samedi, en attendant qu'une autorité veuille bien les prendre en compte.

« Cette autorité fut sûrement le préfet, mais il ne jugea pas utile de se déplacer, déléguant à sa place tout ce que l'hôtel de police comptait de gardiens de la paix en poste aujourd'hui et rameutant les forces de l'ordre de l'ensemble du département. À noter, l'absence remarquée de tout élu, représentant politique ou syndical, et fonctionnaire civil. À noter aussi que, jusqu'à l'arrivée des premiers CRS, les policiers n'ont pas cherché à entraver la progression du cortège ni à évacuer le parvis de la préfecture. Ce n'est qu'à l'arrivée d'un bataillon anti-émeute qu'un officier a exigé la dispersion volontaire des manifestants.

Cemtare met en pause le montage sur l'image fixe de l'officier usant du porte-voix équipant un véhicule de police. Il est derrière le cordon de CRS qui se tient loin des SDF.

— C'est là que ça devient drôle, si j'ose dire. Et, à mon sens, ça se passe totalement de commentaires.

Elle redémarre le film.

Un SDF se lève et commence à se déshabiller, imité rapidement par tous les autres. En moins d'une minute, ils se retrouvent tous nus et jettent leurs vêtements sur les forces de l'ordre ahuries. On devine, aux regards des policiers surpris par l'une des caméras, que l'officier supérieur hésite. On l'aperçoit même le mobile à la main en pleine conversation téléphonique. Quand il donne enfin l'ordre aux CRS d'avancer, il ne déclenche pas la charge habituelle.

Une caméra fixée sur le visage du premier SDF à s'être dénudé le montre en train de crier. On ne l'entend pas mais, sur ses lèvres, on devine :

— On court !

Complètement à poil, les manifestants s'égaillent dans toutes les directions, certains se précipitant même sur les policiers. Un plan fige le désarroi de ceux-ci. Le patchwork d'images reprend, montrant les CRS courant après les SDF dans la ville, les attrapant tant bien que mal, les chargeant dans des fourgons, en matraquant certains, comme il se doit. Le film s'arrête sur le visage du premier chippendale tandis qu'il reprend son souffle, appuyé à une vitrine de librairie. Il sourit avec une malice satisfaite.

— Le con ! s'exclame Nadja en se levant brutalement.

Le mouvement et la tonalité de l'interjection intriguent Cemtare.

— Tu ne trouves pas ça génial ? demande-t-elle.

— Tu as insisté sur le froid en début de commentaire. Il faisait combien à Valence quand ils se sont foutus à poil ?

— Moins deux.

Nadja ferme les yeux en secouant la tête. Quand elle les rouvre, elle dit :

— Tu voulais que je te présente Michel ? (Elle désigne l'écran :) Tu l'as en face de toi.

5 mars 2007 (19 avril 1989)

Elle est allongée sur le dos, immobilisée par deux bandeaux qui lui enserrent le front et le menton, l'attachant à l'appuie-tête sur lequel son crâne repose. Une bande plus large au-dessus des seins plaque ses omoplates au futon. Ses bras et ses jambes sont libres mais, de toute façon, elle ne peut pas remuer un doigt. Si la colonne n'est pas brisée, c'est bien imité. Ce qui n'est pas anormal après une chute de plusieurs mètres sur le dos. En tout cas, plusieurs côtes sont cassées et elles lui font un mal de chien. La moindre des choses serait qu'elle ne les sente pas à chaque inspiration. Et le plus malin serait probablement d'arrêter de respirer une bonne fois pour toutes. À seize ans, on n'a pas de temps à perdre, surtout lorsqu'on n'a plus de vie devant soi. Sauf qu'elle refuse d'admettre qu'elle n'a plus l'usage de son corps, et Watanabe-sensei pas moins qu'elle. Du moins le suppose-t-elle.

Comme elle suppose qu'il l'a conduite chez lui, pas au dojo ni à la maison de soins dans laquelle il exerce sa science de la chiropraxie. Maître Watanabe se sent coupable de la faute de ses disciples, profondément, intimement, et lui seul s'efforcera de réparer les dommages qu'ils ont causés à la jeune gaijin qui les a défiés. Lui et les aiguilles de son ami Tumoraki. Tumoraki pratique aussi le shiatsu, mais Naïs ne sent pas davantage les massages que les aiguilles d'acupuncture.

Tumoraki est aveugle, et la seule phrase que Naïs l'ait entendu prononcer comptait moins de dix mots (elle ne l'a d'ailleurs pas comprise). Watanabe est plus disert et fait l'effort de traduire en anglais les phrases ou les bouts de phrase que son invitée n'est pas censée saisir... une seule fois, puisque, par contre, elle est censée assimiler le japonais aussi vite qu'elle affirme pouvoir appréhender l'aïkido.

Il y a quatre mois qu'elle est au Japon, deux qu'elle est sur l'île de Kyushu, un qu'elle traîne entre Tano et Miyazaki ; elle commence à bien se débrouiller avec la langue. Pour ce qui est de l'aïkido, elle a vérifié que son autodidaxie alimentée par les livres et les vidéos est d'une bonne efficacité, mais qu'elle est trop brute et qu'elle l'expose à des réactions tout aussi radicales alors qu'elle manque de puissance, de pratique, d'endurance et de diversité technique. Jusqu'ici, elle n'a eu accès qu'à des dojos sans intérêt, pour gaijins à Tokyo, pour cadres qui n'aspirent qu'à entretenir leur forme à Fukuoka, pour jeunes femmes plus ou moins libérées depuis qu'elle est à Miyazaki. Les autres portes sont restées fermées. Lasse, elle a tenté de forcer celles de l'école de Watanabe, dont elle a été éconduite très fermement et sous les quolibets sans avoir pu approcher le sensei. Jamais un mâle, surtout japonais, n'aurait été ainsi traité et encore moins conspué. C'est la réponse qu'elle a faite à Watanabe quand il lui a demandé pourquoi elle s'en était prise à six de ses élèves. Plus exactement, c'est la deuxième réponse. La première a été : « Parce qu'ils n'étaient que six. »

Watanabe a dit :

« — Je comprends ton humiliation, Line-san, je peux même comprendre le défi. Mais pas la fierté qui t'a conduite à risquer ton intégrité physique. »

Ou quelque chose comme ça. En tout cas, pas un mot sur l'épaule qu'elle a luxée, le genou qu'elle a déboîté, les quatre sillons que ses ongles ont creusés sur un visage et les ecchymoses auxquelles aucun de ses élèves n'a échappé. Il est vrai que, en matière d'ecchymoses, Naïs/Line affiche son comptant, mais ni elle ni Watanabe ne s'en préoccupent. Leur problème se résume au parapet de briques, surplombant la rue d'environ six mètres, contre lequel Naïs s'est laissé acculer et sur lequel leurs avis divergent notablement.

Pour Watanabe, la rixe aurait dû prendre fin à cet instant, soit que la jeune fille ait ravalé son orgueil pour rompre ou courber la tête, soit que les deshi aient reconnu le danger qu'il y avait à poursuivre l'échauffourée et proposé une issue honorable. En tout cas, il est outré par le manque de discernement des kohai impliqués dans l'accident. Il s'est d'ailleurs empressé de les chasser de l'école, non sans vilipender le senpai qui les avait en charge le jour où Naïs s'est présentée au dojo et qui n'a pas su les tancer pour leur attitude à son égard. À son sens, la réprimande aurait eu pour effet de les amener à refuser le défi de la jeune fille, quelle qu'ait été la vexation.

Naïs sait que le parapet était sa chance. Les garçons ne pouvaient ni virevolter ni courir dessus. Elle si. Mais pas tout de suite. D'abord, elle voulait parfaire la leçon, se servir de la balustrade pour tournoyer au-dessus d'eux et faucher les deux plus coriaces par-derrière. Un peu d'élan, un appui de pied sur le parapet, un salto arrière vrillé, rien de plus simple. La balustrade a cédé sous l'impact. La chute a été brève, Naïs n'a pu que corriger son assiette pour ne pas se fracasser le crâne sur le bitume.

« — Pour le parapet, Watanabe-san, si vous cherchez un fautif, adressez-vous aux services techniques municipaux. En ce qui concerne le racisme et le sexisme, regardez autour de vous et examinez-vous au plus profond de vous-même.

« — Tu donnes des leçons à un sensei, Line-san ?

« — Quel sensei ? En renvoyant vos élèves, vous avez choisi de ne pas assumer la responsabilité de votre enseignement. »

Tous les jours, Watanabe consacre plusieurs heures à Line-san, pas seulement pour manipuler sa colonne vertébrale et ses membres. Il petit-déjeune, déjeune et dîne près d'elle pendant que sa fille aînée la nourrit (c'est sa cadette qui la toilette), et il discute avec elle. Quand ils ne sont pas seuls, Naïs prend soin de contenir son franc-parler et lui de ne pas aborder des sujets qui risqueraient d'éveiller son impertinence, mais elle sait par Kinu, la cadette, qu'il répète parfois ses propos les plus irrévérencieux à ses deux filles sans tricher d'un mot. Kinu en est très amusée, Shina plus perplexe, mais Kinu signifie « soie » et Shina « vertu », même s'il ne faut pas se fier au sens de leur prénom.

Un soir, alors que son père était retenu au dojo, Shina est venue s'agenouiller à côté de Naïs. Les mains sur les cuisses, elle l'a regardée dans les yeux et, elle qui ne parlait presque jamais, a lâché d'un coup :

« — Mon père est imparfait et il est le premier à le déplorer, mais il a un grand sens des responsabilités. Quand Kinu a tué mon mari, il s'est accusé à sa place. »

Au temps pour la soie.

« — Kinu a...

« — Mon mari essayait de la violer. Il cherchait à se venger de moi, parce que je le trompais avec son frère. »

Au temps pour la vertu.

« — Ce n'est pas une excuse.

« — Je n'en ai pas davantage. Bien que plutôt acharné en compétition, mon mari était doux et prévenant. C'est la démence née de son désespoir qui l'a poussé à émasculer son frère et à agresser ma sœur.

« — Tu cherches encore à l'excuser.

« — Ni lui, ni Kinu qui a pris sa vie, ni notre père qui leur a enseigné l'art, ni le frère de mon mari et moi qui l'avons trahi. Nous sommes les éléments d'une même causalité dont nous assumons chacun les conséquences. »

Avant de s'éclipser, Shina a ajouté :

« — Il n'y a pas de secret dans cette maison. Je dirai à Kinu et à mon père que je t'ai parlé, mais je te demande de ne pas aborder le sujet s'ils ne t'y invitent pas. »

Seul Watanabe est revenu sur le sujet, dès le lendemain matin.

« — Shina t'a expliqué pourquoi je ne peux pas mieux assumer la responsabilité de mon enseignement qu'en renvoyant les élèves dont l'inconséquence a provoqué ton accident. La Cour a décrété un non-lieu, considérant la légitime défense et l'impossibilité de soumettre un maître d'armes en état de démence meurtrière sans lui porter un coup fatal, mais je reste coupable d'avoir enseigné ce coup fatal et bien d'autres à quelqu'un dont le discernement et le contrôle sont fragiles.

« — Vous parlez de Kinu ou du mari de Shina ? Non, ne répondez pas, c'était une provocation gratuite et cela n'a aucune importance. Pour vous paraphraser, Watanabe-san, je comprends vos scrupules, je peux même comprendre vos remords, pas la démission qui vous pousse à abandonner des élèves armés d'une fraction de votre art alors qu'ils n'ont pas encore acquis le discernement.

« — Ce n'est qu'une fraction, comme tu dis. Ils ne sont pas dangereux.

« — Et je ne suis pas coincée depuis deux semaines sur ce futon, donc vous n'avez aucune raison de culpabiliser. »

Watanabe est resté figé un moment, les yeux très durs, puis, pour la première fois, il a ri.

« — Ton aïkido verbal est redoutable, Line-sensei. J'ai hâte de voir comment ton corps parcourt la voie de la concordance des énergies.

« — Je ne demande pas mieux.

« — Alors disons après-demain.

« — Après-demain ? Euh... quoi, après-demain, Watanabe-san ?

« — Après-demain, tu quittes le futon. Il est temps que tu découvres le jardin. »

Aujourd'hui, c'est après-demain. Hier, Watanabe n'est pas venu la voir de la journée et Naïs a mal dormi. Elle appréhende. Elle est toujours incapable du moindre mouvement et elle ne sent ni ses jambes, ni ses bras, pas même le plus petit fourmillement dans les doigts. Ni Kinu ni Shina, pendant le petit déjeuner et la toilette, n'ont su lui dire autre chose que : « Père viendra quand tu seras nourrie et lavée. » Maintenant, elle est nourrie, vidangée et lavée et elle n'a, heureusement, pas longtemps à patienter.

Tumoraki accompagne Watanabe qui tient un brancard sous un bras et le positionne contre le futon. En fait de brancard, pour ce qu'en voit Naïs, c'est juste une planche de bois avec deux poignées à chaque extrémité. Comme toujours, l'aveugle ne prend pas la peine de la saluer. Il s'accroupit et commence ses massages. Watanabe, lui, la salue, ni plus ni moins jovial que depuis quelque temps, et passe derrière elle pour s'agenouiller. Il place ses mains sous son crâne et soulève doucement celui-ci, huit doigts sous la nuque, les pouces sur les carotides.

— Tu es prête ?

— Je pourrais répondre si je savais à quoi je dois être prête.

— À faire ton tour dans le jardin.

— Allongée sur une planche ? Oui.

Il la manipule tout en parlant.

— C'est un bon début.

— Au moins je verrai le ciel.

— Oui, ça aussi ce sera un bon début, mais il serait préférable que tu regardes où tu poses les pieds en revenant.

— Où je... Watanabe-san ! Je suis incapable de bouger un muscle ! Comment voulez-vous que je...

— Je ne dis pas que ce sera facile.

— Facile ? Je ne sens même pas ce que me fait Tumoraki-sensei !

— Tu sens mes doigts, au moins ?

— Oui.

— Bien. Parce que ce sont eux qui vont te rendre les sensations dont ils t'ont privé il y a quinze jours.

Naïs ouvre grand les yeux mais frustre le sensei d'un nouvel ahurissement verbal. Celui-ci condescend quand même à s'expliquer :

— Plusieurs vertèbres étaient déplacées, certaines même fêlées, et les disques intervertébraux étaient écrasés, surtout les lombaires. Pour éviter que tes nerfs sciatiques et cruraux te fassent souffrir, pour repositionner ta colonne et te maintenir immobile, j'ai dû te priver de l'usage de tes membres... les quatre, puisque une cervicale et deux dorsales nécessitaient d'être consolidées. T'attacher n'aurait pas suffi : des mouvements involontaires, des tensions, des douleurs entraînent des contractions musculaires qui, dans ton cas, pouvaient être dommageables. Alors je t'ai déconnectée, même si le terme anesthésiée serait plus approprié. C'est en prévision de la reconnexion que Tumoraki... sensei, puisque lui y a encore droit, entretient tes muscles et particulièrement ceux de tes jambes car ce sont eux qui s'atrophient le plus vite. Je me suis personnellement contenté de garder ta musculature dorsale à peu près fonctionnelle.

— Vous auriez pu me dire tout ça avant !

— En effet.

Comme l'aïkidoka n'ajoute rien, Naïs insiste :

— En effet... C'est tout ?

— Line-san, de toi je ne savais que deux choses. Un, tu n'es ni rationnelle ni raisonnable. Deux, d'après le récit détaillé des six kohai que tu as maltraités, tu pratiques en toute désinvolture un art qui en mélange plusieurs avec une maîtrise qu'un adolescent n'a normalement pas eu le temps d'acquérir. Je ne pouvais pas être certain que tu ne tenterais pas de réveiller ton corps, ni que tu ne possédais pas la technique pour y parvenir. Line-sensei peut-elle me dire si mon raisonnement comporte une faille ?

Au temps pour Line-san. Line-sensei se borne à répondre :

— J'espère seulement que la partie médicale de votre raisonnement n'en compte pas.

— Nous allons vite le savoir.

Les mains de Watanabe se retournent sur la nuque de Naïs. Huit doigts lui maintenant le cou et les pouces remontent le long des cervicales, exerçant de petites pressions. Ils insistent sur l'axis, puis l'atlas, et se figent sur l'os occipital. Puis Watanabe tire d'un coup le crâne de la jeune fille vers lui. Naïs sent une légère torsion, entend un infime claquement, et le chiropraticien repose son crâne sur l'appuie-tête.

— Je suis prêt, dit-il (il s'adresse à Tumoraki).

— Ça ira pour moi, répond l'aveugle.

Les mains de Watanabe glissent sous les omoplates de Naïs, Tumoraki enserre ses chevilles et la tracte vers lui. Watanabe ne fait qu'accompagner le mouvement, puis ses bras s'enfoncent sous le dos de la jeune fille qui vient entièrement reposer sur eux. Les deux hommes la soulèvent de quelques centimètres et, se déplaçant sur leurs genoux, la posent sur le brancard. Le crâne de Naïs repose cette fois à plat, directement sur le bois, provoquant une désagréable sensation de vertige qui naît des cervicales. Les deux Japonais se redressent, se positionnent, plient les genoux, saisissent les poignées du brancard et se relèvent sans effort.

— On the road again, dit Watanabe.

Naïs ne voit que son dos (c'est évidemment lui qui passe devant), le visage de Tumoraki et le plafond, puis, après une succession de plafonds, le ciel, le vrai ciel, avec quelques nuages épars dans un bleu azuréen. Elle sent une légère brise, tiède, humide, sur son visage et le parfum de mille fleurs, ou d'une dizaine seulement, mais elle aime cette image de mille fleurs, comme elle aime leurs fragrances mélangées. Elle distingue le feuillage de plusieurs cerisiers, elle aperçoit un oiseau, elle entend la rumeur de Miyazaki au loin. Elle respire à fond sans se soucier de ses côtes.

Les coudes de Watanabe et les genoux de Tumoraki se plient pour garder horizontale l'assiette du brancard tandis qu'ils descendent quelques marches. Il y a un bruit de clapotis. Naïs ne comprend que lorsque les deux hommes se baissent un peu et que la planche touche l'eau. Elle tourne légèrement la tête. Ils sont au milieu d'une mare. La planche s'enfonce à peine quand les Japonais la lâchent, faisant juste affleurer l'eau qui s'insinue sous Naïs. Le tissu du kimono la protège, mais elle a conscience que ses avant-bras et ses pieds nus devraient ressentir l'humidité, ce qui n'est pas le cas.

— C'est plus agréable que la chambre, Watanabe-san, mais j'en profiterais davantage si vous me reconnectiez.

Tumoraki s'éloigne et regagne la berge. Watanabe se retourne et incline la tête vers la jeune fille.

— Je l'ai fait juste avant de te déplacer sur le brancard, Line-san.

Elle plisse les yeux, surtout parce que, en se déplaçant autour d'elle, l'aïkidoka ne lui masque plus le soleil.

— Je ne sens toujours pas mes membres.

Le déplacement de Watanabe, qui rejoint son ami aveugle sur le bord, provoque des vaguelettes qui inondent la planche. L'eau qui s'insinue par le col du kimono est plus froide que fraîche. La nuque de Naïs frissonne, mais elle ne perçoit pas l'humidité en dessous de ses omoplates.

— Le cerveau prend vite des habitudes et le corps est fainéant, explique Watanabe. Deux semaines de silence entre eux, c'est long, tu vas devoir leur réapprendre à communiquer.

— Et je m'y prends comment ?

— Je ne sais pas. Je n'ai jamais été immobilisé autant que tu l'as été ni aussi totalement.

Elle se demande s'il essaie de la faire enrager, s'il la met à l'épreuve, s'il estime qu'elle doit s'en sortir seule ou si, réellement, il ignore comment l'aider. Non. Il sait, et il va le faire. Ou il l'a fait.

— L'eau, dit-elle, et le froid. Le corps va réagir.

— Oui. Tu frissonnes, n'est-ce pas ?

— La nuque seulement, mais c'est passé.

— L'épiderme s'est tempéré. Cela reviendra.

Les minutes passent. Une poignée de pétales rose chair tourbillonnent devant ses yeux. L'un d'eux se pose près de ses lèvres, elle l'écarte d'un souffle. Les deux sensei restent silencieux. Naïs écoute ses sensations. Elle en a peu. Elle sait qu'elle est trempée, que le kimono l'est, en tout cas, directement et par capillarité. Elle sent sur la poitrine le poids de la soie qui la tire contre la planche. Elle perçoit le froid aussi, de la base du crâne jusqu'au milieu du dos, à chaque respiration. Il doit y avoir quinze degrés de différence entre l'air et l'eau. Son ventre au soleil est chaud, son visage aussi, les parties exposées de ses membres le sont sûrement aussi, et le reste doit être gelé. Outre le triangle que l'humidité dessine dans son dos, le froid la fait frémir chaque fois qu'elle bouge la tête, quand l'eau pénètre dans ses oreilles.

— La planche s'enfonce, en déduit-elle.

— C'est la particularité de ce bois, répond Watanabe, il boit. En conséquence, il flotte de plus en plus mal.

— Et il va s'enfoncer encore de combien ?

— Vu ton poids, si tu restes parfaitement immobile, je dirais quinze à vingt centimètres.

Avec un peu de chance, elle pourra encore maintenir ses narines au-dessus de la surface.

— Je ne risque pas de bouger.

— Es-tu sûre qu'il faille s'en réjouir, Line-san ?

— Je ne tiens pas à boire la tasse et je sais ce qui se produira si la planche commence à s'incliner.

Elle plongera vers le fond par une pointe qui entraînera toute la planche avec elle.

— Il est aussi possible qu'elle bascule sur le côté, laisse tomber Watanabe.

Et Naïs avec. Au moins, elle sait où s'est arrêtée l'assistance de son hôte. Il ne la laissera pas se noyer, certes, mais il attendra de devoir la ranimer avant de la tirer de l'eau, redevenant ainsi le sensei, celui qui donne les leçons. *Si cela peut le réconforter...* L'essentiel pour Naïs est que le chiropracteur et son ami masseur soient sûrs qu'elle n'est ni tétra- ni paraplégique, car elle peut s'appuyer sur cette certitude pour convaincre son esprit de lui rendre l'usage de son corps.

Les stridulations insistantes des grillons la font grincer des dents. Le soleil monte dans le ciel et le froid se fait désagréable. Il lui descend maintenant jusque dans les reins et, au fur et à mesure que la planche coule, commence à envahir sa poitrine et son abdomen par les flancs. L'étang doit être saumâtre car, si son bassin s'enfonce avec le bois, en redressant légèrement la tête, elle peut voir ses bras monter au fil de l'eau, ses avant-bras plus précisément, et ses paumes tournées vers le ciel. C'est d'elles que naît sa première sensation. Un chatouillement infime, celui qui précède une contraction irrépressible des doigts... qu'elle s'interdit – et l'effort que cela exige lui permet de sentir le sang circulant dans toutes les veines de ses bras.

Elle ne bouge pas, elle ne dit rien. Elle a retrouvé des bras et des mains mais pas la force de les soulever. Pas assez de forces. Elle se concentre sur ses jambes et sur l'eau qui remonte la plante de ses pieds, hélas trop doucement pour en éveiller le réseau nerveux. Elle aurait besoin de vaguelettes, mais la surface est d'un calme plat. Elle ferme les yeux.

Après une paire de minutes, Watanabe demande :

— Tu dors, Line-san ?

— Je protège ce que je peux du soleil.

— Ah.

Comme il va s'en tenir là, elle relance :

— Vous n'auriez pas une paire de lunettes solaires à me prêter, Watanabe-san ?

— J'avoue à ma grande honte que je n'y ai pas pensé, mais je ne veux pas m'éloigner. Garde les yeux fermés.

Pas de lunettes, pas de Watanabe dans l'eau, pas de vagues. Tant pis. Naïs s'efforce de se détendre, de se mettre au diapason de ses jambes inertes, de réprimer les frissons qui commencent à la parcourir, de les intérioriser, de les envoyer vers son bassin, au-delà de lui, dans ses cuisses, dans ses mollets, de l'autre côté de ses chevilles, mais ce ne sont que des images mentales, vaines. Elle révise tout ce qu'elle sait du système nerveux, elle visualise chaque nerf, elle imagine l'excitation de chaque muscle, tout aussi vainement. Alors elle se rappelle les blessures de son enfance. Ce que son intelligence ne peut pas accomplir, son subconscient en est sûrement capable. Au moins, il sait comment la mettre dans un état de colère tout ce qu'il y a de plus énergisant.

Elle relève la tête, le plus haut qu'elle peut sans décoller les épaules de la planche, et la rabaisse contre le bois. Son crâne s'enfonce dans l'eau, ses oreilles sont inondées, son front est recouvert, puis la planche remonte.

Elle relève encore la tête et recommence. Mais, cette fois, elle la repose de travers, pour que le mouvement de balance vrille. Et elle recommence encore. Et encore.

Sur la berge, à voix très basse, Tumoraki dit :

— Ta protégée s'agite.

— Elle essaie de faire basculer le brancard.

Après un grand bruit d'éclaboussure, Tumoraki reprend :

— On dirait qu'elle y est parvenue.

Watanabe ne répond pas. Le visage de Line-san a immédiatement disparu sous l'eau, alors il compte. Dans la position où elle se trouve, elle ne parviendra pas à se retourner sans l'usage de ses membres, au moins de ses bras, mais elle ne se débat pas, elle aurait plutôt tendance à couler, elle cherche même à le faire, probablement pour que ses genoux reposent sur le fond. En appui, elle pense pouvoir se redresser pour lever la tête hors de l'eau et respirer. Ce n'est pas idiot.

— Vingt, annonce Tumoraki (lui aussi compte). Les clapots que j'entends ne suggèrent pas une lutte acharnée pour la vie. Elle a réussi à se mettre debout ?

— Elle essaie plutôt de s'agenouiller, je crois, mais, vu sa position, je doute qu'elle réussisse.

Seules les fesses de Line-san émergent de l'eau. Elle ne parvient pas à reprendre le contrôle sur ses membres ou elle n'a pas la force de les remuer. Le caractère de la jeune fille laissait supposer au vieux sensei qu'elle était plus résistante et plus pugnace que ça.

— Quarante, dit Tumoraki. Elle bouge encore ?

Watanabe se redresse.

— Elle n'a jamais bougé que la tête et l'eau n'est pas assez claire pour que je la distingue encore.

Il entre dans l'eau.

— Je suis quitte pour une séance de respiration artificielle.

— Cinquante, répond Tumoraki.

À soixante, Watanabe est à côté de Line-san. À l'instant où il veut la saisir, elle se déplie d'un coup et, très droite, les pieds bien ancrés dans la vase, elle plante son regard dans le sien. Puis elle incline légèrement la tête à son intention.

— Watanabe-san, salue-t-elle avant de s'évanouir.

Il la rattrape avant que son buste ne retourne à l'eau. Le plus sage serait de la charger sur une épaule, même si elle n'est pas très lourde, mais le sensei lui doit un minimum de respect. Il passe un bras sous ses jarrets, l'autre sous son dos et retourne sur la berge.

Ses filles ont pris en charge Line-san. Watanabe est retourné s'asseoir sur la berge à côté de son ami aveugle.

— Elle t'a caché l'instant où elle a retrouvé l'usage de ses membres, dit Tumoraki.

— Oui.

— Puisque tu surveillais ses mains, cela veut dire qu'elle a contrôlé les réflexes involontaires de ses doigts.

— Oui.

— Tu devrais la former.

— En effet.

— Elle dirait : « En effet... C'est tout ? »

Tumoraki s'amuse beaucoup.

— Elle ne comprend pas l'univers comme nous.

— C'est une gaijin.

— En termes de compréhension, les gaijin et nous ne sommes pas dissemblables, nos différences ne résident que dans la perception des choses et, culturellement, dans leur interprétation. Je doute que ses perceptions et les interprétations qu'elle en fait soient plus proches de celles des gaijin que des nôtres. Je suis certain que sa compréhension du monde et de l'humanité n'a pas d'équivalent.

— Il lui manque des clés ?

— Elle en a trop.

— Tu es obscur.

— C'est comme si elle était plus âgée que nous deux réunis. Comment forme-t-on quelqu'un de plus expérimenté que soi ?

— En se formant en retour auprès de lui.

— C'est ce que j'ai commencé à faire. Tu as raison, je vais continuer.

Tumoraki approuve d'un hochement de tête.

— Au fait, as-tu réintégré tes élèves ?

— Hier.

— Cette Line est une bonne sensei. Tu devras te surpasser pour être à sa hauteur.

Les deux hommes éclatent de rire.

13 mars 2007

À l'époque où Philippe Decaze avait acheté son appartement, la Croix-Rousse n'était pas encore le fief des bobos lyonnais, natifs ou, plus souvent, d'adoption. C'était encore un quartier populaire où les mixités sociales et culturelles faisaient bon ménage. La mixité existe toujours, mais elle n'est plus que professionnelle, et le foncier s'est envolé dans les nuées spéculatives. De toute façon, il suffit de jeter un œil aux prix affichés sur les étals du marché pour en déduire que la colline n'a plus grand-chose de populaire. N'empêche que Decaze l'aime, sa Croix-Rousse, et qu'il n'échangerait pas ses cent vingt-cinq mètres carrés contre les deux cent cinquante qu'il pourrait se payer ailleurs, dans Lyon ou autour, avec ce que lui en offrent les agences. Cent vingt-cinq plus autant en terrasse, en partie couverte, orientée sud-ouest, au-dessus de la Saône et surtout des toits. Qui dit mieux ? Et il dispose d'un petit grenier attenant, d'une cave, et d'un garage privatif. Bref, Philippe Decaze n'envisage pas de déménager dans les cent ou deux cents prochaines années.

Après avoir pesté contre son expresso matinal (le joint de la machine fuit), s'être brûlé sous la douche (le joint céramique du mitigeur bloque) et s'être gelé en s'habillant (les vannes thermostatiques de la plupart des radiateurs sont grippées), Philippe hésite entre une humeur massacrante, un humour dévastateur et le fatalisme cynique qui l'habite depuis quelque temps. Quoi qu'il en soit, il décide de passer un coup de fil au plombier pour accepter l'installation d'un adoucisseur d'eau au niveau du compteur, que celui-ci lui recommande depuis des années, et en finir avec ce fichu tartre. Évidemment, à la seconde où il attrape l'un des combinés de l'appartement, tous se mettent à biper.

— Decaze !

Le ton pour le moins irrité provoque un blanc dans l'écouteur, puis l'importun se présente :

— Gaël Caher, DST. Bonjour, monsieur Decaze.

— Bonjour, monsieur Caher. Que me vaut l'honneur ?

C'est une de ses spécialités : la réplique du tac au tac incluant le nom de l'interlocuteur comme s'il le connaissait parfaitement. Invariablement, celui-ci est déstabilisé. En l'occurrence, cela se solde par un nouveau blanc, très court mais jouissif, durant lequel Decaze met ses neurones en état d'éveil. Et il en aura besoin : DST + ligne fixe privée = gros problème. La journée ne débute décidément pas sous de bons auspices.

— J'ai besoin de vos lumières sur une affaire qui préoccupe mon service.

Mon service. Ce zozo essaie de lui faire avaler que, sur la longue liste des subalternes du service français, il se situe à un niveau proche du sien au sein de la beaucoup plus sobre hiérarchie d'Interpol. Amusant.

— Je vous écoute, monsieur Caher.

— Je peux monter ?

Il est en bas. Ça, c'est beaucoup moins amusant.

— La porte est ouverte, répond Philippe en appuyant sur la touche « clé » de l'interphone près de lui.

Il raccroche sans préciser l'étage, c'est forcément inutile, et il va ouvrir la porte de l'appartement, en grand (il est seul sur le palier). Il dispose de quarante à cinquante secondes, une minute maximum, avant que le jeune homme – trentenaire, à sa voix – n'ait avalé les cinq étages. Ne sachant comment en user, il appelle le plombier.

Quand Philippe entend frapper, il lance :

— Deuxième porte sur votre droite.

Il entend la porte d'entrée se refermer mais il attend que Caher atteigne le séjour pour conclure sa conversation téléphonique sur un simple « Merci ».

— Votre service ? demande Caher en s'avançant main tendue.

Comme voulu, Caher est persuadé qu'il prenait des renseignements sur lui.

— Le plombier, répond Philippe en serrant brièvement la main offerte. J'ai quelques problèmes de calcaire.

— Ah.

— D'ailleurs, vu que je n'ai plus un radiateur qui fonctionne correctement, nous serons aussi bien dans la véranda.

Il fait coulisser la baie vitrée et précède Caher. À cette heure en cette saison, la véranda n'a pas encore été réchauffée par le soleil, mais la vue est superbe. Encombrée par les plantes que Philippe a rentrées pour l'hiver, dont deux citronniers en fleur qui ont accepté l'asile climatique avec reconnaissance, la véranda est située sur la partie la plus à l'ouest de la terrasse. Elle surplombe les toits et les méandres de la Saône, on y aperçoit à peine Fourvière.

— Je ne vous propose pas un café, la machine est en rade, et, à moins que vous aimiez le thé au tartre...

— Pas particulièrement, merci.

— Bien.

Il désigne une chaise, sur laquelle Caher s'assoit, et prend place de l'autre côté de la table de cafetier recouverte d'une toile cirée constellée de taches brunes. Caher courbe juste assez le dos pour paraître décontracté sans être avachi et pose les mains, doigts croisés, sur le rebord de la table. Le dos de Decaze ne touche pas le dossier de sa chaise, ses doigts sont croisés aussi, ses mains au milieu de la table, ses coudes à plat.

— Alors, en quoi puis-je vous être utile, monsieur Caher ?

Genre : « Je suis poli mais je n'ai pas de temps à perdre et j'imagine que vous non plus. »

— Au printemps dernier, il y a eu une fusillade en centre-ville...

— Le terroriste abattu par le GIGN.

— Exact... enfin... Que savez-vous de cet incident ?

Un incident ? Ben voyons.

— Ce qu'en disent le communiqué officiel et la note à peine moins édulcorée que nous a transmise le ministère de l'Intérieur.

— Rien d'autre ?

— Si vous voulez me faire dire que personne à Interpol n'est suffisamment débile pour avaler de pareilles foutaises, j'en conviens avec plaisir, mais nous n'avons pas pour habitude de nous mêler de la cuisine intérieure des États qui nous mandatent.

Caher se racle la gorge et suit machinalement du doigt le contour d'une des taches de la toile cirée.

— Il ne s'agissait pas d'un terroriste.

— Nous nous en doutions.

— Et il n'a pas été abattu par le GIGN.

— Nous nous en doutions aussi.

— En fait, nous ne savons pas qui était le tireur.

Le visage de Philippe reste impassible mais il change de formule :

— Vous avez inversé les rôles. Le tireur était le terroriste et l'homme ainsi que la femme abattus travaillaient pour un service français. C'est ce que sous-entendent les aberrations de vos communiqués et la disparition de la femme à l'hôpital.

Caher hoche la tête.

— Nous cherchons toujours le tireur.

— Vous ne seriez pas là sinon.

— En effet.

— Mais si le problème était aussi simple, cet entretien serait appuyé par une requête officielle et il aurait lieu dans mon bureau. Donc si vous voulez en venir au fait...

Le sourire de Caher est celui d'un prédateur qui en reconnaît un autre. S'il ne se retenait pas, il s'étirerait comme un félin.

— Comme beaucoup de monde dans notre milieu, j'ai entendu parler de centres d'entraînement et de conditionnement de nature très expérimentale qui auraient été l'apanage des Soviets pendant longtemps et que les Américains auraient remis au goût du jour plus récemment. Par pragmatisme, je n'ai jamais jugé utile de m'intéresser à l'un ou l'autre mythe qui circulent dans nos couloirs. Je sais comment nous formons nos agents et comment l'armée instruit les éléments de ses forces spéciales. Je me doute que les régimes totalitaires ne se privent pas pour recourir à des méthodes particulièrement drastiques ; néanmoins je connais les limites financières, scientifiques et humaines des procédés qu'ils peuvent employer, donc des résultats qu'ils peuvent obtenir. Mais le tireur que je cherche me pose un gros problème, un problème auquel vous avez apparemment déjà été confronté.

Philippe ne bronche pas.

— Vous l'aviez appelé « le Chaînon manquant », je crois.

Philippe ne bronche toujours pas, mais c'est au prix d'un effort qu'il ne s'attendait pas à devoir fournir puisqu'il avait deviné où Caher voulait en venir.

— C'était en 1992, précise Caher, un agent de la CIA qui s'est mis à jouer les snipers et qui s'est suicidé pendant que vous l'interrogiez.

— Après, et il a avalé sa langue. Ce ne sont pas des choses qui s'oublient.

— Le tireur que je cherche semble sorti du même moule.

— À ce point ?

Caher émet un soupir dubitatif.

— Je n'en sais rien. C'est pour ça que j'ai besoin de votre opinion et d'informations sur le tireur fou de 92. Mes spécialistes disent que le carton des Cordeliers est humainement impossible.

Mes spécialistes. Caher n'amuse absolument plus Philippe.

— Je vois, dit-il. Dans quelle mesure et dans combien de temps pouvez-vous m'adresser une requête un peu plus officielle ?

Caher exagère son ébahissement.

— Je croyais que vous aviez saisi que...

— J'ai saisi, monsieur Caher, mais je pensais que vous-même aviez compris qu'Interpol n'intervient jamais dans les affaires *spéciales* sans y être expressément invité.

— D'où le caractère officieux de ma démarche.

— Nous tournons en rond. Je vais être plus clair. L'affaire que vous me demandez d'exhumer implique un service de renseignement militaire d'une nation devenue extrêmement susceptible depuis le 11 septembre 2001.

— Le Chaînon manquant était de la DIA ? Pas de la CIA ? Je l'ignorais.

— Vous ignorez beaucoup de choses, monsieur Caher. Dans le cas contraire, vous ne seriez pas venu me trouver.

L'officier de la DST lève les mains pour montrer qu'il fait amende honorable et les recroise sur le bord de la table, en lissant machinalement la toile cirée.

— J'en conviens, admet-il. Mais reconnaissez que, CIA ou DIA, il nous est difficile d'adresser par la voie normale une demande concernant un, voire deux, de leurs hommes.

— Interpol participe aujourd'hui activement et, pour être franc, un peu trop à mon goût, à la localisation et à la surveillance d'individus aux comportements et aux déplacements suspects, ce qui l'amène à collaborer étroitement avec les cellules antiterroristes de nombreuses nations, dont la France, bien entendu, qui n'a pas moins que les autres un sens très unilatéral de la collaboration. Donnez-moi quelque chose qui mérite ou qui justifie la réouverture d'un dossier que ni ma hiérarchie ni les Américains n'ont envie de voir remonter à la surface.

Caher fronce les sourcils.

— Excusez mon franc-parler, mais il s'agit d'un marchandage, en quelque sorte ?

— Vous m'aidez, je vous aide. C'est un échange de bons procédés.

Les sourcils se décrispent, le sourire est railleur.

— Que voulez-vous, monsieur Decaze ?

— Les données en votre possession sur la fusillade des Cordeliers.

Caher secoue la tête comme pour se réveiller.

— Je ne comprends pas. Je vous les aurais fournies, de toute façon.

— Vous ne comprenez pas, effectivement. Je veux un rapport exhaustif sur tout ce qui concerne de près ou de loin la fusillade, avant, pendant et après.

Cette fois, Caher est ahuri.

— Monsieur Decaze, vous savez pertinemment que, même si je possédais toutes les informations que vous demandez, ce qui est loin d'être le cas, certaines sont si sensibles que je n'en parlerais même pas à un poisson rouge.

— Monsieur Caher, si vous aviez la moindre idée de ce qu'est le Chaînon manquant, vous interrogeriez tous les poissons rouges de la planète pour savoir ce que leur aurait confié un agent moins scrupuleux que vous.

Une infime mais indéniable lueur de satisfaction traverse le regard de l'officier français. Comme il a conscience que cela s'est vu, il préfère dire :

— Ne croyez pas que je sois totalement ignare en la matière.

— Une fois de plus : dans le cas contraire, vous ne seriez pas venu me trouver.

— Il va me falloir du temps pour rassembler la matière qui vous intéresse.

— Vous êtes le demandeur.

— Et je ne pourrai pas vous la communiquer officiellement.

— Montez un rapport plus léger, uniquement sur le tireur, et adressez-le à mon service. Cela suffira pour justifier que je réexamine un dossier verrouillé.

— Je ne comprends ni pourquoi vous tenez tant à officialiser notre relation, ni ce que vous escomptez des informations que ni moi ni qui que ce soit de la DST n'admettra jamais vous avoir transmises.

— Nos boutiques respectives ont foi en nous, monsieur Caher, et cette confiance n'est possible que parce que nous leur sommes fidèles.

Comme Philippe n'a répondu qu'à la première partie de son interrogation, Caher insiste :

— Et pour ce qui concerne le rapport officieux ?

— Nos boutiques ont aussi leurs brebis galeuses. Interpol est un fruit juteux, ce ne sont donc pas les vers qui manquent... et que nous tolérons, de plus ou moins bonne grâce, puisque leurs indélicatesses se limitent à des fuites auprès de services supposés amis. Toutefois, j'ai la rancune tenace et j'ai une vieille dette auprès de l'un d'eux, dont l'identité m'échappe depuis la fin des années 90 mais qui ne manque jamais de me savonner la planche.

— Vous voulez vous servir de mes informations pour le piéger ?

— On ne peut rien vous cacher.

Le front de Caher se plisse.

— Vous le soupçonnez de *favoriser* un service français ?

— Entre autres.

— Entre autres ?

— Je ne pense pas qu'il vous soit plus loyal qu'à Interpol.

Difficile de dire si l'intérêt de l'officier est sincère, mais il se redresse et se penche vers Decaze.

— Vous m'intriguez.

— Nous en reparlerons si nos objectifs se mettent à coïncider.

Caher acquiesce d'une moue entendue et se lève.

— Vous avez raison. J'abuse de votre hospitalité et de votre bienveillance. (Il s'écarte un peu de la table et remet la chaise en place avec un soin exagéré.) Je vous recontacte d'ici une semaine ou deux.

— Vous savez où me joindre.

Comme Decaze ne bouge pas, Caher enfonce dans une poche la main qu'il a failli tendre et dit :

— Et je sais où est la sortie. À bientôt, monsieur Decaze.

— À bientôt, monsieur Caher.

Juste quand l'officier de la DST va quitter la véranda, Philippe ajoute :

— Cette conversation était enregistrée, monsieur Caher.

Caher retire la main de sa poche pour agiter ce qui est un peu plus qu'un téléphone mobile.

— Nous sommes sur la même longueur d'onde, monsieur Decaze.

Ses lignes téléphoniques personnelles sont censées être aussi bien protégées que celles de son bureau, mais Philippe préfère ne pas se fier aux cerbères électroniques d'Interpol. Il patiente un quart d'heure, quitte son appartement et se rend directement dans une boutique de téléphonie mobile où il achète un pack téléphone + carte.

Puis il retourne à son immeuble, récupère l'Imprezza au garage et prend la direction du siège d'Interpol, mais il ne s'y rend pas directement. Quelque part dans le 6e arrondissement, il se gare et entre dans un bar où il s'installe à une table isolée. Quand le serveur vient le voir, il commande un expresso qu'il sucre avec soin, un demi-morceau, pas plus, et passe son coup de téléphone.

À la quatrième sonnerie, une voix dit :

— Ya !

— C'est Philippe. Tu peux me rappeler, je n'ai plus de forfait ?

— Cinq minutes.

Il sait que son numéro a été enregistré par le mobile de son correspondant. Il a juste le temps de boire son expresso et de le régler avant que son téléphone flambant neuf sonne.

— Salut Anton, dit-il en quittant le bar.

— Salut Philippe.

— C'est une équipe de la DST qui a récupéré Bellanger.

— Sûr ?

— Il a embobiné leur crétin en chef qui est venu directement chez moi pour s'informer sur le Chaînon manquant.

— Le quoi ?

— C'est une private joke entre Inge, Steph et moi. Inge est hors course...

— L'envoyé involontaire venait de la part de Steph. Pigé. Que puis-je faire ?

— Dans un premier temps, trouver où ils l'ont enfermé.

— C'est jouable.

— *Très* discrètement.

— Ah.

— Et très prudemment.

— Normalement, c'est une lapalissade. Que crains-tu ?

— Ce putain de chaînon manquant, justement.

— Je croyais que c'était une private joke ?

— Tu connais Bellanger. Tu le crois capable de se servir d'un levier par hasard ?

— Non.

— Je ne sais pas dans quoi il s'est embarqué et j'ai pas mal de trucs à vérifier, mais ça me rappelle de très mauvaises odeurs, hélas pas si vieilles que ça.

— Putain ! C'est quoi ce chaînon manquant ?

— Imagine Ann X avec un fusil à lunette.

— Merde.

— Je t'envoie tout ce que j'ai dès que possible. Tu sais comment contacter Iza ?

— Oui.

— Préviens-la, dis-lui de rester planquée et rameute Carlo. Je brûle ce numéro dès que j'ai raccroché. Toutes mes lignes sont grillées. Je me rééquipe en sécurisé dans la journée. Pas de coup de fil, pas de mail, pas de visite avant mon feu vert.

— Refrain connu.

— À très vite, j'espère.

— Moi aussi... Hé ! Philippe !

— Oui ?

— Je croyais que tu allais raccrocher.

— J'allais le faire.

— Finalement, en matière de dingos, je préfère les pétards aux lames.

Philippe coupe la communication sur l'explosion de rire d'Anton. Puis il sort la puce du mobile, l'écrase du talon sur le trottoir et la pousse dans le caniveau. Quand il remonte dans l'Imprezza, il a l'impression d'être passé à côté de quelque chose d'important. Tout en roulant vers Interpol, il se rejoue le début de matinée en accéléré, mais il ne trouve pas.

— Dans quel lac nous as-tu encore jetés, maudit Bellanger ? jure-t-il en imitant lamentablement l'accent du Canadien.

11 avril 2007

La nuit n'est pas spécialement sombre, mais le quartier ne compte plus un réverbère en état de fonctionner : ceux qui sont encore alimentés par le réseau n'ont plus d'ampoule. C'est une friche industrielle bordée de lotissements ouvriers qui se sont vidés au fur et à mesure que les usines fermaient. À l'exception d'une casse automobile, d'un entrepôt ferroviaire en cours d'abandon et d'une gravière à l'activité déclinante, les entreprises ont déserté la zone. Les habitants aussi, du moins ceux qui l'ont pu. Les plus âgés, les plus démunis, les moins Français n'ont pas eu le choix ; d'autres ont fait celui de l'habitude, de l'entêtement ou de la marginalité. Ils ne sont pas nombreux : il n'y a plus de transports en commun et les commerces sont loin, de l'autre côté des voies ferrées qui contraignent à un long détour pour rejoindre la ville. Sauf de nuit. La nuit, aucun employé de la SNCF ou de la SERNAM n'est là pour interdire l'accès à l'enchevêtrement des dizaines de voies, dont la plupart ne sont que de service, de triage ou de garage. Et, à partir de minuit, seuls les trains postaux et ceux de marchandise circulent, mais ceux qui traversent les voies après cette heure ne le font ni pour rejoindre les commerces, ni pour en revenir.

Ils ont laissé la voiture sur la frange encore vivante de la ville, dans un îlot populaire plutôt calme qui jouxte un quartier à la réputation plus volcanique mais qui ne s'est embrasé qu'une fois, peu après que le ministre de l'Intérieur a parlé de passer les banlieues au kärcher. Ce n'est pourtant pas une banlieue, et cela ne s'est pas fait sans un harcèlement policier en bonne et due forme. Pour appuyer leur discours sécuritaire, les hommes providentiels ont besoin d'insécurité et, lorsque ce qu'ils appellent l'ivraie lève mal, ils peuvent toujours recourir à des semences sociologiquement modifiées.

Ils ont marché une vingtaine de minutes, d'un bon pas au début puis sans manifester d'empressement quand ils ont pénétré dans le quartier fantôme. C'est Michel qui a imposé le tempo, il est le seul qui connaît bien les lieux, ses coutumes et ses méfiances. Le Grand Duc y a des contacts, mais il les rencontre généralement ailleurs. Bernardo et Nils ne sont pas dans la région depuis assez longtemps pour avoir entendu plus que des mots couverts. Pour finir, après avoir traversé une rangée de maisons ouvrières délabrées, dont les jardins sont devenus des jungles hantées par des chats redevenus sauvages, Michel les entraîne dans une usine désaffectée. De l'autre côté d'un hangar, ils débouchent sur un terrain vague. Une demi-douzaine d'hommes les attendent, tous kurdes mais de quatre nationalités différentes. Ils ont allumé un feu discret dans un bidon de pétrole et l'alimentent avec des morceaux de palettes. Groupés autour de ce poêle de fortune qui sent le kérosène, ils font tourner un mégot de tabac âcre, en tapant des pieds.

L'un d'entre eux – Awat, le seul qui parle couramment français – présente ses compagnons, Michel présente les siens, puis il laisse le Grand Duc palabrer avec Awat, le Turc francophone. La discussion va être ardue : le Grand

Duc veut voir les familles, Awat n'y est pas opposé ; le seul Irakien concerné, Homer, est plus réservé (les deux autres, Barzan et Sakar, sont seuls en France), mais Rojdi, l'Iranien, et Ferhad, le Syrien, sont farouchement contre, ils risquent plus que leur seul emprisonnement.

Michel a prévenu :

— Ils savent ce que sont l'ASTI et la LDH[1]. D'autres réfugiés, certains régularisés, leur en ont parlé. Ils ont confiance en moi et ils sont impressionnés par ce que les SDF ont fait ces derniers mois. J'ai donné ma parole sur ta sincérité, alors ils t'écouteront, mais ils ont la peur au ventre et tu ne la leur enlèveras pas avec des mots.

Le Grand Duc a répondu :

— C'est pour ça que je veux voir les femmes. Elles ne se mêleront pas à la conversation, mais elles l'entendront, et elles ne participeront pas ouvertement à la décision, mais elles sauront l'influencer.

Même si le Grand Duc réussit à rencontrer les familles, comme il en parle par euphémisme à Awat, ce ne sera pas avant plusieurs rendez-vous. D'ailleurs, même si les femmes kurdes participent d'une façon ou d'une autre à la décision, il y a peu de chances que ce soit pour amener leurs époux à se risquer dans une réunion publique, parrainage ou manifestation. C'est pareil avec les sans-papiers des microcommunautés africaines, est-européennes, asiatiques qui se sont organisées dans les différents squats de la région pour survivre de plus en plus clandestinement. Ces communautés que Michel parvient à toucher plus facilement que les membres des associations de soutien parce que les médias ont fait de lui l'emblème des sans-abri. Seulement ce n'est pas

1. Ligue des droits de l'homme.

un hasard si certaines planques ne s'ouvrent que pour Michel, ni si lui-même a entrepris d'y montrer son nez de plus en plus souvent.

Plus la présidentielle approche, plus le climat se pourrit. Pas celui que les météorologistes inventent à partir d'images satellites et de modèles à la fiabilité relative. Côté météo, l'amélioration est sensible et il serait de moins en moins pénible de courir à poil dans les rues, si le climax intérieur, du ministère du même nom, ne coinçait pas aux entournures en matière d'interventions policières. Les manifestations de sans-abri ne sont plus « encadrées par les cordons de sécurité » mais « réprimées par les forces de l'ordre » et ce ne sont plus des manifestants qui sont dispersés mais des fauteurs de troubles qui sont interpellés et – mais ça, aucun média ne s'en fait l'écho – qui ne sont pas relâchés dans les conditions prévues par les lois encadrant la garde à vue, certains faisant même l'objet de poursuites pour exhibitionnisme, ivresse sur la voie publique, destruction de bien public, insulte à agent et autres délits mineurs qui n'aboutiront vraisemblablement à aucune condamnation mais qui retardent leur retour à la rue.

Le bruit court qu'un parquet aurait même usé du « délit d'association de malfaiteurs en relation avec une entreprise terroriste » pour conserver abusivement des SDF en détention provisoire jusqu'à ce que l'élection ait rendu son verdict. Toutefois, Michel doute que la rumeur soit fondée, même si un policier a personnellement tenté de l'intimider en le menaçant de ce qui n'est rien de moins qu'une loi d'exception s'il ne se tenait pas tranquille dans les semaines à venir. Ce qu'il a vérifié, par contre, c'est que les structures hivernales d'accueil en dehors des villes ont bénéficié d'une rallonge budgétaire pour héberger des sans-logis jusqu'au soir du second tour et que les manifestants relâchés y ont été conduits aux frais de la princesse ou, plus exactement, dans des véhicules équipés de gyrophares. De toute façon, depuis que des « policiers » français ont « permis » l'arrestation de Cesare Battisti à Rio, une semaine avant que le ministre de l'Intérieur ne quitte son poste pour endosser le maillot de candidat à la présidence, la police française se fait un devoir de veiller sur l'hébergement de nombreux sans-abri, que ce soit en centres d'accueil ou en cellules de dégrisement. Dans ces conditions, il est devenu difficile d'organiser des manifestations autrement que par petits groupes improvisés que les CRS n'ont aucun mal à dissoudre dans une poignée de paniers à salade et les médias à ignorer ou à discréditer.

« — Les médias de droite, dit le Grand Duc.

« — Pléonasme, réplique Michel. »

Même pour le Grand Duc, qui s'informe essentiellement dans la presse indépendante, il est difficile d'argumenter contre les chiffres. Quand ce ne sont pas les grands groupes qui contrôlent les médias cumulant les ventes et l'audience, c'est l'État. Ce qu'il reste de déontologie journalistique s'autocensure avant que les responsables de rédaction n'interviennent. Michel a parfois l'impression que les exceptions n'existent que pour désensibiliser les consciences subversives.

Vous êtes allergique à la pensée unique ? Écoutez Mermet, feuilletez le Canard, lisez le Monde diplo, regardez Groland ! Mais surtout, pour éviter un choc anaphylactique brutal, réfléchissez dans votre recoin.

Le pays est truffé de recoins et de penseurs qui iront aux urnes faire où on leur dit de faire et qui laisseront la république dans l'état où ils n'ont pourtant pas aimé la trouver en entrant. Après le premier tour, les manchots de droite comme les manchots de gauche se féliciteront qu'au royaume des aveugles le borgne ne soit pas roi et, au second, une heure avant la fermeture des bureaux de vote, les plus sénestres se précipiteront pour vomir sur leurs convictions le bulletin de la peur qui ne servira à rien : le nouveau maître du monde hexagonal est déjà choisi et chaque voix pour sa partenaire de jeu ne fera que le légitimer en gonflant le taux de participation. Alors, en toute légitimité, le quart-monde d'ici continuera à se rapprocher du tiers de tous ces là-bas vers lesquels on rapatrie la misère qu'on a décrétée illégale.

Cette nuit, autour d'un brasero improvisé, la misère est kurde et Michel ne parvient pas à s'intéresser aux arguments qu'elle oppose avec conviction aux explications patientes du Grand Duc et à l'enthousiasme plus virulent de Nils. De ses trois compagnons, seul Bernardo, accroché à son bloc-notes, ne dit rien. Mais Bernardo est muet – blocage traumatique d'après le Grand Duc. C'est d'ailleurs à ça et à sa bonne bouille, évoquant celle de l'homme à tout faire de don Diego de la Vega, qu'il doit un prénom avec lequel il n'est sûrement pas né. Ce qui semble parfaitement lui convenir. Michel, lui, n'y trouverait rien à redire si, depuis que le Grand Duc le lui a fourré dans les pattes, Bernardo ne le prenait pas pour une sorte de Zorro.

Bernardo a atterri dans la structure d'accueil où bosse le Grand Duc au milieu de l'hiver avec, pour tout bagage, un sac de marin quasiment vide et un bâton de marche en bois presque noir, plus proche d'une canne que d'autre chose.

Il venait de Paris, un peu en stop, surtout à pied. Les sans-abri sont rarement tendres entre eux, mais c'est encore pire pour celui qui ne peut communiquer que par l'intermédiaire d'un calepin alors que peu savent vraiment lire et que beaucoup peinent à déchiffrer. Le Grand Duc a poussé quelques coups de gueule et montré les dents pour qu'on foute la paix à Bernardo, du moins à l'accueil de nuit (pour faciliter le roulement et permettre à chacun de souffler un peu, les hébergés ne peuvent rester plus de trois nuits d'affilée) ; ailleurs, le muet a dû jouer du bâton de marche. Ce n'est pas un foudre de guerre, mais il sait distribuer des coups de canne pour se dégager, il court vite et, contrairement à la plupart de ses agresseurs, il ne boit pas. Le vin et la bière n'empêchent pas de crever de froid et de solitude, mais ils réchauffent un peu le corps et ils endorment les angoisses. Bernardo préfère lire. Tout ce qui lui tombe sous la main. Des pages de journaux après qu'elles ont servi d'emballage, des magazines récupérés dans les poubelles, des bouquins dont il manque une partie des pages, tout, et il lit vite. Il écrit vite aussi, mais, si ses bâtonnets sont impeccables, son orthographe est tellement phonétique que seuls les gosses habitués au langage SMS le comprennent à la première lecture.

> Tu parl pa ? 1 blem ?

Bernardo a vu que Michel le regardait et s'est jeté sur son bloc-notes. Comme il ne peut pas répondre que, en plus, il n'écoute pas, Michel lui fait un clin d'œil, l'air de dire « j'attends mon heure ». D'ailleurs, durant un moment, il réussit à rester concentré.

— Ferhad dit qu'il est en France depuis dix ans, traduit Awat, qu'il y a rencontré sa femme et que ses deux filles y sont nées. Ils n'ont pas toujours eu à se cacher, même si Ferhad n'a jamais obtenu le statut de réfugié politique qu'il a demandé dès son arrivée. Sa femme et lui travaillaient tous les deux quand ils se sont mariés officiellement, dans une mairie. Il y a six mois, ses filles allaient encore à l'école. C'est là que les policiers sont venus les chercher tous les quatre, à la sortie des classes. Si les autres parents n'avaient pas fait barrage, si l'un d'eux ne les avait pas évacués dans sa voiture pendant que les instituteurs discutaient avec la police, ils auraient été renvoyés en Syrie. Lui, pour mourir dans une prison, ça il en est sûr. Mais qu'aurait fait l'État syrien de sa femme et de leurs enfants ? Sa femme est kurde, mais elle a grandi dans les montagnes, dans la zone frontière entre la Turquie, la Syrie et l'Irak, et sa famille ne l'a jamais déclarée. Et ses filles sont nées en France. Il ne prendra pas le risque de les sacrifier en tentant le diable. Même s'ils vivent mal aujourd'hui, les choses s'arrangeront, ici ou ailleurs.

— Moi aussi je pense que les choses vont s'arranger, répond le Grand Duc en regardant le Syrien plutôt que le Turc, mais pour ici je ne sais pas combien de temps cela prendra et je ne suis pas sûr qu'il y ait beaucoup d'ailleurs où se réfugier en attendant. Quel âge ont tes filles, Ferhad ?

Awat traduit pour le Syrien, puis la réponse de celui-ci pour les Français :

— Six ans, bientôt sept, toutes les deux, elles sont jumelles.

— Alors au vu des sondages, elles auront presque douze ans quand les choses pourront s'améliorer pour vous en France, presque dix-sept s'il faut encore attendre les élections suivantes. Tu vas les laisser grandir dans les conditions où vous vivez aujourd'hui, Ferhad ? Cachées toute leur enfance, sans école, sans liberté, sans commodités ?

Les yeux du Grand Duc sont toujours braqués sur ceux de Ferhad. Ce sont ceux d'un père qui s'adresse à un autre père.

— Tu penses que le populiste va être élu ? lui demande Awat après avoir traduit ses questions.

— Le monde entier le pense, répond Nils avec son accent indéfinissable. Il n'y a qu'à voir comment l'argent circule entre les différentes Bourses.

À la place du Grand Duc, Michel aurait signifié son agacement à Nils pour le décalage entre la réponse faussement documentée et l'humilité presque candide de la question. Mais Michel n'aime pas le bonhomme. Nils Ragnarsson se vante d'être un étranger en situation irrégulière alors que, à défaut de le protéger de tout, son passeport islandais le préserve des avanies et des mauvais traitements. En outre, s'il est depuis longtemps membre d'associations adhérentes à la FIDH[1], son arrivée récente dans la Drôme ressemble autant à un parachutage politique qu'à une infiltration de nature encore plus inavouable. Il n'a jamais l'ombre d'une idée mais il se mêle de tout et, entre autres, il manifeste un peu trop d'intérêt pour le mouvement des sans-abri. D'ailleurs, il n'a intégré l'ASTI qu'après la manifestation de Valence. Bref, pour Michel, si ce n'est pas qu'un enfoiré, c'est au moins un RG et il a fallu que le Grand Duc insiste lourdement pour que Michel accepte de le conduire jusqu'aux Kurdes. Il espère simplement que le Grand Duc n'a pas couru le risque qu'il les accompagne uniquement pour le tester.

Même s'il s'efforce de le cacher, le Grand Duc est épuisé. Le préfet s'est fait taper sur les doigts parce que

1. Fédération internationale des droits de l'homme.

ses chiffres n'étaient pas à la hauteur des attentes du ministère, alors la police multiplie les rafles de sans-papiers. Comme tous les membres des associations de solidarité, le Grand Duc passe son temps à alerter les journaux, courir à la préfecture, soutenir les proches, s'efforcer de ralentir les expulsions, organiser des parrainages, des pétitions, des manifestations. Quelquefois, ils obtiennent la révision ou le réexamen d'un dossier, mais cela ne revient souvent qu'à retarder une échéance ou à détourner l'intérêt policier vers des familles moins entourées. Le nombre des expulsions croît aussi vite que les méthodes pour les conduire se durcissent et il devient impossible de s'y opposer sans être poursuivi par la justice. Physiquement, moralement, le Grand Duc danse sur un fil ténu et l'implication de Michel, au lieu de le soulager, ne lui apporte qu'une charge de travail supplémentaire. Voilà sûrement pourquoi la présence de Nils lui est indispensable.

Le bloc-notes de Bernardo surgit de nouveau sous les yeux de Michel :

> Di lor ke Nils a rézon. Aprè lélexion ça sra pir, surtou pour ceu ki se cach.

Michel profite de la première pause dans la discussion :

— Bernardo me demande de vous dire que, même si les parrainages seront un peu moins efficaces après les élections, la police s'en prendra surtout à ceux que personne ne soutient parce que les préfectures n'auront pas à craindre la mobilisation des associations. Les expulsions deviendront automatiques sans que personne n'ait le temps de les faire connaître ou de s'en indigner.

Bernardo approuve d'un hochement de tête satisfait l'interprétation que Michel a fait de son mot.

Dès qu'Awat a traduit, les six Kurdes se mettent à parler en même temps dans leur langue. Les échanges sont brefs et vifs. Puis Awat s'efforce de les résumer en français :

— Nous avons tous conscience de ça, mais certains font valoir qu'on ne peut pas expulser ceux qu'on n'a pas attrapés, surtout s'ils s'entraident.

— Si nous étions au Kurdistan et que j'étais recherché par les polices locales, réplique Michel, vous semblerait-il plus sage de confier ma vie à des Européens dans ma situation ou de m'en remettre à vous ?

Nouvelle rafale de commentaires kurdes après la traduction. Il n'y a pas besoin de maîtriser la langue pour comprendre que certains sont railleurs et d'autres méprisants. Quand ils s'interrompent, Awat s'essaie à la diplomatie :

— Je crois que mes amis et moi avons à parler entre nous, il y a encore trop d'appréciations diverses au sein de notre petite communauté.

— Ton point de vue personnel ? demande Michel.

— Le Kurdistan n'est pas une terre très clémente pour un Européen, mais je saisis ce que tu as voulu dire. Je suis personnellement favorable à une sortie raisonnée de la clandestinité et j'espère faire comprendre mon point de vue à plusieurs de mes amis.

Les dix hommes se serrent la main puis Michel ramène ses compagnons vers la voiture. Ils restent silencieux jusqu'à ce qu'elle soit en vue.

— À part Awat, tu crois que d'autres tenteront le coup ? demande le Grand Duc.

— Il devrait faire de la politique, celui-là ! commente Nils en déverrouillant les portières.

Nils prend évidemment le volant. Bernardo et le Grand Duc montent à l'arrière. Michel s'installe à regret à côté de l'Islandais et attend que la voiture ait démarré pour asséner :

— Awat a été arrêté par la police secrète turque un mois avant les élections législatives parce que, apparemment, il avait de fortes chances d'être élu. Comme d'autres candidats kurdes, considérés comme modérés, il a été relâché après les élections. Les menaces sur sa famille, au cas où il se mettrait dans l'idée de reprendre ses activités politiques, l'ont amené à quitter le pays. Concernant le parrainage, il s'efforcera de convaincre les autres et, s'il pense qu'il doit donner l'exemple, il le fera, mais il n'abandonnera pas sa petite communauté, comme il l'appelle. Il est le seul à faire mieux que se démerder en français et il se sent responsable de tout le monde.

La première partie de la tirade a mouché Nils, la seconde jette un froid qui se prolonge sous forme de gêne. Personne ne ressent plus l'urgence de parler de la rencontre avec les Kurdes, ni de tirer des plans sur la comète. Alors Bernardo allume le plafonnier et griffonne sur son bloc-notes sous le regard attentif du Grand Duc. Il s'assure d'un regard que le Grand Duc a eu le temps de lire ses mots et tend le calepin à Michel.

> Sè parsk l'Obit mè lpaké sur lé 100 pap kon fè + dmanif a nou ?

Bernardo a lu Tolkien.

— Le Hobbit s'est assuré qu'on ne se montrera plus avant les élections, répond Michel. Ça fait pas sérieux, des flics qui courent après des clodos à loilpé. Alors que les étrangers en situation irrégulière, c'est du pain béni pour un populiste. D'une part, ça montre aux braves

Gaulois que la France est pleine de négros, de bougnoules, de romanos et autres gnacoués qui leur piquent leur boulot, leur chômage, leurs allocs et leur Sécu. D'autre part, les RG se régalent à faire des photos de tout le monde dans des manifs gentiment autorisées et bien encadrées par les assos qui les organisent.

> Alor pourkwa ty va ?

— Parce que je suis aussi un sans-pap' et que je ne tiens pas à être reconduit dans le pays qui m'a jeté à la rue.

> Sè koi ton P. I ?

— La France.

Bernardo reste un moment interloqué, puis son visage s'illumine et son crayon se met à valser sur le bloc-notes.

> La ru cè com lé sqwat. Ou kon soi né, la mizèr è toujour 1 exil. Lé patri son pour lé rich.

Le Grand Duc se met à chanter :

« À toujours tout faire pour les riches,
On est juste un pays qui triche. »

— C'est de qui ça ? demande Michel.

— Sarclo.

Bernardo et Michel échangent un regard incrédule. Nils, le seul à avoir raté la moitié de l'échange, faute de pouvoir lire en conduisant, s'exclame :

— Sar quoi ?

— S.A.R.C.L.O, épelle le Grand Duc. C'est un chanteur suisse, mais ses chansons n'ont pas plus de frontières que les injustices qu'il dénonce.

— Sauf pour les pauvres, remarque Nils.

Pour une fois, Michel ne trouve aucune raison de le rabrouer.

Nils a proposé à Bernardo de coucher chez lui, dans sa ferme du Royan. Celui-ci aurait préféré rester sur Romans, mais il ne peut pas dormir à la structure d'accueil cette nuit, le Grand Duc tient tout ce qui touche à son boulot loin de son domicile et Michel s'efforce d'être aussi ferme que lui, ne serait-ce que par respect pour l'amie d'amis de Nadja qui lui prête le studio au-dessus de chez elle. Nils a promis de redescendre Bernardo à Romans dans l'après-midi et il a lâché Michel sur les quais de l'Isère.

Quand celui-ci regagne sa mansarde, il est trois heures. Il est vanné, mais il lui suffit d'allumer l'ampoule au-dessus de l'évier pour savoir qu'il ne dormira pas tout de suite et probablement pas du tout. Sous les pieds d'une chaise traîne une paire de babies et sur le dossier un chemisier et une jupe. Il éteint aussitôt, mais la lampe de chevet près du lit prend le relais.

— Surprise, bâille Nadja.

— C'est le moins qu'on puisse dire, réplique-t-il, mais elle est agréable.

Nadja sourit et se redresse, laissant glisser la couette sur elle pour dévoiler ses seins.

— Juste agréable ? minaude-t-elle.

— Bien plus que ça ! se récrie Michel.

Pourtant il se contente de tomber la veste et d'envoyer bouler ses chaussures avant de s'asseoir sur le lit, dont le bois frémit à peine sous son poids. C'est la première fois que Nadja débarque rue Pêcherie sans prévenir, et elle n'est venue que deux fois depuis qu'il y habite.

— Qu'est-ce que...

C'est à pleines lèvres, les bras autour du cou, qu'elle l'empêche de finir sa question, mais le baiser ne dure pas. Si elle est excitée, ce n'est pas qu'il lui a manqué, pas seulement, pas tout de suite. Les mains appuyées sur les épaules de Michel, elle se recule un peu.

— Je ne sais pas encore où est Stephen mais je sais qui le détient, lâche-t-elle d'un trait. Et ce n'est pas tout...

Sous le regard totalement ahuri de Michel, elle se penche, attrape son mobile sur le plancher, l'ouvre, clique trois fois et le lui montre. L'écran affiche un message qu'elle s'est réexpédié depuis sa boîte mail :

[Mary est réveillée. Appelle-moi demain. MK.]

Michel voudrait hurler sa joie, mais sa gorge n'est qu'un nœud. Il ferme les yeux sans pouvoir empêcher les larmes de couler. Nadja lui prend le visage et l'embrasse délicatement sur chaque joue, sur chaque larme, puis elle dit :

— Ils ne peuvent décidément rien faire pour se passer l'un de l'autre, ces deux-là, tu ne trouves pas ?

Michel éclate en sanglots. Elle le prend contre elle, le serre fort et, le nez dans ses cheveux, laisse ses propres sanglots la secouer. Elle n'a pas su pleurer depuis que Naïs s'est effondrée en sang dans la rue de la République ; maintenant elle peut le faire, de tout son soûl.

Ils ont fait l'amour lentement, pleinement, comme ils n'étaient plus capables de le faire ces derniers mois, puis Michel a lavé ses deux seuls verres ballons et les a remplis avec le marsanne qu'il conserve en cubi dans le réfrigérateur. Le vin trop frais se réchauffe peu à peu entre leurs mains. Ils trinquent dans le lit, Nadja le dos appuyé sur un coussin, Michel assis en tailleur contre elle.

— Raconte, engage-t-il.

— Decaze a prévenu Iza qu'un agent français a débarqué un beau matin chez lui pour lui demander un coup de main sur une affaire qui embarrasse la DST. Si j'ai bien compris, pour faire le barbeau ou pour éveiller l'intérêt de Decaze, le type s'est servi d'un nom de dossier que seuls Decaze, Inge et Stephen appellent de cette façon.

— Inge est hors course, c'est donc Steph qui le lui a fourni.

— Decaze est sûr qu'il l'a fait intentionnellement et qu'il a littéralement piloté le barbouze jusque chez lui pour faire savoir qui le tient.

— Du Steph tout craché !

Nadja hoche la tête et s'offre une lampée de vin qu'elle fait rouler en bouche.

— D'après Decaze, le type est du genre requin. Ambitieux, pressé et plutôt solitaire. Il n'a sûrement pas l'aval de sa hiérarchie ou celle-ci se fera un plaisir de le désavouer dès qu'il se ramassera. Bref, comme Decaze ne peut pas se servir d'Interpol, il a lâché ses propres chiens de chasse...

— Carlo Prusiner et Anton Rawicz !

— Tu peux arrêter de m'interrompre tous les dix mots ?

Michel se barre les lèvres d'un doigt.

— Promis, dit-il.

— Prusiner et Rawicz, confirme Nadja. Pour gagner du temps, Inge et Iza ont demandé à Dietmar de se mettre sur le coup et de contacter Rawicz.

Michel fait un effort énorme pour retenir un commentaire.

— Tu veux que je te dise ? demande Nadja.

Michel montre ses lèvres scellées. Le rire de Nadja ressemble un peu à un ricanement :

— Avec Stephen dans les pattes, Rawicz, Prusiner, Decaze et Dietmar sur le dos, je crois que le requin de la DST va devoir apprendre à nager, très vite, et très profond.

5 mai 2007

Au cœur de Vienne, entre une rue étroite et une artère à peine plus importante de l'Innere Stadt, un petit corps de bâtiments dépareille le quartier de ses façades si mal entretenues que les boiseries paraissent vermoulues. Il n'en est rien, et pour cause : c'est un atelier de facture d'instruments à cordes, duquel tout ce qui s'apparente de près ou de loin à un parasite du bois est banni depuis la synthèse du premier xylophène. Du violon au piano, en passant par la guitare et le clavecin, on y fabrique et on y répare des instruments d'excellence depuis plusieurs siècles. De poing, d'épaule, de hanche, on y vend sous le manteau les meilleures armes individuelles du monde depuis, pour les uns, la conférence de Szklarska Poreba, qui vit la naissance du Kominform, depuis l'entrée en vigueur du National Security Act, pour les autres. Bref, depuis la fin de l'été 1947, quand naissait la CIA et que le KGB s'appelait encore Tchéka, aux premières heures officielles de la guerre froide.

N'importe quelle arme, mais pas à n'importe qui, ni n'importe comment, même si la clientèle s'est un peu modifiée après le démantèlement de l'Union soviétique et, surtout, après que différents services secrets, du Pacte de Varsovie comme de l'OTAN, se sont aperçus que leurs agents disposaient à Vienne du même fournisseur d'appoint. À l'instar de certaine banque luxembourgeoise, jouissant d'une immunité étrangement universelle, alors que chaque nation concernée sait qu'elle traite les fonds spéciaux de services adversaires à défaut d'être ennemis, il n'est venu à aucune agence l'idée d'importuner le Facteur de Vienne ou de démanteler son réseau. Du moins, si l'idée a effleuré l'une d'entre elles, elle a été immédiatement suivie du sentiment que le Facteur ne pouvait pas avoir été aussi longtemps aussi habile sans avoir constitué une véritable encyclopédie de l'histoire récente selon un point de vue très différent de celui des journalistes, des historiens et d'improbables – mais sait-on jamais – tribunaux. De surcroît, pour son action pendant la Shoah, le Facteur de Vienne a été honoré du titre de Juste parmi les nations, son nom figurant en bonne place à Yad Vashem. Son fils puis son petit-fils, qui lui ont succédé à la tête de la manufacture, ont toujours bénéficié des faveurs rapprochées du Mossad. Or peu de services oseraient froisser le Mossad pour des vétilles, alors que sa seule bienveillance garantit que le trafic très artisanal du Facteur ne favorise aucun projet terroriste, en tout cas de revendication islamiste. Le Mossad possède d'ailleurs sous prête-nom le seul bâtiment qui sépare la fabrique d'une troisième rue.

Côté ruelle se trouvent les accès aux ateliers et à un parking réservé au personnel. Côté avenue, outre l'ouverture sur l'entrepôt par laquelle transitent les camionnettes de livraison, deux magasins – l'un d'instruments anciens, l'autre de pièces contemporaines – sont séparés par une allée traversant le pâté d'immeubles de part en part et distribuant un dédale de couloirs et d'escaliers qui permet d'accéder aux différents ateliers, aux caves qui communiquent toutes entre elles, à l'entrepôt, aux arrière-boutiques, aux bureaux, aux appartements de la famille du Facteur et à ce qui concerne ses activités moins avouables. L'ensemble constitue un labyrinthe tout en différence de niveaux dont les ss ne sont jamais venus à bout lorsque, quelques jours avant l'entrée des troupes soviétiques dans la ville, ils ont compris le rôle du Facteur et décidé d'éliminer les juifs ayant réussi à traverser la guerre sans quitter Vienne. Ils ignoraient, comme d'autres ne l'ont jamais découvert par la suite, que les sous-sols s'étagent sur plusieurs niveaux dont certains remontent aux fondations du Saint Empire romain germanique, et que l'un d'eux rejoint un ancien réseau d'égout reliant encore le palais Hofburg au canal.

Marks, lui, le sait, comme il sait que les galeries ne sont plus praticables que par tronçons n'excédant pas quelques mètres et qu'il ne faut pas compter y trouver plus qu'un refuge très temporaire. Marks sait beaucoup de choses sur la manufacture, il en connaît même probablement bien plus que le Facteur en personne, elle a été l'objet théorique d'un des exercices sur lesquels il a planché pendant sa formation. Objectif : décapiter l'organisation pour la rendre localement inopérante.

Le scénario qu'il avait imaginé était d'une simplicité enfantine mais, d'une certaine façon, il était encore un enfant. Intrusion, élimination sélective, destruction du matériel, extrusion. Pour être efficace, l'opération devait être réalisée un samedi après-midi, pendant que le centre-ville grouillait de monde, par un homme seul considéré comme un des clients spéciaux de la facture, donc sans autre arme que celles qu'il trouverait sur place, si ce n'est un explosif de faible puissance et un détonateur à retardement, le tout indétectable. L'explosion n'avait pour but que d'alerter le voisinage, donc la police viennoise, pour que le matériel non détruit soit saisi et qu'une enquête, interdisant au Mossad d'étouffer l'affaire, soit conduite par la justice autrichienne. Le retardateur devait être réglé pour que le « soldat » ait et n'ait que le temps d'abattre les six cibles identifiées et de quitter les lieux par l'un des magasins. Un seul problème : la surveillance vidéo. Pas celle passive de l'activité normale de la manufacture et des magasins. L'autre, qui ne surveille que la vente d'armes, qui est centralisée dans un bureau caché, dans lequel prend place un « observateur » chaque fois qu'une tractation a lieu, et qui est couplé à un système d'alarme discret – seuls les affranchis sont alertés – mais redoutable : elle se déclenche en cas de coupure du circuit.

Six personnes seulement sont affranchies, toutes font partie de la famille du Facteur, toutes savent exactement comment se comporter en cas de pépin et ce sont précisément celles que l'exercice exigeait d'abattre. Marks n'avait pas su proposer de méthode recevable par ses examinateurs pour qu'un homme seul contourne le problème. En conséquence, ceux-ci avaient décrété l'ensemble de sa solution irréalisable. Un instructeur tactique lui avait ensuite exposé la solution optimale de l'exercice : un commando de neuf hommes répartis dans trois véhicules, dont une fourgonnette équipée d'un matériel électronique aussi pointu que dispendieux, opérant de nuit avec un armement et un équipement ultra-modernes. Six hommes entraient, un restait dans la fourgonnette, deux se positionnaient sur les toits avec des fusils de précision pour les couvrir. *On flingue, on se calte et on fait péter la réserve d'armes avec du C4.* Discrétion assurée. Coût de l'opération : astronomique. Marks s'était gardé de rire. Plus tard, il avait quand même avoué à son instructeur personnel, qui le suivait depuis des années, que la solution optimale ne démontrait que l'irréalisme du rédacteur de l'exercice.

« — Pourquoi dis-tu ça ?

« — Ce n'est pas Beyrouth, c'est Vienne. Ce n'est pas l'Idarat Al-Mukhabarat Al-Ama qui veille au grain, c'est le Mossad.

« — Les services secrets syriens ne sont pas moins performants que leurs homologues israéliens.

« — Certes, surtout au Moyen-Orient, mais ce ne sont en aucun cas des services amis que nous avons à ménager. De toute façon, je veux juste dire que la solution optimale, parce que géopolitiquement inacceptable, rend l'exercice trivial.

« — Je partage ton opinion. À moins... Tu pourrais mettre en œuvre la solution que tu as proposée ?

« — Oui, Monsieur.

« — Problème vidéo inclus ?

« — Oui, Monsieur.

« — Alors l'exercice n'était pas trivial. S'il existe une solution que les tacticiens ne peuvent envisager, sa mise en application ne pourra être reconstituée par les analystes.

« — Pourquoi ? Eux n'ont qu'à étudier les faits.

« — Interpréter. Les analystes interprètent des données. Quand l'une d'elles ne cadre pas avec ce qu'ils admettent comme réaliste, ils l'éliminent ou ils l'ajustent à leur définition de la réalité et ils en tirent des conclusions erronées. »

Conclusion erronée version Mossad : un tueur seul ne pouvant pas liquider la Facture, à moins d'être intimement lié à son organisation, donc proche du Facteur et assurément assisté d'un complice interne contre lequel il s'est retourné, il s'agit d'un crime lié au trafic d'armes.

Conclusion erronée version reste du monde des services secrets : le Mossad s'est débarrassé d'un allié devenu gênant ou ayant trahi sa confiance.

Dans tous les cas, les conclusions judiciaires découlant des seules investigations policières sont sans intérêt, que l'affaire soit étouffée ou non.

Marks n'a jamais cessé de penser que le rédacteur de l'exercice était un crétin, au même titre que les examinateurs et l'instructeur tactique, mais ce n'est que pour interdire un éventuel rapprochement entre lui et sa formation qu'il les a abattus à la fin des années 90, quand il a entrepris d'effacer toutes les traces permettant de reconstruire son histoire. Il est toutefois probable qu'il n'aurait pas envisagé de s'adresser au Facteur de Vienne s'il n'avait pas été en possession des informations accompagnant l'exercice et si le Net n'était pas tout à coup devenu brûlant en matière de commerce discret.

En Europe, la chasse au trafic d'armes occupe une véritable armée de policiers et de nombreux services secrets, mais elle se concentre essentiellement autour des activistes de toutes les factions et de groupes ou groupuscules terroristes que les journalistes connaissent à peine moins bien que les services de police. Ce qu'il est convenu d'appeler le crime organisé est surveillé dans des proportions équivalentes aux armes qu'il met sur le marché, c'est-à-dire qu'il échappe globalement aux investigations (la quantité primant en l'occurrence sur la qualité), alors que de nombreuses armes sont simplement sorties du marché gris, le trafic illégal auquel se livrent de nombreux États industrialisés auprès de nations peu soucieuses des droits de l'homme ou de leurs opposants internes. Sauf opportunité policière souvent chanceuse, les vendeurs et les acheteurs occasionnels passent aisément entre les mailles du filet. Or beaucoup n'ont d'occasionnel que le peu d'armes qu'ils mettent sur le marché, en principe au coup par coup, par le biais de messages innocents glissés sur différents forums d'internautes qui le sont moins. C'est généralement auprès de ces derniers que Marks se fournit.

Pour éviter tout recoupement, il ne réutilise jamais une arme avec laquelle il a déjà tué ou, s'il le fait, c'est précisément dans l'intention de tromper les enquêteurs, voire de leur fournir une indication qui ne leur serait pas venue à l'esprit (il a ainsi terminé un avocat de Miami avec le même SIGS-550 qui lui avait servi, deux ans plus tôt, à abréger la vie d'un banquier californien. Aiguillonné par ce qui ne pouvait pas être un hasard balistique, le FBI a fini par trouver un lien entre les deux hommes et un trafic d'organes en provenance de pays en voie de développement... sans rapport avec les gages versés par la CIA pour faire disparaître un intermédiaire financier dans certaines de ses affaires colombiennes, ni avec l'élimination très mal rémunérée du plus véreux des anticastristes, mouillé jusqu'à la calvitie dans une tentative de renverser Chavez pour redistribuer le pétrole vénézuélien à des amis très proches de la CIA. Curieusement, le rapprochement entre les deux assassinats n'a pas amusé la CIA).

Plutôt que de détruire ou de faire disparaître les armes fichées par la balistique, Marks les emballe hermétiquement et les emmure, enterre, ensable, noie, coffre, bref les conserve dans un petit millier de planques réparties sur les six continents où elles attendent sagement qu'il en ait à nouveau l'usage. Il s'arrange aussi pour avoir toujours une arme d'épaule et une arme de poing d'avance dans les agglomérations où il séjourne plus ou moins régulièrement, ce qui représente une centaine de villes dans le monde mais seulement six dans la Communauté européenne, dont une seule en France, dans la région parisienne. Puisqu'il fréquente de plus en plus la région Rhône-Alpes, il lui a semblé nécessaire de se créer un en-cas supplémentaire et, puisqu'il est gourmand, de s'offrir une délicatesse : le PGM Hécate II, dont les forces spéciales françaises sont friandes et qui équipe aussi le GROM[1] et quelques unités des armées suisse et slovène.

Pendant quelques mois, il s'est contenté d'attendre qu'un exemplaire du fusil apparaisse sur le marché furtif, puis, avec toutes les précautions d'usage, il a fait savoir ce qu'il cherchait à ses plus fiables contacts sur le Net. Il faut croire que l'un de ses contacts manquait de fiabilité ou était surveillé de près, car les forums hôtes se sont mis à grouiller de parasites. Quelques vendeurs inhabituels, un surcroît d'acheteurs potentiels, une poignée de spywares sophistiqués et de nombreux traceurs très performants. Et, comme par enchantement, plusieurs Hécate II sont apparus sur la Toile. Marks, lui, a décidé de renoncer à son exigence et de déroger à ses habitudes. Par acquit de conscience, il a juste demandé à G21, la confrérie de hackers qu'il met quelquefois à contribution (et qui a une énorme dette auprès de lui), de jeter un œil sur l'effervescence autour du fusil. La réponse est tombée très vite.

1. Unité antiterroriste de l'armée polonaise.

[From : G21
To : Cerberis
Subject : Re : HII
Le GIGN s'est fait piquer six HII dans un arsenal le mois dernier. Tous les services français sont sur le pied de guerre. e-commerce impraticable.]

Les cons !

Mais ce qu'on ne peut acheter ni sur la Toile ni en France peut être acquis ailleurs, même si tout l'Espace Schengen doit être en état d'alerte. En Autriche, par exemple. Dans l'Innere Stadt de Vienne. Il suffit de connaître un enchaînement de mots clés, de publier une annonce codant un numéro de téléphone dans le *Kronen Zeitung* et d'attendre l'appel du Facteur. Il y a autant de codes qu'il y a de mots clés et, au fil des décennies, se sont ajoutés plusieurs mots clés par rubrique, mais le Facteur n'en oublie aucun. Marks s'est servi d'un enchaînement, donc d'un code, que le premier Facteur avait attribué aux chasseurs de criminels de guerre nazis dans les années 60. Il a été appelé trois heures après la parution du journal.

« — Vous souhaitiez que je vous rappelle...

« — Mon grand-père a acheté un violoncelle à votre grand-père. Il n'est plus de ce monde et mon père n'a jamais été mélomane, mais j'ai repris le flambeau. Je serai de passage à Vienne en fin de semaine et j'aimerais acquérir un instrument de la même facture.

« — Nous sommes fermés dimanche.

« — Je dispose de mon samedi après-midi.

« — Vous avez une idée de ce que vous cherchez ?

« — Je joue préférentiellement sur des composites et j'ai besoin que le son porte le plus loin possible. Il me faudra bien sûr un archet adapté et plusieurs jeux de cordes.

« — C'est préférable si vous comptez vous exercer avant la représentation et régler convenablement la tension des crins. J'ai plusieurs instruments qui pourraient convenir. Vous avez une préférence quant au style ?

« — Pas vraiment... enfin... si. J'ai pratiqué avec un instrument très prisé des orchestres français de 1966 à 1984, mais son successeur direct manque de corps et je lui préfère celui dont ils ont doté leurs meilleurs solistes. »

Qui ne risque rien n'a rien. Le téléphone est resté un moment silencieux.

« — Les solistes français sont jaloux de leurs instruments, mais j'ai un violoncelle d'origine suisse qui ne cache pas sa parenté avec le meilleur d'entre eux. Un OM50 Nemesis !

« — Ce n'est pas moi qui ferai la fine bouche. Vous me conseillez quel type de rembourrage pour l'étui ?

« — Prévoyez 20, norme CE.

« — On se voit samedi donc.

« — Je vous attends au magasin entre 15 et 16 heures. Faites-moi appeler. »

Il est 15 h 30. Marks est dans le quartier depuis midi. Il y a déjeuné, a visité toutes les boutiques et s'est assuré que rien ne suppose qu'il est attendu par d'autres que le Facteur. Il entre dans le magasin d'instruments contemporains, un étui carbone de violoncelle à la main. Un ado, dont une mèche tombe sur le visage, teste des guitares acoustiques sous l'oreille meurtrie d'un vendeur qui lui explique patiemment les particularités des six instruments dont il a entrepris de massacrer la table et les cordes avec ses doigts gourds. Inoffensifs. Répondant au drelin de la porte qui s'est refermée derrière lui, une jeune femme sort de l'arrière-boutique et s'avance vers Marks. Sa coiffure et son maquillage sont ceux d'une punkette mais, probablement en guise de concession à son employeur, elle est vêtue d'une chemise et d'un tailleur beaucoup plus sobres à défaut d'être classiques, quoiqu'ils jurent un peu avec les rangers à semelle compensée qui la grandissent de dix bons centimètres. Son parfum est discret, légèrement boisé, exactement ce à quoi on peut s'attendre dans ce cadre. Inoffensive elle aussi.

— Puis-je vous aider, monsieur ?

— Paul Kovacs. J'ai un souci avec la pique de mon violoncelle. Monsieur Kirschner m'a gentiment proposé de regarder ça de plus près. Il pense pouvoir facilement remédier à mon problème. Pouvez-vous l'appeler ?

L'allemand de Marks est très académique, mais son accent est typiquement anglophone.

— Bien sûr.

Elle fait demi-tour et saisit un téléphone derrière la banque. Quand elle raccroche, elle lance simplement à Marks :

— Monsieur Kirschner descend.

Marks entreprend de faire le tour du magasin. Paul Kovacs, tireur d'élite de l'US Marine Corps, est porté disparu depuis l'automne 2001 alors qu'il était en opération en Afghanistan. Il était le petit-fils de Csenge Kovacs (né sous une autre identité), seul survivant d'une communauté tsigane exterminée pendant la guerre de 39-45, devenu effaceur de nazis à la fin des années 50, décédé en résidence surveillée d'une embolie pulmonaire début 95 après que le FBI a avorté sa deuxième tentative d'abattre un médecin « américain » ayant sévi en Croatie sous les ordres de Milijov Asner[1].

Kirschner apparaît après moins de deux minutes. Puisque seul Marks peut être le Paul Kovacs qui l'a fait appeler, il se dirige directement vers lui et lui serre la main.

Ernst Kirschner, quarante-cinq ans, un mètre quatre-vingts, quatre-vingts kilos, marié, deux enfants (un garçon de douze ans, une fille de quinze), luthier de formation, est le patron de la manufacture, donc le Facteur, depuis dix ans. Il a succédé à son père, qui ne s'est pas totalement retiré des affaires, pour le soixante-cinquième anniversaire de celui-ci. Ancien décathlonien de niveau international, il conserve une forme irréprochable et une poigne impressionnante.

— Enchanté, dit-il. Si vous voulez bien me suivre...

Après avoir rejoint l'allée intérieure par l'arrière-boutique, ils se sont engagés dans l'une des cages d'escalier. Kirschner s'arrête au premier palier, se tourne vers Marks derrière lui et pose un doigt sur ses lèvres, puis il sort un téléphone mobile d'une poche de sa veste et désigne l'antenne. Enfin, il tend une carte de visite à Marks et se remet à grimper les marches.

Sur la face d'ordinaire blanche de la carte, en anglais, il est écrit : « Sur écoute. BVT[2] et DST. Suite vol Hécate II. Pas d'intervention sauf force majeure, juste filature. »

— Par ici, dit le Viennois pour occuper le micro.

---

1. Qui vit libre en Carinthie et pour lequel un tribunal croate a requis l'extradition auprès des autorités autrichiennes qui l'ont rejetée.

2. Bunhdesamt für Verfassungsschutz und Terrorismusbekämpfung : le service de renseignement intérieur autrichien.

— Je vous suis.

Il leur faudra encore deux minutes, dans le dédale des couloirs et des escaliers, pour rejoindre l'armurerie. C'est beaucoup pour prendre une décision, peu pour réfléchir. Marks pose un instant l'étui de violoncelle, saisit un stylo dans sa veste et, sous les mots du Facteur, griffonne : « Semi-auto, silencieux, perforantes. »

— Vous êtes ici pour une seule représentation ? demande Kirschner.

— Une partition retrouvée récemment, très difficile à exécuter avec un instrument de qualité moyenne.

Kirschner lit le mot et y répond sans s'arrêter : « Bonus pour désagrément. » Le Facteur est un excellent commerçant.

— Elle est du même artiste que celui dont votre grand-père aimait exécuter les suites ?

— Oui.

Le BVT, c'est normal, ils sont chez eux, et les Français ne peuvent pas intervenir à Vienne, sur une chasse gardée du Mossad, sans leur appui. Mais ce devrait être la DGSE ou la DPSD, pas la DST qui s'occupe de la traque aux Hécate en dehors du territoire français.

— Je ne savais pas qu'il restait des pièces inconnues de ce compositeur, s'étonne Kirschner.

— Pour certains ce sont des pièces impies, pour d'autres il est préférable de les conserver jalousement afin qu'elles ne nuisent pas à la créativité nationale, souvent de leur pays d'adoption.

Donc la DST fait des Hécate une affaire personnelle, ce que ni la DGSE ni la DPSD ne contestent. Aberrant.

— L'Église et certains États sont chatouilleux sur les questions de propriété artistique, fait remarquer le Facteur.

Ce ne sont pas les Hécate que cherche la DST, mais des acquéreurs potentiels. Le vol pourrait même n'être qu'une intox pour appâter un sniper susceptible d'en acheter un. Quelqu'un qui aurait déjà joué du FRF2 à Lyon, par exemple. Marks s'immobilise, pose l'étui et fait à nouveau courir son stylo sur le peu de place restant sur la carte.

« Grabuge possible. »

Kirschner reprend la carte, la lit, fronce les sourcils puis hausse les épaules. Ce Paul Kovacs lui paraît réglo, il apprécie. Il déchire la carte en deux, en tend la moitié à Marks et laisse tomber :

— Vous voulez un chewing-gum ?

Tous deux déchiquettent leur moitié en petits bouts et commencent à ingurgiter ceux-ci. Le Facteur ouvre une porte anodine qui donne sur un couloir tout aussi quelconque.

— À partir d'ici nous sommes sous surveillance vidéo directe, donne-t-il l'impression de réciter. Pas d'enregistrement mais, après deux problèmes avec d'anciens clients de l'Est, nous avons dû prendre un minimum de précautions.

— Je comprends.

Au bout du couloir, il n'y a qu'une porte, blindée et gardée par un digicode, mais Marks sait que, de l'autre côté de la cloison sur sa gauche, un autre couloir longe celui-ci. Il dessert entre autres la pièce dans laquelle, d'ordinaire, un collaborateur du Facteur (son frère, le plus souvent) est installé devant les écrans qui restituent les images des quatre caméras de l'armurerie.

— Je vous prie de me confier tout ce que vous avez de métallique sur vous.

— Comme dans les aéroports, commente Marks.

— Exactement.

Marks tire quelque six euros vingt en monnaie d'une poche et les donne à Kirschner, puis il lui passe l'étui.

— Les crochets de fermeture, explique-t-il.

Le Facteur pose l'étui au sol.

— Alors il restera là.

Marks pose un genou au sol, ouvre l'étui et en tire une liasse de billets de cinq cents euros qu'il conserve à la main.

— Pas de clés ? s'étonne le Viennois.

Marks secoue la tête.

— Celle de ma chambre est à l'hôtel et celle de la voiture dans la voiture.

— Vous laissez les portières ouvertes ?

— Gain de temps. De toute façon, c'est une voiture de location.

Kirschner pianote sur le digicode, pousse la porte et fait entrer Marks dans l'armurerie. Il le suit et referme la porte derrière lui. La serrure s'enclenche automatiquement : il y a aussi un digicode à l'intérieur. Maintenant, pour quiconque voudrait le cueillir, Marks est piégé, mais il faudrait être suicidaire pour tenter d'interpeller un tueur à gages dans un véritable arsenal.

La pièce mesure six mètres sur six. Deux des murs sont couverts de vitrines dans lesquelles sont exposées pour l'un des armes d'épaule, pour l'autre des armes de poing. Un troisième mur, de l'autre côté d'une banque derrière laquelle se glisse le Facteur, est recouvert de tiroirs de bois. Le dernier est celui dans lequel se trouve l'unique porte ; à part le digicode, il est nu. Il y a une caméra à chaque angle du plafond. Sur la banque gît un étui de violoncelle d'un modèle assez proche de celui laissé dans le couloir. Kirschner l'ouvre et présente son contenu à Marks.

Un OM50 Nemesis, une lunette Scrome J10 et plusieurs boîtes de munitions .50 Browning sortant de chez Kinoch. On est entre personnes de confiance, Marks ne fera pas l'affront au Facteur de monter l'arme pour s'assurer que rien ne cloche (ce qui peut éventuellement poser problème s'appelle un émetteur et doit être caché dans l'étui).

— Ceci correspond-il à votre commande ?

— Parfaitement. (Marks pose la liasse de billets sur la banque.) Je me demandais... Mon grand-père a confié un revolver à votre grand-père, j'aurais aimé... enfin, s'il est toujours en votre possession...

Non sans empocher les billets, Kirschner plisse les yeux.

— Bon sang ! Vous êtes le petit-fils du Tsigane ? Je veux dire : de Csenge Kovacs ? Excusez-moi, j'aurais dû faire le rapprochement avant.

— Ce n'est rien.

— Mon grand-père m'a parlé de votre grand-père, monsieur Kovacs. Il le respectait énormément.

— C'était réciproque.

Kirschner hoche la tête.

— Je suis embarrassé, dit-il. Il n'y a aucune chance que nous ayons conservé l'arme aussi longtemps. C'était un Beretta n'est-ce pas ?

— Un 951, oui.

— J'aurais aimé pouvoir vous le restituer, vraiment. Je...

Le Facteur fait le tour de la banque, s'approche des vitrines, en fait coulisser une et saisit une arme.

— Je sais que rien ne peut se substituer à la valeur affective, monsieur Kovacs (il repasse derrière la banque et ouvre un tiroir dans un mur pour en sortir deux boîtes), mais, en mémoire de nos grands-pères...

Il ouvre un autre tiroir, en extirpe deux chargeurs, puis disparaît un instant sous la banque. Il réapparaît avec l'arme qu'il pose à côté de l'étui de violoncelle.

— ... je vous prie d'accepter ce cadeau.

Un Beretta 92F, un silencieux, deux boîtes de cartouches perforantes 9 mm parabellum et deux chargeurs de réserve tous deux remplis. À l'autre bout des caméras vidéo, quelqu'un ne doit pas se sentir très à l'aise.

— C'est mon tour d'être gêné, dit Marks.

— Il ne faut pas. C'est le digne successeur du pistolet qu'affectionnait votre grand-père et que ma famille a égaré.

— Je suis touché.

Marks rafle le Beretta (dont le poids lui indique que le chargeur est plein de ses quinze cartouches), le passe dans sa ceinture, sur son flanc gauche, crosse vers l'avant. Il enfourne les chargeurs et le silencieux dans ses poches et fourre les boîtes de cartouches dans l'étui de violoncelle, puis il ferme celui-ci et attrape la poignée.

Kirschner le devance à la porte, pianote sur le digicode et tire le battant vers lui.

— Le détecteur de métaux ne s'interrompt que dix secondes, ne traînez pas.

Dans le couloir, le Facteur ramasse l'étui de violoncelle vide. Dès qu'ils sont sortis du champ des caméras, Marks le lui reprend et transfère le contenu d'un étui à l'autre, puis il désigne à l'Autrichien le boîtier vide.

— Mon grand-père disait que Vienne est une ville dans laquelle il fait bon se promener. Je n'en ai pas le loisir aujourd'hui, mais une autrefois...

Kirschner retient un éclat de rire.

— J'ai un vendeur qui adore ça. Moi, je suis plutôt balade en forêt. Quand vous reviendrez, faites-moi signe.

Il empoigne l'étui vide et se remet à guider Marks dans le labyrinthe de la facture. Marks lui tape sur l'épaule en haut d'un escalier qu'ils ont emprunté à l'aller. Kirschner a déjà descendu deux marches.

— J'ai quand même un peu de temps, dit Marks. Je vais peut-être visiter le Hofburg ou flâner sur les berges du canal.

L'allusion aux souterrains est claire. Le Facteur ne cache pas son ahurissement. Il secoue la tête.

— À cette heure, le Hofburg est fermé. Quant aux berges, j'étais encore un enfant lorsqu'elles ont définitivement perdu leur caractère pittoresque.

Cela correspond aux informations de Marks. Il adresse un clin d'œil au Facteur.

— Mon père dit toujours que les voies de la modernité sont inévitables. C'est amusant quand on sait qu'il est cartographe...

Kirschner sourit. Il a compris. Il attrape la main de Marks et la serre brièvement mais chaleureusement. Puis il descend l'escalier.

— Un Tsigane cartographe, c'est un curieux lapsus du destin. Notez que, côté destinée, ma famille a elle aussi un net penchant pour l'acte manqué...

Marks s'est éloigné par un couloir. Il n'entend plus le Facteur, mais il sait que celui-ci va continuer à parler de sa famille pour occuper ceux qui l'écoutent par le biais de son téléphone mobile, avant d'expédier son vendeur à l'autre bout de la ville avec l'étui vide, au volant d'une camionnette de l'entreprise. Marks ne devrait rencontrer aucune difficulté pour rejoindre, par le réseau suburbain, la Volvo louée à Munich qui l'attend près de la station de métro Handelskai.

Sacré type, ce Kirschner !

Marks aurait presque des remords à laisser le Facteur essuyer la colère que le BVT et la DST ne manqueront pas de déverser sur lui. Non, il *a* des remords. Ce qui est absurde puisque, même s'il n'agit pas en toute connaissance de cause, le Facteur sait ce qu'il fait. Et le BVT n'est pas bien méchant. Et la DST n'est pas dans son fief.

Merde, Marksman de mes deux ! Tu ne vas pas encore faire une connerie ?

Si.

Les services secrets ne comprennent apparemment la supercherie que lorsque le vendeur rentre chez lui, qu'ils finissent par s'assurer que Paul Kovacs ne se cache pas dans la fourgonnette garée devant son domicile et que l'étui est vide. Il fait déjà nuit et ils sont en colère. Ils se ruent à la Facture et montent directement à l'appartement d'Ernst Kirschner, bientôt rejoints par toute une équipe du BVT qui entreprend de passer au peigne fin la totalité des bâtiments. Ils découvrent très vite que Kovacs a pu quitter le pâté d'immeubles de tellement de manières différentes qu'une fouille même exhaustive s'effectuerait en pure perte. Ils abandonnent leurs recherches, réveillent les épouses et les enfants et s'appliquent à tourmenter les trois familles Kirschner par des interrogatoires dénués de toute politesse, conduits dans leurs propres domiciles, qui occupent une bonne moitié du dernier étage de la fabrique. Puis ils bouclent les épouses et les enfants dans leurs appartements respectifs et font descendre les hommes menottés dans les bureaux de l'entreprise. Chacun dans un bureau, avec deux interrogateurs pour le père et le frère d'Ernst, quatre pour Ernst. Les quatre derniers barbouzes ont été chargés de préparer l'armurerie pour une saisie officielle et très médiatique.

Marks commence par eux.

Il les précède par des raccourcis qu'ils ignorent, s'installe dans la pièce de surveillance, les regarde pianoter le code arraché à Ernst et entrer. Puis il déclenche la fermeture d'urgence de la porte et les laisse admirer la collection d'armes, estimant que cette fermeture est normale, avant que, inévitablement, ils s'escriment sur le digicode intérieur, devenu inutile, et songent à se servir de leurs mobiles.

Moins de vingt secondes plus tard, il frappe à la porte du bureau dans lequel Ernst est interrogé. Le Beretta pend avec le silencieux au bout de son bras gauche.

Quand la porte commence à s'ouvrir, il la pousse violemment du bras droit et tire à travers le bois. Puis il fait feu trois autres fois. Plop... plop, plop, plop. Enfin, c'est beaucoup moins discret que ça, surtout que, parmi les quatre hommes qui s'éteignent, le crâne transpercé de part en part, l'un s'écroule dans un meuble qui bascule sur lui et celui de la porte la claque en s'effondrant dessus.

Sous le regard ahuri du Facteur, Marks ferme les yeux et se concentre sur les bruits qui sourdent par les cloisons du bureau adjacent.

Un type jure et se relève brutalement de son siège, un autre se précipite vers la porte. Le Beretta se redresse.

Plop, plop. À travers les briques du mur. Un cadavre percute la porte plus vite qu'il n'espérait l'atteindre de son vivant. Un autre se rassoit privé de quelques grammes de cervelle.

Du bureau le plus éloigné, deux hommes surgissent et se précipitent vers le vacarme. La porte, que bloque la dépouille d'un des interrogateurs du frère d'Ernst, ne résiste qu'une demi-seconde à leur poussée. Ils n'ont pas le temps de comprendre ce qu'ils voient. Deux plop traversent le mur juste derrière la poussière de brique qui se colle à leurs méninges tandis que les projectiles ralentis s'extraient péniblement de leurs boîtes crâniennes pour se ficher dans le bois.

Marks rouvre les yeux. Il ramasse les clés qui sont tombées de la poche d'une de ses victimes, passe derrière la chaise sur laquelle le Facteur est assis et déverrouille ses menottes. Il y a un téléphone fixe sur le bureau, il le pousse vers Kirschner.

— Appelle tes voisins. Eux seuls peuvent te tirer de la merde dans laquelle je t'ai mis.

Le Facteur observe le téléphone comme un objet incongru.

— Et rappelle-leur, au nom du Tsigane, que si Shoah est un mot hébreu, l'Holocauste n'est le privilège de personne.

Putain ! De quoi je me mêle ? Je ne suis pas le petit-fils du Tsigane.

— Il y a quatre connards vivants dans l'armurerie. Joignez-les par téléphone avant d'essayer d'entrer.

Ernst Kirschner est encore hébété.

— Dégrouille ! Appelle.

Marks dégage le cadavre qui bloque la porte et l'ouvre. Quand il se retourne, le Facteur est en train de composer un numéro.

— Salut, Ernst. Le business c'est foutu. Prends soin de ta famille.

Tout ce que le Mossad compte d'agents dans le bâtiment voisin débarquera moins de cinq minutes après l'appel du Facteur. Ils passeront par les caves. Marks aussi, mais après eux et pour sortir par la porte de leur immeuble. Le Nemesis est dans un local technique du métro, il le récupérera demain.

3 juin 2007

— Vous avez fait quoi ?

Bellanger est allongé sur son lit, les mains croisées sous le crâne. Il n'a pas bougé quand Caher est entré dans la chambre (il s'est peut-être même étendu après lui avoir dit « entrez »), ni pendant les civilités d'usage, il ne s'est redressé que pour le brocarder. Caher devine que la discussion sera encore plus pénible qu'il ne l'a envisagé. Pourtant, s'il est prêt à encaisser les railleries du Canadien, il ne veut pas passer pour un imbécile en endossant un fiasco orchestré par d'autres.

— J'ai exécuté les ordres.

Bellanger ricane.

— Vous ? Vous exécutez des ordres ?

— Je rends compte et j'obéis, oui.

— Auprès de et à qui ?

Caher lève les yeux au ciel en soupirant.

— Si haut ? en profite Bellanger.

S'il savait... se dit Caher.

— Si vous pouviez m'épargner vos sarcasmes, cela m'arrangerait.

— Vous mettez un *k* à sarcasme ?

D'accord, à défaut de savoir, il se doute.

— Je ferai de mon mieux, promet le Canadien. Mais répétez-moi votre histoire en détaillant un peu. Je n'ai pas si souvent l'occasion de rire dans cette geôle dorée.

L'entretien va être harassant. Caher s'éloigne du bureau contre lequel il s'était un instant appuyé et s'approche de la fenêtre. Il ne regarde pas Bellanger, il égare son regard quelque part entre le ciel et le feuillage des arbres. Un oiseau siffle, tout près de la caméra de surveillance qui pivote sur son axe.

— Pour résumer, Beauvau et l'Élysée n'ont pas apprécié le cafouillage de Lyon. Ils ont créé une commission interservices pour éviter ce genre de dysfonctionnement et m'en ont confié la coordination...

Stephen siffle.

— Saint-Chrême ! Vous êtes crissement dans les honneurs !

Caher choisit de ne pas relever les interruptions de Bellanger, du moins quand elles ne sont pas pertinentes.

— ... mais pas la direction. Sur le papier, il s'agit de préparer la fusion de certains services en démontrant l'utilité et l'efficacité d'un travail coordonné. Dans la pratique, la fusion a déjà été décidée et la commission n'a pour vocation que de proposer ponctuellement des solutions à des problèmes spécifiques. La mise en application des propositions retenues ne lui incombe pas. Le premier problème sur lequel elle s'est penchée concerne évidemment l'affaire lyonnaise.

— Sûrement pas à votre initiative.

Le Français se retourne.

— Très indirectement, si.

— Votre... euh... supérieur ?

— Mon euh-supérieur a suggéré à la commission d'aborder le problème sous l'angle du sniper. Ces mots exacts ont été : « Trouvez un truc pour qu'on coince ce salopard. » Sur les recommandations de plusieurs experts, dont un en matière de tir et de tireurs d'élite, la commission a, entre autres, proposé d'appâter le sniper en mettant sur le marché une arme rarissime susceptible d'éveiller sa convoitise. J'ignore si d'autres propositions ont donné lieu à des suites, mais mon euh-supérieur s'est jeté sur celle-ci comme un mort de faim. Le GIGN a fait disparaître six armes de haute technologie de son arsenal, la DGPN a laissé filtrer des informations à leur sujet, les hackers des RG ont investi le trafic d'armes par Internet, la DST a reçu pour mission de courir tous les lièvres que lèverait l'opération.

Bellanger s'assoit au bord du lit, dos tourné à Caher.

— Combien de prises inattendues ?

— Aucune idée, mais suffisamment pour que Beauvau considère le résultat comme très satisfaisant malgré la Berezina de Vienne...

— Le Danube... À Vienne, c'est le Danube.

— Très drôle.

— Merci.

Caher retourne vers le bureau, saisit la chaise qui fait face à l'ordinateur et la rapproche du lit pour s'asseoir en face du Canadien.

— Vous connaissant, je sais que vous regretterez votre ironie à la seconde où je vous dirai que huit hommes sont morts pendant l'opération. Trois des nôtres et cinq de nos homologues autrichiens.

Effectivement, le visage de Bellanger se ferme et il reste silencieux plus d'une minute. Quand il rouvre la bouche, sa voix est embarrassée.

— Excusez-moi. Vous aviez juste dit qu'une de vos équipes avait eu le sniper sous la main et qu'elle l'avait laissé filer. Jusque-là, c'était désopilant. Maintenant, ça l'est moins.

Caher rêve d'enfoncer le Canadien dans sa propre suffisance, mais ce qu'il attend de lui exige qu'il se conduise de manière plus professionnelle.

— Je n'ai aucune raison de penser que les agents autrichiens sont moins bien entraînés que les nôtres. En tout cas, tous étaient armés et tous sont morts d'une balle en pleine tête sans qu'un seul d'entre eux ait eu le loisir de riposter. Les quatre derniers projectiles ont été tirés à travers une cloison de dix centimètres d'épaisseur totalement opaque. De toute façon, le tueur avait les yeux fermés.

Bellanger en déduit ce qu'il y a à déduire :

— Il a laissé un témoin ?

De manière concise, Caher explique tout ce qu'il connaît de l'opération viennoise, en commençant par résumer la double activité de la manufacture Kirschner et en finissant par le témoignage du Facteur.

— Le plus embarrassant, conclut-il, c'est que le Mossad a été le premier sur les lieux et qu'il nous demande des comptes.

Bellanger lève un sourcil intrigué.

— À quel titre ?

— Les juifs estiment avoir une telle dette vis-à-vis des Kirschner que le Mossad considère leur entreprise comme une annexe à l'ambassade israélienne de Vienne.

— Kirschner est un Juste, c'est ça ?

Une fois, une seule, Caher aimerait que Bellanger rate une marche et se prenne les pieds dans ses déductions.

— Son grand-père. Mais ce n'est pas tout. Le Mossad voudrait savoir quel ss nous essayons de protéger d'un chasseur de nazis et la Knesset fait déjà pression sur le

Premier ministre pour que la question soit officiellement soumise au Quai d'Orsay par leur ambassadeur à Paris.

— Le Chaînon manquant se fait passer pour un chasseur de nazis... pas idiot.

— Le tueur (Caher a appuyé le mot) s'est en tout cas présenté à Kirschner sous une identité qui le laisse croire. Il était détenteur d'informations qui incitent le Mossad à penser que c'est bien le cas. Évidemment, ils nous ont refilé l'identité mais pas les infos. Je les soupçonne de chercher à nous emmerder parce que nous avons omis de les solliciter, mais je ferai avec ce que j'ai.

Caher interrompt son exposé parce que, à partir de ce point, il marche sur des œufs tellement pourris que le Canadien doit en sentir l'odeur à travers la coquille que le Français aimerait précisément conserver intacte.

— Et vous avez quoi, au juste ?

— Vous.

Bellanger le dévisage avec un petit sourire en coin.

— À moins que vous ne comptiez m'échanger contre deux barils de criminologue ordinaire, vous êtes maudi-tement magané.

Surtout ne pas relever. Surtout ne pas s'excéder des québécismes. « Sucez-le, s'il le faut, a ordonné son euh-supérieur, mais qu'il se colle au turf ! » Le hic c'est que les relations entre les deux criminologues se sont sérieusement dégradées depuis que le Canadien exige une connexion internet – impensable – et que le Français, asphyxié par une surcharge de travail inhérente puis consécutive aux élections, manque de temps et de liberté de mouvements pour se consacrer à Ann X, au Chaînon manquant et, a fortiori, à Stephen Bellanger. Merde ! Il a même dû freiner des quatre fers avec Decaze après qu'ils ont échangé des informations sur le tireur fou de 92 et sur le carton des Cordeliers !

— J'ai aussi le nom d'un marine MIA[1], révèle Caher, dont le grand-père était un chasseur de nazis que le FBI a mis au vert en 94.

— Émaillé ? s'amuse Bellanger. Ça, ça change tout !

— Il a été porté disparu en Afghanistan pendant une période où Ann X devait être en train d'envisager de refaire le coup de Sarajevo chez les talibans.

Bellanger est ferré. Caher le voit dans ses yeux. Alors le Français s'interrompt et se tourne de nouveau vers la fenêtre.

— Continuez, relance Bellanger.

— En 92, le Chaînon manquant de Decaze s'était lui-même démobilisé d'un commando de marines opérant à Sarajevo alors qu'Ann X s'y trouvait probablement aussi. C'est le même corps de marines, dont elle a, semble-t-il, égorgé au moins un homme. Ces marines opéraient indépendamment de la Forpronu, en soutien, comme contre-snipers, mais ils étaient présents avant les forces de l'ONU.

— Un bataillon de tireurs d'élite.

— Pas exactement, mais il en compte un certain nombre, tous formés à Quantico...

— Comme les agents du FBI. Le raccourci est douteux.

— J'en conviens, comme tous les rapprochements en termes de dates et de lieux entre les deux Chaînons manquants et Ann X. Néanmoins, les coïncidences sont nombreuses et nous serions bien légers en ne les examinant pas, d'autant qu'il existe une corrélation entre

1. Missing In Action.

Csenge Kovacs, le supposé grand-père de notre sniper, et un sénateur américain du nom de Gordon Grant Haywood.

Maintenant, c'est facile. Bellanger est littéralement captivé.

— Csenge Kovacs a par deux fois tenté d'assassiner un protégé d'Haywood, poursuit Caher, un Croate adepte de Mengele. Lors de la seconde tentative, il a été arrêté par le FBI sous les caméras de trois chaînes de télévision, mais il n'a jamais été jugé, sous prétexte d'un état de santé catastrophique, seulement assigné à résidence sous contrôle du FBI. Il est mort d'une embolie deux mois plus tard. Le lendemain de son enterrement, Paul, son petit-fils, fait une fugue et disparaît pendant trois ans. C'était en 95. Il ne réapparaît que pour s'engager dans les marines avec, en poche, un diplôme de l'université d'État de Tucson...

— Arizona... ça aussi c'est douteux.

— Mais c'est encore une coïncidence impossible à ignorer. Le centre de formation très particulier d'Haywood dans lequel Ann X a été enfermée, précisément en 95, était en Arizona.

Bellanger lève une main pour arrêter Caher, puis il bondit sur ses jambes et fait le tour de la pièce. Il prend le temps de réfléchir. Peu de temps, mais plus qu'il ne l'a jamais fait durant leurs entretiens. Pour finir, il attrape la seule autre chaise de la chambre, la plante devant celle de Caher, dossier face au Français, s'assoit, les coudes sur le dossier, mains croisées à hauteur de menton et ne demande pas vraiment :

— Vous ne doutez pas que ce présumé Kovacs soit notre Chaînon manquant...

— Quatre balles en aveugle à travers un mur, quatre cadavres défigurés. Même avec une oreille faramineuse, c'est... c'est comme de faire mouche huit fois à quatre cents mètres sur une cible mouvante.

— Il a une oreille extraordinaire, mais elle lui fournit seulement des indices. Ensuite, il transforme ces indices en données qu'il juxtapose aux repères en sa possession et il reconstitue, non il *imagine* un enchaînement de scènes avec ses cibles en mouvement. C'est pour affiner sa représentation mentale qu'il ferme les yeux.

— Je suis arrivé à peu près à la même conclusion, mais nos experts cherchent encore ce qui cloche dans les pièces fournies par les Autrichiens. Ils veulent savoir comment les Israéliens se sont arrangés pour essayer de nous faire avaler toute une famille de couleuvres.

Bellanger hausse les épaules.

— Qu'ils cherchent. Pendant qu'ils se concentrent là-dessus, ils auront peut-être moins d'idées lumineuses pour envoyer d'autres hommes à l'abattoir.

— Ce ne sont hélas pas les mêmes experts.

— Je m'en doute, mais leur indécision freinera peut-être les conneries des autres.

Caher ne peut retenir un rire.

— Préconiser à la commission d'attendre que les experts se soient prononcés sur l'authenticité du matériel viennois, avant de poursuivre ses réflexions autour du sniper, est une excellente suggestion.

— Je crains que votre euh-supérieur ne soit un homme trop pressé pour prendre en compte cette recommandation.

Caher se rembrunit. Son euh-supérieur n'est pas seulement un homme pressé, c'est aussi un dirigeant vindicatif et lapidaire qui sanctionne l'échec par la destitution. Et Caher ne tient pas à se retrouver dans un placard.

— Il est comme tous les responsables, il a besoin de résultats, admet-il, et il regrette aussitôt sa phrase.

— Et, comme la plupart d'entre eux, quand il n'en obtient pas de satisfaisants, il les fabrique. Pourquoi ai-je l'impression que vous êtes sur la sellette ?

— Parce que les responsables ont une autre particularité : ils délèguent les échecs. Même s'il est impossible de m'imputer la foirade de Vienne, puisque je n'en ai eu ni l'initiative ni le contrôle, c'est indubitablement grâce à l'insuffisance des informations que mon service a fournies que la commission a développé la stratégie ayant conduit un autre service à se planter. Il nous arrive très très rarement de perdre des hommes, toujours en infiltration. Trois d'un coup, plus les cinq Autrichiens, pendant la mise en place d'une filature...

Caher laisse sa phrase en suspens. Bellanger rebondit sur un aspect qui le surprend.

— Une filature ? Pas une arrestation ?

— Un dispositif en plusieurs étapes. Un traceur et plusieurs équipes de filature pour commencer. Tout le matériel de surveillance électronique ensuite. C'est le protocole habituel. Nous n'intervenons que contraints ou lorsque nous connaissons les tenants et les aboutissants. Quand l'ennemi a monté une structure, nous attendons jusqu'à pouvoir être en mesure de démanteler le réseau. Parfois, il est préférable de continuer à surveiller, d'infiltrer, de manipuler. Question d'enjeux. Ce n'est pas à l'auteur de *Mécanismes du crime institutionnel* et du *Complexe du gardien* que je vais expliquer ces vicissitudes.

Pourtant, manifestement, Bellanger est outré. Il se redresse sur sa chaise et approche son visage tout près de celui de son geôlier, qui se fige avant de reculer d'un geste réflexe.

— Calice de crisse de saint-ciboire de tabernak, Caher ! Le Chaînon manquant n'entre dans aucun cadre qu'on puisse traiter par des procédures ! C'est une maudite machine à tuer qui...

— D'accord avec vous. Je veux dire : maintenant, je suis d'accord avec vous...

— Pourquoi ? Parce qu'il a flingué trois de vos hommes ?

Caher hausse le ton :

— Merde, Bellanger ! Nous ne savions rien sur ce type. Ni qui, ni quoi, ni quand, ni qu'est-ce !

Le Canadien secoue la tête, lèvres pincées.

— Il y a un mois que Decaze vous a refilé le matériel sur celui de 92.

— Il n'y a rien d'exploitable dans ces putains d'enregistrements ! Et le dossier n'est plein que d'excellentes raisons de classer l'affaire. Ce que Decaze et sa patronne de l'époque ont d'ailleurs fait, sans état d'âme, après avoir conclu que les expériences de comportementalisme de l'armée américaine et de la CIA valaient celles des Soviets mais que cela ne concernait pas Interpol.

— Donc vous saviez qui l'a formé à quoi, de quels exploits il était capable, ce qui s'est produit quand il a perdu le contrôle et qu'il n'a pu être arrêté que parce qu'il n'avait plus de munitions.

Pour Caher, c'est le moment de mettre un peu d'eau dans son vin.

— La situation a été mal évaluée et l'opération mal conduite. Le pire, c'est que nous l'avons alerté. Pour être franc, si j'étais sûr que cela suffise à le tenir loin de l'Hexagone, j'arrêterais les frais.

Le sourire en coin de Bellanger en dit long sur ce qu'il pense de la franchise de Caher. Et sa réaction physique lorsqu'il a envahi sa sphère privée ne lui a pas échappé.

— Mais comme ce n'est pas le cas, dit-il, ou que ce n'est pas le propos, vous souhaitez que je collabore.

Le Français hoche la tête doucement. Le Canadien se lance :

— J'ai besoin d'une connexion internet...

— Uniquement descendante. Vous pourrez naviguer comme vous l'entendez mais sans rien transmettre.

— ... et d'un accès à votre base de données pour tout ce qui concerne de près ou de loin le Chaînon manquant.

— Cela va de soi.

— Je dis bien *tout*.

— Vous voulez surtout dire : ce qui concerne Ann X inclus.

Nouveau petit sourire en coin.

— Non, ça je me doute que vous ne l'omettrez pas. C'est ce qui touche à vos petits secrets et à ceux des services français que vous risquez d'oublier. Qui a fait quoi et comment ? Qui est membre de cette commission interservices ? Qui a géré Landis et de quelle manière ? Qui sait quoi de ce que vous savez ou croyez savoir ? (Avant que Caher ne l'interrompe, il ajoute :) Je me fous des noms, remplacez-les par des codes, mais il me faut un organigramme complet des connaissances, des interactions et des activités de chaque intervenant depuis la seconde où vous avez hérité de la demande d'informations de la DPSD sur les problèmes rencontrés par la DIA en Afghanistan.

Caher bée plusieurs secondes puis rit.

— Là, je dois reconnaître que vous m'estomaquez, avoue-t-il. Mettons les choses au point. J'ai besoin de vos compétences de criminologue et de votre talent pour analyser et synthétiser des éléments apparemment sans lien. Je n'ai pas besoin que vous vous immisciez dans mon boulot auquel, excusez ma franchise, vous êtes parfaitement inapte. Si vous soupçonnez un... disons un conflit d'intérêts parmi les différents services impliqués, je vous saurai gré de m'en faire part et, même s'il ne s'agit que d'une intuition, *je* creuserai. Vous comprenez ?

— Très bien. C'est à peu près ce que m'a signifié Decaze, dans sensiblement les mêmes conditions et pour des raisons équivalentes. Vous connaissez le dossier Ann X par cœur, inutile que je vous rappelle combien cela a coûté de vies, directement ou indirectement. Par contre, je vous signale que vous démarrez avec un handicap de huit.

Puisque le coup est bas, Caher n'a pas à retenir sa riposte.

— Inutile, de mon côté, de vous rappeler que je connais beaucoup mieux le dossier que quiconque. Mais je veux bien vous préciser que, pas plus que Decaze jadis, cela ne m'incite à vous laisser déborder de votre domaine d'expertise.

Le Canadien soutient son regard longuement puis laisse tomber :

— Ne lésinez tout de même pas trop. Je ne peux travailler qu'à partir des éléments en ma possession et les données sensibles font inévitablement partie du puzzle.

— Quand vous aurez le sentiment qu'une de ces données vous fait défaut, expliquez-moi en quoi et pourquoi, j'aviserai. Vous faut-il autre chose ?

Bellanger n'hésite pas une seconde.

— L'accès libre au parc, à la bibliothèque, à la véranda, à la cuisine et au frigo, un ordinateur portable, un disque dur externe sans alim, un baladeur audio et un casque corrects, un ampli et une paire d'enceintes hi-fi pour le desktop, un abonnement Napster ou Virgin, une Nespresso et tout l'échantillon de capsules café et déca.

Quand il quitte le Canadien, Caher ne se sent ni victorieux, ni soulagé, juste satisfait. Bellanger progresse sur le chemin qui lui a été tracé et entre dans la phase finale du protocole d'assujettissement. Cela aura été long, laborieux, et cela aura demandé de nombreux ajustements mais, en tenant compte des connaissances du sujet sur le processus dont il était l'objet, le résultat est plus qu'acceptable. Bref, Bellanger collabore et il sera facile de l'amener à collaborer encore, et encore, que ce soit par effet d'engrenage ou de manière plus coercitive mais, pour ce qui concerne les Conditionnés (Caher trouve l'appellation « Chaînon manquant » aussi ridicule qu'inappropriée), il était impératif que l'implication du Canadien soit, dans un premier temps, volontaire. Après... quand Caher en détiendra un ou deux, que ce soit Paul Kovacs, Ann X ou Ann Xbis (la théorie de la jumelle n'est pas moins plausible que celle du tour de prestidigitatrice), quand il fondera son propre centre de conditionnement, il sera temps de décider de la place à laquelle Bellanger sera le plus utile, et dans quelles conditions.

Pour l'heure, le Québécois a bien mérité sa machine à expresso et Caher un single malt, disons un Talisker, un simple dix-huit ans, histoire de ne pas se donner le sentiment d'arroser quoi que ce soit.

Après le départ du Français, Stephen retourne s'allonger sur le lit, mains croisées sous le crâne, paupières mi-closes. Il patiente depuis des mois pour en arriver là. Enfin non, il ne patiente pas : le temps n'a pas d'importance. Il a toujours éprouvé des difficultés à s'intéresser à sa propre situation. À l'exception d'un an entre les mois de mars 2000 et 2001, quand Naïs le faisait tourner en bourrique – virer parano serait plus exact. Ceci dit, même sans impatience, il se demande combien de temps mettra Decaze à le retrouver. Pour le reste, il a des certitudes. Philippe a forcément bien interprété l'usage de l'expression Chaînon manquant dans la bouche de Caher et a aussitôt rameuté Anton et Carlos à la rescousse.

La difficulté vient de Caher. Caher est un mégalo imbu de lui-même, mais c'est un mégalo intelligent et précautionneux, un obsessionnel. Il est certainement beaucoup plus difficile à suivre dans ses déplacements que dans ses raisonnements.

De toute façon, Stephen va avoir de quoi s'occuper, maintenant qu'il est au service – secret – de son suborneur. Les choses vont s'accélérer.

Roll up ! Roll up for the magical mystery tour...

16 juin 2007

La première fois qu'ils l'ont vue consciente, Nadja et Michel sont repartis le moral dans les chaussures avec des semelles de plomb. Naïs était incapable d'articuler, de former une idée, de bouger plus que les doigts d'une main, de se souvenir des dix-huit dernières années. Elle ne les a évidemment pas reconnus. Martha leur a dit que ce n'était pas anormal, même si l'amnésie avait une forme atypique, et que de nombreuses fonctions cérébrales, nerveuses et musculaires reviendraient rapidement à la norme... dans la mesure où il n'était pas encore possible de faire le tri entre les dommages irréversibles et ceux qui disparaîtraient avec les soins.

La deuxième visite, une semaine plus tard, leur a laissé moins d'amertume et plus de colère. Cette fois, Martha les a briefés avant de les conduire vers sa patiente :

« — Sa mémoire revient par bribes plus ou moins chronologiques. Elle a de gros problèmes d'élocution qui l'énervent d'autant plus qu'elle ne parvient pas à maîtriser ses mains pour écrire lisiblement. Et elle a pris l'équipe médicale en grippe parce qu'elle refuse d'admettre qu'elle ne remarchera pas. En fait, elle progresse vite, très vite, mais justement, *parce qu'*elle progresse vite, elle s'acharne contre sa paraplégie et elle s'acharnera jusqu'à ce que l'évidence l'effondre totalement. J'ai donc besoin de votre appui. Plus précisément, j'ai besoin que vous jouiez des rôles que vous allez détester.

« — Des rôles ? ont simultanément réagi Nadja et Michel.

« — Il me faut un gentil et un méchant, ou un pragmatique et un rêveur, comme vous voulez. Le méchant abondera dans mon sens. Le gentil se fera le complice de Mary dans ses efforts pour retrouver l'usage de ses jambes. En apparence, il est plus confortable de jouer le gentil, mais le prix à payer s'alourdira au fil des échecs et des mois, pour devenir rédhibitoire quand elle finira par accepter son handicap. Inversement, le méchant ne sera pas en odeur de sainteté les premiers temps, mais il ne perdra pas l'amitié de Mary.

« — Je jouerai le gentil, s'est précipité Michel avant que Nadja ne prononce les mêmes mots. (Il fait un clin d'œil à Nadja :) Je suis incapable de méchanceté, tu sais bien, et je ne serai pas foutu de lui faire avaler qu'elle finira sa vie dans un fauteuil roulant. »

C'est vrai, mais Nadja ne peut pas être dupe : Michel se sacrifie pour protéger l'amitié entre Naïs et elle. Elle ferait la même chose s'il s'agissait de celle entre Stephen et lui.

« — Pour l'instant, interdiction d'aider Mary à reconstituer sa mémoire. Il y a trop de risques qu'elle s'en invente une à partir des éléments que vous lui fourniriez. Si elle pose des questions, ne répondez que par du factuel, sans détails, sans raconter. Où on s'est connus ? À Paris, à Casablanca, en Suède, n'importe où mais juste la ville, la région ou le pays où vous l'avez rencontrée. C'était quand ? Il y a cinq, dix, quinze ans, mais pas de date. À quelle occasion ? Détournez la question, ne répondez que pour ce qui vous concerne. Qu'est-ce qu'on a fait ensemble ? Donnez dans la banalité : on s'est baladés, on a ri, on a discuté. De quoi a-t-on parlé, de quoi riait-on ? De tout, comme le font les amis, mais ne précisez rien, sauf si cela n'implique que vous. »

Ce jour-là, Naïs a reconnu Nadja et il lui a semblé qu'elle connaissait Michel. La semaine d'après, elle savait exactement qui était Nadja et elle se souvenait d'un clochard sur un banc. La suivante, elle a beaucoup pleuré : elle liait Michel à Stephen, sans trop savoir qui était ce Stephen mais en étant certaine de l'aimer. Elle avait le sentiment de porter la responsabilité d'un immense gâchis. Martha a donné son feu vert pour que, à leur prochaine visite, Nadja et Michel commencent à évoquer des relations ou des souvenirs communs, mais elle a émis une réserve qui les a beaucoup inquiétés :

« — Je n'ai jamais posé de question sur l'identité de Mary. Pour toute information, Carl ne m'a donné qu'un conseil d'extrême prudence quant à ce que mon équipe et moi pourrions entendre, déduire, interpréter. J'ai confiance en Carl et j'ai confiance en mon équipe. Ceci dit, certaines évidences ne peuvent pas nous échapper. Que Mary ne s'appelle pas Mary ne pose de problème à personne. Qu'elle soit la femme abattue à Lyon par des terroristes non plus. Mais son propre passé, qu'elle reconstitue à nos oreilles défendant, si j'ose dire, comporte de nombreux aspects que, d'une part, nous ne devrions pas entendre... à son sens, en tout cas, quand elle aura retrouvé l'essentiel de ses facultés cérébrales... et qui, d'autre part, la perturbent dangereusement. Ce qu'elle découvre d'elle-même, et qu'elle se garde de nous révéler, l'angoisse au point que les anxiolytiques, que nous avons dû lui administrer pour calmer ses crises, ne suffiront peut-être pas à lui épargner des troubles psychiques graves. Vous allez devoir faire preuve de beaucoup de discernement dans ce que vous ferez remonter à la surface et vous allez devoir le faire en aveugle car je ne peux pas vous conseiller sans en connaître davantage sur elle.

« — Si Carl n'a pas jugé utile de...

« — Je ne te demande que du discernement, Nadja, que ce soit avec Mary ou avec moi. Crois-moi, je préférerais de loin pouvoir joindre Carl et discuter librement de son opinion de psychiatre sur le parcours de Mary. Son regard professionnel me serait beaucoup plus utile que les informations que Michel et toi pourriez me lâcher.

Ils y ont réfléchi toute la semaine et ils en ont parlé une bonne partie du trajet. Carl Nussbauer ne communique plus avec qui que ce soit, sinon pour des banalités. Il se sait sous surveillance et n'aborde certains sujets qu'avec Dietmar Stamm et Iza Stern quand ceux-ci viennent le voir (et encore prennent-ils des précautions drastiques). Martha a raison : la décision revient à Nadja et à Michel, même s'ils pensent qu'elle n'appartient qu'à Naïs. Or Michel joue le rôle du gentil.

C'est donc Nadja qui, dès qu'ils arrivent au centre, accompagne Martha dans son bureau, tandis que Michel, guidé par un infirmier, rejoint les thermes où Naïs subit sa séance de thalasso quotidienne. En fait, elle s'en impose une seconde toutes les fins d'après-midi et c'est plutôt le kiné qui subit la séance matinale (l'après-midi, c'est un infirmier qui accompagne Naïs) tellement elle s'irrite contre le programme « trop mou et trop lent » des exercices auxquels il l'astreint. Le kiné ne manque heureusement pas de caractère, d'humour et de patience. En tout cas, Michel l'aime bien, et pas seulement parce qu'il s'appelle Mi*ch*ael ni parce que, si sa syntaxe française est impeccable, son accent germanique est suffisamment prononcé pour être amusant.

Suisse ou non, la plus grande partie du personnel médical de la clinique est d'origine germanophone, mais tous maîtrisent le français, l'anglais et, souvent, l'italien. Du coup, Naïs leur lance des piques indifféremment dans les quatre langues. Elle parle aussi japonais avec le cuistot, tamoul avec le responsable de l'entretien, pashto avec une aide-soignante, mais eux n'essuient pas ses saillies de mauvaise humeur.

— Salut Michel, l'accueille le kiné sur le bord d'un bassin.

— Salut Micha. Comment va Fury, ce matin ?

C'est Michael qui a le premier remplacé Mary en Fury mais, comme elle a adopté le sobriquet avec enthousiasme, tout le personnel s'y est mis.

— Fury est au mieux de sa forme, soupire-t-il. Déchaînée à souhait.

Il désigne le parcours à courant activé que Naïs s'efforce de remonter à la seule force de ses bras. Ses jambes inutiles traînent dans son sillage.

— En brassant, elle s'en sort honorablement, poursuit le kiné. Alors elle a décidé de crawler mais, comme elle ne parvient pas à stabiliser son bassin et que ses jambes l'entraînent vers le fond, elle boit tasse sur tasse et elle m'injurie chaque fois que le courant la rejette vers les jets de massage. Je lui ai proposé d'attacher un appui flottant à ses chevilles, elle a refusé. C'est sa sixième tentative, or chacune d'elles l'affaiblit, mais elle refuse d'admettre que c'est trop tôt et que je vais devoir la sortir épuisée de l'eau.

— J'imagine qu'elle ne veut pas non plus que tu ralentisses le courant.

— Tu connais sa nouvelle devise ? *J'attaque à fond et j'accélère progressivement.*

— Je connais. Elle tient ça d'une sorte de samouraï blanc qu'elle a rencontré à Madagascar il y a trois ou quatre ans. C'est bon signe pour sa mémoire.

Michael ouvre les mains en signe d'impuissance.

— Pour sa mémoire, je ne dis pas, mais pour travailler...

Le courant refoule une fois de plus Naïs vers le bassin des jets de massage. Elle se laisse porter par le flux, sur le ventre, bras flottants, les jambes à quarante-cinq degrés sous la surface, le visage dans l'eau. Michael ne bronche pas malgré l'interrogation muette de Michel.

— Elle me fait ça chaque fois. Au début, je lui sortais la tête de l'eau et elle ricanait. Maintenant nous jouons à celui qui bougera le dernier. Elle t'a vu, ça ne devrait pas durer.

— Durer ?

— Son poumon gauche est loin de fonctionner à cent pour cent, mais je connais pas mal d'apnéistes qui lui jalouseraient son souffle.

Le temps passe très lentement pour Michel.

— Tu es sûr qu'elle m'a vu ?

— Oui, et maintenant je suis sûr qu'elle va en profiter pour faire durer le jeu.

Michel patiente pendant ce qui lui semble au moins deux minutes. En tout cas, c'est à son sens interminable.

— Eh merde !

Il coupe par une margelle entre deux bassins, s'accroupit, attrape Naïs par les cheveux, un rien trop courts à sa poigne, la tire vers le bord et lui sort la tête de l'eau.

Un sourire à pleines lèvres, un clin d'œil.

— Salut, Michel.

Il lève les yeux au ciel.

— Salut, Fury, répond-il et il lui plonge la tête dans l'eau au moment où elle se décide à reprendre son souffle.

Il la lui ressort immédiatement, mais elle a eu le temps de boire la tasse. Il ne juge pas utile de préciser : « Ne me refais jamais ça. » Il la regarde simplement, droit dans les yeux, tandis qu'elle s'appuie des coudes sur la margelle pour cracher et reprendre sa respiration, puis il se relève et se tourne vers Michael.

— Avez-vous pu déterminer lequel de vous deux est le plus taré ? demande-t-il.

Le kiné ne se démonte pas et désigne Naïs d'un index.

— Il a raison, le soutient-elle. (Elle tousse, crache et inspire lentement.) Si tu n'avais pas été là, c'est lui qui m'aurait arraché les cheveux. Il craque toujours.

Michel plisse les yeux à l'adresse du kiné. Celui-ci hoche la tête, l'air mi-déconfit mi-rigolard.

— Il sait que la noyade s'accompagne de convulsions, ajoute Naïs, mais il craint que j'aie perdu conscience avant.

— C'est surtout ma carrière qui redoute la mention « perte d'un patient par négligence », corrige Michael. Et ma montre qui m'indique que j'ai un autre patient dans moins de cinq minutes. Si madame veut bien sortir de l'eau...

Naïs se hisse à la force des bras et fait pivoter ses jambes d'un coup de reins pour se retrouver assise sur le bord avec une facilité surprenante. Le kiné est déjà en train d'approcher le fauteuil roulant, Michel s'empare des poignées.

— Je me débrouille, va t'occuper de ton patient.

— D'accord. Salut, Fury.

— Salut, Micha.

— Au revoir, Michel.

— Je reviens demain.

— Alors à demain.

Le kiné ramasse son sac et s'éclipse en agitant la main. Michel place le fauteuil derrière Naïs et bloque les freins. Il s'apprête à l'attraper sous les aisselles quand elle se propulse dans l'eau. Elle disparaît complètement un instant, puis une main agrippe le bord et son visage émerge.

— Tu fais quoi, là ? demande Michel.

— Regarde.

Elle lâche la margelle et se propulse d'une main. Sa tête bascule dans l'eau, son dos remonte en surface, son fessier apparaît, mais ses jambes restent immergées à quarante-cinq degrés. Puis ses bras se mettent en mouvement, elle crawle. Ses jambes restent sous l'eau, mais ne forment plus qu'un angle de vingt degrés avec son buste quand elle entre dans le parcours à courant, et elles sont presque à l'horizontale quand elle en sort, après l'avoir vaincu. Cela a été si vite et cela a paru si fluide que Michel n'a pas songé à se précipiter pour éteindre la machinerie. Putain, non, il n'y a pas songé ! Il a admiré.

Elle revient vers lui en brasse, uniquement les bras, mais sans effort. Elle tend néanmoins une main, puis l'autre, pour qu'il l'aide à sortir de l'eau. Il en profite pour la soulever et l'asseoir sur la serviette éponge qui couvre le fauteuil roulant. Elle contrôle sa respiration pour cacher son épuisement, mais il a senti son pouls, qui dit que le cœur tape au moins à cent cinquante. Pour qu'elle n'ait pas à lui montrer son essoufflement, il ne pose pas de question. Il la couvre avec un drap de bain épais, fait pivoter le fauteuil et le pousse vers les vestiaires. Une odeur légère monte de ses cheveux mouillés.

— J'imagine que ce n'était pas une première et que ni Martha, ni Micha, ni qui que ce soit n'est au courant, dit-il pour combler le silence. (Il lâche une poignée et se frappe le front.) Putain, ce que je suis con ! Bien sûr que si, c'est une première ! Personne ne te laisserait seule dans la flotte. Comment... merde, tu...

Naïs rit et manque s'étouffer.

— Au premier essai ce matin, j'ai senti que je pouvais le faire. (Une quinte de toux la force au silence, le temps qu'elle retrouve une respiration posée.) La vitesse et le courant me redressent les jambes, j'ai compris qu'il suffisait que je m'appuie davantage sur l'eau pour les tracter.

— Et pourquoi tu as attendu que nous soyons seuls pour le tenter vraiment ?

Elle se tord pour lui jeter un regard surpris.

— Sais pas. Réflexe paranoïaque, je suppose.

Il aimerait bien voir ses yeux, mais elle s'est remise dans le sens de la marche et elle ne lui offre plus que le haut de son crâne.

— Pas mal de trucs se sont décoincés dans ma caboche cette semaine, reprend-elle. Je vais me rincer, nous discuterons après.

— Je suis impatient.

— Je veux dire : *nous* parlerons, parce que je suis impatiente aussi.

Michel ne peut pas dire plus que :

— Bien sûr.

— Nadja est avec la harpie ?

Oups.

— Nadja est avec Martha, oui.

— Elle lui parle d'Ann X ?

Le terrain devient dangereusement glissant.

— Martha a besoin d'en savoir un minimum pour t'aider à te retaper.

— Et moi j'ai besoin d'en savoir un maximum pour me remettre sur pied à ma manière.

Lorsqu'elle se glisse dans la douche spécialement équipée pour les paraplégiques, Michel est presque soulagé. Il espère que Nadja en aura rapidement fini avec Martha et qu'elle le rejoindra avant que Naïs ne le noie de questions.

Quand Martha Köch rejoint son bureau, Nadja y patiente depuis une demi-heure.

— Nous avons eu une admission difficile, s'excuse Martha. Tu vas bien ?

— Beaucoup mieux que ton nouveau patient, à n'en pas douter, et toi ?

Martha sourit à l'esquive.

— Mieux que lui et mieux que toi, à l'évidence, mais crevée. Nous sommes sur le pont depuis hier soir. Café ?

— Merci, non.

— Tu as raison, j'ai surtout besoin d'une sieste.

Elle s'assoit enfin derrière son bureau et croise les mains dessus.

— Tu es seule ? demande-t-elle pour la forme.

— Michel est avec Mary.

— Je vois. C'est toi qui as tiré la paille la plus courte.

— C'est lui le gentil.

— Exact. (Elle fait rouler sa tête sur son cou pour se détendre la nuque et s'étire, les paumes vers le plafond.) Je t'écoute.

Nadja la regarde intensément dans les yeux et se lance :

— Après des années de sévices sexuels, Mary a tué ses parents et un couple de leurs amis qui participait aux viols. Elle avait douze ans.

Martha hoche étrangement la tête, yeux fermés, lèvres pincées, mâchoires serrées. Quand elle rouvre les paupières, il y a une détermination sauvage dans son regard.

— C'est donc elle, laisse-t-elle tomber. (Elle s'arrache du fauteuil plus qu'elle ne se lève et s'appuie contre le chambranle de la fenêtre pour perdre son regard dans le parc au-delà.) La vie est injuste, Nadja.

Nadja ne sait pas comment réagir. Manifestement, Martha connaît Naïs, du moins quelque chose qui concerne son passé, mais elle lui tourne le dos et les émotions dans sa voix ne sont pas simples à déchiffrer.

— Je craignais que ce soit elle, mais j'en rejetais l'idée, reprend Martha. Je ne le voulais pas, je crois.

— Tu ne voulais pas quoi ? Et pourquoi ?

— Je ne voulais pas admettre... je ne sais pas... le hasard ? L'infortune ? L'acharnement du destin ? Rien de très scientifique ni de tolérable, en tout cas. (De nouveau, elle fait face à Nadja :) Je vivais à Berlin et je voyais Carl régulièrement quand le tribunal pour enfants lui a confié la prise en charge psychiatrique de la Petite.

C'est lui qui l'appelait « la Petite », moi je ne l'ai jamais rencontrée. Il m'en a beaucoup parlé pendant trois ou quatre ans, puis elle s'est enfuie de l'institut dans lequel elle avait été placée, après avoir tué l'éducateur qui abusait d'elle, et il l'a de moins en moins évoquée. Si je me souviens bien, elle a été incarcérée en Italie.

— Arrêtée seulement. Elle a été emprisonnée à Lugano, mais elle n'a jamais vu de juge.

— Elle s'est évadée ?

— C'est compliqué. Que sais-tu d'autre ?

Au mot « compliqué », Martha a levé un sourcil et s'est rassise.

— Rien. Son nom, enfin... son prénom : Ann. Le juge pour enfants allemand l'avait enregistrée sous X. Attends... Carl n'a jamais perdu le contact avec aucun de nous, alors j'ai supposé qu'il en allait de même avec elle, mais qu'il préférait ne plus en parler. C'était sa façon de nous protéger. Qu'y a-t-il d'autre à savoir ?

Nadja s'avance dans son propre siège, pose les avant-bras sur le bureau et croise à son tour les doigts.

— Le père de Mary... il vaut mieux continuer à l'appeler Mary, même entre nous.... Son père, donc, travaillait pour la CIA et son grand-père gravitait dans les hautes sphères de la Maison-Blanche, en relation avec la CIA, la NSA, le FBI et je ne sais quoi encore. Le grand-père était plus ou moins au courant de ce que subissait Mary, mais, comme elle était hors norme à bien des égards, il se contentait de suivre son évolution de loin comme si elle n'était qu'un cobaye dans une expérience grandeur nature.

— Je me souviens. Carl disait qu'A... que Mary avait une mémoire eidétique, des capacités intellectuelles et kinesthésiques exceptionnelles, une empathie hors du commun et une faculté mimétique qu'il qualifiait de terrifiante.

— Oui, et c'est ce que pouvait devenir ce cocktail qui intéressait le grand-père. À la tête d'une équipe de psys, de chimistes, de neurologues et de biologistes, il conduisait ses propres expériences sur d'autres enfants dans un silo militaire transformé en laboratoire. J'ignore quel type de saloperies ils ont commis. Je sais seulement que Mary y a été enfermée plusieurs semaines et qu'elle s'en est évadée. Après, puisqu'il ne pouvait pas la formater, son grand-père s'est servi de son existence pour faire assassiner des ennemis politiques et lui faire porter le chapeau. Ça a duré presque dix ans et ça représente un paquet de cadavres. Entretemps, un criminologue d'Interpol a exhumé le dossier Ann X et, petit à petit, en reconstituant le parcours sanglant de cette supposée tueuse psychotique, a découvert le pot aux roses. Il a failli y rester, Mary aussi, à de nombreuses reprises. Quand elle n'a plus eu d'échappatoire, elle a tué son grand-père et fait croire à sa propre mort. C'était en juin 2001. Apparemment, cela n'a pas suffi à la mettre à l'abri de l'un ou l'autre service américain.

Nadja se tait. Elle n'a aucune intention d'en dire davantage, et surtout pas d'évoquer les autres victimes de Naïs. Les nombreuses autres victimes, dont elle préfère sous-estimer le nombre et dont elle n'est toujours pas certaine de ne pas avoir failli faire partie. Et elle est encore moins sûre de ce qu'elle pense ou, tout simplement, de ce qu'elle ressent vis-à-vis de la propension à tuer de Naïs, de sa facilité à le faire, de ceux qu'elle occit. Naïs a tué, Naïs tuera, même s'il semble qu'elle ne l'ait plus fait depuis longtemps (ce dont Nadja doute,

Naïs ayant multiplié les séjours dans des pays en état de guerre).

Après un long silence, sourcils froncés, Martha laisse tomber :

— Je suppose que tu n'en diras pas davantage.

— Qu'aurais-je à ajouter ? Mary a passé l'essentiel de sa vie à sauver des gosses un peu partout dans le monde.

Martha attend une suite qui ne vient pas. Cela l'agace, mais elle se contient.

— Mary rêve à voix haute, lâche-t-elle.

Nadja se crispe.

À sa demande, Michel assoit Naïs dans l'herbe et la cale contre le tronc d'un frêne, puis il s'installe en tailleur face à elle. C'est elle qui a choisi l'endroit : à cinquante mètres du bâtiment principal, face aux fenêtres du bureau de Martha. Elle n'est vêtue que d'un kimono qui la couvre du cou aux chevilles, pieds nus (elle refuse qu'on l'habille et les kimonos sont faciles à passer).

— Tu sais ce qui m'a permis de sortir du coma ?

— Un rêve.

Elle ouvre de grands yeux.

— Je te l'ai déjà dit ?

— Non, mais Martha dit que c'est un grand classique. Le cerveau a une activité équivalente au sommeil paradoxal peu avant la reprise de conscience, quelques minutes tout au plus, et l'émergence s'accompagne du sentiment que le rêve l'a favorisée.

Le hochement de tête de Naïs ne sert qu'à marquer sa contrariété.

— Évidemment.

— C'était quel genre de rêve ? demande Michel en se maudissant d'avoir évoqué Martha.

— Classique.

— Évidemment. Et c'est quoi un rêve classique ?

— La harpie ne t'a pas expliqué ?

— Je n'ai pas dû écouter. Pourquoi l'appelles-tu harpie ?

— Elle a un visage agréable, mais son corps me fait penser à certains oiseaux.

Michel s'attendait à tout sauf à ça.

— Son... corps ? C'est tout ?

— Oh ! Tu penses que... Non, j'imagine mal Martha en dévastatrice. Elle est plutôt du genre mère poule... encore un oiseau.

Ils rient tous les deux.

— C'est quoi ton rêve classique ? insiste Michel.

— Un souvenir. Tous mes rêves sont mémoriels. Je me réveille dix ou douze fois par nuit avec des souvenirs plein la tête. Celui de mon émergence, comme tu dis, remonte à mon premier séjour au Japon. Je ne sais pas ce qu'en penserait la harpie, mais je trouve cocasse de m'être réveillée sans l'usage de mes membres avec, pour tout souvenir, la mémoire des jours où je suis restée paralysée suite à une mauvaise chute. Et c'est encore plus amusant lorsqu'on sait que ce rêve se termine, comme dans la réalité que j'ai vécue, par le réveil de mon réseau nerveux.

— C'est intrigant, en tout cas.

— Tu trouves ?

— Plutôt oui ! Le parallèle est...

Elle explose de rire.

— Tu te fous de moi !

— Désolée.

— Fais chier. Tu l'as fait ce rêve ou pas ?

Elle redevient sérieuse.

— Oui, et le parallèle n'est pas si intrigant que ça. Mon subconscient réagissait à des signaux électrochimiques, ou à un défaut de signaux, définissant globalement mon état. Le corps et l'esprit s'entendent plutôt bien quand on les habitue à travailler ensemble. Si mon corps me réveille souvent, ces temps, c'est pour que mon esprit se souvienne de mes rêves et l'aide à se remettre debout, au figuré comme au propre. Et c'est pour la même raison que mon subconscient m'alimente en souvenirs. Il m'aide à restructurer ma mémoire et il cherche des solutions à mes carences dans des expériences similaires.

Michel est sidéré : Naïs parle d'elle comme d'une machine pilotée par un ordinateur.

— Ferme la bouche, lui dit-elle, les guêpes sont de sortie.

Par réflexe, il ferme la bouche, puis il accroche son regard malicieux.

— Ah, ah, ah, fait-il.

— Je manque un peu d'humour en ce moment, mais c'était tentant.

— Tu manques d'humour ? Ben, qu'est-ce que ça va être quand tu tourneras à plein régime !

Elle ne relève pas.

— Mes rêves me préoccupent.

Inutile de tergiverser.

— Tes souvenirs, donc.

— Il m'en manque.

— Si j'ai bien compris, ta mémoire se reconstitue par associations. C'est comme un puzzle que tu aurais attaqué à plein d'endroits différents. Les pièces s'assemblent par thème ou par couleur.

— Non.

— Non ?

— Toutes les pièces sont à l'envers et s'emboîtent selon leurs formes.

— Aïe.

— Il y a des dizaines de milliers de pièces, mais il n'y a que des centaines de formes. Même quand j'ai formé un groupe de pièces qui se juxtaposent parfaitement, je ne peux pas être sûre qu'elles sont convenablement placées. En fait, il arrive toujours un moment où je dois défaire un bloc pour en disséminer les pièces dans d'autres groupes et revoir plusieurs combinaisons simultanément. C'est à devenir dingue.

— Euh... tu as un exemple ?

— Plein.

Elle regarde par-dessus l'épaule de Michel et agite la main. Il se retourne. Il y a quelqu'un derrière une des fenêtres de Martha. La faible luminosité qui émane du bureau empêche de distinguer plus qu'une silhouette, mais il doit s'agir de Martha.

— La harpie, confirme Naïs.

Une tête de femme sur un corps d'oiseau. Oui, il y a de ça dans la silhouette. Michel revient à Naïs, qui replonge dans ses problèmes d'assemblage.

— Stephen, lâche-t-elle. Je sais que nous nous sommes rencontrés le 5 avril 1999 sur une île grecque et que nous avons couché ensemble pour la première fois le jour même, mais plein de choses clochent. Je me souviens de lui avant. Je me souviens de son appartement et même de son lit, mais c'était en mars de la même année. Pas moyen de mettre une date précise là-dessus, tu n'aurais pas une idée ?

Elle me teste !

— Les dates et moi... ceci dit, c'était en mars et à Lyon, sûr.

— Je te vois sur un banc près de chez lui, en effet. Tu jouais les clochards, comme d'habitude.

— Je ne jouais pas.

Elle penche la tête d'un air interrogatif, plisse les yeux et récite :

— Eh ! Steph ! T'oublies pas ton pote Michel, hein ?

— C'est ça.

— Une fois, je lui ai dit quelque chose comme ça, moi aussi.

— Possible.

— Mais ça ne m'explique pas pourquoi tous mes souvenirs de Stephen sont aussi précis que contradictoires.

Michel hésite. Quoi qu'il dise, cela ira à l'encontre des recommandations de Martha. Alors il se tait.

— Qu'étions-nous vraiment l'un pour l'autre, Michel ? Et pourquoi ne vient-il pas me voir ?

Michel résiste à la tentation de se tourner vers le bureau, pas à celle de répondre par une question.

— De quoi te souviens-tu ?

— À propos de quoi ?

Ne jamais jouer à ça avec Naïs. Putain, il devrait le savoir !

— De ce qui complique votre relation.

Elle est catégorique :

— Ann X. Dans tous mes souvenirs depuis mars 2000, chaque fois qu'il me regarde, c'est elle qu'il voit.

— Je ne suis pas dans sa tête, mais c'est indéniable.

— Merde ! Ann X est morte, Michel ! Je l'ai tuée !

— Indéniable aussi.

— C'est ça qu'il me reproche ? (Ses yeux rougissent, mais elle maîtrise sa voix.) D'avoir mis un terme à sa fascination morbide pour miss Hyde ?

— Je ne pense pas, non. Ann X l'a obsédé, et il y avait de quoi, avoue-le, mais ça n'a jamais été de la fascination, bien au contraire. Par contre, il est possible qu'il ne croie pas totalement à sa disparition.

— Je l'ai balancée de vingt mètres de hauteur dans un bac de métal en fusion. Fais-moi confiance, il n'en reste pas une trace, même à l'état moléculaire.

— J'en suis convaincu, Nadja aussi.

— Et moi j'ai du mal à me réjouir que Steph soit le seul à croire aux fantômes.

Michel soupire :

— J'ai bien peur qu'il ne soit pas le seul.

Les larmes naissantes disparaissent instantanément de son regard, aussitôt remplacées par une acuité perçante.

— Pas le seul ?

— Qui crois-tu que visait le type qui t'a tiré dessus ?

Les sourcils de Naïs se froncent, sa mâchoire se serre, ses mains se mettent à trembler. Elle devient très pâle et ses yeux se révulsent. Michel se tourne et fait un signe vers le bureau que la silhouette derrière la fenêtre ne peut pas confondre avec un salut ou tout autre geste amical.

Martha s'est relevée et contemple de nouveau le parc par la fenêtre.

— Michel et Mary sont là, dit-elle, juste en face.

— C'est un message, suppose Nadja. Michel doit trouver le temps long. Il a peur de gaffer.

Martha lui décoche un sourire désabusé.

— Michel tourne le dos aux fenêtres et Mary vient de m'adresser un coucou de la main. C'est elle qui a choisi l'endroit.

— Vu comme ça, ça ne fait aucun doute.

— Qui est Stephen ?

— Le criminologue d'Interpol qui a rouvert le dossier et découvert à quoi jouaient les services américains.

Martha est surprise.

— Vraiment ?

— Elle rêve de lui ?

— Souvent.

— Souvent... Tu as mis un micro dans sa chambre ?

Martha hoche la tête.

— Pas le choix. Les rêves sont aussi importants dans le processus de rétablissement que pour l'évaluation du patient. Bien entendu, Mary refuse de jouer le jeu et raconte n'importe quoi au psychiatre. Ni lui ni moi d'ailleurs ne nous en serions aperçus si les infirmiers de garde ne nous avaient pas raconté les rêves qu'ils ont surpris. Mais je ne l'aurais pas fait sans ton approbation si j'avais su qui elle était, ni s'ils avaient été de nature moins psychotique, ni si je n'avais pas dû interdire aux infirmiers de mettre un pied dans la chambre pendant son sommeil.

— Psychotique ?

— Ou psychonévrotique. Quel terme préfères-tu ? (Elle serre le poing gauche et se reprend :) Excuse-moi, je suis fatiguée. Des rêves de Mary, il ressort donc qu'elle est amoureuse du criminologue qui l'a en quelque sorte innocentée et qui se refuse à elle. Eurêka, si j'ose dire.

— Je ne comprends pas.

— La plupart des autres rêves suggèrent que Mary n'a pas que sa famille sur la conscience, ce qu'un criminologue, suffisamment doué pour percer les exactions de la CIA à travers son histoire, ne peut pas ignorer, et ce qui explique pourquoi il la rejette. Je me trompe ?

Nadja ne répond pas.

— Nadja, je n'approuve aucun homicide et je ne connais aucun meurtre qui soit justifiable, mais je n'approuve pas davantage la délation et l'emprisonnement, et Mary m'a été confiée à titre de patiente par mon père adoptif qui lui accorde autant d'affection et de respect qu'à moi. J'ai besoin de comprendre pour l'aider. Je...

— Tu ne te trompes pas.

Martha reste un instant bouche ouverte puis laisse tomber :

— Merci.

Le regard noir de Nadja exprime assez clairement où Martha peut se carrer son remerciement. Elle précise néanmoins :

— Même concession à mon éthique que toi : je te fais confiance parce que Carl te fait confiance.

Martha se tourne à nouveau vers la fenêtre.

— Alors il faut espérer que les amis de nos amis... Merde !

Elle contourne le bureau, ramasse une trousse médicale et lâche :

— Problème avec Mary.

Nadja est à la porte un dixième de seconde après elle.

Naïs est étendue sur le dos, les yeux blancs, de l'écume aux lèvres. Elle convulse. Martha lui fait une injection et pose un pouce sur son pouls de poignet. Michel est à genoux sur l'autre flanc de Naïs, Nadja s'est accroupie contre lui et le serre aux épaules. Les spasmes se calment doucement.

— Rien de grave, dit Martha en reposant le bras de Naïs. On va la mettre au lit et la surveiller un moment. Nous ferons quelques examens cliniques et, au moindre doute, je lui passerai le crâne au tomo, mais je ne pense pas que le problème soit physique.

Deux infirmiers accourent avec un brancard. Martha leur donne des consignes, puis ils chargent Naïs avec délicatesse et la transportent vers sa chambre. Nadja aide Michel à se relever. Il n'a pas encore prononcé un mot. Martha lui prend le pouls et examine brièvement ses pupilles. Cela le ranime.

— Je vais bien ! rouspète-t-il. J'ai juste eu la frousse.

— D'accord, pas de piqûre pour le grand garçon, le taquine Martha. On va juste marcher un peu et on ira s'en jeter un dans mon bureau.

Elle l'attrape par le bras que ne tient pas Nadja et toutes deux l'entraînent sur le chemin qui contourne des bâtiments.

— C'est une crise d'épilepsie ? demande Michel après quelques pas.

— Ce sont des symptômes épileptiques, répond Martha.

— Je... ça peut venir de quelque chose que j'ai dit ?

— Non, quelle qu'en soit la cause, c'est quelque chose qu'elle porte en elle.

— Mais j'ai pu le réveiller.

— Pas improbable. Si c'est le cas, il va falloir qu'on trouve comment pour comprendre pourquoi et agir en conséquence.

Nadja admire la façon dont Martha rassure Michel et l'amène à raconter ce qui s'est produit.

— Sans rentrer dans le détail, tu peux résumer ce que vous vous êtes dit depuis que tu es arrivé ?

Michel ne se fait pas prier. Il a tellement eu peur d'avoir fait une connerie que parler de leur conversation le soulage. Il est même à deux doigts de révéler que Naïs surnomme Martha « la harpie ». Quand il a fini, Martha lui demande :

— Tu te souviens de vos derniers échanges ?

— Tu veux dire précisément ?

— Disons le plus précisément possible.

Michel s'en souvient avec une précision qui l'étonne lui-même. Après avoir jeté un regard vers Nadja qui a approuvé de la tête, il répète presque mot pour mot leurs vingt dernières phrases. Quand il se tait, Martha s'arrête, les obligeant à faire de même.

— C'est ce que j'ai commencé à comprendre quand tu m'as parlé de la relation entre Mary et le criminologue, dit-elle à Nadja.

— Tu as commencé à comprendre quoi ? demande Michel.

— La mémoire de Mary se reconstitue de façon à correspondre à une projection d'elle qui lui convient. Ses souvenirs sont authentiques mais retouchés pour l'idéaliser selon les critères de Stephen. Pour cela, il lui faut occulter tout ce qui nuit à leur relation. Son inconscient a choisi la méthode la plus efficace d'amnésie sélective en effaçant sa propre identité. Mary ne sait pas et ne veut pas savoir qu'elle est Ann X.

7 juillet 2007

Philippe Decaze ne peut pas s'empêcher de penser que, s'ils se font alpaguer, cela fera un sacré vacarme dans le landerneau des services spéciaux. Un ancien de la Stasi[1], toujours communiste, reconverti dans la protection du secret industriel et commercial. Un officier de la Fedpol[2] suisse qui a aidé à constituer l'unité Tigris[3]. Un inspecteur de la police ouest-berlinoise à la retraite qui travaillait en sous-marin pour le BND[4], en collaboration avec la CIA, avant la chute du Mur. Une hackeuse sino-vietnamienne, aussi à l'aise dans les arts culinaires que martiaux, que les RG voulaient cantonner dans le Chinatown parisien et qui a refusé toutes les autres offres de la place Beauvau. Et un cadre de la direction exécutive des services de police d'Interpol, responsable des cellules d'analyse et d'investigation criminelle. Le tout pour extraire un criminologue canadien d'un centre de détention pour le moins officieux de la DST, à 170 km de Paris, dans le trou du cul de la Sologne.

---

1. Ministerium für Staatssicherheit (MfS), service de renseignement et police politique de l'ex-RDA.

2. Office fédéral de police.

3. Force spéciale d'intervention.

4. Bundesnachrichtendienst, service de renseignement allemand (RFA).

Carlo Prusiner ne souhaitait pas que Decaze participe à l'opération, Anton Rawicz refusait que Dietmar Stamm les accompagne, Stamm aurait bien fait cavalier seul et Decaze se demande encore pourquoi il ne l'a pas fait. Après tout, c'est Stamm qui a logé Stephen et rien ne l'obligeait à informer Anton et Carlo. Il aurait très bien pu se faire épauler par l'un ou l'autre truand auquel il a eu recours pour filer Caher et emprunter le matériel nécessaire aux Triades du 13e qui ont équipé la filature en gadgets hi-tech. Anton aurait peut-être été moins vexé de s'être fait coiffer au poteau, si Stamm leur avait amené Stephen sans les avertir qu'il l'avait retrouvé. Mais Anton n'a pas été en reste d'indélicatesses, omettant d'informer Stamm qu'il avait reconstitué « l'arrestation » de Stephen, depuis les écoutes illégales des communications de ses parents jusqu'au curriculum vitae de ceux qui y ont participé et de chaque membre de la commission interservices que Caher coordonne. Seul Carlo a joué la transparence et diffusé ce qu'il a trouvé sur les comptes et les opérations bancaires de Caher et de ce ou ceux qui gravitent dans sa sphère.

Decaze n'aime pas Stamm. Personne n'aime Stamm. Il est même probable qu'Iza Stern, qui lui a imposé la présence de l'ex-flic berlinois, ne l'apprécie que fort peu, voire pas du tout. Pourtant, il faudrait être de très mauvaise foi pour ne pas lui reconnaître des compétences et une efficacité redoutables. C'est lui qui a semé la pagaille dans les dossiers de plusieurs polices sur Ann X et qui a fait tourner Anton en bourrique à Berlin. C'est lui qui a fait disparaître le Dr Nussbauer et les Stern, mère et fille, quand Decaze voulait les interroger au sujet de cette même Ann X. C'est lui qui les a protégés de la CIA et de la NSA pendant des années. Et Decaze soupçonne que c'est encore lui qui, au nez et à la barbe des flics lyonnais, a sorti de l'hôpital la femme abattue par le sniper que recherche Caher.

Il ne sait pas comment l'idée lui est venue, ni comment elle a pu surgir avant celle qu'il y a du fantôme d'Ann X dans l'air. L'enchaînement d'interrogations qui conduit à ce soupçon est pourtant évident. Pourquoi Caher s'est-il intéressé à la famille Bellanger ? Pourquoi a-t-il enlevé Stephen ? Quel rapport existe-t-il entre un sniper, modèle Chaînon manquant, une inconnue sur laquelle il tire neuf fois, la présence de Stephen au même instant à Lyon, l'ambition d'un officier de la DST et la reprise de contact très intéressée d'Iza, donc d'Inge (toutes deux liées à Nussbauer), puis son intercession pour la participation de Stamm dans la quête du Bellanger perdu ? En outre, pour rejoindre son hôtel depuis Écully en empruntant les transports en commun, Stephen aurait débouché à la station Cordeliers, à peine quelques minutes après le carton sur l'inconnue. Il en a parlé à Carlo. Carlo a dit :

« — Tu l'as vue mourir, non ?

« — Oui.

« — Sans l'ombre d'un doute ?

« — Sans l'ombre d'un doute.

« — Hypothèse caduque.

« — Tu en as une autre, incluant tous les éléments ?

« — Les bouquins de Stephen. En soi, ils ne sont pas dérangeants, mais ils indiquent qu'il n'a pas levé le pied, particulièrement dans sa chasse aux dérives des services américains. Manifestement, il a continué à fouiner dans les sales secrets d'Haywood, et nous savons que, quand il fouine, il trouve. S'il s'est penché sur le labo de l'Arkansas, il a pu lever quelque lièvre et, surtout, remuer tellement de crasse que quelqu'un s'en est inquiété. Quelqu'un ou quelques-uns, car Haywood avait beaucoup de « partenaires » ou « amis », comme il avait sûrement encore pas mal d'ennemis malgré sa tendance au nettoyage par le vide. Pour des raisons techniques, je rangerais le sniper dans les ennemis, l'inconnue dans les amis. Le sniper n'avait pas besoin d'éliminer l'inconnue si les rôles étaient inversés, il lui suffisait d'attendre Stephen et de le descendre.

« — Stamm n'aurait pas sorti la femme de l'hôpital, il se serait contenté de l'achever.

« — Le sniper aussi, mais ce n'est pas son problème, comme je doute que ce soit celui de Stamm. Par contre, d'autres peuvent avoir intérêt à ce qu'on ne puisse ni interroger, ni identifier l'inconnue, surtout avec la DST dans le coup. Or c'est probablement parce que la DST est sur le coup qu'on a précipité l'élimination de Stephen. Comment la DST en est-elle venue à s'intéresser à Stephen ? Les bouquins ont dû exciter sa curiosité, mais il est vraisemblable qu'elle garde un œil sur Stephen depuis le 1er janvier 2001, après qu'Ann X a massacré l'équipe Delaunay, les bouquins n'ayant fait qu'exacerber sa crainte que les tractations entre Paris et Washington sur l'espionnage électronique et sur la manipulation d'Interpol soient étalées au grand jour ; l'ambition personnelle de Caher, titillée par ce que Stephen a découvert sur l'Arkansas, par exemple, a fait le reste. Mais tu penses bien que la DST n'est pas la seule à surveiller Stephen et, comme la DGSE, qui a dû lui servir d'yeux et d'oreilles en Amérique du Nord, est moins bien équipée en hommes et en matériel que la NSA, elle a immanquablement réveillé celui ou ceux qu'il ne fallait pas. »

Decaze en a aussi parlé à Anton. Anton a posé sensiblement les mêmes questions, mais sa conclusion a été très différente :

« — Le coup de l'hosto est signé Stamm, donc l'inconnue est une protégée de Nussbauer et l'ange gardien de Stephen. D'ailleurs, si tu repasses tous les témoignages de la fusillade au peigne fin, tu trouveras sûrement un SDF sur la scène. Nous connaissons une doublure d'Ann X, elle l'a tuée, mais qu'est-ce qui empêche qu'il y en ait eu une autre ? Non seulement il n'est pas impossible qu'Ann X l'ait retournée, avec l'aide d'un psychiatre berlinois, par exemple, mais elle a pu la former et agir main dans la main avec elle occasionnellement, ce qui éclaire nombre d'incohérences du dossier sous un jour nouveau.

« — Une autre transparente ?

« — Pas tant que ça, ou pas du tout. Sinon le sniper ne l'aurait pas eue.

« — À cette distance et comme elle ne connaissait pas le risque, elle ne pouvait pas perturber ses fonctions noologiques.

« — Après la première balle, qui ne lui était d'ailleurs pas destinée ? Tu te souviens de notre rencontre avec elle dans le snack de la Marburger Strasse ? Elle aurait littéralement disparu de son objectif et se serait évanouie dans la foule. Au lieu de ça, il a pu l'aligner neuf fois. Cette doublure a la couleur d'Ann X, le goût d'Ann X, mais c'est du Canada Dry. Je me demande comment Caher a pu la confondre avec un whiskey.

« — Pardon ?

« — Mauvais jeu de mots avec l'origine irlandaise de Caher.

« — J'avais compris. Ce n'est pas ce qui m'interloque.

« — Inter-quoi ? Ça ne te saute pas aux yeux ? En plaçant Stephen sous surveillance, c'est la doublure d'Ann X que Caher espère trouver et la transparence qui l'intéresse.

« — Qu'est-ce qui pourrait l'amener à penser que la doublure existe et que la surveillance de Stephen peut le conduire à elle ?

« — Mille euros qu'il a repéré la doublure à un truc qu'elle a fait. Probablement du même genre que ce qui permettait à Stephen de suivre Ann X à la trace. Et mille de plus que notre bûcheron de mannequinat a eu une relation avec elle. »

Si les hypothèses de Carlo conviennent mieux à Decaze, c'est qu'elles n'entraînent aucune question embarrassante vis-à-vis de Stephen. Le raisonnement d'Anton lui paraît néanmoins beaucoup plus pertinent et colle assez bien avec ses propres intuitions, passées comme présentes, sur les conflits d'intérêts et les écarts de conduite nés des parasites émotionnels de Stephen.

Il n'empêche qu'il ne peut pas l'abandonner aux griffes de la DST et encore moins laisser Caher se servir de lui pour piéger il ne sait quelle machine à tuer, au risque de mettre en branle des forces incontrôlables.

— À droite ! le tire Stamm de ses pensées.

Decaze donne un coup de volant plutôt brusque. Pour éviter que le pinceau des phares ne les fasse repérer, il roule en veilleuse depuis deux kilomètres et, sans la vigilance de Stamm, il aurait raté le croisement alors qu'il connaît le plan par cœur. Le 4 × 4 quitte la piste forestière pour s'engager sur un chemin beaucoup plus étroit, boueux et cahoteux.

— Tu peux te garer, reprend Stamm. À partir d'ici, le chemin est parallèle à la propriété, deux cents mètres sur notre droite.

Anton ajoute :

— Et il devient vite impraticable en bagnole.

Decaze est le seul à ne pas être venu en repérage, sa semaine était chargée en réunions inévitables, mais il s'est occupé de la logistique. Stamm est sur place depuis une semaine, Carlos et Anton l'ont rejoint vingt-quatre heures après qu'il les a prévenus, Meï-Lin est arrivée le surlendemain, avec l'équipement de surveillance. Elle a rapidement appelé Decaze pour l'informer que l'extraction de Stephen ne serait réalisable qu'avec l'appui de coupures d'électricité impeccablement gérées.

« — Ce n'est pas une place forte, mais c'est suréquipé en caméras, en détecteurs et en alarmes. Et ils ont un générateur.

« — Alors ça ne sert à rien de couper le courant !

« — Si. Leur générateur est costaud mais pas très réactif. Il lui faut trente secondes pour prendre le relais.

« — Comment tu sais ça ?

« — La propriété appartenait au shah d'Iran qui, tu vas rire, y a planqué Khomeyni un temps, quand la DGSE suggérait d'organiser un accident mortel à Neauphle-le-Château pour le débarrasser de l'ayatollah. À la mort du shah, sa femme a vendu le manoir au gouvernement français. Il y a eu pas mal de modifications depuis, mais le générateur n'a pas été remplacé. Pas de raison, le modèle en question est increvable. Je le tiens de l'entreprise qui l'a conçu et installé, qui en assure toujours l'entretien et qui continue à se servir de cette installation pour faire sa pub. Ah ! Il a une autre caractéristique, dès qu'EDF recommence à alimenter le circuit, il s'éteint, instantanément, et c'est une procédure automatique, ce qui nous garantit que personne ne laissera le générateur tourner, même si nous coupons dix fois le jus.

« — S'ils alertent le service d'urgence d'EDF...

« — Ils tomberont sur un disque qui leur apprendra que toutes les lignes sont occupées.

« — Comment tu coupes le courant ?

« — Depuis mon GSM, avec un shunt au transfo.

« — Tu peux être prête quand ?

« — Si ce n'était que ça, dans une heure, mais nous devons encore nous assurer de pas mal de détails et la météo annonce des orages dans la nuit de samedi à dimanche.

« — Des orages ?

« — Pluie, vent, éclairs, tonnerre, foudre, autant d'explications rassurantes pour des coupures électriques à répétition.

« — Alors je vous rejoins samedi après-midi. »

Quelques éclairs ont zébré le ciel en début de soirée et il a plu violemment dix minutes, le temps de détremper les chemins. Puis plus rien, sinon une chaleur étouffante exhalée par la terre humide. La météo annonce toujours des orages pour la seconde partie de la nuit, mais le ciel n'est pas assez sombre au goût de Decaze quand il descend de voiture, et c'est moins l'absence de tonnerre que la pleine lune si mal voilée qui le préoccupe. Dans la forêt, leurs vêtements noirs les protégeront d'un regard inopiné, mais leurs silhouettes se découperont merveilleusement sur la pelouse quand ils approcheront de la bâtisse.

Tandis qu'ils s'enfoncent dans la forêt, la clarté lunaire n'est pas la seule chose qui le préoccupe.

Les plans de la maison, dénichés par Carlo dans les archives du service départemental de l'architecture et du patrimoine, datent de son acquisition par le shah. Si celui-ci s'est engagé à ne pas effectuer de travaux qui dénaturent le bâtiment, tant à l'extérieur qu'à l'intérieur, l'architecte des bâtiments de France n'est pas allé vérifier qu'il a respecté le contrat, contrat ne limitant en rien les passe-droits régaliens du ministère repreneur.

Les observations et les milliers de photos, réalisées par Anton ou Stamm depuis un planeur, ont permis de localiser la chambre de Stephen, de distinguer les « invités » des agents de la DST, de dénombrer le personnel en place, de repérer ses habitudes, d'évaluer son protocole de sécurité, mais elles ne disent rien de sa réactivité, des mesures d'urgence, d'une probable équipe de soutien et de son délai d'intervention.

Les mesures, relevés et analyses de données optiques, acoustiques, radioélectriques, informatiques de Meï-Lin leur fournissent un aperçu qu'elle estime fiable des défenses de la propriété, positionnement des caméras inclus, mais ne les informent pas sur les systèmes inertes ou passifs, ni sur l'équipement individuel des gardiens, donc et entre autres leur armement.

Et il y a les chiens. Ou, plus exactement, il n'y a pas de chiens, en tout cas rien qui laisse supposer que la surveillance soit épaulée par l'ouïe et le flair canins. Pas de chevaux, pas d'oies, pas même de poulailler, rien qui s'affole au moindre inhabituel et donne la chasse ou l'alarme, comme si quelqu'un avait omis le b.a.-ba de la surveillance et de la dissuasion. Decaze ne peut pas imaginer que Caher, ni qui que ce soit à la DST, n'ait pas une excellente raison de faire l'impasse sur un procédé aussi efficace. En la matière, on ne se prive d'un moyen que s'il invalide un outil plus performant, or Meï-Lin n'en a trouvé aucun, dans la propriété, qui pâtirait d'une présence canine. Les caméras infrarouges, les détecteurs de mouvement, les radars peuvent tous être réglés, ou analysés en temps réel par un programme, pour ignorer une présence ou un déplacement animal.

En savent-ils suffisamment ? Non. Leur équipement peut-il pallier les mauvaises surprises ? Non. Se sont-ils convenablement préparés ? Non. *Je commence à me faire vieux.* Mais, à l'exception de Meï-Lin, ils sont tous si proches de la retraite qu'ils n'auraient jamais approuvé cette expédition si elle avait eu une quelconque forme d'officialité. Alors, à la question « sont-ils aptes », la réponse est encore « non », mais aucun d'eux ne l'admettra et Decaze sera le dernier à le reconnaître à voix haute.

Quand, sans un mot, Carlo, Anton et Stamm commencent à emboîter leur échelle coulissante, dont ils portaient chacun un élément, quand Meï-Lin connecte son mobile au portable dans son sac à dos, quand il tire de son propre sac cinq casques ultra-légers et qu'il les distribue, quand chacun passe le sien de façon machinale et en positionne le micro devant les lèvres, quand Carlo charge un carreau dans l'arbalète et la repositionne dans l'étui sur son dos, quand Anton dresse l'échelle, quand Stamm tire sur la courroie qui en déplie les trois éléments, quand il aide à la soutenir, épaule contre épaule avec Anton, quand le feuillage au-dessus de leurs têtes se met à bruisser, quand un éclair déchire le ciel dans le lointain, il sent l'adrénaline se décharger dans tout son corps et en chasser le moindre doute.

L'échelle passe par-dessus l'enceinte de la propriété. Stamm tire sur un cordon, les éléments supérieurs basculent, celui du milieu se bloque dans une crémaillère, l'autre continue à descendre de l'autre côté. Ils forment un pont en trois parties sans jamais être en contact avec le sommet du mur. Carlo grimpe pendant qu'Anton et Decaze continuent à assurer la stabilité de la passerelle que Stamm arrime au sol et à deux arbres.

Carlo reste un moment au sommet du trapèze d'aluminium, il observe, puis il disparaît. Meï-Lin le rejoint avant que Stamm en ait fini avec son calage. Anton et Decaze suivent avec un peu moins d'agilité, puis Stamm, qui teste ce côté de la passerelle en la secouant un peu et qui fait signe qu'elle tiendra. Un nouvel éclair zèbre le ciel. Ils sont dans un taillis épais mais praticable. À vingt mètres, un chemin fait le tour du parc, surveillé par des caméras très espacées mais qui en couvrent tout le parcours.

— Maintenant, murmure Meï-Lin dans son micro.

C'est elle qui a le doigt sur les coupures électriques, c'est elle qui décide. Nouvel éclair.

— Stop.

Elle les a arrêtés juste avant le chemin.

— Je décompte. À zéro on traverse.

C'est à peine un chuchotis mais ils l'entendent distinctement. Elle commence à dix, le tonnerre gronde quand elle arrive à deux.

— Génial, souffle-t-elle avant de dire : zéro.

Ils ne voient pas encore le manoir, ils ne peuvent pas savoir si le commutateur a basculé sur off dans le transfo. Ils lui font confiance. Ils franchissent le chemin et entrent de quelques mètres dans le bois.

— J'ai remis le jus, annonce-t-elle après s'être assurée qu'ils sont tous hors du champ de la caméra la plus proche. Le générateur n'a pas eu le temps de se déclencher.

La futaie n'est pas très épaisse, ils se retrouvent vite à l'orée, accroupis chacun derrière un arbre. Carlo grimpe dans le sien. Meï-Lin se couche et roule sur le côté. Elle a le mobile dans une main, des jumelles dans l'autre. Elle scrute la maison et ses abords, détaille l'inclinaison des caméras, évalue leur champ de vision.

Deux éclairs d'affilée sur un fond de noir d'encre. Deux coups de tonnerre avant d'avoir pu compter dix. Les grosses gouttes éparses deviennent pluie serrée, par rafales que le vent balaie.

Sur les deux faces qu'elle voit, il y a de la lumière derrière deux fenêtres du rez-de-chaussée. Si la distribution n'a pas changé par rapport au plan, elles sont dans la même pièce, probablement le poste de contrôle. Il y a au moins une autre pièce allumée sur une troisième face, en étage, elle le devine à l'irisation des gouttes près de la maison et à une vague lueur sur la pelouse. La quatrième face lui est inaccessible. Elle aperçoit une ombre, puis une deuxième, derrière les fenêtres du rez-de-chaussée. Le voilage s'écarte presque simultanément aux deux fenêtres. Deux visages flous, masculins, qui constatent qu'il ne fait pas un temps à mettre une Sino-Vietnamienne du 13e dehors.

— Deux hommes dans la seule pièce éclairée du premier niveau, confirme la voix de Carlo dans son casque. Ils sont parfaitement éveillés. Rien à l'étage de Stephen, rien en dessous. Au-dessus, deux chambres des combles sont allumées et pas mal de fenêtres ouvertes, il doit faire une chaleur à crever sous le toit.

— Celle de Steph ? demande Anton.

— Fermée, comme toutes celles de son étage... et de la maison d'ailleurs, à part les combles.

— La clim, en déduit Anton. Ils n'en ont pas mis là où il y en a le plus besoin, à cause de la déperdition, mais le reste de la baraque est équipé.

Meï-Lin fait un effort de mémoire.

— Je ne pense pas, dit-elle. Il y en a peut-être une à condensation dans la salle de surveillance, mais rien sur les photos n'indique qu'ils ont une climatisation globale. Ça explique pourquoi il n'y a ni volets ni barreaux aux fenêtres.

— Elles sont en verre blindé, et ils peuvent en bloquer l'ouverture à distance, comprend Anton. Idem pour les portes, j'imagine. C'est discret et efficace.

L'orage est en train de s'éloigner, les coups de tonnerre sont assourdis, les éclairs plus furtifs et la pluie moins drue.

— Il faut traverser maintenant, décide Meï-Lin. T'es bien dans ton arbre, Carlo ?

— Si quelqu'un bouge, je ne peux pas le rater.

La formulation a été expressément choisie pour provoquer Decaze qui a répété au moins dix fois dans la soirée :

« — On ne tue personne, on évite le contact, au besoin on se rend. Carlo reste en couverture et se sert de son téléphone pour prévenir ma hiérarchie si nous avons un problème. »

N'empêche qu'ils sont tous armés et qu'aucun d'eux n'hésitera à faire feu si cela ne les met pas en péril, l'arbalète de Carlo n'étant qu'un pis-aller pour les éventuels chiens dont Decaze se méfie envers et contre toute logique.

— Quand tu veux, Meï-Lin, chuchote Decaze.

— Je décompte.

Elle conserve une seconde le doigt sur la touche 0 de son mobile, programmée pour appeler le récepteur qui déclenche la coupure, et examine l'écran en égrenant les chiffres. Le contact s'établit à 5. Le shunt bascule à 4. Son mobile envoie une séquence de contrôle à 3, inutile puisque les lumières du manoir se sont éteintes avant 2, quand le shunt renvoie la confirmation. À 0, Decaze, Anton, Stamm et elle s'élancent sur la partie à découvert. Vingt-deux secondes plus tard, ils sont tous collés à la bâtisse, derrière un massif de rosiers, trempés. Meï-Lin n'envoie pas immédiatement le signal de bascule au shunt. Le murmure de Carlo se glisse par les écouteurs :

— Ton petit jeu n'a pas l'air de les amuser, Meï-Lin. Ils ont allumé des torches et l'un d'entre eux est sorti de la pièce.

La lumière revient quelque part au-dessus de leurs têtes.

— Il est allé vérifier que le générateur se mettait bien en route. C'est pour ça que je n'ai pas reconnecté tout de suite le transfo. Maintenant il doit être rassuré. Je vais laisser le générateur tourner un moment, vu le boucan qu'il fait, je suis sûre qu'ils l'entendent ou qu'ils perçoivent ses vibrations. Ils sauront quand EDF reprendra la main et ils réagiront moins énergiquement à la prochaine coupure.

— Probable. En attendant, une des chambres dans les combles ne s'est pas rallumée, l'autre s'est éteinte peu après que le courant est revenu.

— 2 h 12, les derniers gros durs s'adonnent au dodo dodu. Pas d'autre mouvement ? Que fait le type qui est resté devant ses écrans noirs ?

— On dirait qu'il téléphone.

— Fixe ou mobile ?

— Le fixe.

Meï-Lin jette un œil à son propre mobile, toujours relié au portable dans son sac.

— Il appelle EDF.

— Tu interceptes la ligne ? s'étonne Decaze.

— C'est crypté, j'ai accès aux numéros, pas aux conversations.

— Tu sauras s'ils appellent Caher ?

— Non. J'aurai un numéro qu'aucun des fichiers télécom n'attribue à une identité et dont je ne pourrai pas tracer le signal. Ils sont mieux équipés que nous, si tu veux mon avis... mais, heureusement, pas dans tous les services. Or je doute que l'autorité de la baraque soit Caher et je doute qu'on appelle quelqu'un d'autre que l'officier de garde place Beauvau.

— Dont tu as le numéro ?

— J'ai la plupart des numéros du ministère, ceux des sous-fifres en tout cas.

— Pas très utile si les communications sont cryptées, intervient Stamm. On attend quoi, là ?

— Que la petite ait fini de réfléchir, réplique Anton (toujours en murmurant mais très sèchement).

Meï-Lin a renoncé à s'offenser du sobriquet « la petite » la première fois qu'Anton s'en est servi. Peut-être parce qu'il lui a fait un clin d'œil en prenant garde que Stamm ne l'intercepte pas et qu'elle l'a interprété comme une tentative de désinformer celui-ci en lui forgeant une image pour le moins erronée d'elle-même.

— Nous ne pouvons forcer ni une porte ni une fenêtre sans déclencher l'alarme et je ne peux pas me brancher sur le système, donc je ne peux pas le leurrer.

— C'est ce que je craignais, commente Anton.

— Ça fout en l'air tout notre scénario, dit Decaze. La solution ?

Bon sang ! Il ne doute pas une seconde qu'elle ait concocté un plan de rechange en quelques minutes ! C'est agréable d'être tenue en si haute estime, mais c'est une sacrée responsabilité. Meï-Lin n'a jamais rechigné aux responsabilités :

— Je grimpe, j'entre par une fenêtre de mansarde et j'emprunte le passe d'un garde-chiourme. Ils en ont forcément tous un, ce serait trop contraignant si le poste central pouvait seul ouvrir les portes. Je fonce dans la chambre de Steph, je le réveille et nous sortons par l'office.

Stamm réagit instantanément :

— Doucement. On fait quoi, nous ?

— La maison a quatre faces, Carlo en surveille une, vous en prenez chacun une autre et vous m'alertez au moindre mouvement. Je viens de reconnecter EDF.

Avant que qui que ce soit n'émette d'objection, Meï-Lin se glisse jusqu'à l'arête de la maison, dont les ravaleurs ont gardé les pierres apparentes. Les joints entre les pierres taillées offrent de belles prises, elle grimpe avec une aisance et à une vitesse qui laissent Carlo pantois derrière ses jumelles. Puis elle crochète ses doigts dans l'espace entre le zinc du chéneau et le larmier et progresse à la force des bras en se balançant. Quand elle approche la première fenêtre, Carlo dit :

— Celle-ci fait l'affaire, les deux suivantes sont celles qui étaient éclairées. Même si leurs occupants dorment, leur sommeil ne doit pas être très profond. En plus, je les vois mal.

— C'est moi qui reprends contact, répond Meï-Lin. Je coupe.

L'orage est passé, les nuages masquent encore partiellement la lune mais la luminosité croît. Meï-Lin lâche un bras et se tord pour jeter un œil par la fenêtre. La pièce est sombre, elle distingue toutefois une forme étendue sur un lit. Elle raccroche la corniche des deux mains, se positionne devant l'encadrement de la fenêtre et se laisse tomber, accroupie, sur le rebord. La chute n'excède pas quarante centimètres, le bruit est insignifiant. Elle reste tout de même immobile un moment, le temps d'acclimater sa vision à l'obscurité plus épaisse de la chambre. Puis la lune se dégage des nuages et la silhouette de Meï-Lin se découpe nettement sur le plancher tout à coup éclairé. Pas une hésitation, elle entre et se glisse jusqu'au lit.

C'est un homme qui dort dedans, le drap écarté, nu, sur le dos, une main sur le sexe, l'autre sur le front. Sa respiration est lente et régulière, il ne se réveillera pas facilement. Meï-Lin l'ignore. Elle s'apprête à fouiller les vêtements soigneusement pliés sur un dossier de chaise, lorsque son regard accroche un objet sur la table de chevet : un boîtier de télécommande, bien trop petit pour piloter un système vidéo (il n'y a de toute façon pas de téléviseur dans la pièce), muni d'un clavier numérique. Elle se penche, le saisit, l'examine et fait confiance à l'instinct qui lui souffle que c'est le passe qu'elle cherche. Elle le garde à la main, fait deux pas et appuie sur la poignée de la porte. Le dormeur nu n'est pas parano, la porte n'est pas verrouillée. Elle l'ouvre, quitte la chambre et la referme sans un bruit. Même le plancher ne grince pas.

Les combles ont été aménagés pour les domestiques à la fin du XIXe siècle, quand l'héritier de la famille parisienne, qui usait de la gentilhommière comme maison de vacances depuis un siècle, a décidé de s'y installer à demeure. Un couloir dessert les seize chambres qui encadrent l'étage, le centre étant occupé par l'escalier qui descend au niveau inférieur, deux salles d'eau et des commodités aménagées par le shah. Il est peu probable que les seize chambres soient occupées, contrairement aux huit de l'étage en dessous, mais il aurait fallu plusieurs jours supplémentaires d'observation pour acquérir une certitude. Meï-Lin entre et s'enferme dans l'une des salles d'eau, dont elle allume le plafonnier.

— Je suis dans la salle de bains ouest du troisième. Je crois que j'ai un passe, mais c'est un truc électronique et je dois l'étudier pour éviter de faire une boulette.

Tout en parlant, elle a ouvert le boîtier de l'appareil à l'aide d'un cruciforme de son Bahco multifonctions.

— Jackpot. À vue de nez, c'est un transpondeur couplé à un modulateur. Il y a une puce qui doit stocker les codes de chaque porte et de chaque fenêtre accessible à l'utilisateur. Elle se pilote par le clavier. Peu de risques que je déclenche une alarme, mais il faut souhaiter que le type à qui je l'ai fauché soit habilité à visiter Stephen.

— Et que l'ouverture d'une porte ne s'affiche pas sur l'écran de contrôle, ajoute Anton.

Meï-Lin referme le boîtier.

— Il ne faut pas y compter. Je couperai le courant avant d'ouvrir.

— Le ciel est pratiquement dégagé, objecte Decaze.

— Ils attribueront la coupure à une intervention technique consécutive à l'orage. De toute façon, je n'ai pas le choix. Bon, je fais le vide et j'y vais.

Elle n'a aucun besoin de faire le vide. Elle a besoin de réfléchir. Elle ne tient pas à devoir procéder par essais systématiques pour trouver la combinaison de touches qui donnera le bon code au transpondeur passif de la chambre de Stephen. Le clavier ne compte que douze touches : zéro à neuf, in et out. La fonction « in » doit servir à charger les codes dans la puce, après avoir pressé longuement la touche, par exemple. La fonction « out » doit déclencher l'émission du code. Aucun affichage ne permettant de visualiser la combinaison qu'on entre et l'accès à toutes les pièces devant être facile et rapide, les codes clavier sont nécessairement simples – trois, quatre chiffres au maximum – et faciles à mémoriser, donc logiques, voire évidents à reconstituer. Un chiffre pour l'étage, un pour la pièce, un pour désigner porte ou fenêtres. Efficace. Malheureusement, le clavier est dans une matière qui ne permet pas de dire si certaines touches servent plus que d'autres.

Petit pari : le premier chiffre indique l'étage (2 pour celui de Stephen, 0 pour l'office au rez-de-chaussée), le deuxième l'ordre de situation depuis l'accès principal (3 ou 7 pour la chambre de Stephen, suivant qu'on prenne à droite ou à gauche en débouchant de l'escalier depuis les étages inférieurs, 4 dans tous les cas pour l'office quand on entre par la porte principale), 0 ou 1 pour désigner une porte.

Meï-Lin quitte la salle d'eau et emprunte l'escalier dans le noir. Elle ne fait aucun bruit, elle n'entend pas même un vieux bois craquer. Parvenue devant la porte de Stephen, elle s'accorde une longue inspiration et elle coupe l'électricité depuis son mobile.

2 3 0 out, rien.

2 3 1 out, rien.

2 7 0 out, rien.

2 7 1 out, rien.

Merde.

Une autre inspiration.

2 3 out, clac. Soit les transpondeurs déverrouillent toutes les issues d'une pièce avec un même code, soit les fenêtres se contrôlent uniquement depuis le poste principal.

Elle entre, referme derrière elle, recompose le code, clac, et rebranche l'électricité. Moins de vingt secondes, le générateur n'a pas eu le temps de prendre le relais.

— J'y suis, souffle-t-elle dans le micro contre sa joue.

— D'accord. Réveille-le, se manifeste Decaze. Je te dirai quand vous pourrez descendre, ça remue un peu trop en bas.

— Décris.

— Pendant la coupure, l'un des gardes a entrepris de tester portes et fenêtres. Que le jus soit revenu ne l'empêche pas de continuer. Je ne serais pas étonné qu'il monte au deuxième.

— Préviens s'il le fait.

Par les fenêtres, la lune entièrement dégagée éclaire généreusement la chambre. Meï-Lin s'approche du lit prudemment pour s'assurer qu'ils ne se sont pas trompés de chambre et que Stephen n'a pas été déménagé. Quand elle passe devant une fenêtre, la voix de Stephen la surprend :

— Meï-Lin ?

Il est étendu sur le dos, les mains sous la tête et il n'a pas bougé d'un pouce quand elle s'est avancée. Sa voix est étonnée mais parfaitement éveillée.

— Salut, Steph.

Comme elle, il parle très bas :

— Je m'attendais plutôt à Anton ou à Carlo.

Il se redresse et s'adosse au mur. Elle enlève son sac à dos, le pose au sol, pose son mobile à côté et s'assoit sur le lit, en tailleur, face à lui.

— Ils nous attendent dehors, avec Decaze et Stamm.

— Stamm ? Dietmar Stamm ? Qu'est-ce que...

— Disons qu'Iza Stern était inquiète et qu'elle a intercédé.

Il semble à Meï-Lin que Stephen fronce les sourcils, mais il reste silencieux.

— Habille-toi, dit-elle. Quand Decaze nous donnera le feu vert, il ne s'agira pas de traîner.

Stephen ne bouge pas.

— Eh ! Debout, Steph ! Je me tourne si tu veux, mais j'ai des souvenirs précis de ce qu'il y a sous le drap, alors...

— Il me faudra deux ou trois petites choses, mais je reste. Je suis plus utile d'ici.

Meï-Lin est estomaquée et elle n'est pas la seule (il lui semble avoir entendu quatre jurons étouffés dans les écouteurs).

— Caher peut-il s'apercevoir de votre intrusion et, dans ce cas, effectuer le rapprochement avec moi ?

— Donne-lui le casque ! ordonne Decaze.

Meï-Lin s'exécute avec soulagement, la tension dans la voix de Decaze est aussi insupportable que la partie de billard à mille billes à laquelle se livrent ses propres neurones.

— Salut, Philippe, dit Stephen après avoir ajusté les écouteurs et le micro.

Meï-Lin n'entend pas les paroles de Decaze, mais elle peut les deviner.

— Putain ! À quoi tu joues, Bellanger ?

— Nous avons un tueur d'Haywood en liberté et un service parallèle de la DST qui prétend le récupérer...

— J'ai décrypté le message de ton facteur, merci. Ce n'est pas...

— Tu as dit facteur par hasard ?

— Pardon ?

— Donc tu n'as pas entendu parler du Facteur de Vienne.

— Mais de quoi parles-tu ?

— Les services français et autrichiens se sont fait dégommer huit hommes à Vienne le mois dernier. Pour moi, comme pour Caher, c'est signé du sniper de Lyon. Renseigne-toi.

Decaze reste un instant sans voix.

— Tu bosses avec Caher sur le sniper ?

— Je n'ai pas le choix.

— C'est pour ça que nous sommes venus te chercher, justement.

Decaze ne peut pas le voir, Meï-Lin si : Stephen secoue la tête en faisant la moue.

— Il y a autre chose, soupire-t-il. Caher est convaincu qu'Ann X n'est pas morte à Washington, que j'ai eu une liaison avec elle depuis, qu'elle me surveille de près et qu'elle est la femme abattue aux Cordeliers. Comme toi autrefois, il veut se servir de moi pour la coincer.

La réaction de Decaze est longue à venir.

— Je ne comprends pas. Il t'a persuadé qu'Ann X a survécu ou tu veux l'aider à coincer un spectre ?

— Je n'ai pas le temps de t'expliquer maintenant, mais ses arguments sont troublants. Je n'ai aucun doute sur le décès d'Ann X. Aucun. Nous étions des dizaines sur place. Caher a beau croire au tour d'illusionniste qui nous aurait tous bernés, mes souvenirs sont très précis et ne parviennent pas à le rendre matériellement possible. Et toi ?

— Il n'y a pas la place pour un tour de passe-passe dans ma mémoire et rien, dans les résultats d'investigation que le FBI nous a communiqués, ne me permet de penser que leur police scientifique a manqué quelque chose. Alors quels sont ces arguments qui te troublent ?

— Nous avons peut-être affaire à une deuxième transparente, moins douée qu'Ann X puisqu'elle s'est fait descendre, mais qui s'identifie à elle, qui la contrefait et qui, d'une certaine manière, reprend le flambeau.

— Merde ! Raison de plus pour que tu réintègres la boutique.

Stephen rit.

— Ce n'est pas toi qui peux décider de ça, Philippe.

— Je te prends comme consultant, personne n'y trouvera rien à redire.

— Si, le principal intéressé.

— Tu m'expliques ce que je fous là ? Bon sang ! Tu ne vas tout de même pas bosser pour cet arriviste !

La voix de Stephen se fait grave :

— Ce n'est pas qu'un arriviste, Philippe. Caher est dangereux et très intelligent. Et son patron est encore plus dangereux. D'ailleurs vous devriez revoir vos procédures de sécurité informatique, Caher navigue dans les fichiers d'Interpol comme s'il était chez lui. Pour l'instant, je ne peux pas me faire la malle. Il met de plus en plus de moyens à ma disposition, or j'en ai besoin pour dénicher le sniper. N'est-ce pas le plus important ?

— Nous pouvons t'offrir les mêmes moyens.

— Et vous coucher devant les Américains, les Français ou je ne sais qui, comme vous l'avez fait pour Ann X ? Non merci. Par contre, je te filerai tout ce que je trouve et j'espère que tu me rendras la pareille.

Decaze doit bouillir de rage impuissante, sa voix est glaciale :

— En somme, tu me proposes de travailler en sous-main pour toi, donc pour Caher, alors que je me suis cassé le cul pour te tirer de ses pattes. Tu es gonflé, mon petit Bellanger !

— Je déniche le sniper et tu l'arrêtes avant que Caher ne le traîne ici pour se le mettre dans la poche. Je démêle cette histoire d'Ann Xbis et je te refile le bébé, toujours avant que Caher ne pose la main dessus. Tu as compris ce qu'il projette, n'est-ce pas ?

— D'avoir son petit bout d'Arkansas à lui quelque part dans l'Hexagone. Quand même, je la trouve saumâtre, Bellanger !

— Saint-Ciboire, Decaze ! Tu crois que ça m'amuse de rester dans cette piaule pour je ne sais combien de temps encore, alors que j'y suis enfermé depuis plus d'un an ? Tu crois que mes parents et mes amis ne me manquent pas ? Tu crois que je me sens mieux ici qu'à Sainte-Anne-du-Lac ? Tu sais que j'avais une vie avant, une vraie vie, et que j'aimerais bien en reprendre le cours ? Je veux bien te remercier, vous remercier tous, d'avoir pris des risques pour moi, mais si quelqu'un attend que je m'excuse pour l'avoir attiré ici, histoire de faire un boulot qui devrait lui incomber, qu'il aille se faire foutre !

Silence, puis :

— Tu te sens concerné, Carlo ? demande Anton. Moi pas.

— Pas le moins du monde, je suis juste venu dépanner un ami, répond Carlo. Et toi, Dietmar ?

— Pas mieux. Philippe ?

— C'est bon, laissez tomber. Vous savez très bien que je n'en ferai qu'à sa tête. Tu as dit que tu avais besoin de deux ou trois petites choses, Bellanger, c'est quoi ?

Stephen lève les yeux au ciel, l'air de dire « enfin ».

— J'ai un ordinateur avec connexion internet descendante, il m'en faut une clandestine qui fonctionne dans les deux sens à haut débit. Il me faut aussi un disque dur pour stocker ce que je pêcherai sans que Caher y ait accès. J'ai besoin d'un identifiant protégé, d'un accès aux fichiers d'Interpol, d'une habilitation pour...

Meï-Lin décroise les jambes et remonte le lit à genoux pour venir parler dans le micro, très près des lèvres de Stephen.

— OK, l'interrompt-elle. Je vois ce que tu veux. (Elle s'assoit contre lui et retourne une oreillette pour entendre ce qui transite par l'écouteur – ils sont joue à joue – et poursuit à l'intention de Decaze :) J'ai ce qu'il faut dans mon portable. Je vais voir s'il est possible de transférer les éléments nécessaires dans sa bécane. Où en sont les gardes en bas ?

— Oh, pardon, s'excuse Decaze. RAS. Ils jouent aux échecs dans leur poste. Repasse-moi Stephen et occupe-toi de ça rapidement. On commence à se les geler en bas.

— Et dans les arbres aussi, ajoute Carlo.

Meï-Lin repositionne l'écouteur sur l'oreille de Stephen, quitte le lit, ramasse son sac, en tire une lampe frontale, la positionne, s'agenouille au pied du bureau de Stephen et dégage la tour pour l'ouvrir avec son Bahco. Stephen ne l'a pas lâchée des yeux, il se fait la remarque que Meï-Lin est toujours aussi féminine et lui en manque.

— Bellanger ?

— Je t'écoute.

— Que sais-tu sur le sniper ?

— Ce pourrait être un ancien tireur d'élite des marines qui a déserté de la même unité qu'avait fui ton tireur fou de 92. Il s'appellerait Paul Kovacs.

— La similitude est intéressante.

— Il y en a d'autres. Le sniper de 92 opérait à Sarajevo quand Ann X en sortait des enfants, il a déserté après qu'elle a égorgé un homme de son unité. Celui de Lyon opérait en Afghanistan pendant que quelqu'un y sauvait aussi des enfants, il est porté disparu depuis que son unité a subi de nombreuses pertes.

— On dirait effectivement qu'X2 marche dans les traces de son modèle, intervient Anton. Elle laisse autant de cadavres ?

— Je ne sais pas. Elle s'en serait prise à des soldats de tous les camps, mais Caher ne m'a fourni que des infos de deuxième voire de troisième main couvertes par le secret militaire. J'attends toujours les documents plus circonstanciés qu'il m'a promis. Je pense qu'il préfère que je me concentre sur le sniper. Ah ! Meï-Lin a fini.

Meï-Lin revient vers le lit et s'installe comme précédemment, tout contre Stephen. Elle demande :

— Ils fouillent ta chambre ?

— Pas en ma présence, en tout cas, et, sincèrement, je ne pense pas. Je n'ai accès à rien, de toute façon. Alors que pourrais-je planquer ?

— Mon ASUS. Je ne peux rien faire avec ta bécane, elle est connectée sur un réseau extérieur que je ne peux pas leurrer.

— Je le savais, mais je pensais que tu...

— Non. On ne peut même pas ajouter une clé USB sans qu'ils le sachent.

Elle sort le portable du sac et l'ouvre. C'est un ordinateur minuscule. Elle caresse le pad, l'écran s'allume aussitôt, l'appareil n'était pas en veille.

— Pas de wifi. Pas grave, le mini est équipé d'une carte 3G + qui fonctionne avec tous les opérateurs. C'est une version bêta mais ça marche, même si le débit n'est pas fameux. Je fais un peu de ménage et je te la configure.

Stephen n'a jamais vu de portable aussi petit, ni quelqu'un travailler aussi vite.

— Tu sais où le planquer ? l'interroge Meï-Lin pendant que des rangées de codes à peine perceptibles pour l'œil de Stephen défilent sur l'écran.

— Dans le placard. Il y a un rebord au-dessus de l'encadrement de porte, juste assez large, je pense. Il faut que je trouve un truc pour le coincer.

— Deux crochets à vis, trente centimètres de corde à linge ou de câble électrique. (Elle jette un œil vers le plafond.) Il y a aussi un plafonnier dans la salle de bains ?

— Oui.

— Tu piques les crochets qui les soutiennent sous le cache. (Elle sort un Bic d'une poche intérieure de sa combinaison et le tend à Stephen, puis elle lui passe son Bahco.) Il y a une lame à dents, enlève l'encre et coupe le stylo en deux. Tu n'auras qu'à enrouler les câbles électriques autour de la moitié de Bic et passer le stylo dans le trou d'où ils sortent, ça devrait suffire à soutenir un plafonnier.

Stephen bataille un peu avec le Bahco et scie le stylo par le milieu.

Quand il a fini, Meï-Lin reprend le Bahco, tire un câble de connexion du sac et en tranche les extrémités.

— Tu doubles et tu tends entre les crochets. (Elle se débarrasse du câble sur le lit et désigne l'écran.) Système d'exploitation : Linux. Tu sauras te débrouiller ?

— Plateforme Debian ? Je connais.

— Non, Ubuntu, dérivé de Debian mais plus stable.

Meï-Lin étouffe le micro du casque dans sa paume.

— Le code d'ouverture de session est « DFe1412Xe » dont la phrase mnémonique est « défaire un quatrain de Zénon », avec Fe pour fer et...

— Xe pour xénon. Tu le changes souvent ?

— Oui. Pour accéder aux fichiers de la boutique, tu cliques en appuyant sur la touche fonction. Rien n'apparaît, mais tu dois taper 113Au6SnS +. La phrase est « un trésor si éteint souffre plus ». Sn pour...

— Étain, S pour soufre.

— Bien. Il n'y aura pas de confirmation. Le code suffit à t'authentifier et t'ouvre toutes les bécanes de la boutique. Je me créerai une seconde adresse en interne « emmelle. b-c », si tu as un problème, maile-moi. La tienne est m-l. banchai.

Elle libère le micro.

— Des questions ?

— Non.

— Bien. Messieurs ? Je ressors comme je suis entrée, il faut que je remette le passe en place. La voie est dégagée ?

— OK pour moi, répond Carlo.

— RAS, dit Anton.

— Idem ici, dit Stamm.

— Tu peux y aller, conclut Decaze. Salue Bellanger pour nous.

— Il a entendu. Je coupe le courant le temps de sortir de la chambre. À tout de suite.

Elle ramasse le sac, en sort le chargeur de batterie qu'elle pose sur le lit, reprend le casque mais le garde à la main et roule sur Stephen pour l'embrasser sur les lèvres avec une sensualité dont les hormones du Canadien se seraient bien passées.

— Bonne chance, Steph, dit-elle en se redressant.

Elle coiffe le casque, coupe le courant au transformateur et sort.

— Merci, souffle Stephen trop tard.

It's easy
All you need is love

13 juillet 2007

Ce doit être quelque part dans l'océan Arctique. Le bateau, sur lequel on l'a embarqué de force, est prisonnier des glaces depuis des mois. Il est seul à parler sa langue, il se perd avec les faux-amis de celle des taciturnes qui s'ennuient dans la même galère que lui. On l'a confiné dans une cabine que personne ne visite, où on lui livre des repas qu'il prend en solitaire. Quand il lève les yeux vers le plafond, son regard bute sur le blanc absolu qui l'entoure. De temps en temps, le capitaine vient s'assurer que ses chairs s'attendrissent mais que sa raison ne vacille pas trop. Moins pour occuper son esprit que pour briser sa résistance, le capitaine lui confie de petits travaux sans intérêt, qu'il exécute avec une perfection machiavélique, pour tromper la solitude, pour vaincre l'isolement et le retourner contre ceux qui le lui imposent. Être à ce point prisonnier le libère de toute charge émotionnelle. Puis la glace se déchire en surface, se brise en profondeur, entraînant la fonte de toute la banquise. Maintenant, il se sent vraiment seul.

Maudite Meï-Lin !

Stephen a du mal à se concentrer et ne parvient pas à focaliser son attention sur ses recherches plus d'une demi-heure. Le corps de Meï-Lin, l'humidité de ses lèvres, l'odeur de sa peau, la sensualité qu'elle exhale, toute la féminité qui est entrée avec elle dans la chambre et dont elle n'a abandonné que des remords sur le lit l'obsèdent. Il dort mal, ses rêves sont érotiques, la chaleur dans son sexe lui vrille le cerveau et l'attire plus souvent dans la salle de bains que lorsqu'il était adolescent.

Il est certain que Meï-Lin l'a fait exprès et que la façon dont il l'a quittée en 2001 n'y est pas pour rien. Il s'est conduit en mufle, elle le lui fait payer en coquette. À l'époque, il n'a pas eu le sentiment que sa façon de rompre était plus indélicate que les motivations professionnelles qui avaient amené Meï-Lin à le séduire. Aujourd'hui, il lui semble qu'il n'est pas moins responsable qu'elle de l'amalgame entre le boulot et la vie privée, non pas qu'il ait couché avec elle pour les besoins de son job, mais parce qu'il n'a pas envisagé qu'elle non plus. Au pire, il était vexé de la confusion. Au mieux, elle en était terriblement mal à l'aise. Avec le recul, il est aussi évident qu'il s'est contenté de profiter de sa tendresse qu'elle a souffert du conflit d'intérêts.

Conflit d'intérêts... Tabernak, je suis incurable !

Et il est incurable à d'autres points de vue. Il rationalise tellement la situation et les processus à l'origine de son état psychique qu'il s'interdit de communiquer avec Meï-Lin, alors que, dès la nuit suivante, elle lui a posté son adresse e-mail perso et suggéré d'en créer une sur un fournisseur d'adresses électroniques furtives. Il a pourtant créé deux adresses chez deux hébergeurs différents. Une à l'intention de Meï-Lin, qu'il ne lui a pas communiquée. Une autre pour Naïs, du moins pour Nussbauer, Stamm, Iza, Michel ou Nadja, dont il n'ose pas se servir. Il a peur des compétences de Caher, des capacités de surveillance de Frenchelon, de réveiller la NSA, de ses propres insuffisances en matière d'informatique, de l'indiscrétion de Meï-Lin aussi, dont il est sûr qu'elle peut s'introduire dans le portable – le sien, après tout – quand elle veut et sans qu'il s'en aperçoive, et de sa fidélité à Decaze sinon à Interpol. Et il ne doute pas que ces craintes servent à masquer sa terreur d'apprendre que Naïs est morte.

Bref, il est tellement perturbé par les pulsions auxquelles il ne cède pas et celles qu'il évacue très partiellement par des palliatifs hygiéniques, qu'aucun des aspects de sa double prospection n'avance de manière satisfaisante.

Il passe six à huit heures par jour dans les fichiers de Caher et autant par nuit dans ceux d'Interpol, mais il ne parvient ni à établir de corrélations dans les dossiers qu'il compile, ni à dénicher d'éléments qui auraient échappé à tout le monde, ni à repérer un fil qui deviendrait un filon. Sans surprise, il n'a rien trouvé de plus que Caher sur Paul Kovacs. Son dossier est classé secret défense et la DGSE rechigne à mouiller l'un ou l'autre de ses contacts au Pentagone pour les yeux torves de la DST. La Direction du renseignement militaire se fait un peu moins tirer l'oreille pour jouer de ses relations à l'OTAN et à l'ONU, mais les informations qu'elle fournit sur l'unité de marines, dont faisaient partie Kovacs et le sniper de 92, sont sans intérêt et elle peine à en obtenir de plus individuelles auprès de son homologue américaine.

Stephen a aussi entrepris de passer en revue tous les assassinats par arme à feu, imputables à un tueur professionnel, recensés par Interpol et les services de police affiliés, et il est effaré par l'énormité du nombre de morts que cela représente annuellement et l'extrême rareté des crimes résolus. En fait, ce qui l'effare le plus, c'est que les organismes officiels minorent largement le nombre de crimes en question et majorent généreusement le résultat des investigations les concernant. Même le Canada, qui est le seul pays à publier annuellement des statistiques complètes sur la criminalité à l'intérieur de ses frontières, revisite les données réelles à l'avantage de son système judiciaire. Les « tueurs à gages » n'étant quasiment jamais arrêtés, l'astuce consiste, dans les pays industrialisés, à qualifier, sans que l'enquête ait abouti, certains assassinats ressortissant au crime organisé d'homicides à caractère familial ou social. En fait, seule une faible proportion de sicaires occasionnels sont interpellés, les professionnels ne le sont jamais, même si quelques-uns sont abattus – il faut qu'ils passent spontanément aux aveux pour que certaines affaires soient élucidées.

Partant de l'hypothèse que, de par sa formation, Paul Kovacs use de préférence d'un fusil à lunettes pour commettre ses crimes prémédités, et d'armes de poing uniquement en cas d'imprévu, Stephen a restreint ses recherches aux affaires impliquant un ou plusieurs tirs (très) lointains et aux homicides multiples perpétrés opportunément au moyen d'une ou deux armes à feu. Pour les cinq dernières années, sur ces seuls critères, il a recensé des dizaines d'investigations en cours dans la Communauté européenne, environ vingt-cinq fois plus au sein de l'Alena[1], cinquante fois pour le reste de l'Europe (Russie incluse), cent fois pour l'Amérique latine (hors Mexique), et il a renoncé à s'intéresser aux autres continents, à l'exception de quelques États (Australie, Nouvelle-Zélande, Afrique du Sud, Égypte,

1. Zone d'effet de l'Accord de libre-échange nord-américain entre les États-Unis, le Canada et le Mexique.

Israël, Japon, Corée du Sud, le Maghreb et quelques agglomérations chinoises). En tout, son champ d'exploration couvre plus ou moins vingt mille homicides qu'il a besoin de passer au crible sur des critères beaucoup plus sélectifs avant de s'attaquer à un tamisage réellement efficient.

Voilà pour la théorie. En pratique, quand il ne parvient pas à se convaincre qu'il ne dispose pas de suffisamment d'éléments objectifs, il n'a aucun mal à attribuer à ses hormones la bouillie de neurones qui lui englue les capacités intellectuelles.

Maudite agace-pissette qui m'empêche de loader !

Officiellement, Meï-Lin Banchai a été embauchée en avril 1999 comme analyste, ce qu'elle est encore. Officieusement, Decaze l'a recrutée pour traquer les taupes dans les différents services de la boutique, détecter les fuites et participer à leur résorption ; elle s'acquitte toujours de cette tâche. Parallèlement, en 2001, il lui a confié la surveillance et la protection de Stephen et il entend bien qu'elle reprenne du collier.

La protection, elle veut bien.

La surveillance, c'est hors de question.

Mais elle reconnaît qu'elle peut difficilement faire l'un sans l'autre. Protéger Stephen aujourd'hui, alors qu'il est aux mains de la DST et qu'il refuse de communiquer, ne peut s'effectuer qu'à son insu, en s'introduisant dans le disque dur du portable qu'elle lui a laissé pour détecter un éventuel parasite ou une prise de risque informatique qui pourrait avoir des répercussions moins immatérielles. Or, vu qu'elle n'a pas été fichue de déceler l'intrusion de Caher dans les fichiers de Decaze, et qu'elle n'en a pas trouvé trace depuis que Stephen les en a informés, elle a intérêt à être vigilante et plutôt exhaustive. Ce qui ne justifiera jamais qu'elle cafarde Stephen, par exemple pour ses deux adrelles discrètes. Pour le reste, puisque Decaze l'a appelée dans son bureau pour faire le point sur la semaine, elle a moins que rien à taire.

— Pourquoi faut-il toujours que tu poses ton cul sur mon bureau ? s'exclame Decaze en raccrochant le téléphone.

— Parce que j'ai les fesses sur une chaise toute la journée, ça les change un peu.

Il ne l'a pas saluée, elle s'en moque. Elle n'a pas frappé avant d'entrer, il s'en fout. Depuis leur première rencontre, ils fonctionnent ensemble sans se préoccuper de civilités ni de conventions. Quand elle est venue pour son premier entretien de recrutement, il l'a accueillie en lui tendant un badge :

« — Tiens, ça n'ouvre pas toutes les portes mais presque. Balade-toi dans les locaux, prends le pouls de la boutique, amuse-toi avec l'ordinateur qui est dans le bureau d'à côté. Moi, je connais ton CV et tout ce qui ne figure pas dedans, j'ai juste besoin de vérifier que tu peux craquer mon authentifiant et le code du dossier qui porte ton nom dans ma bécane. Dans le dossier, tu trouveras la définition de ton poste, les conditions et ce que j'attends réellement de toi. Si le boulot et la boutique te conviennent, tu reviens me le dire à 19 heures. »

Elle est passée directement de son bureau à celui d'à côté. Il était 9 h 10. À 9 h 30, Decaze recevait un mail : « Le job me convient, je vais voir ce que vaut l'emballage. » À 19 heures, pour la première fois, elle entrait dans son bureau sans frapper.

« — Ok, je commence demain matin avec ta bécane. En interne, c'est une véritable passoire. »

Il ne lui a jamais semblé que la sécurité avait une faille externe, pourtant, soit Caher a réussi à la mettre en défaut, soit il a percé ses propres défenses.

— Caher ? demande Decaze.

— Plus fort que moi, ou alors Bellanger se trompe.

— Ton impression ?

— Il est plus fort que moi.

— Alors il y a un risque pour qu'il trouve Bellanger sur notre réseau.

— Non. J'ai modifié toutes les procédures et j'ai collé de nouveaux traceurs. Si ça ne l'arrête pas, au moins je saurai qu'il l'a trouvé. De toute façon, il ne peut pas deviner que le poste Banchai est piloté par Bellanger. De ton côté ?

La mimique de Decaze n'est pas celle de quelqu'un de satisfait.

— D'après les sources de Stamm, l'unité de Kovacs est en Irak, pas moyen d'interroger un de ses membres. Ces mêmes sources et celles d'Anton confirment néanmoins qu'elle s'est fait décimer en Afghanistan.

— Par décimer, tu veux dire un sur dix ?

— Il semblerait que ce soit plutôt un sur deux. De nombreuses associations humanitaires ont récupéré des enfants afghans ; les contacts de Stamm sont en train d'en faire le tour, mais l'un d'eux en a déjà déniché une, affiliée à l'AISE et basée au Cachemire, dans laquelle circule l'histoire d'une Occidentale qui aurait traversé les Territoires du Nord, pakistanais, pour conduire des enfants afghans une fois à Kargil, une fois à Sopur, deux villes indiennes. Un photographe de Handicap international a pris des photos, il habite Lyon mais il est en reportage en Birmanie, j'attends qu'il rentre.

— J'irais bien faire un tour en Birmanie...

— Pose des congés, mais pas avant que Bellanger soit sorti de ce guêpier, j'ai besoin de toi pour m'assurer qu'il ne fait pas de connerie. D'ailleurs, où en est-il ?

C'est si finement amené...

— Il compulse nos dossiers sur les homicides par armes de précision et les affaires avec victimes multiples. Il a du mal à faire un tri, apparemment.

— C'est-à-dire ?

— Il tape large et, surtout, il classe selon des critères très sommaires. Dates et lieux, type d'arme, distance de tir, espacement entre les coups de feu, points d'impact. Il se borne aux faits et aux constats. C'est du travail de flic, pas de criminologue.

— Il faut bien qu'il commence par quelque chose.

— Il ne s'intéresse même pas au profil des victimes ! C'est la base, non ?

— Pas forcément. Si Kovacs n'agit que missionné et s'il a plusieurs commanditaires, le profil de ses victimes sera beaucoup plus variable que sa façon d'opérer. Si la femme des Cordeliers est un doublon d'Ann X, il est quasi certain que Kovacs l'a abattue sur ordre et que cet ordre émane d'un service américain. Si le carnage de Vienne résulte effectivement du besoin d'acquérir une arme, il est improbable que Kovacs œuvre à temps complet pour ce service : il aurait été équipé par lui. La façon de procéder de Bellanger suppose qu'il valide cet enchaînement d'hypothèses et qu'il cherche un tueur à gages.

Meï-Lin n'est pas convaincue.

— Il me fait plutôt l'impression de quelqu'un qui ne sait pas par quel bout s'y prendre et cela ne ressemble pas au type avec lequel j'ai bossé sur Ann X.

— Laisse-lui du temps. Comment s'y prend-il avec la doublure ?

— Il ne s'y prend pas du tout.

— Qu'est-ce que tu veux dire ?

— Il n'a pas fait l'ombre d'une recherche en relation avec elle.

Cette fois, Decaze s'assombrit.

— Ça, c'est pas bon signe, convient-il. Envoie-lui ce qu'on a.

— Quoi ? Les on-dit de douzième main à propos de l'Occidentale qui ramène des gosses en Inde ?

Lui aussi trouve que c'est un peu léger. Il fait pivoter son fauteuil, le ramène en place, tapote sur le bureau, grimace et se lance :

— Que sais-tu des relations de Bellanger avec Ann X ?

— La même chose que Caher, je suppose.

— Tu... Bon sang, Banchai !

— J'avais besoin d'en connaître autant que lui.

Decaze soupire :

— Disons que c'est légitime. (Il soupire à nouveau, secoue la tête et reprend :) Donc tu sais qu'Ann X a plusieurs fois approché Bellanger, qu'elle lui a sauvé la peau et qu'elle s'est servie de lui. Par contre, tu ignores qu'ils avaient des fréquentations en commun.

— Nussbauer, j'imagine. Qui d'autre ?

— Inge et Iza Stern.

— La nana à qui tu as succédé ?

— Et sa fille, exact. Et Stamm.

— Stamm ?

— Stamm.

Meï-Lin est sceptique.

— J'ai du mal à concevoir que Bellanger puisse le supporter plus de trente secondes.

— Je suis certain qu'il ne peut pas l'encadrer, mais ni l'un ni l'autre n'ont le choix. Stamm est un intime de Nussbauer et des Stern. Il les a plusieurs fois mis à l'abri quand il le fallait et il les protège sacrément bien. Il a couvert Ann X aussi. Tout ça m'a amené à soupçonner que c'est lui qui a sorti sa doublure de Lyon-Sud[1]. Aujourd'hui, je n'ai toujours pas de preuve mais j'en suis convaincu. Carlo a découvert que Stamm a atterri à Genève le lendemain de la fusillade et qu'il y a loué une bagnole. Cette bagnole a été flashée par le radar automatique de l'échangeur de Pierre-Bénite, un tout petit excès mais si près de l'hôpital...

— C'est une imprudence qui ne lui ressemble pas.

— Tous les PV de la journée ont été annulés, le radar flashait 10 km/h en dessous de la limitation. Stamm a volé un fourgon qu'il a repeint chez un carrossier du Milieu. Le carrossier l'a identifié sur photos, il n'a pas vu le fourgon une fois repeint mais il sait que Stamm a utilisé beaucoup de blanc et un peu de bleu.

— Il en a fait une ambulance. D'accord, c'est Stamm qui a récupéré X2, ce qui confirme les soupçons de Caher sur son identité. Je balance l'info à Bell...

Meï-Lin s'interrompt net et reste en suspens le temps de bien peser les mots qu'elle va employer.

— Toi, tu penses que les autres soupçons de Caher sont fondés, dit-elle.

— Sans en parler entre nous, Carlo, Anton et moi avons toujours estimé que Bellanger avait eu une liaison avec Ann X quand elle empruntait l'identité d'Alana Keffidas.

---

1. Centre hospitalier dans la banlieue lyonnaise.

Par la force des choses, nous avons abordé le sujet cette semaine. Carlo est persuadé que cela s'est produit en Grèce, quand Bellanger a dormi chez Nussbauer, et qu'il s'en est aperçu à Berlin, après l'assassinat de Smith. Il croit même connaître précisément le moment où il en a pris conscience. Anton est convaincu que ce tombeur de Bellanger a remis le couvert avec X2... désolé mais ce sont ses mots. Pour ma part, cela explique beaucoup de choses. Les cachotteries de Bellanger après Berlin, sa dépression, sa démission, son acharnement à faire tomber Haywood en même temps qu'Ann X, sa surveillance et son enlèvement par Caher, la présence de la doublure à Lyon quand il y est revenu. Cela fournit même une piste sur la façon dont Kovacs s'y est pris pour la retrouver et la flinguer. Et il est possible que cela explique pourquoi Bellanger ne fait aucune recherche sur elle.

Meï-Lin ne sait pas quoi faire de ce que vient de lui révéler Decaze, ni des émotions contradictoires qu'elle s'efforce de contenir, alors elle laisse les mots couler de ses lèvres sans les avoir réfléchis.

— On dirait que vous pensez tous qu'Ann X était amoureuse de Bellanger et que sa doublure a pris le relais.

— Identification, laisse tomber Decaze comme s'il s'agissait d'une évidence.

Meï-Lin lui décoche un regard affligé.

— C'est Bellanger le psy, Decaze. Tu t'identifies à lui ? (Avant qu'il ne réagisse à la pique, elle enchaîne :) Puisque Bellanger ne fait aucun mystère des soupçons de Caher à son égard, ne serait-il pas avisé de discuter ouvertement des vôtres avec lui ?

— C'est un reproche, Banchai ?

— Ce serait plutôt un conseil stratégique. Si tu ne veux pas que vous vous embarquiez dans le même jeu de non-dits, de mensonges, de bâtons dans les roues et de coups en douce qu'il y a sept ans, tu gagnerais à jouer franc jeu.

Le pli entre ses sourcils dit qu'elle l'a touché où ça fait mal. Elle enfonce le couteau :

— Et ça t'évitera de trouver une nouvelle assistante à lui jeter dans les bras.

— Ça, c'est ce qu'on appelle un coup bas, Banchai. Je t'ai demandé de garder un œil sur lui, pas de coucher avec lui.

— Justement, contrairement à ce que croit Anton, Bellanger n'est pas un tombeur, mais il a du charme, beaucoup de charme. Après ce qui s'était passé entre Iza Stern et lui, je doute que cela t'ait échappé.

La voix de Decaze descend dans les graves :

— J'ai craint que ça arrive, en effet, mais j'ai estimé que vous étiez adultes. Merde ! Pourquoi a-t-on cette conversation maintenant ?

— Parce qu'il m'a fallu du temps pour recoller les morceaux et que je suis devenue aussi cynique que toi, donc capable de te dire que tu t'engages dans une impasse. Bellanger t'a pourtant averti : « Je te filerai tout ce que je trouve et *j'espère* que tu me rendras la pareille. » Commence le premier, donne-lui un gage de bonne foi. On corrigera le tir s'il joue au con.

— Banchai, si Bellanger joue au con, on ne pourra pas corriger le tir, pas avec Caher dans la partie et encore moins avec la DIA, la CIA et la NSA sur le dos.

— Euh... quelqu'un aurait-il encore oublié de m'informer de quelque chose ?

— On ne peut pas fouiller dans la vie d'un marine sans que la DIA l'apprenne, alors quand il s'agit de ce genre de marine, porté disparu en opération, elle ne se contente pas de lever une oreille. Et quand la DIA lève une oreille, la CIA en colle dans tous les murs, ce qui résonne aussitôt dans celles de la NSA.

— Oui, oui, mais tu as quelque chose de plus précis ?

— Les Autrichiens ont adressé une demande d'informations sur un certain Paul Kovacs conjointement à Interpol et au FBI.

— Et ?

Decaze s'irrite légèrement.

— Non, Banchai, le FBI ne nous a pas informés qu'il transmettait la requête autrichienne à la DIA, mais c'est ce qu'ils ont fait, crois-moi, et, crois-moi encore, la CIA a déjà réveillé ses agents à Vienne et à Paris. Maintenant, je serais toi, je me précipiterais sur mon clavier, j'en informerais Bellanger et j'en profiterais pour lui demander comment ça avance de son côté. Puis, quand tu m'auras donné sa réponse, j'aviserai de ce qu'il convient de faire de ta suggestion.

Fin de la discussion. Sur un ordre déguisé, comme souvent.

Stephen s'enhardit. C'est la deuxième fois qu'il ose sortir le portable en journée aujourd'hui. Il a besoin de croiser les données de la DST et d'Interpol, or sa mémoire lui joue des tours et il n'a pas envie d'attendre 22 heures (jamais personne n'a frappé à sa porte après 21 heures, mais il est prudent). Quand l'écran affiche le bureau, il repère immédiatement l'icône en haut à droite de l'écran, une enveloppe, sur laquelle il clique pour ouvrir le logiciel de messagerie. Le message a moins d'une heure.

[From : Emmelle
To : Meï-Lin
Subject : Bonjour
Pas de nouvelles, bonnes nouvelles, alors je te transmets les mauvaises. Vienne a envoyé à Washington une demande d'info sur Kovacs. Les services américains sont sûrement déjà sur la brèche. Disparition de Kovacs et présence d'X2 en Afghanistan en 2002 confirmées. Pour X2, nous aurons sous peu des photos (compliqué). Ton silence coince un peu ici et il m'inquiète, fais-nous un résumé. J'étais contente de te revoir. Comment vas-tu ?

Sur la bouche,]

Il clique sur l'icône « répondre » et il tape :

[Rassure Decaze, je bosse. Quand j'aurai quelque chose d'exploitable, je vous l'enverrai. Pour l'instant je débroussaille. Les services américains n'ont sûrement pas attendu la requête des Autrichiens pour mettre le nez dans les affaires viennoises du BVT et de la DST, et le Mossad est aussi de la partie (cf. pièce jointe). Caher continue à faire de la rétention sur Ann X, les photos du fantôme m'intéressent, transmets dès que possible.

Sur le front,]

Il envoie, il ferme la messagerie puis il la rouvre et clique à nouveau sur l'icône « répondre ».

[Non. Sur la bouche aussi,]

Il ferme, il rouvre.

[Je te maile sur l'adrelle perso.]

Il bascule sur l'une des adresses qu'il a créées.

[From : Québec
To : China
Subject : Pourquoi pas Vietnam ?

Te sentir tout contre moi m'a perturbé (tu dois t'en douter). Ton odeur, ton corps, ton baiser ont fait voler en éclats la façade ascétique derrière laquelle je m'abritais pour amoindrir les conséquences de ma continence forcée. État de manque. Je ne l'avais évidemment pas anticipé et je peine à faire le ménage dans le boxon que sont devenues mes pensées, si on peut appeler ça « pensées ». Bref, j'ai quelques problèmes de concentration. Je vais fréquenter plus assidûment la salle de muscu ; -)) mais, en attendant que mon taux de testostérone soit redescendu, je te remercie de faire patienter Philippe. Tendu vers toi,]

Stephen relit et envoie. Il n'est pas mécontent de pouvoir jouer et rire de son état. En parler, surtout avec la principale concernée, pourrait être l'exutoire dont il a besoin.

L'enveloppe apparaît sur l'écran.

[From : China

To : Québec

Subject : Re : Pourquoi pas Vietnam ?

Désolée. Je suis une imbécile. Je voulais te taquiner et j'ai oublié de penser. Peut-être aussi que je voulais me venger ou m'offrir une deuxième chance, pour après. Je ne sais pas. Je n'ai pas aimé ce que nous nous sommes fait il y a six ans, mais j'ai surtout des regrets. Pour Philippe, ne t'inquiète pas, je te couvre. Penaude et brûlante,]

Si elle n'est pas inconsciente de ce qu'elle a allumé et de ce qu'elle n'éteint pas, c'est remarquablement interprété.

[From : Québec

To : China

Subject : Re : Re : Pourquoi pas Viêtnam ?

J'ai très chaud, tout à coup. Je te récris cette nuit. Il est bientôt l'heure de ma promenade. Confus, confus et confus,]

Il ne ment que d'une bonne heure et demie, mais il ne se sent pas de poursuivre l'échange. Trop dangereux pour ce qu'il lui reste d'équilibre hormonal. Il range le portable dans sa cachette et retourne à l'ordinateur sur le bureau. Il ne parviendra pas à travailler, mais il peut faire semblant.

Meï-Lin n'est pas seulement désolée. Elle s'en veut terriblement. Quatorze mois que Stephen est enfermé, avec Caher et ses matons pour seuls visiteurs, et elle l'a littéralement allumé. C'est au moins aussi inconséquent que lorsqu'elle l'a séduit alors qu'elle l'espionnait pour Decaze. Elle décroche le téléphone.

— Decaze, répond Decaze.

— Bellanger s'excuse, il bosse comme un malade, mais la DST ne lui simplifie pas la vie. Caher ne lui a toujours rien refilé sur Ann X.

— Un ou deux ? Parce que Bellanger n'a besoin de rien sur l'original.

— Il a besoin de connaître ce que sait Caher. Nous aussi, d'ailleurs. Concernant l'ingérence des services américains, il m'a grosso modo traitée de demeurée, comme toi. Selon lui, les Ricains sont sur le coup *depuis* le massacre de Vienne, et les Israéliens aussi.

— Les... Merde ! Ça, ça ne va pas nous simplifier la vie ! Il a dit pourquoi et comment ?

— Il envoie un rapport dès qu'il a le temps de le taper.

Elle se tait.

— C'est tout ? demande Decaze.

— Il m'a demandé de te faire comprendre que, même s'il a choisi qu'il en soit ainsi, les conditions dans lesquelles il travaille ne sont pas idéales. D'ailleurs, puisqu'on aborde le sujet, les miennes non plus. J'en ai ma claque de faire le tampon entre le marteau et l'enclume. Tu as son adresse e-mail, il a la tienne, alors si vous avez des trucs à vous dire, vous n'avez qu'à jouer du clavier. Par ailleurs, je suis sur le pont depuis dix-neuf jours, alors je prends mon après-midi, du moins ce qui en reste, et je vais m'enfermer chez moi jusqu'à lundi, non mardi, non mercredi. S'il y a urgence, tu sais comment me joindre.

— Accordé.

— Je ne demande pas ta permission.

— Mais tu en as besoin. (Il rit.) Officiellement, tu étais en congé la semaine dernière, Banchai.

— Tu as raison. Il faudrait peut-être que j'alterne avec les arrêts maladie. Tu préfères quoi ? Une dépression de six mois ou un rhume de deux jours ?

Decaze rit encore quand il raccroche. Pas Meï-Lin. Elle en a réellement assez de servir d'intermédiaire, quand ce n'est pas d'agent double, toutes proportions gardées, évidemment. L'échange avec Stephen lui a rappelé qu'elle s'est juré de s'offrir un peu de temps pour prendre soin de sa vie. C'était il y a plus de six ans. Depuis, sans vergogne, elle a bien dû se consacrer une heure ou deux, mais c'est une impression, elle ne s'en souvient pas. C'est un bon jour pour commencer.

Elle efface du disque dur de son ordinateur de bureau, piste zéro incluse, tout ce qu'elle n'aimerait pas qu'un Caher, ni d'ailleurs un informaticien d'Interpol, y trouve. Elle ferme son nouveau portable, le range dans son éternel sac à dos, passe celui-ci sur ses épaules et abandonne la boutique pour, waow, quatre jours entiers. Et tous les magasins sont encore ouverts.

L'après-midi a été beaucoup moins longue que Stephen ne le craignait. Il a même réussi à aligner quelques idées constructives, à corréler certaines affaires et à en dégager des critères. Un de ses profs les désignait comme des indices négatifs, s'empressant d'ajouter qu'ils n'étaient pas moins fiables que les symptômes caractéristiques. Stephen commence à avoir pas mal de certitudes sur ce qu'en aucun cas on ne peut attribuer à Paul Kovacs. Cela réduit considérablement le nombre de dossiers à examiner.

La soirée, par contre, a été interminable. Il a essayé de tuer le temps avec un document complaisant, parfois ampoulé, sur les tireurs d'élite, moitié essai, moitié autobiographie, et cela n'a fait qu'accroître son impatience de retrouver Meï-Lin sur la Toile, du moins d'échanger des mails avec elle. À 21 h 30, pourtant, alors qu'il regarde pour la centième fois l'horloge sur l'écran de l'ordinateur, une phrase lue une heure auparavant lui revient en mémoire. Il se jette sur le bouquin.

Même lorsqu'ils ont fait leurs classes ensemble, même lorsqu'ils ont opéré de concert, même lorsqu'ils se sont mutuellement appuyés, les tireurs d'élite professionnels ne se fréquentent pas, ne se mesurent pas, ne partagent ni anecdotes ni expériences, ni recettes ni trucs, à l'inverse de leurs compagnons de mission qui colportent leurs histoires d'un bout à l'autre de la planète, transformant certains de ceux qui se damneraient pour conserver l'anonymat en légendes vivantes. Mais, si les tireurs d'élite ne s'épanchent jamais et ne parlent pas entre eux, ils écoutent les légendes et se respectent, voire s'admirent mutuellement.

C'est ça. Comme dans tout corps de métier un tant soit peu pointu, les artisans ne connaissent pas les astuces des meilleurs d'entre eux, mais ils reconnaissent sans mal leurs procédés, leurs styles, leurs signatures, que leurs compagnons, ouvriers, assistants propagent en même temps que leurs renommées. La chape de plomb imposée par le sacro-saint secret militaire n'est étanche qu'aux bureaucrates.

À 22 heures pile, Stephen sort le portable du placard et s'installe sur le lit.

[From : Québec

To : China

Subject : Indéterminable

Je commence à y voir un peu plus clair... quand je ne suis pas totalement obsédé, bien sûr ; -)) Je m'y prenais à l'envers. L'ambiance confinée, la vision infomaniaque de Caher, le déficit de relations, de discussions, de confrontations, l'absence du monde, tout simplement, me limitaient à l'abstrait. En voyant fonctionner la DST à travers Caher, je comprends ce qui a été reproché aux services secrets américains après le 11 Septembre : ils se reposent sur un ensemble de technologies qui ne leur montre qu'un monde et une humanité virtuels. Aussi puissants soient leurs outils, ils ne traitent que des statistiques, ne résolvent que des équations et modélisent un univers par défaut, fait d'approximations, de généralisations, de simplifications. En amont, les analystes exhibent leurs vessies pour éclairer la lanterne des stratèges. En aval, des soldats suréquipés trouvent injuste de mourir à la guerre, tués par les civils qu'ils sont venus libérer en les arrosant de bombes chirurgicales (c'est fou ce que les peuples dont les enfants gisent sous les décombres collatéraux sont ingrats avec leurs libérateurs). Et au milieu coule une rivière, de diamants, de pétrole, d'or de toutes les couleurs, née de petits ruisseaux qui font les grandes fortunes et les carrières politiques.

En réexaminant aujourd'hui les homicides attribuables à des tueurs à gages (en les survolant, soyons franc), j'ai redécouvert que l'évidence « c'est l'argent qui les génère » entraîne qu'elle en définit les modalités, à commencer par le choix du sicaire, sélection qui déterminera le reste. Puisque Kovacs est un tueur hors pair, ses commanditaires n'ont pas de plafond budgétaire, ses victimes sont spéciales et ses « réalisations » hors catégorie. Il est payé très cher pour abattre des gens très particuliers dans des conditions très délicates. Lapalissade ? Oui, qui peut se revisiter ainsi : beaucoup de personnes morales ou physiques peuvent s'offrir les services d'un Kovacs, mais une cible ordinaire ne nécessitera qu'un tueur ordinaire et des conditions favorables ne requerront qu'un exécutant soigneux. Les fortunés hésitent rarement à s'acheter une Ferrari pour aller à la boulangerie, mais ils tiquent et rognent sans état d'âme sur les frais de personnel. De toute façon, ne serait-ce que pour ne pas se dévaluer, Kovacs ne s'abaissera pas à faire un carton facile sur une cible quelconque.

On peut donc considérer que toutes les victimes du fusil de Kovacs gênaient de très gros intérêts et qu'elles ne pouvaient pas être écartées autrement. Qu'en est-il de ses victimes par arme de poing ? La même chose, sauf qu'elles se sont retrouvées sur son chemin par hasard. Les très gros intérêts sont ici ceux de Kovacs, et il ne pouvait pas laisser ces inopportuns en vie sans risquer la sienne (que ce soit immédiat ou par effet de cause).

Suite au prochain épisode, il est temps que tu t'esbaudisses de mon manque total d'efficacité et que tu t'extasies devant la nullité absolue du résultat qu'elle engendre. Depuis la froideur brûlante de mon exil lointain, je n'ai hélas rien de mieux à offrir pour te pâmer (ça se dit, ça ?). Mon royaume pour tes douceurs,]

Il ne s'attend pas à une réponse immédiate, mais le temps passe et l'enveloppe n'apparaît pas sur l'écran.

22 h 30, il relit son mail. C'est vrai qu'il n'y a rien de nouveau ni de très imaginatif dedans, pourtant il sent qu'il tient un fil, simplement il ne parvient pas à le mettre en mots. Non, pire, il entrevoit l'existence d'une trame, mais il ne peut en saisir le moindre brin.

22 h 45, il se mettrait volontiers une claque et il comprendrait parfaitement que Meï-Lin la lui colle elle-même. Qu'espère-t-il ? Que prétend-il lui faire espérer ? Non seulement il n'est rien pour elle, mais il n'a rien pour elle. Ses pulsions se nourrissent de sa libido frustrée, ses fantasmes suivent mécaniquement et, d'obscur, l'objet de ses désirs prend les traits de Meï-Lin, le corps de Meï-Lin, le souvenir de Meï-Lin pendant leurs tendresses.

22 h 56, enveloppe.

[From : China

To : Québec

Subject : Re : Indéterminable

Tu devrais écrire ; -)

Sans plaisanter, j'ai lu tes deux bouquins et j'ai aimé, mais plus le fond que la forme. On dirait que l'enfermement te réussit, pour la forme en tout cas, parce que, sur le fond, c'est moins clair. Je veux dire : tu présentes un raisonnement implacable en deux longs paragraphes et tu le réduis en flammes en une phrase que tu n'expliques pas. De quoi doutes-tu, au juste ? À part de l'intégrité des politiciens et de la sincérité des motifs de guerre (ça, j'ai compris) ? Je suis informaticienne et je suis analyste, donc bien placée pour te confirmer que mon boulot ne vaut pas tripette sans celui qu'effectuent les investigateurs sur le terrain et aboutit à des résultats insuffisants, faux ou aberrants quand ils le font mal. Ceci dit, je n'ai pas l'impression que ce soit ça ton problème. Tu n'as pas de prise sur la personnalité de Kovacs, alors tu réfléchis en flic sur ses activités et tu trépignes parce que ce n'est pas ton job. Plus exactement, tu es frustré parce que, en te concentrant sur les faits et en extrapolant uniquement à partir d'eux, tu n'arrives pas à avoir un regard de criminologue sur Kovacs. Si tu étais libre de tes mouvements, tu commencerais par quoi ? Après avoir troussé mes jupes, bien entendu. Toutes mes douceurs,]

Pendant une minute ou deux, Stephen a du mal à effacer l'image de la jupe retroussée sur le ventre de Meï-Lin, puis il l'évacue d'un revers de curiosité. La question vaut son pesant de CD rarissimes : que ferait-il pour traquer Kovacs s'il était complètement libre ?

[From : Québec
To : China
Subject : Re : Re : Indéterminable
Je prends les douceurs et je réfléchis à la question. Quoi qu'il en soit, je m'enfouis sous ta jupe,]

Il se retient de demander qu'elle le prévienne avant d'éteindre son ordinateur, c'est aussi puéril qu'inutile : elle le fera.

[From : China
To : Québec
Subject : Re : Re : Re : Indéterminable

Prends ton temps, ce n'est pas présentement l'hormone du sommeil qui m'inonde et j'ai encore deux ou trois choses à faire avant d'être complètement disponible. Avec avidité,]

Meï-Lin rabat l'écran, le portable se met en veille. Elle reste un instant immobile, dans le noir, très satisfaite d'elle-même, puis elle enfourne le dernier gâteau de lune de son sachet. Crème de lotus et durian, délicieux. Elle se lèche les doigts avant de boire son thé, un moli huacha, froid, insipide. Tant pis. Quand elle dit qu'elle a encore deux ou trois choses à faire avant de pouvoir se consacrer à Stephen, elle est loin en dessous de la vérité. Ce n'est pas faute d'avoir chômé depuis qu'elle a quitté Interpol, mais ces quatre jours de vacances nécessitent un minimum de préparatifs si elle ne veut pas les gâcher. De nature, Meï-Lin est plutôt méticuleuse. Elle ramasse le sac à ses pieds et en étale soigneusement le contenu devant elle, puis elle allume sa frontale.

00 h 32, tout à ses pensées, Stephen n'a pas vu le temps s'écouler. Meï-Lin le fait décidément passer par des états inattendus. Maintenant, il sait exactement ce qu'il ferait s'il était débarrassé de toute entrave, Meï-Lin incluse car les inévitables indiscrétions informatiques de celle-ci sont beaucoup plus contraignantes que son propre enfermement. En lui donnant les moyens de contourner Caher, elle s'est octroyé un droit de regard que Decaze ne manquera pas d'utiliser. Il a beau examiner le problème sous tous les angles, il n'entrevoit aucune solution acceptable ou qui rendrait une prise de risques tolérable.

Il ouvre le logiciel de messagerie.

[From : Québec
To : China

Subject : Unlimited

À ce stade de mes réflexions, je devrais te demander « puis-je te faire confiance ? » mais je sais pertinemment que je ne me fierais pas à une réponse affirmative. Du coup, la question que je nous adresse à tous deux est « comment pouvons-nous nous faire confiance ? » car je n'ai aucun doute sur la réciprocité du dilemme. Mon désir manque de cécité mais il est sincère. Libidineusement,]

Stephen envoie le message sans le relire, pour ne pas être tenté de l'effacer, se rallonge, mains croisées sous la nuque, et se replonge dans ses pensées. Le plafond immaculé lui sert de tableau noir.

À une heure, il se relève et s'installe devant l'ordinateur de bureau, le portable ouvert, posé juste à côté de l'écran. Il continue à réduire le nombre de crimes potentiellement commis par Kovacs, en complétant sa collection d'indices négatifs avec les dernières idées qui lui sont venues en tête. Pour l'instant, il se concentre sur les États-Unis, puis il élargira au Canada, au Mexique, à certains pays d'Amérique latine sensibles pour la Maison-Blanche et il terminera par l'Europe.

À 1 h 42, l'enveloppe refait son apparition.

[From : China

To : Québec

Subject : Re : Unlimited

J'ai fait ce que j'avais à faire. J'espère que tu ne t'es pas endormi. Ta question suppose que Decaze est dans le vrai quand il affirme que tu as pas mal de trucs à cacher. À dire vrai, je m'en fous un peu. Je n'ai d'ailleurs pas plus à te faire confiance qu'à me demander en quoi je ne le peux pas. Pour ce qui concerne celle que tu peux m'accorder, je ne te suis d'aucune aide, comme tu dis. Quoique... non, c'est une connerie. De plus en plus impatiente,]

Stephen rit. Les points de suspension qui ne servent qu'à suggérer une question... Il commence à répondre et s'interrompt net. La serrure de la porte a émis son clac d'ouverture. Il referme le portable et le glisse derrière l'écran du desktop, sans être sûr que le geste échappe à l'intrus qui vient d'ouvrir la porte dans son dos.

La porte s'est déjà refermée quand il se tourne vers elle.

— Quoique je prenne pas mal de risques pour tes beaux yeux, laisse tomber Meï-Lin.

Elle a un sac à dos beaucoup plus gros qu'à sa première visite sur les épaules, pas de casque avec micro sur la tête et, aux lèvres, un sourire d'une espièglerie à damner un Bellanger. Elle ôte le sac et l'appuie contre la porte.

— Faut tout que je fasse ou tu daignes m'embrasser avant que j'aie l'air complètement empruntée ?

Stephen ne se jette pas *vraiment* sur ses lèvres.

— Tu sais que j'ai dû me décarcasser pour me passer de coupures électriques ?

Ils sont sur le lit, leurs vêtements éparpillés sur le sol. Meï-Lin est en travers, nue, appuyée sur un coude. Stephen l'admire des pieds à la tête, assis, les jambes repliées, le dos contre le montant du lit.

— Tiens, c'est vrai ça. Comment tu as fait ?

— Carlo avait une arbalète la semaine dernière, pour nous couvrir s'il y avait des chiens. Ça m'a donné une idée. Je me débrouille pas mal avec ces trucs-là.

— Et c'est quoi l'idée ?

— Pour l'enceinte, j'ai planté une perche télescopique à trente centimètres du mur, je me suis hissée et j'ai sauté de l'autre côté. Les caméras sur le chemin qui fait le tour ne sont gênantes que le temps d'un bond ; en noir sur noir, à quatre pattes et très vite, au pire elles ont enregistré le passage d'un animal. Le seul vrai problème c'était le pré, à découvert sous l'œil des caméras. Un carreau avec un filin relié à un enrouleur fixé sur une branche à quinze mètres du sol. Direct dans une des poutres qui soutient le chéneau, toujours loin au-dessus de ce que surveillent les caméras. Une fois contre la maison, j'ai scié le bout du carreau qui dépassait et j'ai passé un coup de fil à l'enrouleur. Du super matériel, il rembobine tellement vite que le filin n'a pas dû toucher le sol plus de deux secondes. Le reste, comme samedi dernier, à un ou deux détails près.

— Je ne sais même pas comment tu t'y es prise samedi dernier.

Meï-Lin se penche, attrape sa combinaison et, d'une poche, tire un boîtier noir.

— La semaine dernière, c'était celui d'un de tes gardes. Cette fois, j'ai emprunté, fait un clone de la puce et rapporté immédiatement. Comme ça, je me balade comme je veux dans cette fichue baraque et, vu que je reste quatre jours, je vais en avoir sacrément besoin.

— Quatre jours ! Meï-Lin, Caher va débarquer vers 10 heures demain matin, comme tous les dimanches, et on me sert le déjeuner vers 9 heures, et les gardes se pointent à heure fixe mais plusieurs fois par jour, et tu ne peux pas te planquer dans ma chambre...

Le sourire espiègle revient sur les lèvres de Meï-Lin. Elle agite le boîtier sous les yeux de Stephen.

— Je n'ai pas toutes les clés, j'imagine, mais presque, et la maison est immense. Avec les plans dont je dispose et après le petit tour que j'ai fait tout à l'heure, il y a fort à parier que je suis celle qui la connaît le mieux. Je ne dis pas que je peux y planquer un commando de paras, mais une Sino-Vietnamienne d'un mètre soixante-six... sans problème ! De toute façon, j'ai du pain sur la planche.

— Decaze t'a confié une mission sur place ?

— Si Decaze apprend que je suis venue, je te fous la trempe de ta vie !

— Tu veux dire...

— Réfléchis, Steph.

Stephen plisse les yeux et hoche la tête.

— Il a fait le coup une fois, dit-il, pour me tirer de là. Il ne le fera pas deux, d'autant moins que cela risquerait de faire exploser ma couverture, si j'ose dire, et que ça foutrait une sacrée pagaille. Tu sais que tu es dingue ?

— Plus que tu ne crois. Tu t'es demandé comment j'allais repartir ?

Stephen est atterré. Meï-Lin poursuit :

— J'ai quatre jours pour pirater le système de sécurité sans me faire prendre et sans laisser de trace. Tu sais que tu es mignon avec cet air ahuri ?

Un peu avant 5 heures, Meï-Lin s'endort sur son épaule après avoir programmé son mobile pour qu'il la réveille à 6. Ils n'ont pas eu le temps de beaucoup discuter.

Les certitudes de Stephen prennent l'eau, ses doutes se noient les uns les autres et quelque chose d'à peine moins poisseux que l'inquiétude lui dégouline sur le moral.

And don't you know that it's just you, hey Jude, you'll do,

The movement you need is on your shoulder...

15 juillet 2007 (23 septembre 2003)

Ce n'est pas un rêve et c'est trop oppressant pour être un cauchemar. Cela doit être un souvenir.

Ici, si près du Jourdain et du Titza, le problème ne devrait pas être l'eau, mais, en Cisjordanie, le problème est toujours l'eau. Il y a des sources dans les montagnes, des puits dans les vallées, des rivières souterraines, des captages, des aqueducs, des citernes, pourtant l'eau ne manque pas moins qu'ailleurs, mais pas à tout le monde : les Israéliens en consomment chacun quatre cents litres par jour, les Palestiniens quatre-vingts. Ce n'est pas que les Palestiniens ont moins besoin d'eau, c'est que les Israéliens se comportent comme s'ils vivaient en Europe, les citadins surtout, mais pas qu'eux. Dans les territoires occupés, les colons consomment le double de leurs concitoyens des villes : ils cultivent et ils arrosent beaucoup. Les Palestiniens cultivent peu ; en zone rurale, ils pratiquent plutôt l'élevage par petits troupeaux de moutons et de chèvres. Pour certains, c'est l'unique source de revenus. Pour beaucoup, cela couvre à peine les besoins alimentaires. Pour tous, c'est une activité qui décline d'année en année, au fur et à mesure que se complique l'accès à l'eau.

Le réchauffement climatique n'est certes pas étranger à la sécheresse croissante, mais le souci des éleveurs palestiniens est ailleurs, quoique peu éloigné, très exactement à portée de fusil. C'est un souci barbelé, muré, tyrannique et vindicatif, arrogant jusqu'au ségrégationnisme, armé jusque dans son lit, et protégé par des blindés qui ne sont jamais bien loin, par des missiles qui volent bas, par des contrôles qui n'en finissent pas. C'est un souci qui paie le mètre cube d'eau sept fois moins cher que tous les Palestiniens pour ses cultures et presque deux fois moins cher pour son usage domestique, et qui ne connaît pas de coupures arbitraires d'alimentation. Dans le village où Naïs s'est réfugiée, l'eau coule quand elle coule, quelques heures par semaine, et un handicapé se tient toute la journée à côté de la vanne principale, la main sur le conduit, pour donner l'alerte quand l'eau circule (de nuit, c'est l'instinct et l'agitation des bêtes qui réveillent les villageois).

Naïs est arrivée furieuse, avec l'idée que se mettre au vert la calmerait. Quatre jours après, sa colère ne retombe pas. Depuis qu'elle est entrée dans les territoires que contrôle Israël, elle ne croise que haine, cruauté, souffrance, iniquité, peur, lâcheté et l'inévitable ineptie qui rend tout ça possible. Au nom de Yahvé, au nom d'Allah, au nom de la liberté, de la sécurité, de la propriété du sol, de la propriété tout court, de la loi du talion, et même au nom de la paix.

Elle est entrée par le Liban, elle est descendue par Haïfa et Tel-Aviv où elle a séjourné chaque fois quelques jours, elle a passé une semaine à Jérusalem et deux dans la bande de Gaza. Partout, Tsahal. Partout en armes. Patrouilles, contrôles, barrages, frappes punitives, frappes préventives, démonstrations de force, arrestations, enlèvements, déplacements de population. Tsahal est une junte militaire furtive qui exerce la répression et l'oppression avec la même absence de scrupule que les moudjahidine lui offrent ses enfants en martyrs. L'armée cible trop large, la résistance frappe à l'aveuglette, toutes deux s'exhibent dans leurs propres rues pour que la guerre soit omniprésente et que les pacifistes des deux camps ne leur pondent pas de négociations dans le dos. Les peuples pleurent ou tremblent, l'un est fébrile, l'autre est exsangue. Beaucoup n'ont plus pour mémoire que des écritures qui ne sont pas l'histoire et qui leur font oublier les tourments qu'elle leur a infligés. Et Naïs se demande si d'autres, les plus cyniques, ne jouent pas de l'histoire comme d'un piano de cuisine.

À Jabaliya, elle a rencontré un Écossais qui lui a dit :

« — Ce que nous faisons subir aux Palestiniens ressemble à s'y méprendre aux horreurs commises par les Anglais en Irlande pour briser toute velléité de rébellion. »

Il expliquait ce « nous » par sa judéité et son sentiment de responsabilité pour ce qui se produit au pays de Canaan depuis que la Knesset a entrepris de l'annexer dans son intégralité au nom des tribus d'Israël qui l'ont conquis par le nettoyage ethnique[1]. Il a été tué sur la Terre promise le lendemain, fauché par un éclat d'obus israélien pendant qu'il portait secours à une famille palestinienne coincée sous les décombres du bombardement de la nuit.

Naïs a eu plus de chance que lui, mais ce n'est pas forcément le cas de ceux qu'elle a sauvés d'un refuge détruit l'après-midi même. Tsahal pilonne les refuges en affirmant que ce sont des planques de terroristes. Ils frappent aussi des hôpitaux en prétextant qu'on y soigne

1. Chapitres 1 à 12 du Livre de Josué.

des fedayins. Et ils verrouillent si hermétiquement la bande de Gaza que personne ne peut y introduire ce dont tout le monde manque, et que Naïs n'a pas pu en sortir un gosse. Elle, aucune armée ne l'empêchera jamais de franchir une frontière, mais elle ne sait pas faire bénéficier quelqu'un de sa transparence, or Tsahal ouvre tous les coffres de tous les véhicules, vérifie tous les papiers, fouille tout le monde, et tire au moindre signe d'incartade. La bande de Gaza est un immense camp de prisonniers, plus ou moins autogéré, dans lequel les matons s'assurent que les conditions de vie sont intolérables, poussant toute une génération dans les bras des extrémistes.

Voilà pourquoi Naïs enrage. Ce n'est pas seulement de n'avoir pas pu reproduire ce qu'elle a réalisé en Bosnie, au Timor-Oriental, en Afghanistan, en Irak, c'est de savoir ce qu'il adviendra de ces enfants dont elle n'a prolongé l'existence que d'un bref ersatz de vie. Et ce ne sont pas les exhortations au jihad de l'imam qui est arrivé en même temps qu'elle au village qui vont adoucir son humeur, pas plus que l'inconséquence du rabbin de la colonie voisine qui encourage les colons à s'octroyer la terre des bergers et l'eau dont leurs bêtes ont besoin.

Au début du printemps, les colons ont abattu plusieurs brebis avant qu'elles ne mettent bas. Depuis que les survivantes ont vêlé, ils tirent de temps en temps sur les agneaux. Ils ont interdit l'accès à certains pâturages à l'aide de barbelés et ils en ont stérilisé d'autres avec des herbicides. Les bergers n'ont pas le choix, leur réserve de fourrage est épuisée et ils n'ont pas les moyens d'en racheter, alors ils ont coupé les barbelés et ils surveillent leurs bêtes de plus près. Pour épauler leurs aînés, beaucoup d'enfants sont devenus pâtres avant l'âge, deux par deux, un pour donner l'alerte aux adultes, un pour aider à rassembler et à rapatrier le troupeau, au besoin. Ils prennent leur tâche très au sérieux, et ça marche : les colons n'ont pu tuer que deux bêtes au tout début du mois et leurs plantations les occupent trop pour qu'ils annexent ou souillent d'autres terrains.

Ce matin, pourtant, c'est un coup de feu qui donne l'alarme, puis un autre et un autre, et un autre encore. Ils sont étouffés parce que de l'autre côté d'une colline, sous le plateau où la colonie a été illégalement construite, mais les villageois ne s'y trompent pas plus que Naïs. La famille qui l'héberge est celle du boucher qui officie lors des abattages rituels, elle rafle le couteau dont la lame est la plus longue dans le placard où il conserve ses ustensiles et, pendant que les femmes et les vieillards s'élancent sur le chemin qui serpente jusqu'au pied de la colline, elle la dévale, percevant à peine deux autres coups de feu.

Deux jeunes hommes accourus d'autres reliefs se joignent à elle dans le vallon, ils en rattrapent un troisième au moment où celui-ci intercepte un apprenti pâtre à bout de souffle.

— Ils ont tué Amid !

L'aîné ordonne à l'enfant de rentrer au village. Il n'a pas besoin de demander où Amid s'est fait tuer, tout le monde sait où il conduit chaque jour les bêtes de sa famille.

À l'approche du pâturage, ils trouvent deux autres bergers, cachés dans un buisson, effrayés et indécis. Les compagnons de Naïs sont prudents mais moins pusillanimes. Ils ralentissent, progressent accroupis, mais ne s'arrêtent pas. Naïs sprinte droit vers l'arbuste derrière lequel se planque un gosse de dix ans. Elle voit le corps de son frère aîné tout près de lui et deux cadavres de mouton. Une balle la frôle, les jeunes derrière elle s'aplatissent au sol.

À l'enfant, elle dit :

— Tout le village arrive, ne bouge pas.

Elle s'agenouille près de l'adolescent étendu sur le ventre, elle sait qu'il ne se relèvera plus avant de poser deux doigts sur sa gorge : une balle lui a traversé le crâne. Il avait quinze ans. Elle se retourne et crie aux jeunes qui rampent vers l'enfant :

— Occupez-vous du gamin, son frère est mort. Que personne ne s'approche de la colonie. Absolument personne ! Je vais régler ça. Parole de mujahidaat !

Elle se redresse, observe la pente qui conduit au plateau avec un air de défi et s'élance à son assaut. Plus haut, il y a un chemin qui circule sous le grillage et quatre silhouettes, dans les rochers, qui s'efforcent de le rejoindre. Elle ne peut pas les y devancer, mais elle les précédera au portail.

Elle arrive au portail avant les colons (il lui a semblé que l'un d'eux s'est blessé dans les rochers), tant mieux, cela lui permet de remonter le chemin de ronde et de les intercepter hors de vue de la colonie. Ils tombent pratiquement nez à nez dans une cuvette que masquent les buissons.

Quatre adolescents. Le plus vieux doit avoir un an de plus que le gosse qu'ils ont tué, le plus jeune un de moins. La colère de Naïs se transforme en dégoût. Elle laisse pendre le couteau au bout de son bras, contre sa jambe droite, invisible. Deux d'entre eux, le fusil en bandoulière, soutiennent le cadet dont la cheville est écorchée et bleuie. L'aîné marche devant, l'arme du blessé sur une épaule, la sienne à la main. Naïs ne connaît rien en armes à feu, mais celles-ci sont indubitablement des fusils d'assaut et, puisque ces gosses savent s'en servir, c'est qu'il s'est trouvé quelqu'un pour leur en apprendre le maniement, pour les entraîner au tir et pour leur laisser armes et munitions à portée de main. Des armes de guerre. Des armes veules.

Elle se revoit à leur âge, mais elle ne reconnaît rien en eux de ce qui a fait d'elle un cauchemar pour les lâches, bien avant d'atteindre l'âge du plus vieux. Même si leur enfance, comme la sienne, a été volée, on ne leur a pas insufflé la souffrance, juste la cruauté. Leur jeunesse les sauve de sa colère, pas de ce qu'ils feront endurer ni de ce qu'ils endureront. La compassion qu'elle ressent ne leur est pas adressée, elle va la leur faire partager d'une volée de claques.

— Tu as quel âge ? lance-t-elle à l'aîné.

Il relève son fusil, l'empoigne à deux mains, place le doigt dans le pontet et, sans une hésitation, tire.

Naïs voit le doigt presser la queue de détente. Elle projette son buste vers l'arrière, pivote sur son pied gauche. La première balle lui arrache un morceau de deltoïde, la suivante se perd dans les buissons. Le bras droit de Naïs se relève pendant qu'elle achève sa virevolte. Le couteau déchire l'air et la gorge du garçon. Le hurlement d'effroi qui l'accompagne dans la mort n'est pas celui de ses compagnons.

22 juillet 2007

Le ciel se couvre brutalement. Trente secondes plus tard, un éclair déchire le ciel et la pluie s'abat à verse. Michel court en poussant le fauteuil dans lequel Naïs est hilare, pas assez vite (il le fait exprès : elle prend tellement de plaisir à cette douche improvisée), ils arrivent trempés à sa chambre. Michel se précipite dans la salle de bains, en rapporte deux serviettes. Il en met une sur la tête de Naïs et s'ébouriffe la tignasse avec l'autre. Naïs jette la serviette sur le lit, sans se sécher, et glisse le fauteuil sous la table pour s'installer devant l'ordinateur que Nadja a ramené la veille à sa demande.

— Tu veux que je te montre un truc amusant ? demande-t-elle.

— Un truc amusant ? Avec plaisir.

Michel ne connaît de l'informatique que ce qui lui permet d'accéder à Internet dans un cybercafé pour relever les messages de Nadja et lui répondre. Il est par exemple juste assez calé pour savoir que la machine que Nadja a fait assembler sur les spécifications de Naïs se nomme un « portable », mais il n'a pas la moindre idée de ce que le verbe assembler signifie en l'occurrence et il ne comprend pas qu'on appelle « portable » un appareil de plus de quatre kilos qui tient à peine dans une mallette. Il se place derrière Naïs, debout, les coudes appuyés sur le dossier du fauteuil. Des images défilent sur l'écran à une vitesse aussi hallucinante que les doigts de Naïs volent sur le clavier.

— Euh... Tu fais quoi ?

— Cette nuit, j'ai configuré le système pour... pour qu'on ne m'embête pas, disons... mais j'ai des programmes et des fichiers qui dorment un peu partout sur la Toile, par fragments évidemment. Je récupère ceux dont j'ai besoin.

— Je ne comprends rien, mais ne t'emmerde pas à m'expliquer, je suis réfractaire. Dis-moi plutôt à quoi ça sert, en pratique.

Elle rit, mais ses mains ne ralentissent pas.

— Je récupère des clés pour ouvrir les portes que j'ai créées sur certains sites afin de ne pas être bloquée par la mise à jour de leurs systèmes de sécurité.

— Tu veux me montrer un truc sur un site auquel tu n'as en principe pas accès, c'est ça ?

— Pile poil.

Michel n'a pas besoin d'être devin : Nadja a annoncé à Naïs que Philippe Decaze et Dietmar Stamm avaient retrouvé Stephen.

— DST ou Interpol ? soupire-t-il.

— On va commencer par Interpol. Même si je n'y ai pas mis les pieds depuis un moment, je suis assez familière avec la maison.

Il est impossible d'évaluer ce qui se passe dans la tête de Naïs depuis qu'elle a décidé de ne plus se faire effondrer par Ann X (sic). Elle va visiblement mieux. Elle n'angoisse plus, ne parle plus pendant son sommeil, ne déverse plus son fiel sur le personnel médical et – Michel est le seul à le savoir – ne prend plus ses médicaments, sans que cela ralentisse ses progrès ni provoque de crise. Elle a réellement surmonté ce qui la perturbait, mais Martha doute que ce soit en acceptant ses réalités, présente comme passée.

« — Elle triche, avec elle-même et avec nous. Toute l'équipe en est convaincue mais, comme elle a autant de cartes que nous, nous ne détectons que des signaux que nous ne savons pas interpréter. Il est évident qu'elle souffre de dissociation de la personnalité, comme il est évident qu'elle arrange et réarrange la réalité pour contourner les incohérences et conserver un semblant d'équilibre, mais, ignorant en quoi et comment, nous sommes complètement démunis. »

Curieusement, cela aurait plutôt tendance à rassurer Nadja.

« — Elle fonctionne comme ça. Elle a inventé sa propre identité à l'adolescence, elle l'a ajustée plusieurs fois et elle a toujours été simultanément Naïs, Ann X et l'une ou l'autre personnalité qu'elle empruntait ou qu'elle fabriquait au gré de ses besoins. Normal qu'elle ne veuille pas d'Ann X aujourd'hui : d'une part, ce n'est pas sa création, même si elle a endossé le rôle ; d'autre part, elle s'en est débarrassée au contact de Steph et elle l'a tuée en 2001. »

D'une certaine façon, ce qui inquiète Martha prouve que Naïs s'est remise à fonctionner.

Michel n'en est pas si sûr, du moins il n'est pas certain que Naïs fonctionne correctement. Elle semble avoir tout remis dans l'ordre, mais la place qu'occupe Ann X dans son esprit est très confuse. Elle en parle à la troisième personne et sa façon de le faire suggère qu'il ne s'agit pas d'une figure de style pour différencier ce qu'elle a été de ce qu'elle est. Par moments, il a l'impression qu'elle parle d'une sœur jumelle. Comme elle n'évoque Ann X qu'avec lui (en certains termes, en tout cas, car elle joue au chat et à la souris avec Martha et le psychiatre) et qu'il est hors de question qu'il rapporte ses propos à qui que ce soit, il attend qu'une phrase confirme son sentiment pour l'interroger sans détour.

— Et voilà ! triomphe Naïs. (Puis les haut-parleurs de l'ordinateur émettent un son de clochettes et elle ajoute :) Oups !

À la précipitation de ses doigts sur le clavier, Michel en déduit que quelque chose ne se passe pas tout à fait comme elle le souhaiterait.

Hanter la gentilhommière pendant quatre jours à été très amusant, la quitter beaucoup moins, même si cela n'a présenté aucune difficulté. Pendant l'heure qu'il lui a fallu pour rejoindre sa voiture, stationnée devant l'église du village voisin, Meï-Lin a eu tout le temps d'apprécier le lever du soleil sur la campagne solognote et celui de s'interroger sur ce que Stephen et elle peuvent attendre l'un de l'autre. Sa réflexion s'est poursuivie en voiture sur quatre cents kilomètres et ne lui a apporté aucune réponse satisfaisante. Globalement, Stephen est une énigme pour laquelle elle éprouve une certaine fascination. Quant à elle, à part qu'elle n'est pas trop sotte et tout à fait baisable, elle ne voit pas en quoi elle l'intéresse. Bref, ils sont dans un jeu que la situation rend particulièrement excitant et qui prendra fin à la première accalmie, faute de stimulation.

Le soir même, après une journée de travail harassante, cela paraît très confortable. Le lendemain, après une moitié de nuit à échanger des mails avec Stephen, ça l'est moins. Le surlendemain, quand Decaze lui apprend qu'ils seront de corvée le samedi, puisqu'un ministre austro-mélanésien ou serbo-zélandais a décidé de visiter la boutique à l'occasion de son voyage en France, ça ne l'est plus du tout. Indirectement parce qu'elle n'a pas le courage de se taper deux fois quatre cents bornes en trente-six heures, sachant qu'elle ne dormira aucune des deux nuits et qu'elle devra se planquer dans le grenier tout le dimanche, jour de visite de Caher à Stephen, donc jour de zèle pour les gardes-chiourme du manoir. Ce n'est pas seulement qu'elle se faisait une fête de se glisser dans la chambre, dans le lit, dans les bras de Stephen. C'est que, toute raison gardée, elle a envie de tenter sa chance.

Le samedi est passé, vaille que vaille. Le dimanche, chez elle (elle n'ose pas sortir, au cas où Caher libérerait Stephen plus tôt que d'habitude), s'annonce horriblement frustrant, et il l'est, de 8 h 55 à 14 h 16 précisément.

À 8 h 55, Stephen a mis un terme à leurs échanges électroniques pour réceptionner son petit déjeuner puis Caher.

À 14 h 16, le mobile et le portable de Meï-Lin retentissent simultanément de la même sonnerie d'alarme. Quelqu'un vient d'entrer dans les fichiers de la boutique auxquels seuls Decaze et elle ont accès. Elle hésite une seconde. Elle pourrait traquer l'intrus depuis son portable, mais un hacker capable de franchir le pare-feu et les verrous de la boutique mérite une attention particulière, qu'il sera plus facile de soutenir avec les machines du bureau. Et elle a hâte de se mesurer à Caher, à armes égales de préférence, or elle ne doute pas qu'il soit suréquipé. Elle fourre son ordinateur dans son sac à dos, rafle son casque de moto sur la patère et dévale l'escalier de l'immeuble en appelant Decaze.

— Caher est dans nos fichiers. Je fonce à la boutique.

— Merde. Je suis à deux cents bornes de Lyon.

— Tu ne me serais pas d'une grande utilité.

— C'est une bonne excuse pour échapper à un après-midi mortel avec des lugubres. Je suis là dans une heure et demie maximum.

Meï-Lin raccroche en riant. Elle est sûre que Decaze a inclus dans son estimation le temps de dire au revoir à ses lugubres et qu'il a pas mal de kilomètres hors autoroute à avaler.

Michel ne parvient pas à suivre ce qui défile sur l'écran de l'ordinateur. Et ça fait dix minutes que ça dure !

— C'est quoi ? finit-il par demander.

Naïs ne relève pas la tête mais elle répond :

— Des lignes de code.

— Et tu fais quoi avec ?

— En général ou moi, là, maintenant ?

— Toi, bien sûr.

— Je me suis fait harponner par un traceur, je l'ai baladé dans le monde entier, maintenant j'essaie de le coincer dans une boucle.

— Ce qui veut dire ?

— Le traceur essaie de remonter mon signal pour me localiser. Il saute de connexion en connexion, de plateforme en plateforme, de satellite en satellite. J'ai des ralentisseurs un peu partout dans le monde, mais si je ne me déconnecte pas, il finira par me trouver. Or, je ne veux pas me déconnecter. Ma prochaine intrusion serait beaucoup plus délicate si je laissais les informaticiens d'Interpol chercher et, très probablement, découvrir ma porte d'entrée. Pour la planquer, j'ai besoin de temps, donc je dois construire l'équivalent électronique d'un escalier de Penrose pour que le traceur tourne indéfiniment en rond.

Michel se racle la gorge.

— C'est quoi un escalier de Penrose ?

— Tu sais qui est Escher ?

— Un peintre hollandais. Tu parles de l'escalier sur une terrasse ? Celui qui monte sans fin.

— Ou qui descend. C'est à peu près ce que j'essaie de faire... non, que *j'ai* fait.

Elle lève enfin les mains du clavier et s'étire, puis ses doigts recommencent à voleter sur les touches.

— Maintenant, je désassemble les vestiges de ma porte... et je la remonte ailleurs. Tiens ? Qu'est-ce que c'est que ça ?

Par réflexe mais tout à fait inutilement, Michel se penche vers l'écran. Il ne lit qu'une suite de chiffres, de lettres et de symboles complètement abscons pour lui. Puis les lignes se remettent à défiler, s'immobilisent, repartent dans l'autre sens, se figent l'espace d'un instant ; certains groupes de signes s'affichent en surbrillance, le pointeur les saisit, les déplace, les regroupe.

— Intéressant, commente Naïs.

— Ah.

— Je ne suis pas la seule à utiliser une porte dérobée. Rien à en tirer pour l'instant, je vais lui coller une alarme.

— Et si quelqu'un s'en sert, tu le sauras.

— Immédiatement. Tu es paré pour une plongée dans les secrets de Decaze ? (Elle n'attend pas la réponse.) C'est parti.

Il ne sait pas ce qu'elle a fait, mais ce qui apparaît sur l'écran est un bureau aussi classique que ceux dont il a l'habitude de se servir dans les cybercafés. Les clochettes se remettent à tinter dans les haut-parleurs. Naïs refait basculer l'affichage sur les lignes de code.

— Waow ! Ça, c'est déjà plus costaud ! Mais moi aussi j'ai quelques tours en réserve dans mon sac.

L'écran se partage en deux fenêtres. Toutes deux affichent des lignes de signes qui se mettent à défiler.

— Un nouveau traceur ? interroge Michel.

— Oui, un peu plus sophistiqué mais, surtout, couplé au verrou que je viens de faire sauter et qui est en train de se cloner... attends voir... et un virus qui infecte mes lignes de code.

— Dans ton ordinateur ?

— Dans celui de Decaze. Tout ce que j'entre pour combattre le clone du cerbère s'autodétruit. Il va falloir que je me décarcasse un peu.

Michel pose les mains sur les épaules de Naïs. Elles sont complètement détendues.

Après avoir ouvert son portable et s'être connectée au serveur d'Interpol, Meï-Lin prend la main sur l'ordinateur de Decaze depuis celui de son bureau et affiche les opérations que le système est en train d'effectuer.

Premier constat : Caher est ferré.

Deuxième constat : il ne décroche pas.

Troisième constat : il a entraîné le traceur primaire dans un cercle vicieux et il est en train de faire la même chose avec le secondaire.

Quatrième constat : il tente parallèlement de forcer le barrage qu'elle a mis en place pour protéger les données du service.

Meï-Lin s'installe confortablement dans son fauteuil, connecte un disque dur amovible pour assurer le stockage en temps réel de toutes les opérations de Caher (au cas où il s'en sortirait, il ne manquera pas de les effacer du disque de Decaze) et admire le travail. Très vite, elle est fascinée.

À l'instant où Michel se dit qu'il va prendre une chaise et s'installer à côté de Naïs, celle-ci s'exclame :

— Oh, oh ! Nous avons un public.

— Qui ? demande Michel avant de se reprendre : Excuse-moi, tu ne peux pas le savoir.

— Banchai.

— Pardon ?

— Meï-Lin Banchai, c'est la nana que Decaze a envoyée dans le lit de Steph en 2001.

— Bon sang ! Comment tu sais ça ?

Naïs hausse les épaules sans cesser de taper sur le clavier.

— J'ai même visité son appartement.

— Non, je veux dire : comment tu sais que c'est elle qui... qui quoi au juste ?

— Ah, ça ? Elle a connecté son portable sur le réseau d'Interpol, allumé son desktop, câblé un amovible dessus et s'est branchée sur le desk de Decaze.

— Et qu'est-ce qu'elle fait ?

— Elle prend une leçon.

Il semble à Michel que l'une des fenêtres sur l'écran n'affiche tout à coup plus le même genre de données. Naïs doit sentir qu'il s'en est aperçu.

— À gauche, le desktop de Decaze. À droite, le portable de Banchai. Je ne suis pas contre le fait qu'elle profite de mon cours, mais rien ne vaut un bon exercice pratique.

— C'est-à-dire ?

— Manifestement, c'est elle qui a concocté les traceurs et le cerbère. Son portable est protégé par... eh, eh, un système différent. C'est une maligne qui a fait de jolis progrès en six ans. Elle a forcément une alarme qui s'est mise à hurler quand je suis entrée dans sa bécane, donc elle s'est jetée sur son clavier. Maintenant, si elle ne se déconnecte pas, nous allons jouer à celle qui pisse le plus loin.

Michel attrape une chaise.

Quand Decaze fait irruption dans son bureau, Meï-Lin est totalement concentrée sur son portable. Elle note toutefois l'heure et laisse tomber :

— Tu es en avance.

— Il n'y avait personne sur la route. Bon, que s'est-il passé ?

— C'est toujours en cours. Caher est en train de me pilonner sur ta bécane et je lui mets une volée sur la mienne... enfin, disons que j'arrive à le contenir parce qu'il s'intéresse probablement moins à mes petites affaires qu'aux tiennes. Ce type est génial.

— Génial, rien que ça ?

Meï-Lin retire ses mains du clavier, en lève une et l'abat sur la touche « Enter ». Elle patiente deux secondes en examinant le monitor et se tourne vers Decaze.

— Façon de parler. C'est un crack en tout cas, même si je l'ai viré de ma bécane.

Decaze n'en croit pas ses oreilles.

— Tu l'as viré de ta bécane mais pas de la mienne ?

— C'est plus facile, mon portable ne dépend pas d'un réseau qui prend l'eau et qu'on ne peut déconnecter sans se taper une semaine de boulot fastidieux... et inutile : Caher a ses entrées. Je ne sais pas par quel poste il entre, je ne sais pas comment il s'y prend, mais il est ici comme chez lui. De toute façon, il ne devrait pas tarder à s'apercevoir qu'il n'a accès à rien qu'il ne connaisse déjà ou qu'il n'aurait pu obtenir sur une simple requête.

— Autrement dit, il repart les mains vides et nous faisons chou blanc. Ce n'est pas ce que j'espérais.

— Tu me prends vraiment pour une bleusaille ! Non seulement Caher ne repartira pas les mains vides, mais il emportera mon gâteau avec sa cerise au sommet, son ver dedans et sa dose de ciguë dans la crème. Tout est anodin dans ta bécane, sauf un dossier, aussi mal gardé que les autres, mais crypté avec un algorithme qu'il ne peut pas casser en ligne. Alors il va l'importer pour le décrypter tranquillement, ce qui réveillera le ver grâce auquel je compte bien scanner son ordinateur.

Decaze réfléchit.

— Il y a quoi dans ce dossier ? demande-t-il.

— L'intégralité du dossier Ann X.

— Il va se méfier.

— Non, je l'ai augmenté d'un fichier X2, dans lequel il n'y a pas grand-chose mais qui justifie que tu en cryptes le contenu puisque son existence prouve que tu as rouvert le dossier.

— Rien sur Bellanger ?

— Tout sur Bellanger jusqu'au 13 juin 2001 et une note supposant que tu cherches à le contacter depuis que Caher a éveillé ton intérêt sur la fusillade des Cordeliers.

Decaze se fend d'un sourire carnassier.

— Astucieux, approuve-t-il.

— N'est-ce pas ?

Naïs retire ses mains du clavier et fait pivoter son fauteuil pour se rapprocher du lit sur lequel Michel s'est assoupi sans vraiment s'endormir. Il voit son air soucieux et se redresse immédiatement.

— Qu'y a-t-il ? Banchai a réussi à te virer ?

Elle lui accorde une moue ironique.

— Encore moins de son ordi que du cœur de Stephen.

Il écarquille les yeux.

— Tu as manqué pas mal de choses, dit-elle. Banchai était avec Dietmar et Decaze quand ils ont rendu visite à Stephen, elle lui a même laissé son portable et en a racheté un aux frais d'Interpol. Depuis, ils échangent des mails très intimes et elle est retournée le voir, seule, pour une durée de quatre jours.

— Tout ça est dans son ordinateur ?

— Pas sous cette forme. Il y a des choses que je déduis des mails, d'autres de l'absence de mails, d'autres de croisements de fichiers. J'en saurai plus quand Steph allumera le portable qu'elle lui a donné et sur lequel elle garde en permanence un œil. Il faut que tu me sortes d'ici, Michel.

Michel met quelques secondes à saisir qu'il a bien entendu ce qu'il vient d'entendre.

— Je... merde, tu sais que seule Martha peut...

— Martha estime que je suis insuffisamment rétablie et que je suis un danger pour moi-même. Elle se trompe dans les deux cas, mais je ne peux pas lui en vouloir, c'est ce que je lui laisse croire pour ne pas trop m'éloigner des normes et l'empêcher de penser que je suis en fait un danger pour autrui. Je ne suis pas certaine que Nadja m'apportera son appui auprès d'elle, alors il me faut le tien.

Nadja est un sujet sur lequel même Naïs ne doit pas chatouiller Michel.

— Va te faire foutre ! dit-il en s'arrachant du lit. Tu sais pertinemment que Nad t'appuiera aussi bien que moi envers et contre n'importe qui ! C'est juste que tu veux que je te sorte de la clinique avant qu'elle revienne pour m'épauler.

Ils ignorent où est Nadja, ils savent seulement qu'elle a rejoint Dietmar Stamm et qu'elle s'est absentée pour au moins deux semaines.

— Pour quoi faire, d'abord ? reprend Michel. Et ne me dis pas que tu es jalouse, je ne te croirai pas !

— Pourtant...

Sous les yeux atterrés de Michel, Naïs explose de rire.

— Tu y as cru ! triomphe-t-elle. Avoue qu'une seconde tu y as cru !

— Ouais, une seconde, j'ai cru que tu allais tenter de me faire le coup.

Naïs essuie les larmes au coin de ses yeux et retrouve tout son sérieux.

— J'ai besoin de la semaine pour comprendre où tout le monde en est et m'organiser en fonction, dit-elle. Annonce à Martha que tu me récupères samedi prochain.

— Tu es dingue ? J'ai pas le permis, pas de bagnole, aucun endroit où... où...

— Oui, toi aussi tu as besoin d'une bonne semaine pour te préparer.

Meï-Lin a regagné son appartement dès que Caher a disparu du réseau. Maintenant, entre guillemets, la balle est dans le camp de Caher et Meï-Lin n'a qu'à attendre qu'elle lui explose au nez.

À peine rentrée, elle pose le portable sur la table basse du séjour, le branche sur le secteur et l'ouvre. Il se connecte immédiatement à sa borne wifi : pas de nouveau message. Elle se prépare du thé et commence à tourner en rond dans la pièce. Caher a occupé son esprit mais Stephen y est revenu en force dès qu'elle a quitté Interpol.

Pour tromper sa fébrilité, elle commence par vider le lave-vaisselle puis se retrouve à faire le ménage dans tout l'appartement. Quand la théière est vide, elle s'en prépare une autre. Elle est en train de liquider la dernière tasse lorsque le logiciel de messagerie envoie son bip caractéristique.

[From : Québec

To : China

Subject : Il y a quelqu'un ?]

Pas de message, humour de Bellanger. Meï-Lin répond :

[From : China

To : Québec

Subject : Re : Il y a quelqu'un ?

Et comment ! Je m'impatientais...]

[From : Québec

To : China

Subject : Re : Re : Il y a quelqu'un ?

Caher était disert. Il vient à peine de me lâcher. Tu m'as manqué aussi]

Meï-Lin reste figée un long moment devant l'écran de l'ordinateur. Si ce n'est pas Caher, contre qui s'est-elle battue cet après-midi ?

[From : China

To : Québec

Subject : Re : Re : Re : Il y a quelqu'un ?

Un hacker s'est introduit dans les fichiers de Decaze. Je pensais que c'était Caher. Il n'y avait rien sur toi, mais sois prudent tout de même. Je dois m'assurer qu'il n'a pas laissé de spyware, je te recontacte à 21 heures. Retiens-moi ou j'accours.]

Le doute qui s'est emparé de Meï-Lin est irrationnel, mais elle ne peut pas s'empêcher de frissonner.

Et si...

Le bureau sur son écran vacille puis disparaît, remplacé par un visage féminin sur fond de coucher de soleil, un dessin dans le style des mangas. C'est un visage juvénile, qui s'anime et lui fait un clin d'œil. Une bulle de BD apparaît près de lui :

* Bonsoir, Banchai. C'est gentil de m'avoir ramenée chez toi. Tu as refait la laque ? *

Meï-Lin jette un œil sur le mur laqué de rouge derrière elle, puis vers le témoin de la webcam. Il est éteint, mais elle est certaine que la caméra fonctionne. Il doit en être de même pour le micro.

— Je suppose que tu m'entends, dit-elle.

* Oui. *

Quand a-t-elle refait la laque ? Ce n'est pas récent en tout cas. Que Caher ne soit pas le hacker n'exclut pas que l'intrusion soit indirectement son œuvre : la DST ne manque pas de personnel qualifié pour forcer des portes, informatiques ou de chêne. 2004 ! Elle a refait la laque en 2004, ses parents l'en ont félicitée quand ils sont venus pour son anniversaire. Qui a pu visiter son appartement avant et pourquoi ?

— Ton avatar est sympa, dit-elle pour ne pas montrer qu'elle réfléchit. Ceci dit, ce serait beau joueur de nous mettre sur un pied d'égalité.

* Tu sais bien que mon visage passe très mal à la caméra... *

— ... Ma voix te suffira ?

Les haut-parleurs restituent un timbre chaud, profond, dangereusement amical. Meï-Lin s'arrête de respirer.

— Ann X est morte, trouve-t-elle la force d'articuler sans que sa voix tremble.

— Ann X est morte. Vive X2 ! clame la voix. Bien que ce ne soit pas très joli comme sobriquet.

Elle s'amuse ! Nom de Dieu ! Elle s'amuse ! Meï-Lin sort de son apnée.

— Nous ne connaissons pas ton nom.

— Anaïs Bellanger.

Meï-Lin blêmit, s'affole, son silence est long.

— Tu... commence-t-elle, mais les mots ne passent pas.

— Prends soin de Stephen, Meï-Lin Banchai. Protège-le de Caher, de Decaze, de tout le monde. J'y tiens.

Nouveau clin d'œil de l'avatar – l'autre œil cette fois – puis le visage disparaît et l'écran reprend son apparence coutumière.

Meï-Lin tremble de tous ses membres. Elle n'éteint l'ordinateur que par réflexe.

— Pourquoi tu as fait ça ? demande Michel sur un ton de reproche. Pourquoi tu lui as dit ça ?

— Je ne peux pas aider Steph, pas physiquement. Il faut quelqu'un pour me suppléer, quelqu'un de compétent, de motivé, de sincère. Donc j'ai besoin de savoir très vite dans quel camp elle est et jusqu'où elle ira. Maintenant, pour peu que son faible pour Steph soit aussi prononcé que je le pense, elle doit être en train de se ronger les ongles en regardant son téléphone. Si elle appelle Decaze, je vais devoir me passer d'elle.

— Elle peut tout aussi bien lui en parler au boulot demain. De toute manière, comment sauras-tu qu'elle l'a appelé ou non ?

— Cela dépend du contenu du prochain mail qu'elle écrira à Steph et, surtout, de quand elle l'enverra.

Meï-Lin reste inerte un long moment après que les tremblements ont disparu. Elle ne parvient pas à réfléchir, mais elle comprend que sa vie vient de basculer, et elle en est terrorisée. Elle finit par se rendre compte qu'elle fixe le mobile depuis plusieurs minutes. Elle regarde l'heure. Decaze doit être en train de dîner. Stephen aussi.

Stephen.

Elle rallume le portable, sourit vaguement à la webcam et ouvre le logiciel de messagerie.

[From : China
To : Québec
Subject : J'ai peur
Qui est Anaïs Bellanger ?]

27 juillet 2007

Il a suffi que Naïs pointe à nouveau le bout du nez dans la vie de Stephen pour que celle-ci reprenne la tournure chaotique des années Interpol.

[Qui est Anaïs Bellanger ?]

Infortunée Meï-Lin. Anaïs Bellanger est le fantôme virtuel d'une singularité qui surfe sur l'horizon des trous noirs, elle n'existe pas mais son action sur l'espace local suffit à bouleverser l'univers. Celui de Stephen, en tout cas, et, par écho, celui de tous ceux qui peuplent son petit monde. Mais que répondre à ça, sinon ce que souhaite Naïs ?

[X2.]

Cela cadre avec ce qui peut se déduire, renforce la théorie de la sororité, explique les cachotteries, justifie les mensonges, amortit les incohérences. C'est presque un cri d'innocence, à défaut d'une preuve, pour Stephen comme pour Naïs, surtout si Meï-Lin les trahit auprès de Decaze.

[Qui est X2 ?]

La deuxième question a été longue à venir. Stephen a dû y répondre du tac au tac pour éviter d'embarrassants soupçons.

[Celle qu'Haywood a cachée sous le masque de fer.]

[C'est toi qui le lui as ôté ?]

[Non, c'est Ann X. Haywood a commis l'erreur de les enfermer dans le même bâtiment. Elle s'est ensuite sacrifiée pour elle.]

[Parce qu'elle ne pouvait pas t'avoir mais sa sœur si ?]

Puisque Naïs est dans l'ordinateur de Meï-Lin (et très probablement dans le sien), Stephen peut aussi s'adresser à elle.

[Parce qu'elle ne pouvait offrir la vie qu'on leur avait volée qu'à celle qui n'avait pas de passif.]

[Pourquoi « Bellanger » ?]

[Private joke. Mes parents trouvent qu'elle est la belle-fille idéale.]

[Pas toi ?]

Sous une forme ou une autre, la question devait tomber. La réponse est venue sous les doigts de Stephen sans qu'il la réfléchisse.

[Mes cauchemars sont peuplés de visages dont les traits finissent toujours par ressembler aux siens.]

Depuis, les échanges avec Meï-Lin se sont raréfiés et ils ont perdu de leurs sous-entendus érotiques, même s'ils ne sont pas sans tendresse, retenue. Quoi qu'il se passe dans la tête de Meï-Lin, l'œil de Naïs par-dessus son épaule ne lui facilite que l'autocensure. Stephen, lui, préfère ne pas examiner les émotions qui jouent au yo-yo avec sa sérénité. Depuis que Naïs est montée sur sa motoneige, un après-midi de début de printemps à Sainte-Anne, il en a toujours été ainsi. Il a été persuadé que ça lui passerait. Il a même fini par se convaincre que ça lui passerait *d'une manière ou d'une autre*, mais ça n'a pas été le cas.

Il l'a accompagnée à New York et à Washington à l'automne 2001, puis il a refusé de la suivre en

Afghanistan. Il a craint ce qu'elle pouvait faire. Il a craint que, en n'étant pas à la hauteur, il l'incite à redevenir Ann X pour le tirer d'un mauvais pas. Enfin, pas Ann X. Il a craint qu'elle retrouve ses réflexes de prédateur facile, trop facile. Ce qu'elle lui a avoué avoir fait, pratiquement chaque fois qu'elle a resurgi au chalet ou ailleurs, dans sa vie en tout cas. Sauf une fois. Une fois, elle n'a rien raconté, elle s'est contentée de pleurer, des heures durant, des jours durant. Il a cru qu'elle ne s'arrêterait jamais. Il a espéré qu'elle ne repartirait pas. Dieu qu'il l'a aimée cette fois ! Si fort qu'il a failli ne pas voir qu'il aimait l'enfant en elle, l'enfant martyr. Mais elle n'est plus une enfant depuis longtemps et elle l'a repoussé en lui jetant qu'elle n'avait que faire de sa pitié. Elle s'est réfugiée chez Carl Nussbauer, elle y était encore quand il a rendu visite au psychiatre allemand un mois plus tard. Carl lui a suggéré de suivre une psychothérapie, Dietmar l'a traité de con, Nadja s'est limitée à son sempiternel « Mais qu'est-ce qu'elle te trouve ? », par chance Michel n'était pas là. Naïs s'est jetée à son cou comme si de rien n'était.

Depuis qu'il sait qu'elle est en vie, il s'attend à ce que la porte de sa chambre s'ouvre une nuit sur elle plutôt que sur Meï-Lin, et cela ranime des angoisses que son inquiétude pour elle avait effacées. Il ne veut pas l'avoir dans les pattes, il ne veut pas qu'elle embarque dans la galère qu'il entend conduire tout seul à bon port. Il a peur de ce qu'elle pourrait rendre irrémédiable.

Le sentiment d'urgence provoquant chez Stephen une forme exacerbée d'émulation, son cerveau semble avoir retrouvé des facultés dont il avait perdu la sensation. D'un point de vue purement professionnel, il analyse plus vite et il synthétise mieux. Et ce n'est pas dommage, comme dirait Michel, parce que, à travers les informations qui lui parviennent ou qu'il dégote, les événements prennent une tournure déroutante à la mesure des protagonistes qu'il met en scène.

Le dossier militaire de Paul Kovacs, relayé par la DGSE depuis une de ses sources au Pentagone, présente le tireur d'élite comme un des meilleurs de sa génération, capable de marquer plusieurs cibles dans un laps de temps très court à des distances impressionnantes. Il est notamment fait état de cinq touches consécutives à plus de mille mètres lors d'une opération d'appui des troupes de la KFOR[1] en 1999 au Kosovo. Pour cette action, Paul Kovacs et son spotter ont été décorés de la Kosovo Campaign Medal. Ils se sont aussi vu attribuer la Navy Expeditionnary Medal en 2001, pour leur soutien durant l'intervention des forces de l'OTAN contre l'UÇK-M[2] en Macédoine, et la Purple Heart fin 2002 (distinction accordée aux seuls blessés ou tués). Pour Kovacs, il est spécifié que cette dernière décoration lui a été accordée à titre posthume, pourtant ce n'est pas ce qui dérange le plus Stephen, même si l'armée américaine est particulièrement tatillonne pour ce qui est de l'éligibilité des médaillables. Quelques faux témoignages, un jeu d'écritures, une substitution de corps suffisent à asseoir l'identité d'un cadavre, particulièrement s'il est méconnaissable. Par contre, il est beaucoup plus difficile d'inventer des indices négatifs lors de la falsification d'un CV. Or, de celui de Kovacs, il ressort qu'il était indissociable de son spotter depuis leur formation

1. Kosovo Force, créée par l'OTAN en 1999.

2. Ushtria çlirimtare Kombëtare (armée de libération nationale), résurgence de l'UÇK (armée de libération du Kosovo).

de commando, voire qu'il n'a jamais pressé la détente sans les indications de celui-ci : vitesse et orientation du vent, pression atmosphérique, hygrométrie, distance, trajectoire et vitesse de la cible, corrections de visée. Dans toutes les disciplines faisant appel aux mathématiques, ses notes à l'académie militaire suggèrent qu'il était en délicatesse avec l'algèbre.

Si le dossier a été intégralement falsifié pour couvrir les activités réelles de Kovacs, cela s'est effectué avec une minutie prenant en compte jusqu'au hasard probabiliste. Sur le graphe statistique des tirs meurtriers recensés par Stephen comme techniquement imputables à Kovacs avant son supposé décès, il n'y a aucun pic correspondant aux périodes pendant lesquelles il n'était pas en mission pour le compte de l'Oncle Sam. Stephen doit s'y pencher davantage, puisqu'il s'est pour l'instant borné à un tamisage de principe sur les trois années précédant la disparition officielle de Kovacs (et encore ne l'a-t-il fait qu'à tout hasard), mais il n'a toujours pas donné de nom au dossier qu'il étoffe chaque jour et il est persuadé que « Kovacs » ne fera pas l'affaire.

Caher lui aussi ne croit plus à la piste Kovacs, sinon comme un indice supplémentaire des accointances très spéciales du Chaînon manquant, et commence à douter de la confiance que lui accorde son euh-supérieur. C'est parti d'une question fort peu anodine de Stephen :

« — Vous avez vérifié les propriétés et l'historique des documents que la DGSE vous a transmis ? »

La création des fichiers a été postdatée de plusieurs semaines. Pour Caher, ce ne peut pas être de la simple rétention d'information : une équipe de la DGSE travaille sur le même dossier que lui, et elle est en avance, elle a même probablement toujours été en avance, puisque c'est un service de la DGSE qui a fourni le contact avec Landis et plusieurs autres qui ont mis en place le système de surveillance des proches de Bellanger. Six heures après que Stephen a semé le doute dans son esprit, Caher lui apporte en personne un disque dur amovible d'un téraoctet, contenant tout ce qu'il répugnait jusque-là à lui communiquer, et un téléphone mobile bloqué sur son seul numéro.

« — Aucun nom, seulement des codes, comme vous l'avez suggéré. Sincèrement, je crains moins une taupe qu'une distorsion dans les informations, mais quoi que vous trouviez, vous m'appelez. »

Cette nuit-là, Caher dort à la gentilhommière et, au matin, prend son petit déjeuner avec Stephen, dehors, sous un platane.

« — J'imagine que vous n'avez pas été en contact direct avec Landis...

« — Exclusivité DGSE.

« — Les enregistrements qui vous ont été transmis sont incomplets, mais je doute que la DGSE soit responsable des coupures. De mémoire, je dirais qu'il manque tout ce qui peut conduire à soupçonner Landis d'être beaucoup plus au fait des activités d'Haywood qu'il ne l'a laissé entendre. Replacées dans leur contexte, ces omissions sont anodines ; mises bout à bout et tenant compte de la volonté de les cacher, elles invalident l'idée qu'il puisse avoir pris sa retraite. Vous devriez repasser tout ça à la moulinette et examiner les bruits d'ambiance. Puisqu'il y a des trous, il peut aussi y avoir des rajouts, même si rien ne m'a sauté aux oreilles. »

Les rétentions de la DGSE, la défiance de son euh-supérieur (très probablement à l'origine de l'activité parallèle de la DGSE) et, maintenant, les manipulations de Landis placent Caher dans une situation d'autant plus inconfortable qu'il n'aura bientôt plus que Stephen à qui se fier. Fort de ce qu'il a débroussaillé dans la nuit, le criminologue canadien pourrait pousser son avantage, mais il n'est pas pressé. Avec Caher, la stratégie du compte-gouttes est plus prometteuse qu'une noyade en règle sous un raz-de-marée d'éléments et de déductions lui ayant échappé.

Stephen s'est servi du mobile le soir même, un peu après 22 heures.

« — Bellanger. Je vous dérange ?

« — Non.

« — Regardez dans vos archives ce que vous avez sur Chigliani.

« — Le député ?

« — Son neveu, Pierre. C'était un conseiller financier.

« — Le Chilien. C'est en tout cas comme ça qu'il était fiché avant qu'on découvre son cadavre et son identité. Amusant jeu de mots, n'est-ce pas ? Le 4 juillet 2002, il a été abattu à Fontainebleau en même temps qu'un Colombien, un vrai, certifié Cartel de Medellín. Ils détournaient l'argent du cartel.

« — Vous avez travaillé sur l'enquête ?

« — Je suis devant mes ordinateurs.

« — J'aurais dû m'en douter. Bon. Les Colombiens ne règlent pas leurs comptes au fusil de précision, Caher, particulièrement lorsqu'il s'agit de trahison. D'ailleurs, la DEA[1] ne connaît pas ce supposé Colombien et ne valide pas les conclusions de la police française. On ne

1. Drug Enforcement Administration : service de police fédéral américain s'occupant des stupéfiants.

peut pas leur en vouloir : j'ai jeté un œil au dossier, il est vide de substance et pue le classement sur recommandation. De surcroît, Chigliani fréquentait Clearstream quand Denis Robert enquêtait sur les boîtes noires de la mondialisation financière. »

Le téléphone est resté silencieux un moment, puis Caher a demandé :

« — Le tireur, Stephen, vous êtes sûr qu'il s'agit du Chaînon manquant ?

« — Dans la même seconde, deux balles en pleine tête à 1,3 km avec un vent latéral important. Le rapport de police parle de pointes d'une trentaine de km/h, les archives météo de 50 km/h soutenu.

« — De nombreux tireurs sont capables de…

« — Non, Saint-Ciboire ! Pourquoi pinaillez-vous, Caher ? Qu'affichent donc vos écrans ?

« — Apparemment, Chigliani travaillait pour nous et s'est mis à jouer les Gorges Profondes. Il semble que quelqu'un ait décidé de recourir aux services d'un intervenant extérieur pour s'assurer de son silence.

« — Eh bien voilà ! C'était pas si difficile que ça à lâcher ! Ceci dit, ce n'est pas très prudent de le faire au téléphone.

« — Crypté.

« — Je plaisantais. Maintenant, nous allons pouvoir avancer un peu. Trouvez qui a recruté le Chaînon manquant et comment. Vérifiez aussi les affaires concernant les meurtres d'Achir Al-sayyad, Jurgen Kranz, Brett Elster et André Ténu-Louvain. Tous quatre peuvent, à un moment ou à un autre, avoir intéressé la DST. J'ai aussi une liste de vingt-quatre homicides, sans rapport avec les services français et commis sur l'ensemble du territoire européen, sur lesquels j'aimerais avoir des informations détaillées. Je dois par ailleurs étudier un peu plus de cinq cents cas symptomatiques pour lesquels j'aurai besoin d'un accès aux fichiers du FBI et dont quelques-uns nécessiteront une enquête sur place.

« — Sur place… vous voulez dire aux États-Unis ?

« — J'ai des cadavres qui ne justifient pas le coût de la balle qui les a abattus. Pour cette raison, je les aurais a priori écartés, mais tous ont été tirés à plus de trois cents mètres, certains à plus d'un kilomètre et quelques-uns ont des CV suspects qui évoquent ceux des témoins protégés, voire ceux d'agents infiltrés. Je sais bien que vous vous foutez des victimes, mais je ne peux pas vous servir leur assassin sur un plateau sans les indices qui me permettront d'orienter la traque et de le piéger. »

Et il va être de plus en plus difficile de ne pas me couper avec les infos qui proviennent d'Interpol !

« — Créez un répertoire à mon nom et placez-y un mémo. Je le lirai demain soir et je vous appellerai. Par contre, Stephen, pour demain mais aussi d'une façon générale, si vous avez besoin de me parler, envoyez un sms, je vous rappellerai dès que possible. »

Retour à l'usage du prénom : Caher doit se sentir sérieusement isolé au ministère de l'Intérieur, et ça ne va pas s'arranger avec ce que Stephen a gardé pour le mémo, mais Caher a déjà de quoi s'arracher les cheveux avec les quatre noms qu'il lui a déjà donnés.

3 septembre 2002, Jurgen Kranz, agent de change luxembourgeois spécialisé dans le clearing, abattu dans sa villa de Waterloo, près de Bruxelles, alors qu'il allait être inculpé conjointement par des juges belge et français. La balle, qui lui a fracassé le crâne après avoir traversé deux vitres, a été tirée depuis un promontoire situé à huit cents mètres du point d'impact.

22 avril 2004, Brett Elster, ex-flic, ex-gorille, ex-responsable d'une agence de sécurité, spécialisée en protection rapprochée et liée à l'empire financier de la famille Al-Fayed. Une balle, tirée dans le brouillard à plus de trois cents mètres, lui traverse le crâne de haut en bas sous un angle de quarante-cinq degrés alors qu'il se promène dans la propriété d'un de ses clients sur les falaises de Douvres. Le tireur a opéré depuis un aérodyne individuel.

12 juin 2004, André Ténu-Louvain, attaché à l'ambassade de France au Congo, accusé d'avoir contribué aux conflits interethniques, expulsé de Kinshasa, indésirable à Brazzaville et à Kigali, retrouvé mort aux commandes de son Cessna, abîmé au large du golfe de Figari peu après le décollage. Impossible de dire précisément d'où et quand a été tirée la balle qui l'a défiguré.

17 novembre 2005, Achir Al-sayyad, journaliste syrien en exil, abattu à Rome après l'arrestation à Paris de Mohamed Zouheir Siddiq dans le cadre de l'enquête sur l'assassinat de Rafiq Hariri. Après avoir prétendu qu'il avait rendez-vous avec un dignitaire de l'ambassade de France pour des révélations concernant l'attentat, sa femme s'est rétractée. Quatre cents mètres, une balle entre les deux yeux, alors que le véhicule du journaliste sortait d'une courbe à plus de 100 km/h.

Les vingt-quatre autres affaires se répartissent dans toute l'Europe et n'ont pas de lien visible, même indirect, avec des intérêts français. Quelques-unes s'apparentent à des pratiques mafieuses, d'autres incriminent des enjeux économiques plus officiels ou des stratégies politiques inavouables. Deux parrains albanais de la prostitution, un activiste d'extrême gauche, un promoteur en Italie. Un juge et un contrôleur fiscal en Espagne.

Un activiste écologiste, un trader, un prêtre pédophile intouchable au Royaume-Uni. Un industriel allemand, un leader syndical irlandais, un diamantaire belge, un commissaire de police suisse, un colonel hollandais, etc. Quatre victimes ne s'inscrivent pas dans la grille de Stephen ou, en tout cas, n'entrent dans aucune catégorie justifiant les gages d'un tueur dispendieux. Faute de mieux, Stephen les a placés dans un dossier qu'il a intitulé : « SS ? », SS pour services spéciaux.

Si le pourcentage d'homicides atypiques, que Stephen attribue pourtant et par défaut au Chaînon manquant, est insignifiant en Europe, ce n'est pas le cas en Amérique du Nord, particulièrement aux États-Unis où près de la moitié des deux cent trente-cinq assassinats, qui lui sont techniquement spécifiques, sont financièrement et politiquement inexplicables. Il paraît douteux que les services américains se soient en cinq ans débarrassés de cent onze espions particulièrement discrets sans prendre la peine de les interroger. Il est tout aussi improbable que quelqu'un ait entrepris d'éliminer autant de témoins fédéraux protégés et (ou) d'agents infiltrés, voire un savant mélange des deux mâtiné d'espions et de traîtres, en usant toujours des services du même tireur d'élite. Et Stephen n'arrive pas à se convaincre que ces homicides sont anonymes, gratuits ou le résultat aberrant d'un entraînement que s'imposerait le Chaînon manquant pour se maintenir au top niveau. Quelque chose relie toutes ces victimes « anodines ». Quelque chose que les fichiers du FBI pourraient l'aider à découvrir. Quelque chose sur laquelle quelqu'un ayant accès à ces fichiers a probablement déjà mis le doigt.

Et Stephen a recensé deux cent soixante cas supplémentaires, qui pourraient être l'œuvre d'autres tireurs d'élite parce que les conditions de tir sont moins exigeantes, dont une moitié – encore – sont atypiques. Parmi eux, une soixantaine de personnes sont comptabilisées comme victimes de tueurs en série, de séries qui, dans la nomenclature de Stephen, se gonflent d'une vingtaine de victimes indéniables du Chaînon manquant (dont certaines sont typiques) et d'une trentaine qui ne sont en aucun cas de son fait.

L'une de ces séries touche cinq États (Virginia, District of Colombia, Maryland, West Virginia, Pennsylvania), mais ne couvre que 160 000 km² dont le comté de Prince William est le centre. Autrement dit : Quantico. Neuf des trente et une victimes y ont d'ailleurs étudié, dont six y ont par la suite enseigné, plus deux instructeurs militaires issus d'autres académies qui y ont fini leur carrière. Toutes ont été assassinées dans la même quinzaine, apparemment sans autre préméditation que l'opportunité de tuer impunément. De nombreuses personnes ont été entendues par différents corps de police, plusieurs ont été interpellées, certaines incarcérées puis libérées malgré leurs aveux. Deux frères, tous deux vétérans des forces spéciales, ont finalement été abattus lors d'un assaut du FBI, après qu'ils eurent blessé ou tué huit agents. L'affaire n'a pas été classée parce que deux des balles tirées pendant l'échange de coups de feu n'ont pu être attribuées à aucune des armes saisies sur le terrain. Chacune d'elles a tué un des tireurs d'élite du FBI alors qu'il était embusqué, couché, le doigt dans le pontet de son arme. Les deux frères avaient un cousin, lui aussi dans les forces spéciales, qui fait encore l'objet d'un mandant international.

Une autre série, concernant le Delaware, le New Jersey et l'État de New York, est à l'origine d'une communication d'informations à Interpol, parce que le tueur présumé, héritier d'une famille qui possède des intérêts, des biens et des relations dans le monde entier, a quitté les États-Unis. On le soupçonne de quarante-deux homicides par arme à feu, dont dix-huit sont, pour Stephen, imputables au Chaînon manquant (ils ont été commis avec des fusils qui ne font pas partie de la collection retrouvée par le FBI, à des distances et avec une précision nettement supérieures aux autres).

Cette série présente deux autres intérêts particuliers. D'une part, parmi les victimes, se trouvent le père du tueur présumé, un proche d'Haywood, et un neurochimiste entendu deux fois par le Sénat lors d'enquêtes portant sur l'administration d'amphétamines expérimentales à des soldats d'élite durant les deux guerres du Golfe. D'autre part, le seul double homicide ressemble à la fusillade lyonnaise, la première victime semblant n'être qu'une cible collatérale, sans rapport avec la seconde, fauchée par deux projectiles, l'un au cœur, l'autre à la nuque, pendant qu'elle plongeait derrière un véhicule. La presse découvre assez vite que celle-ci était un mercenaire, les internautes le reconnaissent sur des photos comme un garde du corps de George Bush senior, le FBI finit par admettre qu'il faisait partie de l'équipe chargée de la protection du président, mais qu'il a quitté le Secret Service après la défaite de Bush père en 1992 et qu'il était effectivement « conseiller » auprès d'une société militaire privée (Blackwater, selon Interpol).

Par l'intermédiaire de Meï-Lin, Stephen a demandé à Decaze de prendre contact avec John Carlisle, qui stagne dans les échelons au sein du FBI à cause de son échec dans la protection d'Haywood et malgré sa réussite dans l'élimination d'Ann X. Decaze a répondu en personne :

[Je demanderai une faveur au type qui considère que nous avons tous deux foutu sa carrière en l'air, quand j'aurai mieux à lui proposer que nos têtes en échange. Quant à une requête officielle, n'y pense même pas. Vois ça avec Caher.]

[La tête de Landis pourrait-elle faire l'affaire ?]

[Dick Landis ? Qu'est-ce que c'est que cette connerie ?]

[Landis a vendu des renseignements aux Français qui m'inclinent à penser que l'assassinat d'Haywood était un aléa calculé sinon programmé de l'élimination d'Ann X.]

[Je peux peut-être me contenter de suppositions, Bellanger, pas Carlisle. Bétonne-moi un dossier et je prends le premier vol pour Washington.]

Pour l'instant, l'intuition, par ailleurs très opportuniste, de Stephen ne suffirait pas à noircir une feuille de papier à cigarette. Les enregistrements que Landis a fournis à la DGSE ne relèvent de la trahison que s'il n'a pas agi sur ordre. Or Carlisle, pas plus que Decaze ou lui, n'avalera que Landis opère pour son compte personnel, et les « employeurs » de celui-ci auront beau jeu de se – et de le – protéger derrière l'USA Patriot Act pour échapper à une investigation en règle. Ce n'est pas nouveau, et il l'a vérifié après les attentats de septembre 2001, les Américains n'ont aucune envie de se découvrir des ennemis intérieurs, et leurs représentants n'y ont, eux, aucun intérêt.

À 22 heures, quand il s'installe sur le lit et ouvre le portable, il trouve un message de Meï-Lin.

[From : China
To : Québec
Subject : Cci : Yuki-onna
Le photographe de Handicap international dont je t'ai parlé n'a pas pu nous fournir de cliché. Il travaille en numérique et a pour habitude d'effacer les fichiers imparfaits. Or toutes les photos sur lesquelles figurait l'Occidentale qui a traversé les Territoires du Nord avec des enfants afghans étaient fortement pixellisées. L'info, bien qu'attendue, a réveillé l'allergie de Decaze aux cachotteries. Il a décidé d'en avoir le cœur net. Puisque la DST s'est concentrée sur les soins clandestins, il a demandé à Carlo de s'intéresser aux structures légalement familières de la discrétion, en commençant par les zones thermales. Perso, ça m'amuse d'autant moins d'être entre le marteau et l'enclume que Decaze me cantonne à la sécurité informatique et qu'il n'a pas l'intention de me filer d'autre boulot tant que je n'ai pas trouvé comment Caher pénètre, ou trompe, notre cerbère et mes propres verrous. Entre nous soit dit, ça déborde sérieusement sur mon temps libre et ça bousille mes projets de virons à la campagne, alors si tu as un tuyau, je suis preneuse.]

Le mail ne s'adresse pas à lui mais à Naïs, c'est de bonne guerre. Stephen jette un œil sur le Net et découvre que Yuki-onna, la « femme des neiges », est un fantôme de la tradition japonaise qui ne laisse pas d'empreintes, disparaît dans un nuage de brume et aide les égarés dans la montagne depuis que, après avoir tué de nombreux innocents, elle aurait épargné un jeune homme par amour. La référence ne manque pas plus de sel que le contenu du message ne manque de piment. L'allusion à la « protection rapprochée » de Stephen est certes moins préventive qu'interrogative (probablement parce que Meï-Lin veut être sûre d'avoir l'aval d'Anaïs *Bellanger*), mais elle est beaucoup plus ferme sur les notions de confiance et d'échange de bons procédés. Stephen clique sur répondre.

[From : Québec
To : China
Subject : Re : Cci Yuki-onna]

Ses doigts courent sur le clavier, mais rien ne s'affiche. Il n'a pas le temps de se demander pourquoi, l'intitulé du message se modifie sous ses yeux :

[From : Yuki-onna
To : China
Subject : Via Québec

Prusiner trouvera sûrement l'établissement où s'est effectuée ma convalescence, mais, comme il n'est pas du genre à user de méthodes qui me mettraient très en colère, il ne tirera rien de ceux qui l'ont permise. Je t'envoie un patch pour murer la porte de Caher et une version boostée de ta redondance IPS[1]. J'ai aussi retouché ton tracker, si tu préfères le prendre en flag et lui coller un spy ; il suffit de l'appâter pour qu'il vienne faire un tour. Ne laisse plus le boulot te priver de tes parties de campagne.]

Le message se transforme en version très stylisée du visage de Naïs, genre manga, qui fait un clin d'œil, et disparaît, remplacé par l'intitulé originel de Stephen :

[From : Québec
To : China
Subject : Re : Cci Yuki-onna]

Il hésite un moment, puis il écrit :

1. Intrusion Prevention System.

[Besoin de vraies nouvelles. Sorties interdites, mais visites ectoplasmiques libres ; -)) La vie me manque,]

Il laisse le texte un moment sur l'écran, puis il l'efface et en récrit un autre :

[Pour attirer Caher dans tes rets, il suffit de réactiver la demande d'informations de la police canadienne me concernant auprès des services français de recherche des personnes disparues. Envoyez une note aux autorités canadiennes avec copie à la DCRG et à la DGGN[1]. Mentionnez un camping-car aperçu par des témoins alors qu'il quittait l'enceinte de l'INPS à Écully, spécifiez que l'information a été obtenue grâce à la collaboration d'un privé engagé par Nadia Kerrouch. Decaze ne devrait pas avoir de mal à monter un dossier bidon. Ceci dit, si ça peut attendre un peu, ça m'arrangera. Appelle Carlo, dis-lui que je lui serai reconnaissant de se concentrer davantage sur son collègue bernois, abattu par le sniper, que sur les fantasmes de Decaze concernant ma vie privée.]

La sonnerie du mobile l'interrompt avant qu'il ne puisse conclure sur une phrase plus tendre. Il envoie le message, rabat l'écran du portable, glisse celui-ci sous l'oreiller et prend la communication.

— Bonsoir, Caher.

— Bonsoir, Stephen. J'ai lu vos notes. J'ai encore beaucoup de recherches et de vérifications à effectuer, mais je crains que vos soupçons soient fondés : quelqu'un de chez nous a pris l'habitude de se servir du Chaînon manquant pour faire le ménage. Chigliani et Kranz géraient les caisses noires de différents services français. Chigliani servait de valise, Kranz de banquier, tous

1. Direction générale de la gendarmerie nationale (française).

deux auraient eu beaucoup à révéler sur certains aspects de la première affaire Clearstream, mais je pense que ce n'est que la partie émergée de l'iceberg. Je dirais que quelqu'un n'avait aucun intérêt à ce qu'on se penche sur l'utilisation d'une partie des fonds. Pour Ténu-Louvain et Al-sayyad, je penche pour des cadeaux faits à des amis que la France a intérêt à préserver sans que ce soit ostensible. Pour Elster, je ne sais pas. Des deux côtés du Channel, il a servi d'intercesseur dans la vente officieuse d'armes tout ce qu'il y a de plus officielles, mais ce n'était même pas un secret pour les journalistes… enfin, certains journalistes. Je continue à fouiller. Neuf des vingt-quatre affaires européennes que vous mentionnez ont fait l'objet d'informations de la DGSE ou de la DPSD, auxquelles nous avons été parfois associés. Toutes concluent à l'implication de l'un ou l'autre service allié. Vous pouvez enlever le point d'interrogation pour l'une des quatre victimes que vous ne parvenez pas à classer : à la retraite certes, mais de la CIA. Pour l'instant, c'est tout de mon côté. Où en êtes-vous côté américain ?

— Ouvrez le dossier Caher demain en fin d'après-midi, il devrait y avoir un nouveau mémo. De toute façon, je ne dispose pas de quoi faire mieux que remonter le temps pour essayer de déterminer quand notre sniper a commencé à semer des cadavres et, peut-être, à quel moment il s'est émancipé, si j'ose dire, mais il me faut des données plus précises pour ébaucher un profil psychologique qui ne soit pas constitué que d'hypothèses et de généralités.

— Dans votre mémo, listez les informations dont vous avez besoin. J'ai une relation qui a accès à certains fichiers des agences fédérales américaines. Si vous ne demandez pas la lune, ça pourrait payer.

— Torrieux ! Pourquoi n'en avez-vous pas parlé avant ?

— Parce que je n'aime pas m'endetter et que je n'ai rien à offrir en échange. Mitonnez votre mémo et vos requêtes aux petits oignons, Stephen, je n'ai pas envie de devoir tout éplucher alors que je ne sais déjà pas comment dégager le temps de chercher quel service, probablement fantôme, emploie des extras comme nettoyeurs. On fait le point dimanche.

— Dimanche, d'accord… Au fait, c'est vous qui venez ou je me débrouille pour vous rejoindre ?

Caher réplique du tac au tac :

— J'ai un magnum de Cristal au frais. Si vous me rejoignez, je me ferai un devoir de le déboucher en votre honneur.

Pas cette fois, Caher, mais tu ne perds rien pour attendre.

Stephen raccroche et sort le portable de sous l'oreiller, un sourire presque victorieux aux lèvres. Son sourire s'élargit quand l'écran s'allume sur l'avatar de Naïs et s'évanouit aussitôt qu'il découvre le texte qui le paraphe :

* Désolée, même si je parvenais à en faire un ectoplasme, mon fauteuil roulerait très mal dans les escaliers de ta prison. *

Stephen relit dix fois le texte sur l'écran avant que son regard se perde dans un vide incommensurable.

She came in through the bathroom window
Protected by a silver spoon
But now...

22 avril 2008

Malgré les reproches que Nadja adresse à Michel, celui-ci n'est pour rien dans l'implication de Naïs au sein du mouvement des sans-abri que rejoignent de plus en plus de sans-papiers. Naïs s'est mise sur la trajectoire du Grand Duc, *accidentellement*, et celui-ci l'a prise sous son aile, l'a sensibilisée à l'association qu'il anime et à celle dans laquelle il travaille puis, tout naturellement, lui a permis de rencontrer Michel et ses plus proches compagnons d'armes. En fait, Michel a été très surpris de voir le Grand Duc débarquer en poussant le fauteuil roulant de Naïs dans un squat de Montélimar. Jusque-là, il n'avait entendu parler que d'une *madame Jeanne* qui prêtait bénévolement la main, comme d'autres, au centre d'accueil. N'aurait-ce été le fauteuil, qu'il a lui-même acheté aux puces de Lyon, il n'aurait pas reconnu Naïs sous son déguisement de septuagénaire. Une vieille dame très digne, qu'on devine désargentée mais qui n'en fait pas un drame. On voit qu'elle a été quelqu'un, et on se doute que, d'une tout autre façon, elle l'est encore.

Toutefois, pour être honnête, même s'il craint que le sniper exploite ses sorties au grand jour, Michel doit reconnaître qu'il n'est pas mécontent que Naïs apporte le bon sens, l'esprit critique et la respectabilité de madame Jeanne au petit groupe qui anime le mouvement et qui s'étoffe de jour en jour, même s'il préférerait qu'elle se tienne loin des rassemblements. Aujourd'hui, particulièrement, il est soulagé qu'elle ait accompagné le Grand Duc et qu'elle leur serve à tous d'interprète.

Bon sang ! Qui aurait pu prévoir ? C'est dingue !

Le mouvement a franchi les frontières. L'Allemagne, l'Espagne, l'Italie, la Belgique, le Royaume-Uni ont connu des manifestations et surtout des dispersions comme celles qu'ils ont orchestrées. Ce n'est pas toujours aussi bon enfant ou enfant terrible que ça a pu l'être en France les premiers temps (certaines polices ne s'embarrassent pas de fioritures, certaines s'y attendaient et avaient été formées à une réaction ciblée, certaines ont été dépassées par le soutien spontané des badauds), mais c'est de moins en moins facile en France aussi et tout le monde sait pourquoi : la présence des sans-papiers excite la convoitise des promoteurs de quotas d'expulsion et de leurs chiens les plus dociles, ou les plus avides. Un temps, Michel a craint que le racisme, savamment aiguisé par les flics pendant les gardes à vue, ne l'emporte sur la solidarité, et il a dû élever la voix, quelquefois, pour que personne ne se trompe de colère, mais la manipulation n'a pas pris.

« Pour le beau comme pour le sale linge, nous sommes tous de la merde ! Que nous importe que ce soit de caniche, de berger allemand, de bâtard, de chameau ou de cochon ? »

Il l'a dit dans un éclat de colère, d'autres l'ont répété. La phrase a fait le tour des parias de l'Hexagone à une vitesse ahurissante. Et, maintenant, il sait qu'elle a été traduite dans toutes les langues que parlent les Intouchables d'Europe quel que soit leur continent d'origine. Il en serait presque fier si un abruti n'avait pas eu l'idée de le surnommer saint Michel des pouilleux de toutes les couleurs. Au début, ça l'a fait rire. Sauf que personne n'a traduit « des pouilleux de toutes les couleurs » ou que la traduction s'est raccourcie en route. Maintenant, il peut tempêter à loisir, tout le monde l'appelle Saint-Michel. Heureusement, madame Jeanne a entrepris de corriger le tir – en lui coupant une aile, comme elle dit – et ça semble fonctionner.

— Décontracte-toi, St-Miche, ce ne sont que des pouilleux d'ailleurs.

Ouais, rien que des pouilleux, mais peu de chances qu'un seul d'entre eux parle français.

La seule chose dont il est sûr, de toute façon, c'est que l'idée de cette réunion de pouilleux n'est pas de lui. Il soupçonne qu'elle a dû fermenter avec un brin d'herbe de bison dans une poignée de cervelles polonaises ou qu'elle a décanté dans un raki turc : les routards racontent que les Turcs et les Polonais ont des réseaux et des ficelles dans toute l'Europe, et qu'ils fonctionnent moins en vase clos que d'autres communautés. C'est à voir. Toujours est-il que ce sont des Turcs et des Polonais qui ont fait le lien entre les pouilleux du Nord et les pouilleux du Sud avant d'informer Michel que la Drôme leur paraissait un endroit sympa pour discuter le bout de gras ou tailler une bavette, suivant la sensibilité de chacun. Cela date de quinze jours à peine ; depuis soixante-douze heures il arrive des pouilleux de partout, enfin... de tout petits groupes et de quelques pays seulement.

Jusque-là, Michel s'est arrangé pour ne rencontrer que les Belges et a été soulagé que les deux Flamands parmi eux se débrouillent en français, mais il peut d'autant moins repousser l'inévitable que tous finissent par se poser sur le terrain de Nils Ragnarsson, qui leur met sa grange, un équipement sanitaire et quelques tentes à disposition. Nils n'est peut-être pas tout net, mais il a l'accueil facile et il nourrit tout le monde sans se poser de question.

Quand il se pointe à la ferme, déposé par un éducateur qui bosse au centre d'accueil, les *Drômois* les plus impliqués sont déjà là : Nils, bien sûr, Bernardo, Awat, le Grand Duc et madame Jeanne. D'autres, plus concernés et qui n'en ratent généralement pas une, ont promis de passer, mais, comme Michel, ils ont une frousse bleue du barrage de la langue et la plupart, sinon tous, s'abstiendront sous un prétexte ou un autre. À vue de nez, ils sont bien cinquante ces frères pouilleux d'ailleurs et, à l'oreille, ils sont d'une douzaine d'ailleurs différents. Une seule femme : madame Jeanne. Il y a longtemps que Michel sait que l'exclusion distribue la parité de bien étrange façon ; même s'il n'y a pas moins d'hommes que de femmes souffrant de ses petitesses, elle ne les leur inflige pas de la même manière. Pourtant elles sont de plus en plus nombreuses à quitter leur refuge ou leur prison le temps d'une manifestation.

Le Grand Duc se débrouille en anglais, Bernardo semble le comprendre, Nils et Awat donnent la réplique en plusieurs langues, madame Jeanne les maîtrise toutes. Enfin... Naïs les maîtrise toutes, madame Jeanne se borne à les comprendre et à les parler avec, semble-t-il, un accent prononcé. Michel se demande ce qu'il fout au milieu de six Belges, trois Allemands, quatre hispanisants dont au moins deux d'Amérique latine, trois Italiens, deux Anglais, quatre Turcs, un Polonais, un Hollandais de Surinam, deux Portugais ou Brésiliens, quatre Slaves mais il ne saurait dire d'où, en tout cas ce n'est pas d'un seul pays, neuf il ne sait absolument pas quoi originaires d'Asie, d'Afrique et du Moyen-Orient et deux peut-être Roumains, peut-être Albanais, peut-être Hongrois qui parlent une langue dont les sonorités ne lui évoquent rien. Donc Michel reste tellement longtemps silencieux que cela finit par se remarquer.

En fait, la remarque fait en plusieurs langues le tour des tables à tréteaux que Nils a accolées pour qu'ils puissent manger tout en discutant en groupe. C'est du moins ce que ressent Michel lorsque son voisin de gauche, un Belge, lui demande :

— Tu saurais nous donner ton idée, St-Miche ? On ne t'entend pas beaucoup.

Michel ne s'est étonné qu'une fois de l'utilisation du verbe savoir à la place du verbe pouvoir, le temps de remuer l'assimilation dans sa bouche et de la trouver désespérément vraie. Celui qui sait peut, alors que l'ignorance prive de tellement de choix. Voilà pourquoi les élites ne font aucun effort pour l'éducation de tous.

— J'aime bien l'idée de faire rire toute l'Europe, dit-il sans réfléchir aussi sûrement que s'il y réfléchissait depuis des mois.

Ils sont peu à avoir compris, mais sa voix a suffi à suspendre un instant la destinée de tous les morceaux de saucisse, en bouche ou sur une fourchette. Beaucoup l'entendent pour la première fois alors que tous sont venus l'écouter, ne serait-ce que pour y puiser un peu d'énergie.

« — Que tu l'aies envisagé ou pas, que tu le veuilles ou non, tu leur as ouvert une porte, l'a secoué Naïs quand il était prêt à tout plaquer. Elle ne donne probablement sur rien, mais peut-être pas. Ils savent pertinemment qu'ils ne peuvent pas changer la destinée que le monde leur impose, mais ils découvrent qu'ils ne sont pas obligés de l'accepter telle quelle et qu'il est important de le faire savoir. Ce n'est pas ce que tu voulais ? »

Si, putain, si ! C'est exactement ce qu'il voulait.

« — Alors assume. »

Et c'est bien là qu'est le problème. Ce que Michel est prêt à assumer n'est pas ce qu'on attend de lui.

Sa réponse au Belge a fait elle aussi le tour de la table en changeant régulièrement de langue. Michel se tourne vers Naïs, pratiquement en face de lui.

— Comme chacun semble se débrouiller avec ce que je dis, vous voulez bien me traduire ce qu'on y répond, madame Jeanne ?

Madame Jeanne tutoie tout le monde, mais il ne viendrait à personne l'idée de lui retourner le tutoiement.

— Avec plaisir, mon petit Michel, répond-elle.

Maintenant que tout le monde est passé au St-Miche, elle est revenue au Michel, auquel elle adjoint les sobriquets dont une institutrice se servirait pour marquer son affection ou, parfois, son mécontentement.

— Merci, madame Jeanne. (Michel la lâche du regard et s'adresse à toute la tablée :) Évitez les grandes phrases, s'il vous plaît, que madame Jeanne ait le temps de traduire. Et continuez à manger, merde ! Je ne suis pas un ministre !

La remarque fait rire, groupe linguistique par groupe linguistique. Michel en profite pour finir son assiette. Pain maison, merguez et saucisses, tomates en salade, pommes de terre à la cendre, fromage, côte-du-rhône en cubi, basique mais correct, pichets de flotte pour ceux qui y tiennent mais ils ne sont pas nombreux, fromages frais en faisselle, fruits... Nils a fait sobre mais il ne se fout pas de leur gueule, même si la pension de madame Jeanne, qui a refusé que qui que ce soit d'autre mette la main au portefeuille, assure une partie des frais – Nils, lui, est le spécialiste des plans en or et des arrangements entre voisins.

Quand son assiette est vide et que tous les yeux sont braqués sur lui, Michel saisit tranquillement une orange et la pèle sans se presser. Puis il se lance, tout à coup étrangement décontracté.

La plupart font leur meilleur repas de l'année, mais nous sommes tous des pouilleux, n'est-ce pas ?

— Notre vie n'est pas marrante, vous avez remarqué ? Mais nous ne sommes pas les seuls dans ce cas. Le type qui passe sa vie devant sa téloche, la nana qui passe la sienne à élever ses chiards, le mec qui turbine pour des clopinettes, celui qui pointe au chômedu... même les bourges, les petits, s'emmerdent le cul pour rester à flot ou pour gratter un gadget de plus. Tous ces gens n'ont pas souvent l'occasion de se fendre la poire et tous ont peur de nous. Si on arrive à les faire se bidonner, je suis sûr qu'ils auront moins peur. Et s'ils rient tous au même moment, il se pourrait bien que ce soit de nous qu'ils parlent pendant quelque temps, et pas forcément comme les politicards et les nantis voudraient qu'ils le fassent.

Si madame Jeanne n'affiche que l'expression du maître satisfait d'un bon élève, Naïs écoute Michel avec une certaine surprise. Il ne lui a jamais parlé de ce qu'il avait en tête, peut-être parce qu'il ne parvenait pas à le mettre en mots, à moins – et ça ne l'étonnerait pas – qu'il se contente d'improviser. Dans l'ensemble, il propose de jouer de la dérision sans autre ambition que changer quelques-uns des regards qu'on porte sur eux, les privés de tout. Ça surprend un peu tout le monde au début, même ceux qui le connaissent, mais, dès qu'il étaie un peu en balançant à l'emporte-pièce ce qu'il appelle des gags et que les snobs appelleraient des happenings, les yeux s'allument. D'une certaine façon, ils sont tous venus quérir le verbe de St-Miche des pouilleux de toutes les couleurs et, en entendant celui de Michel, ils se découvrent doués de la même parole, alors ils s'en servent et les idées fusent.

Défiler en poussant des caddies pour les sans-abri, des poubelles pour les sans-papiers, distribuer des bouteilles vides en demandant la consigne aux passants, s'habiller entièrement dans des journaux découpés et finir par un strip-tease, installer des sébiles au pied de chaque statue, organiser des pique-niques géants sur les places ou dans les jardins publics, servir gratuitement des plats chauds confectionnés par des sans-papiers devant les établissements des chaînes de restauration, remettre pour une journée en service les frontières dans l'espace de Schengen avec des sans-papiers comme douaniers, etc.

Puis c'est au tour des slogans, en sept langues, que seule Naïs est en mesure de tous apprécier. Elle a un faible pour « Expulsez les châteaux en Espagne », « La police avec vous », « Nous sommes tous homosapiens », « Libérez Nico (Angela, Silvio, Gordon...) » et « Les droits de l'homme, dans la rue », mais la plupart sont bien vus et sortent de l'ordinaire. Emportée dans l'élan, elle suggère « Diogène avec nous » et, à de rares exceptions près, essuie un bide embarrassé.

— Trop savant pour nous, ça, madame Jeanne, s'excuse Michel pour tout le groupe.

Le Grand Duc fronce les sourcils, puis sourit à l'intention de madame Jeanne, comme pour lui dire : « Ne vous inquiétez pas, il sait parfaitement qui est Diogène, mais il ne veut pas mettre mal à l'aise ceux qui l'ignorent. » En lui adressant un clin d'œil, Nils doit avoir à peu près la même intention. Les yeux d'Awat disent que lui aussi a compris l'explication de Michel pour ce qu'elle est et qu'il l'approuve. Et Bernardo lui montre ce qu'il vient de griffonner sur son bloc-notes :

> Sé la méyor, Mme Jann. Y fo pa en vouloir à Michel, il pens o zotr.

Naïs aime bien Bernardo, même si son langage sms agace madame Jeanne qui soupçonne un problème de dysorthographie mal assumé plutôt qu'un gain de temps inhérent à la communication écrite. Dans le même ordre d'idée, concernant sa mutité, Naïs préfère le déni d'un fort bégaiement à la théorie du choc traumatique, déni si ancien, si profond que Bernardo a vraisemblablement perdu l'usage de la parole. Quand elle s'en est ouvert au Grand Duc, qui le connaît mieux que personne, celui-ci a froncé les sourcils :

« — Qu'est-ce qui vous fait dire ça, madame Jeanne ?

« — Il n'émet strictement aucun son.

« — C'est ce qui m'a amené à soupçonner un blocage psychologique. Les muets grognent, rient, utilisent de nombreux bruits de gorge ou de nez. Lui, même pour rire, n'en produit aucun. Il secoue les épaules, il a les larmes aux yeux, comme tout le monde, mais il fait tout ça dans un silence total.

« — Les manifestations du rire sont faciles à contrôler, il suffit d'un peu d'entraînement. Ce n'est pas le cas pour celles de douleur quand elles sont subites et inattendues.

« — Oh ! Vous voulez parler de la fois où Bogdan lui a planté la fourchette dans les reins pour s'assurer que c'était un vrai muet ? »

Nouveau venu au centre d'accueil, Bogdan n'y a pas séjourné longtemps. Il a joué les malins, prétendu que Bernardo était facile à démasquer, lui a donné un coup de fourchette dans le dos et s'est réveillé aux urgences. D'autres malins avaient trouvé amusant de ne pas le prévenir que la canne du muet était du genre pugnace.

« — Non seulement il n'a pas ri, Grand Duc, mais sa bouche ne s'est pas ouverte sous le coup de la douleur, or c'est un réflexe atavique. Il faut une force de caractère colossale pour venir à bout d'une réaction datant de notre animalité. Je pense que Bernardo a volontairement cessé de communiquer toute forme d'oralité, probablement pour punir le parent qui se moquait de son infirmité verbale, et que, titillé par ce même parent qui devait le contraindre à produire d'autres genres de sons, de douleur par exemple, il s'est obstiné, acharné pour se verrouiller totalement. Je dirais qu'il a si bien réussi depuis si longtemps qu'il ne sait plus du tout oraliser.

« — On peut y faire quelque chose ?

« — Pourquoi ? Il en a émis le vœu ? »

Naïs est sincère : de quel droit changerait-on la vie de quelqu'un qui ne le souhaite pas ? Ceci dit, elle est bien placée pour savoir qu'il n'est pas aisé de déprogrammer un comportement considéré comme une attitude de survie, elle l'a expérimenté sur elle-même – et Carl était là pour l'assister !

Même si les discussions sont laborieuses avec Bernardo, parce qu'elle leur a fixé une règle (quand elle s'exprime la première, elle le fait oralement ; quand il entame un dialogue avec son carnet, elle lui répond par écrit), elles sont plaisantes. Bernardo est cultivé, débrouillard, attentif aux autres, toujours prêt à aider, et il a l'esprit vif. Lorsque le Grand Duc est indisponible, c'est lui qui pousse la très vieille chaise roulante que Michel a dégottée et retapée.

> Vou voulé ke je vou trouv un foteuil + modern, Mme Jann ?

> C'était celui de mon grand-père, Bernardo. J'y suis attachée... dans tous les sens du terme.

Bernardo aime son humour et ne manque jamais de se taper sur la cuisse en étirant les lèvres dans un sourire enfantin pour le signifier. Il est aussi le seul à oser plaisanter sur son handicap ou sur son âge, avec bien sûr beaucoup de respect et de tendresse.

Elle sort un stylo qu'elle conserve dans sa manche et écrit sur le bloc-notes :

> C'est de ta faute, j'ai oublié que tout le monde ne lit pas autant que toi.

Il se tape sur la cuisse.

Si elle a de la sympathie pour Bernardo, Naïs apprécie assez peu l'exubérance de Nils, mais, contrairement à Michel, elle ne le soupçonne pas d'être autre chose qu'un beauf légèrement frimeur qui tue sa solitude en donnant de sa personne avec maladresse. Les deux seuls RG qu'elle a repérés opéraient l'un dans la cellule romanaise de soutien aux travailleurs immigrés et l'autre dans un squat de Valence qu'occupent majoritairement des musulmans. Le Grand Duc s'est fait un plaisir d'étaler en réunion les rapports que le RG de l'association remettait à ses supérieurs et que Naïs a prélevés dans les fichiers policiers, ce qui a valu une mutation hâtive de l'indésirable. Pour l'autre, il s'est contenté d'alerter Awat en lui recommandant de ne rien faire afin de ne pas précipiter une descente policière musclée. Concernant sa préoccupation plus personnelle, elle la garde à l'esprit mais elle ne lui accorde pas d'importance particulière. Si le chasseur ambitionne toujours de l'abattre, il le fera comme il sait le faire, sans se mouiller physiquement. Dans ce cas, nul doute qu'il se soit doté d'un ou plusieurs informateurs involontaires parmi les sans-abri, mais sûrement pas dans les parages immédiats de Michel alors qu'il sait que celui-ci est méfiant et que les recherches de Nadja n'ont pas pu lui échapper, au même titre que l'intérêt d'Interpol et de la DST.

Elle est très prudente. Elle n'use jamais deux fois du même trajet, elle se tient loin des fenêtres, elle se déplace à l'abri d'obstacles pour le tir lointain (c'est facile quand on a la tête en dessous des toits de voitures), elle ne respecte aucun horaire ; bref, en ne s'exposant pas, elle contraint le chasseur soit à l'approcher de très près, soit à attendre une occasion qui lui permette de se positionner comme il a l'habitude de le faire, ce qui n'est envisageable que lors d'un rassemblement ou d'une manifestation. Dans le premier cas, elle estime avoir toutes ses chances. Dans l'autre, elle se fera un devoir de lui rendre la tâche si difficile qu'il devra prendre des risques non calculés alors que des centaines de flics seront sur les lieux. De toute façon, tant qu'elle ne marche pas – et elle remarchera, foi de Naïs ! – elle ne peut que l'amener à se découvrir.

« — Si tu es si sûre de retrouver l'usage de tes jambes, pourquoi n'attends-tu pas d'être en mesure de te battre ? »

Nadja est furieuse contre elle, contre Michel, contre le monde entier. Elle a peur et elle a le sentiment de s'être démenée pour rien. Le résumé que Naïs lui a fait des recherches de Stephen n'arrange rien. Ça lui passera. Pour l'instant, Naïs ne peut que la rabrouer :

« — Tu trouves que je n'ai pas passé assez de temps enfermée, Nad ? Tu penses que je peux profiter de la vie que cet enfoiré n'a pas réussi à me prendre en me terrant dans un abri antiatomique ?

« — Tu deviens aussi égotiste que Steph, Naïs ! Mais lui, pour te sauver les miches, est toujours enfermé. »

Nadja n'a jamais été tendre avec Stephen. Elle ne le côtoie – et encore le moins possible – que parce qu'il est le meilleur ami de son compagnon et le compagnon virtuel de sa meilleure amie, et lui avoir servi d'agent n'a pas amélioré son opinion de lui. Quand elle en parle avec Naïs, elle l'appelle généralement « ton androïde ». Pourtant son rappel à l'ordre tombe à plat, Naïs ne peut pas mieux collaborer avec Stephen qu'en lui donnant de la matière, ce qui ne se fera pas sans mouiller le chemisier de madame Jeanne.

Stephen ne restera plus très longtemps dans sa prison dorée, la mission qu'il s'est impartie touche à sa fin. D'une part, Caher a accepté le scénario de la jumelle et s'est enferré dans les rets logiques qui mettent un terme à la chasse à Ann X. D'autre part, Stephen arrive doucement au bout des ressources que Caher peut mettre à sa disposition et frise la limite avec l'analyse qu'il peut lui en retourner sans risquer un hiatus avec les informations en provenance d'Interpol. En outre, Decaze perd patience et nourrit des soupçons qui, même s'il a du mal à les définir, deviennent alarmants.

Tous les soirs, Naïs vérifie les données dans les ordinateurs de Stephen et de Meï-Lin Banchai. Banchai met quotidiennement à jour ce que Decaze cache à Stephen, mais ce sont des omissions sans importance car elles ne font qu'apporter de l'eau à un moulin de suspicions que Stephen effondrera en quelques aveux « innocents ». La dépression dans laquelle s'enfonce Banchai est plus inquiétante. Elle a renoncé à Stephen par défaut, sans avoir découvert que ses émotions l'auraient engagée sur une voie qu'elle ne voulait de toute façon pas emprunter avec quelqu'un qu'elle finirait par accuser d'autisme. Naïs... enfin, Anaïs Bellanger rebaptisée Yuki-onna est la dernière personne à pouvoir lui conseiller d'aller se brûler les ailes pour mieux cicatriser. Banchai a décidé qu'il n'existe au mieux qu'une différence relative entre Ann X et X2, et, même si elle n'est pas tout à fait terrorisée, elle ne se sent pas de taille dans ce qu'elle pense être une situation de rivalité. Tôt ou tard, si elle n'attrape pas le chat par la queue, elle finira par craquer.

Naïs suppose que Stephen est dans une tout autre impasse émotionnelle, liée à un sentiment de culpabilité la concernant, mais il n'en laisse rien transparaître sur son disque dur. C'est plutôt ce qu'elle n'y trouve pas qui lui sert d'indice. Autant les mails que Banchai lui adresse sont symptomatiques de ce qui la ronge, autant ceux qu'il lui retourne sont vides d'état d'esprit. Il écrit les mots qu'il faut quand il le faut, en vrai psy ou, plus exactement, en vrai psy qui se sait relu par un œil expert. Et ce qu'il laisse sur l'écran à son intention, aux heures où il pense qu'elle le hacke, n'est guère parlant, mis à part, justement, qu'il ne dit rien de lui.

Ils sont tous en train de devenir autistes à leur manière. Depuis combien de temps n'ont-ils pas flâné au lit, senti l'odeur de pain chaud d'une boulangerie et décidé d'entrer acheter un croissant, comme ça, sur un coup de tête ? C'est comme ça que Michel et Stephen se sont connus, autrefois, et cette dimension leur manque sans doute. Les urgences usent la fine couche de douceur qui les enveloppe et révèle les roches en dessous. Ou le magma. Pour certains d'entre eux, le point d'éruption est proche.

C'est le cas de Stephen. Son approche du sniper s'est affinée au point qu'il ne doit plus être loin de pouvoir en dresser un profil fiable et de retracer l'essentiel de son parcours avec une infime marge d'erreur, mais cela ne sert à rien à Naïs. Pour elle, c'est un peu comme si Stephen développait un enchaînement de lapalissades. De toute façon, même lorsqu'il aura mis un nom sur lui, elle ne sera pas plus avancée. Quelqu'un capable de la dénicher et de l'aligner neuf fois est fait d'un alliage trop proche du sien pour se laisser prendre par quelqu'un d'autre qu'elle. Puisqu'elle n'est pas en état de lui courir après ni de lui échapper, elle doit l'attirer à elle avec suffisamment de finesse pour qu'il se dévoile, à défaut de l'amener à se placer à portée de sabre.

Pour l'instant, si le chasseur se risquait à l'approcher, elle ne serait pas foutue d'avoir ne serait-ce qu'un pressentiment.

Le bloc-notes de Bernardo réapparaît sous ses yeux.

> L'idé ne vou plè pa, madam Jann ?

Quelle idée ? Ah ! Celle de Michel : mettre l'Europe à foire et à gag pendant une demi-journée. Elle attrape son crayon.

> Oh que si, mon petit Bernardo. Je me demande simplement si tout le monde a le même sens de l'humour que nous.

N'empêche, des dizaines de milliers de sans-droits semant simultanément la pagaille dans une trentaine de villes de la Communauté européenne, oui, c'est une idée magnifique, et il s'en trouvera forcément quelques-uns pour le remarquer, même parmi les médias à la botte des gouvernements.

C'est ensuite que ça va se gâter, quand il faudra remettre ça avec toute la flicaille d'Europe prête à dégainer sa matraque et des ordres d'expulsion en blanc plein les tribunaux.

— Il ne faut pas se leurrer, dit Michel, il faudra plus d'une journée de ce genre pour attirer vraiment l'attention et la surprise ne jouera qu'une fois. Mais ça vaut le coup et nous trouverons bien autre chose.

Naïs n'en doute pas. Elle ne doute d'ailleurs pas que Michel ait déjà une idée en tête.

Elle fait signe au Grand Duc que madame Jeanne est fatiguée. Il se lève aussitôt, mais elle tapote son poignet là où il pourrait y avoir un bracelet-montre, elle articule sans prononcer : « Dix minutes » et elle dégage le fauteuil de sous la table pour saluer chacun individuellement.

Madame Jeanne est quelqu'un de très sociable et de très bien élevé.

7 mai 2008

Stephen achève sa relecture des derniers documents que la source de Caher lui a transmis depuis Washington. Pour l'essentiel, ce sont des retranscriptions d'entretiens réalisés, à la demande personnelle du secrétaire à la Sécurité intérieure des États-Unis, par un binôme d'investigateurs du DHS[1] dans différents services de l'armée américaine et des agences nationales. Présentés comme informels et non enregistrés, ces centaines d'entretiens portent sur les relations que les interviewés entretenaient avec les proches d'Haywood, dont le nom n'est jamais mentionné par les enquêteurs et qui ne surgit que très rarement dans la bouche de leurs interlocuteurs. Par contre, la plupart des noms prononcés sont sur la liste des victimes que Stephen impute au sniper et, parmi ceux qui n'y figuraient pas, après vérification, il en ajoute six à son tableau de chasse.

Évidence et intuition vérifiée : le sniper a entrepris d'exterminer les « relations professionnelles » d'Haywood. Il est fort possible que Naïs s'inscrive dans ce cadre, reste à comprendre de quelle manière.

---

1. Department of Homeland Security : département de la Sécurité intérieure des États-Unis combinant 22 agences fédérales, dont le Secret Service et l'US Coast Guard, appuyé par le FBI, la CIA et la NSA.

Évidence encore : quelqu'un de très haut placé à Washington s'en est aperçu dès 2005 mais n'a ordonné qu'une enquête officieuse, conduite discrètement, avec très peu de moyens et, conséquemment, sur une très longue période. Pourquoi, sinon pour que le tueur puisse achever son ouvrage sans être gêné ni alerté, avant d'être éliminé ? Hypothèse renforcée par le fait que seule une toute petite partie des entretiens concerne le tueur lui-même, sans qu'il soit fait référence, même indirectement, à Haywood.

Cette série d'entretiens, tous effectués le même mois auprès d'instructeurs militaires et de tireurs d'élite de différents corps de l'armée américaine (mais d'aucune agence de renseignement), donne l'impression que les enquêteurs cherchent moins à vérifier des informations obtenues par ailleurs qu'à s'assurer que leurs interlocuteurs ne savent rien de précis. Elle suit invariablement le même protocole.

Après les présentations d'usage et quelques plaisanteries, l'un des enquêteurs demande : « Quels sont selon vous les cinq meilleurs tireurs d'élite au monde ? » Trois noms reviennent dans toutes les entrevues, deux autres sont cités par la plupart des instructeurs mais aucun tireur d'élite, un autre, que les instructeurs ne mentionnent jamais, fait l'unanimité parmi les tireurs. Au total, onze tireurs sont nommés, dont un seul n'est pas américain (celui que les instructeurs ne citent pas, qui serait cubain, formé par les Russes et qui travaillerait aujourd'hui pour un service vénézuélien dans toute l'Amérique latine mais particulièrement en Colombie).

La deuxième question est : « Et qui selon vous est le meilleur d'entre eux ? » Seuls deux tireurs, qui ont eu maille à partir avec lui, choisissent le Cubain, les autres optent pour l'un ou l'autre des trois faisant l'unanimité.

Les enquêteurs présentent ensuite un cas typique du sniper après lequel court Stephen, en précisant les conditions dans lesquelles le tir s'est opéré, et interrogent : « Ce carton, à votre avis, combien d'hommes en sont capables ? » Les réponses oscillent entre « peu » et « très peu ». La question suivante est : « Vous-même, en seriez-vous capable ? » ou « Un de vos élèves en serait-il capable ? » Les réponses ne sont ni franches ni catégoriques mais ne dépassent pas le seuil du « peut-être » qui commence toutes les réponses à la dernière question : « Alors qui en serait capable ? » Peut-être untel, peut-être untel ou untel, dans un bon jour.

Les enquêteurs soumettent alors un deuxième cas, plus complexe, et répètent les mêmes questions pour obtenir à peu près les mêmes réponses avec des imprécisions encore plus sensibles. Le troisième cas entraîne les premières réponses catégoriques qui, toutes, tournent autour de : « Non, ça, personne n'en est capable sans un coup de bol phénoménal. » Le quatrième fait resurgir le doute, mais d'une tout autre facture : « Ça aussi c'est de l'ordre du miracle... et vous prétendez que quelqu'un a réussi cette marque ? Et les autres aussi ? Merde, du bol une fois, je veux bien, mais quatre, je ne peux pas l'avaler, à moins... on vous a parlé du Marksman ? »

The Marksman. Tous finissent par lâcher spontanément le surnom et, à la question « Pourquoi ne l'avez-vous pas nommé parmi les meilleurs ? », tous expliquent que c'est la dernière légende que les spotters aiment se raconter, mais qu'aucun tireur ni encore moins un instructeur ne peut sérieusement y croire.

Le Marksman. Pour Caher, c'est un excellent nom de dossier, rien de plus. Pour Decaze, c'est une abstraction qui va nécessiter de mettre en branle tout son réseau relationnel afin d'obtenir des données concrètes. Pour Stephen, c'est un « bon sang mais c'est bien sûr » qui tombe un peu trop tardivement à son goût. Tous les tireurs d'élite sont exceptionnels, le Marksman est unique. Même la plus imbue des personnalités qui se savent exceptionnelles a conscience de ne pas être seule dans son cas, et cela influe de manière lisible sur son état d'esprit et sur son comportement. L'unicité du Marksman doit aussi profondément l'influencer, mais aucune grille de lecture n'est adaptée au déchiffrage de son psychisme.

Ainsi, il lui semble trop évident de présumer que, en abattant les « proches » d'Haywood, le Marksman œuvre soit pour les intérêts d'un tiers (thèse préférée de Caher, qui y voit la main de Dick Landis), soit pour se venger des traitements qu'Haywood et consorts lui auraient fait subir (explication pour laquelle penche Decaze sur la foi du parcours d'Ann X).

Stephen privilégie, lui, une hypothèse plus tordue qui, à son sens, explique beaucoup mieux l'attentat sur Naïs : le Marksman aurait entrepris d'éliminer les témoins susceptibles de souiller l'image ou le souvenir d'Haywood. Son instinct professionnel lui souffle en tout cas que c'est la direction dans laquelle il faut creuser, ce que sa situation facilite d'autant moins que ni Caher ni Decaze ne peuvent ni ne souhaitent mettre à sa disposition les moyens et les contacts qui lui permettraient de le faire.

Caher, complètement empêtré dans les réformes de son euh-supérieur qui chamboulent les services de renseignement et d'investigation (dont la création d'un

Secret Service à la française ne prenant ses ordres et ne rendant des comptes qu'à l'Élysée, auquel il devrait tout naturellement émarger) et favorisent les guerres de chefs de département, ne concentre ses efforts que sur l'aspect franco-français du dossier et, plus précisément, sur l'équipe qui noyaute manifestement tous les services et recourt à des intervenants extérieurs, tel le Marksman, pour faire le ménage derrière elle. Il semble avoir fait de nombreux progrès dans ce sens et détenir une liste de noms formant la base d'un organigramme très ramifié qui déborde un peu des frontières mais, hélas pour Stephen, uniquement en Europe. Ce qui provient d'outre-Atlantique ne l'intéresse plus que dans le cas où cela lui permet d'identifier la ou les têtes du service fantôme auquel il a donné le nom de Spectre et, grosso modo, cela ne concerne plus que Landis, dans la mesure où il serait le lien entre la DGSE, le Marksman et l'intérêt ambigu du DHS pour les rapports entre celui-ci et Haywood.

Dans la logique de Stephen, Landis est mort et il n'est pas improbable que son assassinat ait un rapport avec l'investigation furtive commanditée par le secrétaire à la Sécurité intérieure des USA. Dans celle de Decaze, Landis n'a aucune place : mort ou vivant, c'est une donnée inutile dans une investigation dont le seul objectif est l'arrestation du Marksman, une investigation qu'il aimerait bien pouvoir officialiser afin de gagner en efficacité. Il se fait d'ailleurs de plus en plus pressant sur le sujet.

[Tant que tu es entre les pattes de Caher, je suis coincé. Laisse-moi te sortir de là, Bellanger.]

Sous une forme ou une autre, l'exhortation revient comme une antienne dans toutes ses communications.

Stephen est même persuadé qu'il multiplie celles-ci uniquement pour l'enjoindre à reprendre sa liberté, c'est-à-dire à la lui confier. Non qu'il craigne de tomber de Charybde en Scylla, mais Stephen n'est pas pressé de quitter son érémitisme pour affronter les réalités qui l'ont si souvent poussé à s'enfermer dans le chalet de Sainte-Anne-du-Lac, et encore moins celles qui sont nées de sa fréquentation de Naïs et qui ne manqueront pas de le rattraper, même s'il ne perd pas de vue qu'elles l'ont déjà fait par l'intermédiaire de Caher. Il n'a pas besoin de dresser la liste de ce qu'il fuit, il en cerne précisément chaque alinéa.

Dont les suspicions justifiées de Decaze.

Dont la mésentente entre ses parents.

Dont le bon sens de Michel.

Dont le mépris de Nadja.

Dont un fauteuil roulant.

Tabernak, que ce fauteuil lui fait mal !

Non, pas le fauteuil. Le fauteuil n'est qu'une émanation symbolique d'un gâchis faramineux, celui du temps qu'il n'a pas accordé, celui de l'amour qu'il n'a pas donné, celui de la vie qu'il a refusée et qu'il refuse encore parce qu'il est plus confortable d'être mort au monde que de devoir le prendre en compte. L'humanité est un fardeau dans lequel il n'a pas le courage de s'impliquer. C'est parce qu'il l'a compris qu'il n'en veut plus à Caher, celui-ci ne l'ayant privé que de ce dont il ne voulait pas. Marché de dupes dans lequel le Français était perdant d'avance puisque, à l'usage, celui qui n'a aucun intérêt pour rien n'a rien à perdre.

À part la vie. Et alors ?

Le portable est ouvert à côté de l'ordinateur de bureau allumé. Sur l'écran de l'ordinateur de bureau, il y a le répertoire Marksman. Sur celui du portable, il y a le dernier mail de Meï-Lin. Ce mail fait suite à un courrier de Decaze et en reprend le thème principal.

[From : China

To : Québec

Subject : Illusions

Ce que dit Philippe est vrai. Caher n'a plus besoin de toi. Tu lui as offert autre chose que ce qu'il espérait, mais c'est du même ordre d'importance pour sa carrière. Tu peux rapidement devenir embarrassant pour lui ou pour ses supérieurs, surtout si personne ne te trouve d'autre utilité. Au mieux, à la première alerte, Caher te fera disparaître, mais il est probable qu'il t'élimine bien avant. Laisse-nous t'évacuer.]

Meï-Lin est aussi un éclat du miroir qu'il ne veut pas regarder en face. En tout cas, comme à Decaze, il lui manque un élément qui incline Stephen à penser qu'il n'est pas en danger immédiat. Caher n'a qu'un supérieur dont, un jour qu'il était particulièrement exaspéré et que Stephen le raillait, il a fait un tableau cliniquement édifiant :

« — Il n'est pas seulement mégalomane, il présente tous les symptômes d'une psychopathologie de type napoléonien. Il sait qu'il n'est pas omniscient, donc il s'entoure de conseillers, mais, comme il pense qu'il est omnipotent, il décide seul, souvent en prenant le contrepied de ce qui lui est recommandé. Il n'encourage l'initiative que pour la mortifier, alors il punit, puis il pardonne en offrant un rachat dont le moins qu'on puisse dire est qu'il est expiatoire. Oh ! Il sait aussi récompenser... en couvrant d'or sa famille et ses amis et en tirant l'oreille des grognards qui ont bien servi. Ses collaborateurs en sont à se demander ce qu'ils doivent craindre : qu'il soit déboulonné, parce qu'ils seront grillés à jamais, ou qu'il perdure, parce qu'ils sont à la merci de n'importe quelle erreur, qu'il s'agisse de leur jugement ou du sien.

« — Un conseil, s'est amusé Stephen, s'il est déboulonné, ne trahissez pas. Ce genre de personnalité a une prédilection pour les retours triomphaux, la reconnaissance impériale et la rancune de l'aigle. »

Ce genre de personnalité, surtout, n'aime pas gaspiller les pièces qui ne coûtent rien si leur sacrifice ne lui procure pas un avantage décisif. Il commence donc sa réponse à Meï-Lin par :

[From : Québec

To : China

Subject : Re : Illusions

Je comprends le souci de Philippe, mais il n'y a pas d'urgence...]

Le message disparaît, aussitôt remplacé par l'avatar de Naïs. En légende, il est écrit :

[Dégage, Steph, ou j'envoie Dietmar te chercher.]

Il n'est même pas surpris que toute sa construction mentale s'effondre d'un coup pour laisser place à un autre genre de lucidité. Il demande :

[Il y a réellement urgence ?]

Elle répond :

[Ça n'attendra pas que je remarche.]

Naïs a vraiment le don pour le déstabiliser.

[Tu vas remarcher ?]

[Mon putain de fauteuil est une prison aussi dorée que la tienne, Steph. Je n'ai pas choisi d'y être clouée, mais j'ai appris à vivre dans les limites qu'il m'impose en les faisant miennes. Je le domine. Mieux, je l'ai domestiqué. Aujourd'hui, il fait ce que je veux, quand je le veux, comme je le veux, mais uniquement parce que ma volonté se borne aux libertés qu'il me concède. Certes, c'est confortable, mais, dans le contexte, c'est insatisfaisant.]

Le sourire de Stephen est très jaune.

[J'ai compris l'analogie. Pourquoi « dans le contexte » ?]

[Je suis obligée de te menacer de Dietmar au lieu d'aller te botter le cul moi-même.]

L'avatar lui adresse un clin d'œil. Stephen se recule dans le fauteuil, croise les bras et prend le temps de réfléchir. De toute façon, Naïs sait qu'il en a besoin. Quand ses mains retournent au clavier, il a pris beaucoup plus de décisions qu'il ne pensait devoir le faire.

[À un moment ou à un autre, il faudra que toi aussi tu prennes en compte mon diagnostic et ma prescription ; -)]

[Ai-je jamais fait autre chose ?]

Plusieurs répliques de natures très différentes viennent à l'esprit de Stephen. Il choisit la plus consensuelle :

[Mdr]

[Bonne nuit, Steph.]

[À bientôt, Naïs.]

L'avatar disparaît de l'écran, laissant la place au mail adressé à Meï-Lin. Stephen efface la phrase qu'il a commencée.

[From : Québec

To : China

Subject : Re : Illusions

Dans combien de temps pouvez-vous me récupérer ?]

Meï-Lin devait être scotchée à son écran, la réponse est instantanée :

[From : China

To : Québec

Subject : Re : Re : Illusions

Demain.]

Stephen rit. Il est sûr que Meï-Lin s'engage un peu vite et que Decaze n'a jamais précisé ni délai ni procédure.

[From : Québec

To : China

Subject : Re : Re : Re : Illusions

Vous devrez attendre dimanche et le faire à ma manière. C'est primordial pour la suite des événements.]

Il envoie le message, ferme le portable, va le ranger dans sa planque, se déshabille et se couche.

So play the game « Existence » to the end
Of the beginning, of the beginning

1er juin 2008

Caher n'est pas particulièrement ravi de sa nuit blanche sur l'ordinateur. Non seulement il n'a pas dormi alors qu'il avait prévu de s'octroyer six bonnes heures de récupération, mais, de surcroît, ses recherches n'ont abouti à rien de vraiment concluant, ni en ce qui concerne le Spectre, ni en ce qui concerne Nadia Kerrouch et ce fumier de privé qui a mis son nez là où il ne fallait pas.

Un camping-car aperçu par des témoins alors qu'il quittait l'enceinte de l'INPS à Écully le jour de la disparition de Bellanger... Merde, c'est un acharné du boulot de fourmi, ce type ! Et Interpol qui balance ça aux Canadiens, à la future ex-direction des Renseignements généraux et au service de recherche des personnes disparues de la gendarmerie française ! Passe pour la gendarmerie, mais la DCRG, fait chier ! Deux officiers des RG savent que Caher possède pour base un camping-car, dont un est au courant de sa présence à l'INPS ce jour-là et de son appartenance à la DST. Même si le rapprochement est loin de tomber sous le sens et qu'aucun des deux officiers n'a de poste qui lui permettrait d'être informé de la note d'Interpol, le risque existe, aussi infime soit-il.

Celui qui a pondu la note est un sous-fifre et Caher n'a rien trouvé dans son ordinateur, sinon que tout a été transmis au service de Decaze. Donc, retour aux bonnes vieilles habitudes et inspection du poste de Decaze. C'est à ce moment que sa nuit a basculé. Decaze s'est décidé à protéger correctement ses données et a confié le boulot à quelqu'un de compétent. De méchamment compétent ! Il lui a fallu une heure pour déjouer le nouveau cerbère et deux pour se débarrasser du tracker. Tout ça pour découvrir que Decaze n'était pas favorable à l'envoi de la note, même si le privé (qu'il ne nomme que par un code) est un ancien de son service et que son boulot est irréprochable. Et Caher aurait pu aller se coucher, vaguement frustré mais l'esprit tranquille, si une parenthèse ne l'avait intrigué : (cf. LyS).

N'importe quel code ou abréviation aurait attiré son attention, mais celle-ci ne peut signifier que Lyon-Sud, donc l'hôpital d'où a disparu la victime du Marksman. Il n'y a pas de dossier LyS dans le disque dur de Decaze, mais il y a un répertoire Cordeliers dans celui de son assistante et Caher a de nouveau dû déjouer un cerbère (facilement transpercé), distancer un tracker (moins vicieux que celui de Decaze mais tout de même) et se fader la lecture d'un dossier rébarbatif sur l'enquête que Decaze a diligentée à propos du tireur de Lyon et de ses victimes. Rébarbatif dans la forme mais presque amusant sur le fond. Interpol cherche avec obstination un lien entre l'enlèvement de Bellanger et l'attentat des Cordeliers, et s'accroche à n'importe quelle piste fumeuse qui abonde dans ce sens. Manifestement, Decaze soupçonne que Caher lui a menti sur toute la ligne et que la DST est fortement impliquée : il s'efforce de démontrer que la femme était un agent français que la DST a elle-même sorti de l'hôpital. Quant à Bellanger, il le voit comme un gêneur dont les investigations pour nourrir son prochain ouvrage – en lien avec l'affaire dans laquelle le tueur, la femme et la DST sont impliqués – l'ont fait ennemi d'une des parties et allié de l'autre (il envisage que Bellanger ait noué des liens avec un officier de la DST durant l'affaire Ann X).

Caher appelle ça « chasser le ridicule » et cela le ferait ricaner s'il n'avait pas gâché sa nuit. Le café ne suffit pas, la douche ne suffit pas, il est vanné et il suffirait encore de noircir un peu son humeur pour qu'il explose. Sauf qu'il n'explose jamais, ce n'est pas son tempérament, il se contente d'être odieux. N'empêche qu'il a cent soixante-dix bornes à se taper en essayant de garder les yeux ouverts avant d'essuyer l'ironie – certes moins acide qu'avant – de Bellanger.

Ce diable de Canadien a encore trouvé un truc dans un dossier que plusieurs spécialistes de l'analyse – dont Caher – ont lu et relu sans rien remarquer. Pile au moment où Caher envisageait de limiter les contacts avec lui, puisqu'il ne lui semblait plus pouvoir tirer grand-chose de son expertise et parce qu'il a d'autres chats à fouetter avant de pouvoir se consacrer efficacement à la chasse au Marksman. Mais ce qu'a déniché Bellanger n'attendra pas que le reste lui laisse le temps de s'y pencher.

Apparemment, Bellanger n'a guère dormi plus que lui. La note qu'il lui a laissée vers 4 heures du matin, par l'intermédiaire du dossier avec lequel ils communiquent, dit qu'il y a un lien entre plusieurs victimes européennes du Chaînon manquant et quelques-unes de celles abattues aux États-Unis, que ce lien n'est pas Haywood et que cela ne concerne pas que les services de renseignement français. Elle se conclut par :

[Votre Spectre pourrait s'avérer transnational, Caher, et les services spéciaux n'être que des outils parmi d'autres. Nous en parlerons demain ou, plutôt, tout à l'heure.]

Tout à l'heure, c'est dans moins de deux heures. Caher quitte le mobile home, parqué dans la cour intérieure d'un immeuble du 15e, et rejoint le garage d'un autre immeuble où l'attend la Vel Satis.

Et Decaze. Appuyé contre la voiture, les bras croisés.

Ce n'est pas une bonne surprise, mais c'est une façon de lui retourner l'impolitesse de sa visite à la Croix-Rousse. Caher sourit et tend la main.

— Manifestement, vous ne manquez pas de ressources.

Decaze serre la main présentée.

— Vous ne pouvez pas savoir à quel point.

— On discute dans la voiture ou on va prendre un café ?

Du pouce, Decaze désigne la voiture. Caher déverrouille les portières et s'installe sur le siège conducteur. Decaze prend place à côté de lui.

— Je vous écoute, dit Caher.

— Porte de Sèvres, périphérique, A10, sortie Blois. Je ne pense pas avoir besoin de vous guider ensuite.

Caher n'est pas du genre à se démonter, mais, là, il accuse le choc une bonne poignée de secondes.

— Ah, finit-il par laisser tomber.

Il est armé, mais Decaze l'est sûrement aussi et assurément beaucoup plus expérimenté que lui en matière de coup de feu. Il n'y a d'ailleurs aucune chance qu'il n'ait pas pris d'autres précautions, comme d'être couvert par une escorte discrète mais efficace et d'avoir laissé son mobile ouvert. Donc, rien à faire jusqu'en Sologne mais, au manoir, il sera plus facile de reprendre le contrôle, c'est une véritable forteresse dont les gardiens ne sont pas des enfants de chœur... ce que Decaze a inévitablement anticipé. Pour ce que Caher en sait, Decaze n'est pas un amateur de batailles rangées, mais ce genre d'opération lui est familier. Correction : tous les modes opératoires d'intervention lui sont familiers. Il ne faut pas compter reprendre la main sur place mais lui couper l'herbe sous les pieds en amont.

Caher attache sa ceinture, met le contact et démarre.

— Je sens que ce voyage va être enrichissant, laisse-t-il tomber.

— Ne frimez pas, Caher, dit Decaze en passant sa propre ceinture, je n'ai toujours pas décidé de votre avenir.

Pour l'instant, cet aspect du problème intéresse assez peu Caher. Il ne craint pas pour sa vie et, avant de trembler pour sa carrière, il entend faire son boulot au mieux et jusqu'au bout. C'est pour ça qu'on l'a recruté, pour ça qu'on le paie et pour ça qu'il a la confiance, pourtant chiche, de son euh-supérieur. Decaze ne doit pas récupérer Bellanger, point. Le reste est insignifiant.

— Je peux savoir comment...

— Vous n'y gagneriez strictement rien.

Caher a le sentiment que Decaze pense littéralement ce qu'il dit.

— Le voyage va être long, commente-t-il. À moins qu'il existe un sujet que nous puissions aborder sans gêne. À quoi vous intéressez-vous dans le civil ?

— Contrairement à vous qui ne l'êtes jamais, je suis toujours dans le civil.

Decaze est prêt à discuter, c'est déjà ça.

— Quelle différence si vous ne quittez jamais vraiment le boulot ?

— J'exécute les tâches qu'on me confie, pas les missions qu'on m'ordonne, je ne sers aucun intérêt supérieur, je me préoccupe des moyens au même titre que de la finalité. Vous avez raison : ce voyage va être long.

Ne pas le laisser se fermer.

— Nous ne faisons pas le même métier, Decaze, mais nous pratiquons chacun le nôtre dans le respect de la déontologie qui le définit. Pour ce qui est de l'éthique, nous n'avons hélas rien à nous envier. On pourrait dire assez schématiquement que je suis guidé par le précepte « la fin justifie les moyens » et que c'est une piètre excuse à l'immoralité des moyens que je mets en œuvre. On pourrait aussi dire que, en agissant dans le strict cadre de règles définies par différents législateurs, vous collaborez aux systèmes qui les ont édictées et soutenez la façon dont elles sont appliquées, quelle que soit la valeur morale de ces systèmes et des intérêts qui en usent. Si j'ai bonne mémoire, c'est votre propre service qui a collaboré avec nous lors de l'arrestation de Cesare Battisti à Rio en mars 2007. Déontologiquement, Interpol n'est pas moins irréprochable que la DST sur ce coup, mais, éthiquement, nous ne sommes que des seconds couteaux ayant servi, avec ou sans état d'âme, des intérêts politiciens pourris jusqu'à la moelle. Contrairement à moi, dans la mesure où je veux bien endosser la responsabilité des agents qui étaient sur l'affaire, vous avez agi dans le respect des lois, certes, mais au mépris de la justice, dont vous ne pouviez pas ignorer qu'elle avait été bafouée par ceux-là mêmes qui l'ont rendue, en Italie comme en France.

Absorbé par la circulation et les rétroviseurs dans lesquels il cherche un ou plusieurs véhicules suiveurs, Caher ne peut voir sur les traits de Decaze comment celui-ci réagit, alors il se concentre sur sa voix, mais celle-ci est d'une neutralité exemplaire :

— Puisque aucun de nous n'est dupe de ce que son travail l'amène à commettre et que nous sommes tous deux de bons professionnels, je vous suggère, avant de tenter quoi que ce soit, maintenant ou plus tard, de réfléchir aux conséquences politiques et médiatiques de votre effraction du système informatique d'une organisation internationale mettant en relation les polices criminelles de cent quatre-vingt-huit États.

Caher ne plante pas les freins, la voiture ne fait pas d'écart, il ne tourne même pas la tête. Seules ses mains se crispent sur le volant. Il sait que Decaze ne bluffe pas et qu'il n'annoncerait rien sans les preuves de cette intrusion. Finalement, non, il ne s'est pas débarrassé du tracker qui lui a fait perdre autant de temps, et cela ne se limite probablement pas à un tracker.

— Maintenant, si ça ne vous ennuie pas, je vais dormir, le sidère Decaze. Ma nuit n'a pas été moins courte que la vôtre et je n'ai plus votre âge.

Et Decaze se croise les bras sur la poitrine, appuie son épaule contre la portière et ferme les yeux.

Jamais Caher ne s'est senti aussi petit. Pourtant, quels que soient les arguments et la confiance de Decaze, celui-ci commet une grave erreur. Caher a le sens de la nation et celui des responsabilités. S'il doit plonger, il se fera un devoir de plonger seul, mais il est hors de question que Decaze récupère Bellanger. En tant que monnaie d'échange, le Canadien est le dernier rempart de Caher. Le mobile est dans sa poche gauche. Il ne peut pas appeler, mais il peut passer un sms, que Decaze s'endorme ou non, il suffit qu'il ne l'entende ni ne le voie pas. Et Caher a été bien formé.

Vingt minutes plus tard, alors que la respiration de Decaze est depuis longtemps celle d'un dormeur, le sms qu'il envoie à Vannier, son homme de confiance au manoir, dit : « Déménage Bellanger très discrètement et immédiatement. » Puis il éteint son mobile.

Decaze émerge au péage de Blois. Il demande à Caher de s'arrêter et lui annonce :

— Finalement, je vais prendre le volant.

Caher hausse les épaules et sort de la voiture.

— Si ça vous fait plaisir. Cette voiture est un vrai veau.

Ils échangent leur place. Decaze rapproche le siège très près du volant, redresse celui-ci, passe sa ceinture en même temps que Caher et lâche :

— Si on ne les castre pas, la moitié des veaux deviennent des taureaux.

Il faut moins de deux kilomètres à Caher pour comprendre qu'il n'a pas assez profité de ses cours de pilotage ni des 245 CV sous le capot, et trois de plus pour décider de changer, dès son retour à Paris, ce qu'il restera des pneus, des freins et de l'embrayage. La Vel Satis n'est peut-être pas un veau, mais elle n'est pas conçue pour le rallye.

— Vous connaissez bien la route !

— Je l'ai étudiée sur Google Earth, hier soir.

Caher se fait la remarque que Decaze a une excellente mémoire visuelle. Il ne dit plus rien jusqu'à ce que Decaze lève le pied à l'approche de la propriété.

— Vous souhaitez procéder comment ? demande-t-il.

— Vite et simplement. Vous faites ce que vous avez à faire pour qu'on nous ouvre le portail, vous me dites où me garer, vous saluez comme d'habitude... si vous saluez habituellement, vous me présentez si c'est dans la coutume et vous me conduisez là où vous gardez Bellanger. Nous le récupérons et nous partons après les politesses d'usage.

Pas de menace, pas d'avertissement, pas même de recommandations, Decaze est sûr de lui.

— Et je vous présente sous quel nom, à quel titre ?

— Comme ça vous chante.

— Comme ça *me* chante ?

— Nous ne faisons que notre job, Caher. Je ne vous apprécie pas, mais je sais pouvoir compter sur votre professionnalisme. D'une certaine façon, jusqu'ici, c'est moi qui ai mâché le travail. À partir de maintenant, vous prenez le relais. Plus vite nous en aurons terminé avec ça, plus vite nous pourrons passer à autre chose.

— Autre chose ?

— Que devons-nous convenir avec Bellanger pour que nos hiérarchies trouvent un terrain d'entente et que les Canadiens ne mettent pas leur nez dans nos affaires, pour commencer. Ensuite, j'imagine que nous aurons quelques détails à régler concernant le Chaînon manquant.

Caher hoche la tête.

— Je crains que vous ne soyez plus cynique que moi.

La Vel Satis ralentit encore à la hauteur d'un 4 × 4, garé à l'entrée d'un chemin et dont les vitres sont tellement fumées qu'on ne peut voir à l'intérieur. Decaze baisse la sienne et lève le pouce en passant. Le 4 × 4 répond par un appel de phares. L'équipe d'Interpol était déjà sur place, cela explique pourquoi Caher n'a repéré aucun véhicule suiveur. Il ne doute pas que d'autres hommes soient en faction dans les environs.

Devant le portail, Caher sort une télécommande du vide-poches, dont il presse l'unique bouton, et passe la tête par la fenêtre de la voiture. Les deux caméras sont orientées sur la voiture. Le portail s'ouvre après cinq secondes. Sur ses consignes, Decaze se gare sur un côté du bâtiment, là où Caher laisse toujours sa voiture. Ensuite, c'est le rituel du dimanche : Caher passe la tête par la porte de la salle de contrôle (Decaze reste invisible de l'intérieur), échange un salut de rigueur avec le garde en poste qui ne pose surtout aucune question à propos de Decaze, et indique l'escalier à celui-ci en disant :

— Deuxième.

Il se doute que Decaze ne se contentera pas d'une chambre vide et qu'il devra lui faire visiter l'ensemble du manoir, mais ce n'est pas vraiment un problème. La maison ne compte en ce moment que des pensionnaires dont ni le visage ni le nom ne risquent de lui évoquer quoi que ce soit. Il pourrait même lui proposer de faire passer le bâtiment au peigne fin par son équipe. Il est tout de même très surpris lorsque, en haut de l'escalier, Decaze choisit la bonne aile puis s'immobilise devant la bonne porte.

— Vos ressources sont effectivement impressionnantes ! commente-t-il en effaçant toute note de triomphe anticipé de sa voix. Prises de vue aériennes ?

Decaze se contente de montrer la poignée de la porte. Caher sort son passe électronique. Les verrous cliquettent. Decaze entre immédiatement.

— Content de te voir, Bellanger, dit-il.

Caher n'en croit pas ses oreilles puis, après être entré un rien précipitamment, ses yeux. Bellanger est allongé sur le lit, les mains sous le crâne. Où est passé Vannier et qu'a-t-il foutu ?

— Bonjour, Philippe, dit Bellanger. Salut, Caher. C'est plutôt comique de vous voir tous les deux.

Decaze profite de l'ahurissement de Caher pour refermer la porte derrière lui. Caher prend alors conscience qu'il y a du bruit dans la salle de bains, un bruit d'eau, de douche très précisément. Il ne comprend plus rien. Vannier ne... non, pas Vannier, c'est aussi absurde que...

— Asseyez-vous, lui ordonne Decaze.

Il s'assoit, dos au bureau sur lequel se trouve l'ordinateur.

La douche s'interrompt. La porte de la salle de bains s'ouvre, une femme enveloppée dans le peignoir de Stephen en sort. Comme la porte reste ouverte, Caher aperçoit Vannier, expert en combat rapproché, ficelé dans une position inconfortable, un bâillon sur la bouche. Ce n'est sûrement pas Bellanger qui a pu venir à bout de lui. Alors, c'est la femme : l'assistante de Decaze, Meï-Lin Banchai.

— Banchai, va t'habiller, ordonne Decaze. (La Sino-Vietnamienne disparaît dans la salle de bains.) Bellanger, tu as quelque chose à dire à notre hôte avant que je lui mette les points sur les *i* ?

Bellanger se redresse et s'assoit sur le bord du lit.

— Rien qui ne soit sur le disque dur, répond-il finalement. Meï-Lin a transféré les fichiers qui peuvent lui être utiles dans la bécane dont il m'a gentiment doté.

Caher ne parvient pas à reprendre pied. Que fout Banchai dans le manoir ? Comment est-elle entrée ? Qu'est-ce que cette histoire de transfert de fichiers ? Bellanger s'adresse directement à lui.

— Comme vous le constaterez avec les liens que j'ai mis en évidence, si ce que vous appelez le Spectre a des antennes dans plusieurs services français, il en déborde aussi très largement. Nous nous sommes trop focalisés sur Haywood, moi surtout. J'avais l'intuition que, après avoir travaillé pendant des années pour Haywood, le Marksman s'était retourné contre ceux dont celui-ci avait usé pour ses exactions. C'est ce que m'ont confirmé les documents du DHS. Pour être franc, le mot qui m'est venu à l'esprit est « éradication ». Cette espèce d'exhaustivité est tellement dérangeante que j'ai failli passer à côté du reste. D'une part, le Marksman a commencé le nettoyage avant qu'Ann X tue Haywood, peut-être aux ordres de celui-ci mais j'en doute : ses victimes d'alors, du moins celles qu'on peut relier à Haywood, ne sont pas cruciales dans le système de celui-ci, elles sont même suffisamment anodines pour qu'Haywood ne s'en alarme pas, et ce n'est qu'après sa mort qu'il s'en prend aux personnages clés. D'autre part, même s'il existe des cas douteux, de nombreuses victimes n'entrent pas dans la sphère Haywood et la diversité de leurs activités suggère que le Marksman est devenu tueur à gages. Comme il est livré à lui-même et qu'il a besoin d'argent, c'est impitoyablement logique. Question : comment trouve-t-il ses commanditaires ? Question que l'on peut reformuler ainsi : comment les commanditaires prennent-ils contact avec lui et, surtout, comment connaissent-ils son existence alors qu'aucune police ne la postule, faute d'avoir rapproché ses assassinats ?

Malgré l'apathie défaite qui a succédé à son ahurissement et bien qu'il se sache en devoir de trouver une solution à son Waterloo personnel, Caher ne peut s'empêcher d'écouter le Canadien. Il y a quelque chose d'incroyable dans le naturel avec lequel il lui livre le fruit d'un travail qu'il n'a plus à lui communiquer, et de fascinant autant dans la forme que dans le fond.

— Je me suis demandé s'il était possible de corréler ses assassinats autrement que de la façon dont je m'y suis pris, poursuit Bellanger. C'est-à-dire en faisant abstraction de ma connaissance du Marksman et de ce que je suppute de son existence sinon de son psychisme. Cela peut paraître vain, puisque ce que nous savons de lui est précisément à l'origine des crimes que nous lui imputons et du parcours que nous avons retracé. Pourtant il existe une correspondance évidente : cette connaissance de son existence et du moyen de lui passer commande. Le moyen importe peu, c'est ceux qui peuvent y accéder qui sont intéressants ou, ne serait-ce que par mesure de sécurité, l'intermédiaire unique et son réseau relationnel. Partant du principe qu'il n'existe qu'un agent de liaison, j'ai dressé une liste arbitraire des personnes physiques ou morales qui avaient le plus intérêt à l'élimination des victimes sans lien avec Haywood et j'ai recherché des correspondances dans leurs relations. J'étais certain d'en trouver, mais je ne m'attendais pas à ce qu'il y en ait autant ni à ce qu'elles prennent cette forme. Vous apprécierez par vous-même.

Banchai ressort de la salle d'eau, habillée tout en noir, un sac à dos sur l'épaule droite, un miniportable dans la main gauche qu'elle tend à Bellanger, lequel se lève et glisse l'appareil sous sa chemise en le passant dans sa ceinture. Caher n'est pas sûr de devoir en déduire que l'appareil est au Canadien et qu'il n'est pas arrivé cette nuit avec Banchai, mais, comme il n'en est plus à une humiliation près, il décide que tel est bien le cas.

Bellanger passe la veste qu'il avait sur lui à Écully le jour de son arrestation, deux ans auparavant.

— J'ignore ce que vous pourrez faire de ça, dit-il à Caher, mais je ne doute pas que vous trouverez, même si quelques-unes des personnes impliquées dans cette espèce de guilde ploutocrate fréquentent les mêmes salons que votre supérieur.

Caher est étonné qu'il n'ait pas dit « euh-supérieur », mais tout son comportement le surprend : il agit maintenant comme si tout, depuis le jour où il a été enfermé au manoir, a été normal, comme s'il n'a jamais été qu'un joueur parmi d'autres dans une partie d'échecs un peu tarabiscotée. De la part de Decaze, ce n'est pas étonnant – question de professionnalisme –, mais Bellanger n'est pas de ce tonneau.

— J'y vais, annonce Banchai.

Et elle quitte la chambre sans un regard de qui que ce soit, excepté Caher, fasciné par sa façon de glisser sur le sol, d'ouvrir et de refermer la porte sans un bruit, sans qu'il ait même perçu un déplacement d'air. Il ne demande pas où elle va. Il sait. Banchai est un fantôme qui va et vient dans le manoir à sa guise. Ce fantôme repart comme il est venu, par un chemin qu'elle seule connaît et qu'aucun architecte n'a jamais dessiné.

Combien de fois est-elle déjà venue ? Depuis quand Decaze est-il au courant de la situation exacte du Canadien ? Depuis combien de temps Bellanger se fout-il de sa gueule à lui, Gaël Caher ?

La porte se rouvre, toujours sans un son. Banchai passe le nez dans l'entrebâillement et s'adresse à Caher :

— Ne remettez jamais le nez dans un fichier d'Interpol, Caher. C'est *ma* chasse gardée.

Cette fois, elle s'en va définitivement.

— Prenez-la au sérieux, dit Bellanger en se plantant sous le nez de Caher. Elle est encore plus douée en informatique qu'avec les systèmes de sécurité et vos ordinateurs comme vos astuces n'ont plus de secret pour elle.

Il pose la main sur la poignée de la porte.

— Bellanger marche entre vous et moi, dit Decaze. Prévenez le poste de garde qu'il ne reviendra pas. Montez avec lui à l'arrière de la voiture.

Des consignes, toujours aucune prévention ni menace. C'est inutile. Même si Caher refuse de tenir compte de ce qui pèse sur sa carrière, Banchai est dans la maison, et quelque chose souffle à Caher que ce fantôme-ci est aussi très doué avec une arme. Et rien ne prouve qu'elle soit seule. Il s'exécute.

Une demi-heure plus tard, Decaze stoppe la voiture en rase campagne. Le 4 × 4, qui les suit depuis pratiquement le manoir, s'immobilise près de la Vel Satis. Deux hommes en descendent et serrent Bellanger dans leurs bras. Cela ressemble à des retrouvailles d'amis.

— Rentrez chez vous, dit Decaze en lui tendant les clés de la voiture. Je vous garantis que Banchai n'a rien collé de fâcheux dans votre système informatique, mais vous allez devoir vous en assurer. De plus, vous avez sûrement des comptes à rendre. À ce propos, je n'ai pas de conseil à vous donner mais, de mon côté, j'informerai ma hiérarchie que vous avez arrêté Stephen Bellanger dans le cadre d'une enquête impliquant une terroriste présumée dont les méthodes évoquaient celles d'Ann X. Je préciserai que cette enquête vous a conduit à vous immiscer dans nos fichiers à plusieurs reprises, ce qui, conjointement aux témoignages recueillis par un détective sur le lieu de disparition de Bellanger, nous a finalement permis de comprendre que vous déteniez celui-ci, de le localiser, de le contacter et d'obtenir à l'amiable sa remise en liberté.

Caher n'est toujours pas en état de réfléchir, mais son cerveau a encore quelques réflexes :

— À l'amiable ? Votre hiérarchie va avaler ça ?

— Elle a l'habitude des euphémismes.

Bellanger s'approche.

— La vôtre aussi, non ? lance-t-il à Caher.

Caher cherche en vain une once de rancune contre lui ou une vague excitation d'être libre dans la voix du Canadien. Il y a bien un peu d'ironie, mais rien de plus.

Je ne comprends rien à ce type ! se dit-il, mais il ne peut s'empêcher de penser qu'il n'a probablement jamais rien compris.

Un des deux molosses du 4 × 4 s'en mêle à son tour, avec un fort accent germanique :

— On se croirait au bon vieux temps des échanges de barbouzes entre la RDA et la RFA. Tout le monde était perdant, mais tout le monde se félicitait de la bonne affaire.

Une moto tout-terrain s'approche et s'arrête à côté du 4 × 4. Avant qu'elle n'ait enlevé son casque, Caher a deviné qu'il s'agit de Banchai. Elle ne dit rien et personne ne lui demande rien. Elle est là, c'est donc qu'il n'y a pas eu de problème ou, s'il y en a eu, qu'elle l'aura résolu. Caher aimerait que ce soit aussi simple dans les équipes avec lesquelles il travaille.

Il n'a toujours pas saisi la clé que Decaze tient toujours entre les doigts, alors Bellanger la prend et la lui colle dans la main.

— Nous allons coincer le Marksman. Je n'espère pas que votre *hiérarchie* fasse quoi que ce soit contre les nababs qui se servent de lui pour rester au-dessus des lois. Alors tâchez seulement de ne pas vous fourrer dans nos pattes.

Bellanger le pousse vers la portière côté conducteur de la Vel Satis et entraîne ses « libérateurs » vers le 4 × 4. Banchai remet son casque. Deux secondes plus tard, ils sont partis.

Caher reste un moment à se demander quand et où ça a commencé à foirer.

14 juin 2008

Puisque sa seule certitude était que la manifestation emprunterait le boulevard de Rochechouart dans toute sa longueur, Marks s'est cherché un poste de tir sur la butte Montmartre. Il a arpenté les rues deux jours et les toits deux nuits, pour finalement arrêter son choix sur une terrasse d'une dizaine de mètres carrés encastrée dans les tuiles. Les propriétaires de l'appartement, plutôt cosy, sont absents pour toute la semaine. La terrasse est invisible depuis la rue et les immeubles les plus proches, elle lui offre de nombreuses fenêtres de tir et il peut la quitter par les toits pour accéder à des immeubles donnant dans quatre rues différentes. Bref, c'est un bon emplacement. Il s'y est installé vers 23 heures. Il a déroulé un matelas de polyuréthane qui se trouvait dans un placard sur la terrasse, posé dessus une couverture de survie achetée le jour même et il a dormi dehors.

Il s'est réveillé à l'aube, le café dans la thermos était encore un peu plus que tiède. Bon matériel. Puis il a attendu en surveillant le boulevard et les environs avec la lunette Schmidt & Bender – une PM II. Bon matériel aussi, surtout montée sur le M40A3 qui l'attendait dans une planque en région parisienne.

Pas d'agitation particulière dans les rues, pas de flics en surnombre, pas de cars de CRS planqués dans les environs, personne n'a vendu la mèche aux RG, les consignes ont été respectées, même les indics patentés de la BAC ont tenu leur langue. Pas mal pour des parias que tout le monde prend pour des paumés, des parasites ou des poivrots !

Par contre, il y a quelqu'un qui ferait bien de se méfier. Marks a repéré un appartement sur le boulevard, derrière les vitres duquel se relaient quatre perdreaux en civil. Ils ont un appareil photo avec téléobjectif de 800 sur trépied, une caméra digitale, un micro-canon et un équipement de surveillance électronique qu'on ne confie pas à de simples flics. Vu l'inclinaison du téléobjectif, il est orienté vers l'autre côté de la rue. Le micro, lui, doit être braqué sur une fenêtre du premier étage. La mémoire de Marks lui rappelle que, à cet endroit, il y a une allée entre deux commerces avec quatre plaques sur le chambranle de la porte, deux de médecins, une d'avocat, une de société de courtage. Sans importance. Même s'il est contraint de tirer dans leur champ de vision, ils ne représentent aucun danger pour lui.

Le temps passe gentiment, la rue vit son quotidien de fin de semaine, son marché du samedi, côté Barbès. L'air sent sûrement les épices exotiques, les légumes farcis et le charbon de bois. C'est futé d'avoir choisi un jour de marché, surtout ce marché. Qui remarquera quelques centaines de badauds aux vêtements élimés dans une foule hétéroclite ? Qui remarquera quelques centaines d'étrangers en surnombre dans une foule bigarrée ? Et même s'ils sont des milliers, qui s'en apercevra avant qu'ils se regroupent, qu'ils sortent leurs banderoles, qu'ils descendent le boulevard ? St-Michel des pouilleux n'aime peut-être pas devoir assumer le rôle de leader, mais il le fait sacrément bien !

Par contre, il laisse madame Jeanne prendre trop de risques. Nom de Dieu ! Que croit-il ? Qu'elle est en sécurité dans une foule ? Que Marks va la rater alors qu'elle est clouée sur son fauteuil ? Il y a six cartouches dans le chargeur du M40. Six fois trop pour une cible désespérément statique. Allez, mettons qu'une bourrasque aussi clémente qu'inattendue – il n'y a pas un pet de vent – dévie le premier projectile de quelques centimètres, même Usain Bolt ne parviendrait pas à mettre madame Jeanne à l'abri avant que Marks ait réglé la hausse sur l'Usain de service et groupé les quatre derniers dans le visage impuissant d'une vieille dame handicapée.

Tu fais chier, St-Usain Bolt des calamiteux !

Parce que Michel n'a peut-être pas eu le choix pour ce qui concerne la participation de madame Jeanne à son suicide, il a même tout fait pour l'en dissuader, mais c'est le muet qui aurait poussé le fauteuil si St-Michel n'avait pas revendiqué ce devoir. Du coup, le muet n'est même pas là. Blessé, vexé, fâché, va-t'en savoir ! Le muet, c'est le petit protégé de madame Jeanne, tellement insignifiant qu'il ne manquerait à personne, sauf à elle, mais les regrets des morts touchent assez peu les vivants.

De toute façon, la météo ne prévoit pas de coup de vent, ne serait-ce que de 5 km/h. Calme plat, pression constante. Le temps idéal pour abattre les cerfs-volants à la boule de pétanque.

Midi, les sans-abri et les sans-papiers doivent être tous regroupés au croisement de Barbès, Chapelle, Poissonnière et Rochechouart. Le cortège va démarrer. Marks ne l'apercevra pas avant plusieurs minutes. Il vérifie une dernière fois ses angles de tir – il en a presque trop – et chausse la lunette sur le fusil.

Midi, c'est encore une idée de St-Michel, ça laisse le temps aux caméras de télé de traverser la ville et d'envoyer leurs premières images pour le 13 heures. En se démerdant bien, France 3 pourrait même coiffer les chaînes concurrentes et les diffuser à la fin de son journal national. La manif devrait être à Pigalle pile pour que son show passe en direct sur les deux block-busters de l'info d'aquarium. La ménagère de moins de quarante neurones et son footeux en charentaises vont pouvoir se régaler les mirettes. Ce n'est pas tous les jours qu'on joue Full Monty dans la rue au pays des droits de l'ombre.

C'est presque dommage de gâcher une pareille rigolade, mais c'est la première occasion dont Marks dispose, depuis qu'il a découvert que Michel disparaissait tous les week-ends avec sa copine Nadja, or il aimerait bien consacrer sa vie à autre chose qu'à traquer l'héritière de Fantômette et de Fifi Brindacier, même s'il aime beaucoup Fifi Brindacier, qu'il ne connaissait d'ailleurs pas avant de tomber sur et dans la trilogie de Stig Larsson. Il s'est beaucoup acculturé depuis qu'il séjourne sans interruption en Europe.

Madame Jeanne n'atteindra pas Pigalle : Marks n'a pas d'angle de tir sur Pigalle et, même s'il avait trouvé un poste qui lui en aurait offert un, il se serait abstenu. Trop de monde et trop de mouvements aléatoires pour tirer de suffisamment loin des caméras.

Il accroche le début du cortège dans la lunette. Pas de têtes connues aux deux premiers rangs. Michel insiste pour que ce ne soit jamais les mêmes en première ligne. Le mouvement n'est à personne, et surtout pas aux médias, aux forces de l'ordre et aux politiciens qui voudraient bien l'attribuer respectivement à un porte-parole, à un leader, à un négociateur.

Ah ! Voilà les Drômois.

Pas de Grand Duc, bien sûr, ni de Nils, ni de personne qui ne soit pas sans-abri ou sans-papiers – madame Jeanne exceptée, parce que madame Jeanne est sans-droits aussi, à sa façon que personne ne comprend sauf St-Michel en personne. Et Marks bien sûr, mais personne ne connaît Marks, comme personne ne connaît Mary Liz Haywood ou Annalina Velasquez.

Quand même, ça lui fait bizarre. Quelle volonté ! Elle a un petit peu triché avec ses organes inversés, mais elle a quand même survécu à huit balles ! Ça force le respect. Et elle est madame Jeanne. Elle est *vraiment* madame Jeanne, comme elle sait être n'importe qui.

C'est avec une profonde admiration que Marks va se concentrer pour n'avoir qu'une balle à lui infliger, à la tête, mais c'est avec le même souci qu'il a choisi une balle perforante, pour ne pas la défigurer.

Où sont-ils ?

12 h 15. Il a vu St-Michel deux fois plus d'une minute, mais il n'a pas pu apercevoir la vieille dame dans son fauteuil roulant. Ils sont trop excentrés dans la rue, l'angle ne lui a permis que de voir la tête, les épaules et les bras de St-Michel.

12 h 20. Où qu'ils se tiennent sur le boulevard, ils vont passer tous les deux dans l'objectif dans moins de quarante-cinq secondes et, au train où le cortège progresse, ils y resteront deux, trois, peut-être quatre minutes.

Marks balaie le chemin qu'ils vont emprunter, largement. Au passage, il accroche les flics dans leur planque et immobilise aussitôt la lunette sur eux.

Il a du mal à croire ce que la lunette lui montre. Ces enfoirés de flics font du zèle. Ils ont complètement abandonné la surveillance de l'immeuble d'en face pour photographier et filmer la manifestation.

Ils sont en train de faire le boulot des RG, ces cons !

Le type au Nikon enchaîne cliché sur cliché et, vu la taille du zoom, ce seront des portraits d'une précision beaucoup plus qu'anthropométrique. Marks ne peut pas s'en assurer, mais il ne doute pas un millième de seconde que le photographe se concentre sur les visages dont le délit de faciès est évident.

Marks revient sur le cortège et le balaie pour retrouver Michel.

C'est quoi ces flics ?

St-Michel est dans l'objectif jusqu'aux coudes, les cheveux de madame Jeanne aussi.

Concentre-toi.

Il prend le temps de se recaler. Son angle ne lui permet toujours que d'apercevoir le haut du crâne de madame Jeanne, rien de forcément mortel, surtout avec elle.

Ce n'est pas madame Jeanne.

Le canon du fusil bouge à peine, mais il suit le mouvement du cortège avec les cheveux gris en limite d'objectif. Sous ses cheveux, il y a l'un des esprits les plus vifs et les plus coriaces de la planète.

Annalina.

Derrière ce front qui commence à apparaître, il y a une tueuse.

Ann X.

Celui qui marche à la droite du fauteuil cache en partie celle qui l'occupe, mais l'angle change de seconde en seconde. Michel et elle vont bientôt être dans le champ de la caméra et de l'appareil à photo des flics, à peu près en même temps que la croix du viseur sera sur la joue de madame Jeanne, d'Annalina, d'Ann X.

Une seconde, d'un mouvement infime, la lunette remonte vers l'appartement des flics. Ils ne se doutent de rien. Ils se contentent de salir leur job. Le viseur se repositionne, directement sur le visage d'Ann X.

C'est un beau visage de vieille dame.

Et Marks va encore déconner.

Le canon du fusil se redresse un peu.

Une balle à travers le téléobjectif que le téléobjectif n'arrête pas, une à travers la caméra qu'elle non plus ne peut stopper, une pour chaque visage satisfait et rigolard qui encourageait les deux cadavres bien à l'abri de la baie vitrée. Les deux dernières pour l'équipement informatique.

Marks ne vérifie pas que St-Michel a mis madame Jeanne à l'abri. S'il n'a pas entendu les projectiles traverser le double vitrage, le bruit n'aura pas échappé aux oreilles d'Ann X.

Ce sera beaucoup plus difficile la prochaine fois.

Parce que c'est elle qui choisira le lieu et le moment où il croira pouvoir l'abattre.

C'est en tout cas ce qu'il doit lui faire croire.

Et, cette fois, il aura intérêt à ne pas déconner !

15/16 juin 2008

Stephen ne veut pas remettre les pieds à Interpol, ni à titre de consultant, ainsi que le lui propose Decaze, ni en tant que visiteur. Comme Decaze insiste, Stephen est cassant :

— Je garde un très mauvais souvenir de mes derniers mois à la boutique, je n'aime pas ce qu'elle est devenue et ma confiance en toi se limite à ce que tu es en dehors d'elle.

— À ta guise, et, puisque nous en sommes au déballage, sache que la mienne ne dépasse pas tes compétences professionnelles.

— Vous faites chier, intervient Anton. On se fout d'Interpol et de la vie privée de Stephen. On forme une bonne équipe et on a un putain de sac de nœuds à démêler. Alors vous remballez vos rancœurs et vous mettez la main à la pâte.

— Je vous suggère de régler ça en tête à tête, renchérit Carlo. Peut-être pas tout de suite, mais suffisamment rapidement pour que nous ne vous tournions pas le dos.

C'est dans le 4 × 4, moins d'une demi-heure après qu'ils ont abandonné Caher à ses déboires. Ils n'ont pas encore récupéré Meï-Lin qui les attend à Bourges après avoir restitué la moto à une de ses connaissances.

Stephen rejette l'offre de Decaze, mais accepte celle de Meï-Lin de s'installer chez elle le temps de décider de ce qu'il fera. Ce n'est pas la meilleure idée qu'ils aient eue, ni l'un ni l'autre, mais c'est nécessaire. Entre eux aussi, il y a beaucoup de choses à régler, à commencer par cette passion qui ne leur permet pas d'atteindre la chambre avant que leurs corps renouent. Deux semaines durant, ils s'offrent le désir, le plaisir et les mots qu'ils n'ont jamais eu le temps ni le courage de formuler. Quatorze nuits, plus exactement, et seulement quatre jours, les week-ends que Decaze ne peut pas refuser à Meï-Lin. Cela se termine le lendemain du jour où neuf mille sans-abri et sans-papiers donnent le plus cocasse spectacle de strip-tease que le monde ait connu. Ils ne le voient pas le samedi, Meï-Lin n'a pas la télévision. Ils le voient le dimanche, peu après que Meï-Lin a rebranché son mobile et qu'elle a entendu le message de Decaze, quand elle s'est connectée sur un site d'informations.

Le message de Decaze dit : « Il y a eu un incident pendant la manifestation d'hier dont les médias n'ont pas parlé, rappelez-moi. »

Stephen compose le numéro de Decaze après seulement quelques images.

— Nous sommes en train de regarder un reportage sur la manifestation. Ils ne parlent en effet d'aucun incident.

— Normal, la DST ne va pas se vanter que quatre de ses hommes, en planque sur le parcours, se sont fait descendre.

— Le Marksman ?

— Un seul fusil, six balles à environ quatre cents mètres en moins de trois secondes, toutes ont fait mouche.

— Tu as dit quatre agents de la DST. Qui étaient les deux autres ?

— Il a détruit le matériel d'enregistrement. Caher pense qu'il agissait au service du groupe que l'équipe surveillait.

— C'est lui qui t'a prévenu ?

— Il aimerait que tu jettes un œil aux vidéos qu'ils ont récupérées. Il m'a envoyé un fichier. J'imagine que tu ne souhaites toujours pas mettre les pieds à la boutique ?

— Hors de question.

— Dis à Banchai de se connecter, je vous l'envoie.

— Elle est connectée.

— Je poste. C'est lourd, ça prendra un moment. Accuse réception et rappelle-moi quand tu as visionné.

Il y a plus de quatre heures de vidéo. Meï-Lin et Stephen les regardent en accéléré, sauf les deux premières, l'une tournée avec un appareil photo numérique, l'autre avec un téléphone mobile, l'une depuis un appartement du boulevard de Rochechouart, l'autre depuis la rue. Dans les deux cas, on y voit les manifestants défiler puis l'objectif se tourne brusquement vers l'immeuble sur lequel les coups de feu ont été tirés. Caher a incrusté un repère sur l'appartement qu'occupaient les agents en planque et sur les points d'entrée des balles dans la baie vitrée. Les images sont étonnamment bonnes pour d'aussi petits appareils, largement assez en tout cas pour que Stephen y voie ce que Caher ne peut pas y voir et pour que, dans deux autres vidéos, il ralentisse le défilement accéléré et passe certaines images une par une.

Meï-Lin aussi voit et elle comprend.

— C'est elle dans le fauteuil roulant, n'est-ce pas ?

Pourtant Stephen n'agrandit aucune image et Meï-Lin n'a jamais vu Michel – elle sait seulement que Stephen a un ami SDF – dont on ne distingue pas précisément les traits dans les vidéos, de toute façon – et elle ignore que celle dont elle connaît trop bien l'avatar est paraplégique. Mais ce sont toujours les mêmes vues sur lesquelles s'arrête Stephen et il n'est pas difficile de faire le lien entre huit blessures par balles et un fauteuil roulant.

— C'est elle qu'il voulait abattre, répond-il.

— Ça donne plutôt l'impression qu'il cherche à la protéger de la DST.

— Comme aux Cordeliers, il... (Tout à coup, c'est évident pour Stephen :) il se laisse emporter par quelque chose qui l'insupporte. Je ne sais pas ce que c'était la première fois. Ici, c'est la DST en planque et ça a peut-être un rapport avec l'embuscade de Vienne. Ça lui est déjà arrivé avant. Il ne parvient pas à contrôler ses émotions.

— Toi non plus.

Stephen reste silencieux un moment, puis il dit :

— Je me sens coupable.

— Non, Stephen. Précisément parce que tu es étanche aux sentiments, je ne peux pas croire à celui de culpabilité.

Il n'a pas envie de mentir.

— Je me sens coupable d'avoir été étanche.

— Alors il est grand temps de te mouiller.

Ils se regardent un moment en silence. Elle a des larmes dans les yeux qui n'éclosent pas. Lui est sombre. Il ouvre la bouche, mais elle le précède :

— Quand j'ai compris que c'est pour elle que tu restais enfermé, j'ai renoncé à me casser les dents sur ta cuirasse, bien qu'elle m'ait encouragée à faire exactement le contraire, et, quand je suis retournée à la gentilhommière pour t'en sortir, j'étais fermement décidée à ne pas céder à mes pulsions. Mes hormones ont craqué. Bref, si tu restes dans le coin, il va falloir que tu te trouves un autre logement. Je ne tiens pas à devoir me battre contre ma libido.

Stephen hoche la tête.

— Le mieux serait que tu partes maintenant, ajoute-t-elle (puis elle sourit aux rides qui apparaissent sur son front), mais ça devra attendre demain parce que, d'ici là, j'ai bien l'intention de perdre une bonne douzaine de batailles.

— Decaze va sûrement vouloir me voir.

— Il y a quatre heures vingt de vidéo que tu n'es pas censé regarder en vitesse rapide. Appelle-le quand le délai est écoulé, dis-lui ce que tu as envie de lui dire et fixe-lui rendez-vous pour demain. De toute manière, il faut que vous creviez l'abcès et le plus vite sera le mieux.

— Dans ce cas, il faut que, nous aussi, nous parlions franchement.

— Ce n'est pas ce que nous avons si bien commencé à faire ?

Cela pourrait être drôle, mais le cœur n'y est pas. Ils échangent quand même un demi-sourire.

— Meï-Lin, tu en sais plus que je ne peux dire à Philippe.

— Alors ne lui dis pas que je sais quoi que ce soit, comme ça il décidera lui-même de ce qu'il me racontera et ce sera un jeu d'enfant de ne pas commettre d'impair.

Elle souhaiterait qu'il confirme ce qu'elle a deviné. Elle a besoin de cette confiance pour ne conserver aucune rancœur. Stephen n'est pas sûr que le doute soit pour elle un fardeau plus lourd à porter que la vérité. Alors il trouve le courage d'une lâcheté supplémentaire.

— Je lui dirai que j'ai rencontré Anaïs dans un restaurant le 15 août 2000 et que je l'ai revue pour la première fois le 31 décembre à la soirée de réveillon qui s'est terminée par mon enlèvement. Anaïs était déguisée en Shéhérazade, nous avons beaucoup dansé ensemble. Cette nuit-là, sa sœur, qui l'accompagnait déjà le 15 août, était déguisée en japonaise, elle portait un kimono bleu. Anaïs et moi nous sommes retrouvés à la mi-mars, à Montréal, et, à la fin du mois, elle m'a rejoint dans le chalet de mes parents à Sainte-Anne-du-Lac. Nous y sommes restés deux mois. Elle a disparu après la mort de sa sœur, tuée dans la nuit du 12 au 13 juin 2001 à Washington alors qu'elle venait d'assassiner leur grand-père paternel, et elle a resurgi au milieu de l'été. Par la suite, nous nous sommes vus épisodiquement, à Sainte-Anne ou à Montréal, jusqu'à ce que ces moments improvisés deviennent trop fréquents et que je prenne conscience que mes parents la considéraient comme leur belle-fille. J'ai pris peur, je me suis arrangé pour rester loin d'elle, mais mes parents continuaient à la voir et nous avons fini par renouer. Depuis, elle revient régulièrement dans ma vie, parfois pour quelques jours, parfois pour des semaines. Elle m'a souvent demandé de la suivre dans ses voyages, j'ai toujours refusé, mais il lui est arrivé de m'accompagner dans les miens. C'est comme ça que le Marksman l'a retrouvée à Lyon : mon séjour était programmé et elle avait annoncé à mes parents qu'elle m'y rejoindrait.

Meï-Lin penche la tête sur le côté.

— Ça tient la route, commente-t-elle, mais Decaze posera des questions beaucoup plus précises que je ne le ferais si j'avais besoin d'en savoir davantage. Tu lui diras qu'elle était à la manifestation hier ?

— Oui.

— Tu la lui montreras sur les vidéos ?

— Oui.

— Alors il y a une chance pour qu'il te croie. Maintenant, ce serait bien de changer de sujet, sinon je n'aurai aucune bataille à perdre contre ce qui me sert de machine à ne pas penser.

Avec Decaze, le lendemain midi, c'est beaucoup plus simple. Stephen n'a aucun scrupule à lui mentir : la vie de Naïs en dépend.

Stephen a fixé le rendez-vous chez Natie, Amy et Targa, rue de Sèze, le restaurant dans lequel il a emmené Meï-Lin la première fois qu'ils ont mangé ensemble en février 2001. C'est près de la Cité internationale donc de la boutique – Decaze est d'ailleurs venu à pied – et les trois filles le traitent comme s'il était un dieu vivant, qu'elles n'hésitent toutefois pas à saluer en l'embrassant à pleine bouche. Elles leur ont installé une table dans l'arrière-cuisine, une petite pièce très encombrée mais loin des oreilles des autres clients.

En s'asseyant, Decaze demande :

— Tu vides ton sac tout de suite ou tu préfères qu'on s'en tienne au Marksman le temps de manger ?

— Mon sac est chargé, autant commencer tout de suite.

Depuis, Decaze écoute et exige effectivement des précisions qui ne seraient pas venues à l'esprit de Meï-Lin. Rien d'embarrassant, la fable de Stephen est prête dans le moindre détail depuis longtemps. Ils en sont au café et Targa doit être en train de nettoyer les tables quand Stephen estime en avoir fini. En tout cas, il se tait et Decaze ne le relance pas : il se contente de le regarder fixement avec pas mal de colère dans les yeux. Finalement, il demande :

— Elle a survécu ?

— Oui.

Il respire profondément, par le nez, et il lâche :

— Tu es un con et je t'en veux, Bellanger. (Il ne laisse pas le temps à Stephen de réagir :) Je t'en veux doublement. Pour m'avoir professionnellement pris pour un lapereau de deux semaines et pour avoir rejeté mon amitié au point de me traiter en ennemi. Inutile de te dire que Carlo te pardonnera sûrement en haussant les épaules, même s'il ne sera pas très content de s'être planté, et qu'Anton va te passer une rouste de magnitude 9, même s'il avait à peu près tout compris et, en fait, beaucoup plus finement que moi.

Stephen sourit.

— Bien, je sais pourquoi tu m'en veux. Maintenant, il va falloir m'expliquer en quoi je suis un con.

— Ta petite amie s'est pris huit bastos parce que, en 2001, tu nous as empêchés de faire le boulot correctement. Tu piges ça ?

— Pas vraiment, non.

— Si nous avions su qu'il existait une deuxième transparente, même nettement moins douée qu'Ann X, nous nous serions demandé s'il n'en existait pas une ou un troisième, voire davantage, et en quels genres de monstres Haywood avait transformé d'autres gosses.

Cette fois, Stephen hausse le ton.

— Là, c'est toi qui me prends pour un lapin à peine sorti du terrier. En 2001, vous ne pensiez qu'à vous débarrasser d'Ann X et vous vous foutiez complètement de la méthode ! Par ailleurs, tu avais déjà eu un cobaye d'Haywood entre les mains, et déjà un tireur d'élite, criss de calice de sacrement de tabernak ! Tu as le droit de me traiter de con, Philippe, mais ne te vante pas de tes propres insuffisances ! Tu as vaguement évoqué le Chaînon manquant, mais tu t'es bien gardé de me refiler le dossier ou de me dire en quoi Ann X t'y faisait penser.

Decaze reste un moment silencieux, puis laisse tomber :

— D'accord, pas un pour racheter l'autre.

— Ah non ! Ne crois pas t'en tirer comme ça ! À l'époque, au moment où je t'ai dit que j'avais compris qu'Interpol ne ferait rien contre les services américains, dont tu as d'ailleurs tout fait pour me tenir éloigné, tu m'as bien laissé entendre que je ne me trompais pas, mais tu ne m'as pas dit : « Mais on peut tenter le coup à titre privé. » C'est moi qui ai dû le faire seul, et je ne me souviens pas que ça t'ait fait très plaisir.

Decaze se renfrogne, mais il n'a rien à répliquer, alors Stephen enfonce le clou :

— Et c'est encore le cas ! Pas question de contacter les Ricains, pas question de fouiller autour de Landis. Débrouille-toi avec Caher, mon petit Bellanger. C'est ce que j'ai fait, je me suis débrouillé, et reconnais que, une fois de plus, j'ai touché le jackpot.

— Je reconnais.

— Tu reconnais, oui, mais toujours pas question de déranger l'Oncle Sam.

Decaze se recule sur sa chaise.

— Toujours pas question.

Natie surgit avec deux verres et une bouteille d'armagnac. Elle pose les verres devant, les remplit et laisse la bouteille sur la table.

— Ça me gêne pas que vous vous engueuliez, dit-elle, mais ne vous étonnez pas si nous entendons des trucs que vous n'aimeriez pas qu'y se sachent. Elle est pas blindée, la porte.

Elle repart en riant, ce qui a pour mérite de calmer Stephen, du moins la colère qu'il s'efforce de montrer, même s'il n'a pas besoin de puiser dans ses ressources.

— Interpol est en délicatesse avec les Américains, Stephen. Ça date de très loin et ça ne se calme, en ce moment, que parce que nous collaborons beaucoup en matière de terrorisme. Alors nous n'allons pas leur mettre le nez dans leur caca.

— Dans ce cas, je vais le faire moi.

Decaze attrape son verre, le lève, attend que Stephen ait fait la même chose, et trinque dans le vide :

— À la bonne heure ! Enfin une parole agréable à entendre !

Stephen ouvre de grands yeux et trinque aussi dans le vide.

— Deux d'un coup, alors, dit-il. Une chacun.

Ils font tous les deux rouler en bouche une gorgée d'armagnac.

— Un nectar, commente Decaze.

— Ténarèze, explique Stephen. Les filles ont d'excellents rapports avec les producteurs de Condom.

Decaze manque s'étouffer.

— Explique-moi pourquoi tu vois d'un bon œil que je secoue les Ricains.

— Parce que je ne peux pas le faire et qu'il faut le faire. Quelqu'un en sait beaucoup plus que nous sur le Marksman à Washington. Lui aussi doit savoir que ta copine s'en est tirée...

— Elle s'appelle Anaïs Bellanger.

Cette fois, Decaze s'étouffe.

— Tu... (Il tousse.) Tu... Vous... Merde, Steph !

Stephen ne sait pas pourquoi il a dit ça. C'est venu d'instinct. Il voudrait que Decaze comprenne qu'il ira jusqu'au bout, qu'il n'épargnera rien ni personne. Il voudrait que Decaze l'aide sans arrière-pensée et sans compter.

— Merde ! répète Decaze quand sa toux s'est calmée. On peut dire que tu t'y entends en matière de cachotteries et d'inattendus ! Tu as encore d'autres lapins dans ton chapeau ou je peux reprendre une gorgée sans risque de faire un infarctus ?

Stephen lève son verre. Cette fois, ce n'est pas dans le vide qu'ils trinquent.

— À... commence Decaze, à Anaïs Bellanger ! Zut, comment je vais t'appeler maintenant ?

— Steph, comme tu viens de le faire, pourquoi ?

Ils dégustent une nouvelle lampée, puis Decaze reprend :

— Donc, tu t'occupes des Ricains, je gère ici, ça te va ?

— Euh... tu gères quoi, ici ?

— Anton a mis son réseau en branle à partir de tes nouvelles données et commence à avoir des retours en rapport avec le Marksman. Carlo essaie de nouvelles approches côté armes et remet le nez dans les banques à facilités sous l'angle Spectre... Marksman et Spectre, quels noms ridicules !

— Je ne les ai pas choisis.

— De mon côté, je ne lâche pas Caher d'une semelle. Il semble avoir opté pour la collaboration, mais ce n'est probablement qu'un effet du carnage d'avant-hier. On doit le pousser de haut pour être débarrassé du sniper anti-DST.

— En haut, certains doivent avoir intérêt à ce que le Marksman soit abattu ; il est possible qu'ils se mettent eux aussi en chasse privée.

— Ce fumeux Spectre.

— Oui, mais j'en vois au moins un qui espère bien le prendre vivant.

— Caher ?

— Pour sa carrière, ce serait un bon tremplin, mais je pensais plutôt à celui qui donne les ordres et qui a autant intérêt à s'approprier un Chaînon manquant, pour comprendre comment ça marche et fabriquer des clones, qu'à étoffer ses dossiers sur ses amis spectraux.

Decaze plisse les yeux mais ne pose pas de question.

— Il y a autre chose que je dois faire et qui ne va pas te plaire du tout, dit-il.

— Me coller une équipe au train. Tu ne l'as pas déjà mise en place ?

— Si, mais c'était plutôt léger tant que tu étais chez Banchai. Là, je vais devoir sortir le grand jeu.

— Eh bien, ça me rappellera d'autres mauvais souvenirs.

Ils vident leurs verres.

— Si ce n'est déjà fait, le Marksman saura rapidement que tu es de nouveau dans le circuit, Steph, et il s'accrochera à toi dans l'espoir que tu lui offres une occasion pour...

— Je n'approcherai pas Anaïs. Et toi non plus, ni personne.

— Ça, même si je le voulais... Je ne sais pas où elle est, je n'ai aucune idée de ce à quoi elle ressemble et, même si sa transparence est moins performante que celle d'Ann X, j'ai pu juger sur photos, si j'ose dire, qu'elle est suffisamment efficace pour la mettre à l'abri des regards indiscrets.

Stephen attrape le sac sur le dossier de sa chaise, en sort le miniportable et le met en route.

— Elle est très loin d'avoir les capacités de sa sœur. C'est une excellente actrice, elle sait merveilleusement se grimer, mais elle ne parvient que rarement à tromper les objectifs.

Il sélectionne un passage d'un des enregistrements fournis par Caher, immobilise, recadre, agrandit et lisse l'image jusqu'à ce qu'elle montre Michel et Naïs sans trop de pixellisation, puis tourne l'ordinateur vers Decaze.

— Dans le fauteuil roulant, c'est elle ?

— Oui.

Decaze déglutit.

— Elle...

— La moelle épinière a été gravement endommagée par les balles du Marksman.

Decaze pince les lèvres.

— C'est pour elle qu'il était à Montmartre, déduit-il. Il a pris peur de l'équipe de la DST et il a préféré l'éliminer avant d'abattre sa véritable cible. C'est Michel qui pousse le fauteuil ?

— Oui.

— Il l'a mise à l'abri avant que le Marksman ne puisse l'ajuster.

— Sur une autre vidéo, on aperçoit son dos et un bout du fauteuil, ils sont en train de se réfugier dans un commerce.

— Caher le devinera.

— J'en doute. L'hypothèse d'un gage, pour le compte de ceux que surveillait la DST, cadre trop bien avec ce qu'il sait du Marksman et de ses commanditaires. C'est ce que tu vas lui confirmer en mon nom.

Stephen reprend l'ordinateur, l'éteint et le range.

— Elle s'est exposée à dessein, lâche Decaze.

— Je suppose que l'intention était qu'il la retrouve pour le piéger ensuite. À l'évidence, il avait une longueur d'avance. Elle trouvera quand et comment il l'a prise.

— Et elle recommencera.

— Et il se méfiera. C'est pour ça que je ne veux pas que tu tentes de la retrouver. Elle se protège très bien toute seule.

— Elle a une curieuse façon de s'y prendre !

— Tu peux garantir qu'une protection passera inaperçue pour un spécialiste comme le Marksman alors qu'il se méfie ?

Decaze soupire.

— Tu sais bien que non.

— Donc une équipe de surveillance dans mon sillage suffit. Il sera moins précautionneux avec moi.

— Sauf s'il apprend que tu étais aux mains de la DST, ce qui l'amènerait à craindre que tu n'aies été relâché que pour servir d'appât.

— S'il le découvre, il lui faudra s'en assurer, ce qui lui prendra un peu de temps. Temps pendant lequel je vais le tenir éloigné d'Anaïs.

Decaze rit.

— Tu as réponse à tout.

— J'ai eu le temps de réfléchir.

— Ouais. Tu es quelqu'un d'étrange, Steph. Je ne sais pas ce que je ferais à ta place après ce qui t'est arrivé, mais...

Il s'interrompt de lui-même. D'une part, il ne sait effectivement pas quel serait son comportement dans la même situation et il ne voit pas l'intérêt de jouer avec des conditionnels. D'autre part, il commence à trouver Bellanger presque humain, alors ce n'est sûrement pas le moment de lui dire qu'il est un extraterrestre.

— Autre chose ? demande Stephen.

— Pas pour le moment.

— Alors je vais prendre mon avion.

— Pardon ?

— J'ai trouvé un last minute pour Montréal et j'ai promis à mes parents de leur rendre visite le plus rapidement possible. Comme je n'aurai peut-être pas d'autre occasion avant longtemps...

Depuis qu'il est libre, Stephen a passé deux fois une heure au téléphone avec sa mère et une bonne demi-heure avec son père. Il ne leur a pas dit grand-chose, il leur a fait comprendre qu'il se méfiait des écoutes et il s'est engagé à tout leur expliquer en détail de vive voix. Un court séjour à Montréal sera le bienvenu avant de s'envoler pour Washington. De toute façon, il ne gagnerait rien à rester sur Lyon en attendant que Carlisle sorte de l'hôpital.

Carlisle, qui n'a jamais été blessé en service, s'est fait poignarder en rentrant chez lui alors qu'il essayait de calmer des automobilistes qui venaient de s'accrocher. Une vilaine blessure à l'abdomen. Stephen l'a appris par un ami de la SQ[1] à qui il a demandé de prendre contact avec Carlisle pour organiser une rencontre. L'ami lui a donné le nom de l'hôpital, Meï-Lin a fait un tour dans

1. Sûreté du Québec (police provinciale du Québec).

les fichiers de celui-ci et découvert que Carlisle sortira dans la semaine pour une convalescence à son domicile d'au moins dix jours. Plutôt que d'attendre que qui que ce soit puisse intercéder en sa faveur, Stephen a décidé de rencontrer Carlisle chez lui, à l'improviste. Ce n'est peut-être pas très diplomatique, mais c'est un gain de temps appréciable. De toute façon, l'antipathie de Carlisle à son égard est une chose acquise, détail que Stephen n'a jamais considéré comme un problème dans sa relation avec autrui.

We can work it out

18 juin 2008

Nadja est une journaliste de terrain, pas de bureau et encore moins de studio. Cependant, elle a pris comme un compliment le fait que Cemtare lui confie le rôle de rédactrice en chef pour cette journée délirante, même si elle n'a accepté que parce que le studio en question est à Bruxelles et que Naïs aussi. Pas Michel. Michel est à Marseille, comme probablement le Marksman. C'est d'ailleurs pour ça que Naïs est en Belgique, parce qu'ils ne sont pas prêts à ce qu'elle lui serve de nouveau de cible et qu'ils ne peuvent pas l'empêcher de la suivre, non : de la *précéder* sur les lieux de rassemblement. Elle se rend à ceux-ci avec St-Michel des pouilleux et tous les pouilleux savent où St-Michel se rend quand il s'agit de réveiller le citoyen et d'empêcher les politiciens de dormir.

Alors Nadja est à Bruxelles, à Eterbeek plus précisément, dans les locaux d'un site d'information indépendant. Elle centralise les reportages qui arrivent de la moitié de l'Europe par Internet et, avec l'aide de l'habituel rédacteur en chef du site, elle en tire les journaux qu'ils mettent en ligne et actualisent toutes les heures. C'est un boulot de dingue, mais ils s'en sortent honnêtement, tendance plutôt pas mal. Son assistant de luxe, surtout, qui a sauté sur la proposition de Cemtare avec un enthousiasme quasi adolescent. D'autres sites sont impliqués, mais les autres ne font que traduire et relayer ce qu'eux deux rédigent et choisissent de diffuser. Ce qui est sûr, c'est que tout ce que les médias officiels choisiront de ne pas montrer sera sur le Net. Bien qu'ils aient tous été contactés au dernier moment, plus de cent cinquante journalistes, photographes, caméramans, preneurs de son ont accepté de jouer bénévolement le jeu. Bénévoles mais pas amateurs : tous ont été formés aux métiers de l'info. Tous font partie de ce mouvement de journalistes qui ont choisi les circuits indépendants de diffusion, souvent sur la Toile, pour échapper au diktat des rédactions asservies à leurs actionnaires et aux gouvernements. La plupart font tellement bien leurs métiers que leurs articles, leurs enquêtes, leurs reportages sont repris par l'ensemble de la presse « classique », laquelle ne se prive pourtant pas de les fustiger, quand il ne s'agit pas de pure diffamation.

Nadja reprendrait bien du collier. Elle le fera, peut-être, quand tout sera fini avec le Marksman, quand Naïs sera de nouveau libre. Cemtare la pousse en ce sens, Michel l'y encourage. Bientôt, si tout va bien. Ou si tout va mal, mais elle refuse d'envisager une issue fatale, même si le souvenir de Rochechouart lui donne encore des frissons.

Elle y était. Elle était cinquante mètres derrière Naïs et Michel quand elle a vu celui-ci faire bifurquer le fauteuil brusquement et entrer en trombe dans un commerce. Elle ne s'est pas précipitée. Elle a continué à avancer au même rythme que la foule, l'appareil photo à la main, prêt à être déclenché, mais elle n'a rien vu qui nécessitait d'être mis en octets. Elle les a rejoints dans le magasin quand elle est arrivée à sa hauteur. Michel était en sueur, Naïs furibarde. Elle se frappait les jambes avec les poings. Quand elle a vu Nadja, qui ne savait pas encore ce qui s'était produit, elle a dit :

« — Je sais : tu avais raison ! Il est toujours là, il est très près et je ne peux pas m'en protéger ! Mais personne ne peut m'en protéger, tu comprends ? Je voulais savoir où il en était. Je le sais. Maintenant, il va devoir jouer selon *mes* règles ! »

La première de ces règles est de se rendre imprévisible, jusqu'à ce qu'il n'ait plus que les choix qu'elle lui offrira, mais sans changer sa manière de vivre. Elle s'est impliquée dans le mouvement de Michel sous l'identité de madame Jeanne, elle continuera. Elle s'est engagée avec le Grand Duc dans son Centre, elle continuera aussi. Simplement, personne, excepté les très proches, ne saura quand elle sera où.

Pour Bruxelles, seuls Michel, Nadja et son moteur – c'est ainsi qu'elle appelle tous ceux qui acceptent de pousser le fauteuil – savaient à l'avance. Nadja ne connaît pas le moteur, elle sait seulement qu'il a la confiance de Michel depuis longtemps et celle de Naïs depuis que madame Jeanne l'a rencontré.

« — Il court plus vite que moi, il sait se battre et il est futé, lui a dit Michel.

« — Et il n'a pas besoin de tenir sa langue, a ajouté Naïs, il est muet. »

Si cela les rassure, Nadja ne peut pas décemment se montrer trop craintive. Il est vrai que, le Marksman écarté, Naïs est assez forte, même en chaise roulante, pour affronter n'importe quelle situation, surtout si le moteur a de bonnes jambes, ce qui est l'essentiel aujourd'hui. Mais, lorsqu'elle ajuste une fois de plus le message d'accueil du site, Nadja ne ressent aucune tranquillité d'esprit.

Comme d'habitude, toute l'Europe des sans-droits est dans la rue, mais aujourd'hui elle se l'est accaparée pour se rappeler au souvenir de ceux qui ne la voient plus, ne l'entendent plus, ne veulent plus rien connaître d'elle et changent de trottoir quand, d'aventure, ils la remarquent. Ils sont pourtant entre quinze et vingt millions ces transparents dont la Communauté ne veut rien savoir, sinon qu'ils ont valeur électorale par le plus pervers des effets, puisqu'ils n'ont pas accès aux urnes. Sans domicile fixe, sans-papiers, sans droits, et il ne s'agit pas seulement du droit de vote, à midi ils ont pris possession de quelques avenues, de quelques places, dans trente villes d'Europe, avec humour mais pas pour de rire.

Dans certaines villes comme Paris, Francfort, Londres, Madrid, Milan, Porto, des dizaines de milliers de sans-abri ont joué les serveurs devant les fast-foods des centres-villes, offrant aux passants et, particulièrement à ceux qui envisageaient d'entrer dans les établissements de restauration rapide, des sandwichs ou des plats chauds confectionnés sur place par des sans-papiers de dizaines de nationalités différentes.

Dans d'autres comme Berlin, Lyon, Amsterdam, Barcelone, Liverpool, Hambourg, lors de défilés bon enfant, les sans-abri poussaient des caddies, les sans-papiers poussaient des bacs en plastique de poubelles. Chacun avait rempli son « bagage » selon son inspiration, on pouvait aussi bien y trouver un chien, un arbre, des emballages vides, des cannettes d'aluminium, du bois de chauffage, des appareils usagés, des magazines ou des livres.

À Rome, Rotterdam, Munich, Marseille, Manchester, Dortmund, ce sont de véritables pique-niques, auxquels ont été conviés les citadins, qui ont été organisés sur des places, dans des jardins ou des parcs publics.

À Bordeaux, Valence, Cologne, Birmingham, Turin, Athènes, ce sont de véritables carnavals qui ont défilé, chacun des participants vêtu de journaux, de cartons, de sacs plastique dans un patchwork de déguisements à thématiques locales.

À Bruxelles, les manifestants ont joué les saltimbanques. Qui jonglant avec des bouteilles ou des cannettes, qui s'adonnant à un numéro de dressage avec son chien, qui interprétant des saynètes satiriques, qui déclamant des vers pamphlétaires, qui tambourinant sur des poubelles ou des casseroles, qui chantant, qui dansant. L'ambiance de fête, partagée par les badauds et les touristes, s'est violemment dégradée lorsque des casseurs ont fait irruption pour saccager des vitrines et que les forces de l'ordre sont intervenues manu militari, profitant des troubles pour disperser sans ménagement la manifestation.

Dans le reportage, le journaliste montre que les forces de l'ordre se sont positionnées autour de la manifestation peu avant l'arrivée des casseurs, qu'elles les ont laissés agir près d'un quart d'heure avant de charger et qu'elles ne s'en sont pas prises à eux mais aux manifestants. Bruxelles n'est pas la seule ville dans laquelle des événements similaires se sont produits, mais c'est là que se trouve Naïs et cela rend Nadja particulièrement nerveuse.

Ils sont au milieu de la Grand-Place depuis presque une heure quand Naïs sent que quelque chose ne va pas. Elle le lit dans les mouvements moins fluides de la foule, dans la dysharmonie des différents vacarmes, dans les petits sauts que certains font sur place pour essayer de voir par-dessus les têtes, dans une excitation ambiante qui se fait nervosité.

— Tu vois Jeroen ? demande-t-elle à Bernardo.

Jeroen est leur guide, en quelque sorte. C'est chez lui que ceux qui étaient descendus dans la Drôme les ont conduits depuis la gare du Midi. Un chez-lui qui n'est pas vraiment le sien, qui ne le sera plus du tout bientôt, même s'il se bat encore pour y rester. Jeroen a rénové ce qui lui servait de squat, un taudis que le propriétaire laissait pourrir. Il en a fait une maison de quartier, pour héberger d'autres qui dormaient dans la rue, il y a créé une galerie d'art et il projette d'y ouvrir un restaurant social. Alors le propriétaire s'est réveillé. Le propriétaire, c'est le Centre public d'action sociale de Bruxelles, mais son président local a une définition très personnelle de l'action sociale. Un jour, il n'a rien eu de plus pressé que de faire un logement et un commerce dans le bâtiment qu'il laissait à l'abandon depuis douze ans. Au préalable, bien sûr, il faut en chasser Jeroen. Le juge de paix donne raison à Jeroen, puis raison en appel au CPAS. Alors les habitants du quartier, les associations se mobilisent, les pétitions circulent. Mais, pour girouette que soit son interprétation, la loi est la loi, donc sourde et aveugle. Un matin, à l'aube ou un peu avant, pour ne réveiller aucune conscience, Jeroen sera expulsé.

Bernardo s'est dressé sur la pointe des pieds et a fait un tour d'horizon complet.

> Pa 2 Yéroun, Mme Jann. Mè kelk choz è bizar. Je ne sè pa qoi.

Madame Jeanne écrit sur le bloc-notes :

> Il y a trop de monde et je ne vois rien, sors-moi de la foule, s'il te plaît. Jeroen nous retrouvera.

Bernardo ne peut peut-être pas mettre en mots ce qu'il perçoit, mais son histoire l'exprime pour lui : le danger, un danger physique. Naïs commence à le matérialiser lorsqu'ils quittent la foule pour longer la place. Elle aperçoit un petit groupe, puis un autre. Quatre pour l'un, six pour l'autre, tous vêtus peu ou prou de la même façon, tous coiffés par la même tondeuse, tous investis d'une mission. Le bloc resurgit sous le nez de madame Jeanne.

> Dé néonazi, Mme Jann. Je croi.

Naïs enrage que sa vue soit limitée à hauteur de poitrine. Elle griffonne sur le bloc :

> Aperçois-tu des policiers ?

Réponse instantanée :

> 1 poinié en civil. Pa 2 képi.

> Prends la petite rue sur la gauche, s'il te plaît.

Bernardo est doué avec le fauteuil. Il a coincé sa canne contre le dossier et slalome entre les gens avec fermeté et sans en toucher aucun. À peine ont-ils franchi l'angle de la rue des Harengs que des éclats de voix et des bris de verre se font entendre.

— À gauche au bout, dit madame Jeanne.

Au bout, c'est la rue du Marché-aux-Herbes. Ils l'ont empruntée pour venir. Dans celle-ci, ce ne sont pas les flics qui manquent, mais ils portent des casques, pas des képis. Il y en a tout un troupeau autour de plusieurs véhicules équipés de gyrophares – c'est à peine s'ils ne les empêchent pas de passer. Pourtant, dès qu'ils ont franchi la petite rue des Bouchers, il n'y en a plus. Naïs aimerait avoir une vision depuis le ciel pour étudier le dispositif policier dans son ensemble, mais elle subodore une stratégie en pince pour que la Grand-Place se vide vers la Bourse. Elle subodore aussi que les nazillons en sont informés, qu'il y aura des coups, de la casse et de la répression musclée au milieu d'une débandade paniquée.

Ils descendent la rue du Marché-aux-Herbes, doucement, car du monde au pas pressé commence à y déboucher, s'éloignant de la Grand-Place.

— Je t'offre un verre, dit madame Jeanne à la hauteur de l'estaminet Le Bon Vieux Temps.

Bernardo s'immobilise le temps de lui écrire une note.

[Tro prè. Dangé.]

Et il redémarre. Madame Jeanne l'arrête après quelques mètres.

— J'ai soif, Bernardo, et je me sentirai plus en sécurité dans un café.

Bernardo avance encore un peu, remarque l'enseigne « À l'Imaige de Nostre Dame » au-dessus d'une porte cochère, jette un œil, ne voit qu'une allée étroite s'achevant sur une toute petite cour et s'apprête à se remettre en route.

— C'est un estaminet, dit madame Jeanne. Il doit être au fond de l'allée. Nous y serons tranquilles.

Bernardo fait pivoter le fauteuil.

Ils ne sont pas tranquilles longtemps.

Madame Jeanne a pris un thé au jasmin, qu'elle sirote doucement, Bernardo a décliné une bière et préféré un lait russe.

> Pa d'alcol en service, Mme Jann.

> Le café avec du lait aussi est un poison.

L'Imaige de Nostre Dame est un tout petit estaminet avec deux salles. Ils sont restés dans la première, celle du bar, à cause du fauteuil roulant et des deux marches qui desservent la seconde. Des clients déjà installés leur ont cédé leur table que le patron a décalée pour que la porte ne gêne pas madame Jeanne et que le fauteuil n'obstrue pas le passage. Madame Jeanne a réglé les consommations dès qu'elles ont été servies, mais ils ne les ont pas finies lorsque, après une cavalcade dans l'allée, la porte s'ouvre brutalement, poussée par deux hommes en blouson de cuir, des cagoules de motard à la main, la coupe militaire, le rire gras et satisfait. Il y en a un troisième dans la cour, qui a encore un coup-de-poing américain enfilé sur les doigts. Naïs n'a aucun doute sur ce qu'ils sont, ni sur ce qu'ils viennent de faire, probablement juste avant que la police ne déboule sur la Grand-Place.

Bernardo non plus. Son visage s'est tendu et sa main s'est refermée sur la canne posée contre un pied de la table. Le silence s'est fait dans l'estaminet. Le troisième larron rejoint les deux autres. À eux trois, ils bouchent l'entrée de l'établissement.

— Tu as fini ton poison ? demande madame Jeanne.

Bernardo hoche la tête.

— Alors nous pouvons y aller.

Bernardo se lève doucement, la canne contre la jambe et contourne la table.

— Donne-moi la canne, s'il te plaît, Bernardo.

Il sort son bloc. Madame Jeanne insiste avant qu'il n'écrive quoi que ce soit.

— S'il te plaît.

Il pense qu'elle veut l'empêcher de se battre. Ses yeux clignent nerveusement. Il n'aime pas l'idée d'être désarmé. Madame Jeanne tend la main et sourit avec tendresse.

— Je te la rendrai.

À contrecœur, il pose la canne dans sa main et saisit les poignées du dossier pour faire pivoter le fauteuil. Madame Jeanne se retrouve face aux trois malvenus.

— S'il vous plaît, dit-elle de sa voix de vieille dame.

Les hommes ne bougent pas.

— S'il vous plaît, répète-t-elle en hollandais (puis, avec les intonations du *plate vlams* :) Pouvez-vous vous écarter, jeunes gens, que nous puissions sortir ?

Cette fois, les trois hommes la regardent, vaguement surpris, mais ne bronchent toujours pas.

— Laissez passer la dame ! lance le patron.

L'un des casseurs réplique par une volée d'insultes en flamand qui provoque le rire de ses acolytes. Puis il frappe le chambranle de la porte du plat de la main, jette un menton hargneux vers le patron de l'estaminet, crache par terre et se retourne pour sortir. Les deux autres le suivent, non sans cracher eux aussi, mais sur la vitre. Ils balancent de nouvelles insultes avant de disparaître dans l'allée.

— Allons-y, dit madame Jeanne.

Elle salue le patron de l'estaminet d'un hochement de tête. Bernardo lève une main pour faire de même puis pousse le fauteuil à travers la porte béante, qu'il referme derrière eux.

— Une seconde, le freine madame Jeanne en tordant le buste pour le regarder. Il est très probable qu'ils soient encore dans l'allée.

La main de Bernardo sort le bloc-notes, elle pose la sienne dessus.

— Tu vas me pousser, Bernardo, tout droit jusqu'à la rue, sans t'arrêter. Quoi qu'il arrive, tu restes bien au milieu et tu ne t'arrêtes pas, d'accord ?

Les yeux du muet sont complètement affolés, mais il hoche la tête.

— Fais-moi confiance, dit-elle. J'ai une bonne expérience des malotrus et des voyous. (Elle se repositionne correctement dans le fauteuil et, de la main gauche, tapote la canne dans sa paume droite, comme le ferait un précepteur d'une autre époque.) On y va ?

Peut-être parce que le ton de madame Jeanne est enjoué, Bernardo se met en mouvement.

L'allée est étroite, le fauteuil ne laisse guère que vingt centimètres de chaque côté. Ils ne sont pas trois dedans, mais cinq. Deux casseurs devaient être en faction près de la porte cochère. Celui qui semble être le leader, en tout cas pour les grossièretés, s'interpose dès qu'ils entrent dans l'allée. En flamand, il dit :

— Mais c'est la dame qui rend les patrons de bistrots courageux !

Contrairement à ce que madame Jeanne lui a demandé, Bernardo s'est arrêté.

— Avance Bernardo, dit-elle. (Au casseur, elle lance en flamand :) Écartez-vous, jeune homme.

Bernardo hésite. Le fier-à-bras pas du tout :

— On ne peut pas sortir, la vieille. Il y a des flics partout, et ils ne font de cadeau à personne !

Madame Jeanne lui sourit d'un air malicieux, mais c'est au muet qu'elle s'adresse :

— Cette fois, Bernardo, tu as intérêt à avancer et à ne plus t'arrêter. (En *plate vlams*, sans hausser le ton, elle ajoute à l'intention du casseur :) Tu commences à faire chier, tête d'œuf. Alors ou tu te vires ou je te démolis.

Le molosse bée et se reprend aussitôt pour lever la main. La pointe de la canne le frappe au plexus, puis au front quand il se plie en deux. Il part violemment en arrière et s'écrase sur le dos. Bernardo comprend alors qu'il n'a plus le choix. Il pousse franchement et tout droit, comme a dit madame Jeanne, écrasant au passage une main de l'homme à terre, d'abord avec une roue, ensuite avec le pied, tout en suivant la canne des yeux, du mieux qu'il peut car elle se déplace à une vitesse hallucinante.

Elle fouette l'air, elle voltige, elle siffle, passe d'une main à l'autre, frappe une pommette, fauche une paire de jambes, brise des côtes, ruine un nez, fracasse une cheville, crève une joue, brise un genou puis un autre, déchire une oreille, écrase des testicules, enfonce une pomme d'Adam. C'est fini, ils sont dehors.

— Descends la rue et prends la première à droite, dit madame Jeanne. Que nous sortions de cette cohue.

Ce n'est pas une cohue. C'est une débandade. La moitié de la Grand-Place se déverse dans la rue du Marché-aux-Herbes par la rue Chair-et-Pain – la police poussant depuis le sud, ce doit être la même chose dans la rue du Midi par la rue Au beurre ou par la rue de la Tête-d'Or et celle des Pierres. Il y a une puanteur de lacrymogène et de la fumée dans l'air. On entend de nombreuses sirènes dans le quartier, certaines sont celles des pompiers. Bernardo les éloigne jusqu'au théâtre de la Monnaie, il y a encore beaucoup de monde, mais le secteur est calme. Lorsqu'il fait une pause, madame Jeanne lui rend sa canne. Il la replace contre le dossier et saisit son bloc-notes.

> Vou manié bien mieu la cann que moi, Mme Jann.

> J'ai pratiqué l'escrime et la savate, mon petit Bernardo. Je les ai même enseignées aux jeunes filles à une époque où la société acceptait mal qu'elles apprennent à se défendre et tolérait beaucoup mieux le viol.

> ?
> Peu de plaintes, peu de procès, quasiment pas de condamnations. Les avocats plaidaient que le violeur avait été aguiché, ce qui était considéré comme une circonstance atténuante.

Pendant qu'il lit, elle dit :

— Je serais assez pour que nous rentrions.

Il reprend les poignées du fauteuil.

28 juin 2008

Malgré ses apparences de WASP désargenté, John Carlisle habite un quartier plutôt populaire et très métissé de petites maisons charmantes et de jardins proprets. Sa femme également est charmante. Elle est aussi noire que Carlisle est blanc, et, si leurs deux enfants sont plutôt bruns de peau, ils le doivent à leurs origines mexicaines. Un garçon, une fille, enfants de la même famille assassinée par des trafiquants de drogue, adoptés ensemble aux âges de cinq et trois ans. Ils en ont douze et dix, maintenant.

« — Ce sont un peu vos filleuls, les a présentés Carlisle. (Devant la bouille ahurie de Stephen, il a ajouté :) Je plaisante, mais il est indéniable que je vous dois ma *nomination* à la tête de la sous-section « relation avec les autorités locales » de la section « Mexique » du sous-département « action concertée » du département « lutte contre le trafic de stupéfiants », sans laquelle je n'aurais jamais rencontré mes enfants. C'est grâce à eux que je ne peux pas tout à fait vous en vouloir. »

Stephen était prêt à une discussion âpre à propos de rancunes réciproques. Il a remisé ses répliques aussi cinglantes que définitives sous sa langue et décidé que rien n'était moins urgent que de bousculer Carlisle. Alors il prend des nouvelles de l'homme avant de s'intéresser à celles de l'agent spécial.

Carlisle marche avec peine, car sa blessure le tiraille douloureusement, mais il préfère être assis dans un fauteuil plutôt que couché dans son lit. C'est donc dans le bureau, qu'il appelle « mon isoloir » et qui ressemble plutôt à un atelier de menuiserie, qu'il reçoit Stephen. Il y a de la sciure et des copeaux de bois partout, des dizaines d'objets plus ou moins achevés traînent sur la table, l'établi, les étagères, au sol, et l'odeur de résine est à peine tolérable, mais les rocking-chairs dans lesquels ils sont installés sont confortables, la limonade impeccablement sucrée et le silence appréciable – les enfants reçoivent des camarades. Après une demi-heure de bavardage plus ou moins domestique, en tout cas très urbain, Carlisle dit :

— Je doute que vous soyez simplement passé prendre de mes nouvelles. Donc, avant que la fatigue me prive de cohérence, je vous serais reconnaissant d'en venir au fait.

Stephen ne sait pas trop par quoi commencer, alors il lâche :

— Dick Landis.

Carlisle plisse les yeux et fait la moue.

— Mort, lâche-t-il.

— Je m'en doutais. Vous voyez ce qui m'amène ?

— J'ose espérer que non.

Carlisle se redresse comme pour se lever, mais trop vite et la douleur le rassoit.

— Il a encore fallu que vous plongiez la main dans un nid de frelons, soupire-t-il en se recalant.

— Croyez-moi, je m'en serais volontiers passé. De quoi est mort Landis ?

— Pourquoi voulez-vous le savoir ?

Stephen sourit.

— D'accord, je vous dis ce que je sais, je pose mes questions ensuite.

Carlisle secoue la tête.

— Laissez tomber. Le simple fait que vous soyez là à me poser ce genre de questions suppose que vous en savez de toute façon trop. Landis a été assassiné.

— Une balle en pleine tête tirée avec un fusil à lunette dans des conditions improbables.

Carlisle penche la tête sur le côté.

— On dirait que vous en savez plus que moi.

— Vous ne savez pas comment il a été assassiné ?

— Oh que si ! Une balle en pleine tête tirée avec un fusil à lunette à plus d'un kilomètre, mais je n'ai aucune idée des conditions dans lesquelles le tir s'est effectué : le cadavre a été retrouvé six mois après le décès, dans la crevasse où il est resté enfoui après une chute de soixante mètres. Si vous en savez davantage, je vous saurai gré...

Il ne termine pas la phrase et porte le verre à ses lèvres.

— À dire vrai, concernant Landis, c'est tout ce que je sais, commence Stephen, mais je peux vous parler avec plus ou moins de détails de 695 meurtres perpétrés de façon similaire et de 426 autres qui s'y apparentent.

— Combien ? s'étouffe Carlisle en recrachant de la limonade sur sa chemise.

— 1 121 au total, et je pense qu'il m'en manque.

Carlisle s'essuie vaguement et repose le verre sur le guéridon poussiéreux à côté de lui.

— Je suis loin du compte, dit-il.

— Parce que vous vous êtes borné à la juridiction du FBI.

— Et pas le tueur, j'imagine.

— Vous pouvez dire le Marksman, John, je ne suis pas parvenu au résultat de 1 121 meurtres par hasard et ce n'est pas mon seul résultat.

Cette fois, malgré la douleur, Carlisle se lève et, précautionneusement, arpente la pièce, le dos courbé.

— Je ne pense pas qu'Interpol vous aurait repris, ni que vous auriez souhaité le réintégrer, réfléchit-il à voix haute. Alors pour quelle agence travaillez-vous ?

Mentir, certes, mais par omission :

— Au départ, j'ai été sollicité par la DST française, mais c'est Interpol qui coordonne aujourd'hui l'enquête.

— Decaze.

— Pour ne rien vous cacher.

— Officiellement ?

— Surtout pas !

Carlisle prend un instant appui sur la dégauchisseuse et essuie ses doigts pleins de sciure sur sa chemise.

— Vous, je m'en doute, mais Decaze ? Il est réellement mandaté pour cette investigation ?

Stephen rit.

— Autant me dire que le FBI surveille Interpol de très près et de l'intérieur, fait-il remarquer. Rassurez-vous, John, si vous n'avez eu vent de rien, c'est que, même s'il est hiérarchiquement couvert, le service de Philippe n'est pas officiellement engagé dans la chasse au Marksman. Il en va de même pour son homologue à la DST... enfin, à la toute nouvelle DCRI[1].

Carlisle revient s'asseoir dans son rocking-chair.

— Tant mieux, surprend-il Stephen. Mais, si cela me rassure, je le suis moins par l'existence d'un aspect

---

1. Direction centrale du renseignement intérieur, regroupant la DST et la DCRG depuis le 1er juillet 2008.

européen du dossier. Je vais vous dire ce que je sais, Stephen, et j'espère que vous ferez de même parce que nous ne serons jamais assez nombreux pour circonscrire le problème, surtout en dehors de nos allégeances respectives. Vous comprenez ?

— Trop de personnes se considérant au-dessus des lois et usant des services de renseignement à des fins personnelles sont impliquées, je saisis d'autant mieux que cela semble le cas partout.

— À n'en pas douter. La situation est devenue encore plus crasseuse que ma chemise. Ceci dit, quelque chose m'échappe concernant l'aspect européen de tout ça, mais vous m'expliquerez. Bref, commençons par Landis. En avril 2005, un de nos labos a identifié un cadavre comme celui de Dick Landis, ex-conseiller à la Maison-Blanche chargé des relations entre les différents services de renseignement. Le responsable du labo a eu la présence d'esprit de me contacter directement, avant d'informer ses supérieurs directs et les policiers en charge de l'affaire, parce que j'enquêtais sur une série de victimes abattues dans des circonstances semblables dans laquelle figurait un de ses amis. En fait, j'enquêtais sur plus que ça. Je me suis d'autorité saisi de l'affaire et j'ai alerté le secrétaire à la Sécurité qui a collé le DHS dessus, sans toutefois m'en dessaisir.

— C'est une procédure normale ?

— Je ne dirais pas ça, mais depuis le 11 Septembre la redondance est dans l'air du temps. J'imagine qu'un service compile les informations et j'espère qu'un autre les analyse, mais il n'y a pas de coordination, peu de coopération, beaucoup de défiance et énormément de rétention. Dans le cas qui nous préoccupe, je n'ai eu aucun retour du DHS, pas même pour me demander où en étaient mes propres investigations. Techniquement, ils n'ont pas besoin de me contacter pour accéder à mes rapports, je suppose donc qu'ils se sont servis et qu'ils n'ont pas jugé utile de m'en tenir informé, s'il y a réellement eu une suite de leur côté.

— Vous en doutez ?

Carlisle écarte les mains, paumes vers le plafond.

— J'étais très en avance sur eux, mais ils ont forcément rattrapé leur retard à partir de mes rapports, donc j'aurais dû les croiser dans les mois qui ont suivi, même si j'ai limité mes propres communications au strict nécessaire et aux collègues de confiance, et si je n'ai jamais mentionné le nom d'Haywood.

Il ne s'attend pas vraiment à ce que Stephen soit surpris, mais il ne peut s'empêcher d'observer sa réaction avec espoir et il est déçu.

— J'avais fait le lien entre Haywood et de nombreuses victimes avant que le cadavre de Landis resurgisse, reprend-il.

— Re ?

— Fonte des neiges.

— Ah.

— À partir de Landis, j'ai réexaminé minutieusement tous les crimes du dossier sous cet angle, puis j'ai étendu mon examen à d'autres affaires, plus vieilles, plus éloignées, et j'ai fini par me décider à reconstituer le réseau de relations professionnelles d'Haywood puisque je n'avais pas de nouvelles victimes à me mettre sous la dent. En fait, Landis a été la dernière.

— En octobre 2004, donc, calcule Stephen. Ça colle avec ce que j'ai de mon côté. Ensuite, le Marksman a quitté les États-Unis.

Carlisle tente à nouveau de se lever et renonce après une grimace.

— Si vous pouviez avoir la gentillesse de nous resservir...

Stephen remplit les verres de limonade et se rassoit.

— Je croyais qu'il était mort, annonce Carlisle, descendu par un autre tueur à gages de son ou ses commanditaires, et que Landis était le dernier.

— Il a abattu quatre agents de la DCRI à Paris la semaine dernière et pas loin d'une centaine de personnes en Europe en quatre ans.

— En rapport avec Haywood ?

— Pour quelques-unes, oui, mais peu... à moins... à moins qu'il existe un lien entre Haywood et certains intérêts politico-économiques européens.

— C'est très probable, surtout si cela touche à la pétrochimie et à l'armement.

— Entre autres, mais cela concerne aussi la finance, l'industrie pharmaceutique, les médias et surtout les services secrets. Toutefois, je ne pense pas qu'il y ait de lien direct. Que savez-vous du Marksman et comment êtes-vous tombé dessus ?

— C'est un tireur d'élite de la maison qui m'a mis la puce à l'oreille. Il a évoqué des bruits à propos *du* Marksman, une espèce de héros archétypal qu'il prenait pour une légende avant que je ne lui pose mes questions idiotes sur la faisabilité de certaines marques prises par mon sniper. Je n'ai eu aucun mal à vérifier que la légende était répandue dans tout le milieu des tireurs d'élite. Par contre, j'ai peiné pour dater et localiser son apparition, mais j'y suis parvenu.

— Chapeau, dit Stephen, sincère.

— Routine de renseignement. À mon grand étonnement, la légende du Marksman est née chez les commandos que la CIA entretient en Amérique centrale au début des années 90, presque dix ans avant qu'il n'entreprenne d'éradiquer le réseau Haywood.

Stephen lève une main pour l'interrompre.

— Il a commencé avant.

— Quoi ?

— Comme vous, j'ai cru qu'il s'en était pris aux sbires d'Haywood après la mort de celui-ci, mais, entre 98 et 2001, indubitablement sur ordre d'Haywood, il a abattu une cinquantaine de personnes que la famille avait employées.

— La famille ?

— Haywood et son fils.

— Le père d'Ann X.

— Toutes les victimes de cette période ont un rapport avec Ann X. Je dirais qu'Haywood s'est mis à faire le ménage quand j'ai rouvert le dossier. Personne ne devait pouvoir remonter jusqu'à la naissance des enfants.

S'il pouvait jaillir de son fauteuil, Carlisle le ferait.

— *Les* enfants ?

— Des jumelles. L'une que les parents ont réussi à sortir des griffes d'Haywood pour lui faire vivre un autre genre de martyre. L'autre, escamotée pendant l'accouchement, dont ils n'ont jamais connu l'existence.

Chose qui ne doit pas lui arriver souvent, Carlisle lâche un chapelet de jurons d'une quinzaine de mots, puis vide son verre d'un trait et jure une dernière fois :

— Nom de Dieu, Stephen ! J'ai remué l'affaire Ann X en long et en large sans jamais ne serait-ce que soupçonner l'existence d'une sœur. Comment avez-vous découvert ça ?

— Je ne l'ai pas découvert, c'est elle qui est venue me trouver, répond Stephen (se disant qu'il suffit de répandre un mensonge pour qu'il s'étaie de lui-même jusqu'à ce que son authenticité ne soit plus discutable). Je vous expliquerai. Finissez, s'il vous plaît.

— J'ai hâte ! (Carlisle se redresse un peu, avec une grimace.) Je n'ai pas réussi à identifier le Marksman. Je sais seulement qu'il n'avait pas vingt ans, peut-être pas dix-huit, lorsqu'il a impressionné des tireurs au tableau de chasse conséquent. Le seul témoin ayant survécu à son lugubre métier dit que le gosse anticipait si bien les mouvements de ses marques qu'il pouvait tirer les yeux fermés, quelle que soit la distance, quel que soit le nombre de cibles. Il y a probablement une grande part d'exagération, mais...

— Non. Croyez-moi, non.

Carlisle hausse un sourcil mais ne relève pas. Il veut en finir pour entendre Stephen raconter ce qu'il sait.

— Je commence à fatiguer, je vais donc faire au plus court, décide-t-il. Je vous ai dit que Landis était le dernier affidé d'Haywood sur la liste du Marksman et, pour ce que j'en sais, c'est exact, mais les amis politiques d'Haywood sont, pour la plupart, toujours en vie et toujours très actifs à la Maison-Blanche, au Pentagone, à Langley, à Fort Meade, chez nous, enfin bref, partout. Haywood a fait le ménage derrière son fils et sa... *ses* petites-filles, ses « amis » font le ménage derrière lui et se servent du Marksman pour nettoyer. J'ai une douzaine de noms de lobbyistes qui constituent un groupement d'intérêts dont faisait partie Haywood. Leurs familles sont impliquées dans pas mal de coups tordus depuis le début des années 60. Certains les ont surnommés le Club de Dallas, vous voyez pourquoi ?

C'est au tour de Stephen de se décrocher la mâchoire. Qu'il y ait, au FBI ou dans d'autres agences, des cadres soutenant la thèse du complot ploutocrate dans l'assassinat de JFK n'est pas une nouveauté. Qu'ils aient conduit des investigations leur permettant de dresser une liste des conjurés potentiels est déjà plus surprenant. Mais qu'ils les aient dans le collimateur – et c'est ce qu'est en train de sous-entendre Carlisle – est proprement ahurissant.

— Je vous surprends ? demande Carlisle. À dire vrai, nous avons toujours été très nombreux à rêver de résoudre certaines affaires qui sont bien plus que fédérales, mais beaucoup moins à nous donner les moyens de conduire les responsables devant une cour. En quarante ans, une cinquantaine d'agents se sont relayés sur ces dossiers illégitimement classés pour que la justice puisse opérer et la nation tourner la page. La plupart ont été assassinés, dont manifestement neuf par le Marksman, du temps d'Haywood, et un depuis sa disparition. J'ai en quelque sorte repris le flambeau en mettant mon nez dans les activités de celui-ci, comme quelqu'un a repris le sien en effaçant ses traces par l'intermédiaire du Marksman.

— Par « ses traces » vous voulez dire « témoins à charge » ?

— Oui. Jusqu'à ce que vous me disiez que le Marksman est encore en vie, je pensais devoir trouver un improbable autre biais. Maintenant, j'ai mon témoin.

— Euh... ne serait-ce pas aller un peu vite en besogne ? Il est vivant mais insaisissable et, s'il se faisait coincer en France, voire où que ce soit en Europe, je doute que les Français vous le servent sur un plateau. Dans l'état actuel des choses, je doute d'ailleurs que la DST... la DCRI fasse l'effort de le prendre en vie.

— Ce serait encore pire ici. (Carlisle réfléchit.) Mais vous avez raison, nous devons passer un accord, vous et moi.

Pour la seconde fois, Stephen est sidéré.

— Un accord ?

— Je vous connais, vous allez le trouver. Arrangez-vous pour que ce soit au bénéfice d'Interpol. Comme j'aurai précédemment obtenu un mandat d'arrêt international...

Stephen se demande s'il ne préférait pas Carlisle quand ils se détestaient mutuellement. L'Américain ne doutait déjà de rien, mais il était plus facile de le manipuler sans vergogne.

— Maintenant, je vous écoute, dit Carlisle en se croisant les mains sous le menton.

Après avoir hésité, Stephen lui avoue que sa collaboration avec la DST n'a pas été volontaire, puis il lui sert un résumé de ce que Decaze et Caher savent conjointement sur le Marksman et, concernant Naïs, répète ce qu'il a élaboré à l'intention de Decaze. Il ne manque évidemment pas de mentionner le rapport d'enquête du DHS. Carlisle ne l'interrompt pas une seule fois. Il écoute sans le lâcher des yeux, sans remuer un doigt, dans un silence absolu. Quand Stephen en a fini, il dit :

— Je ne sais pas ce qui m'impressionne le plus. Que vous ayez découvert tout ça, en étant enfermé dans une chambre avec des informations partielles et un accès limité à Internet, ou que vous ayez si peu d'aigreur.

Tous deux vident leur verre une deuxième fois.

— Vous ne m'avez pas donné votre opinion sur le Marksman, fait remarquer Carlisle.

— Il fait ce qu'on l'a programmé à faire comme on l'a programmé à le faire.

— Je pensais moins à ce qu'il est qu'à ce qu'il fait. Pourquoi et pour qui, surtout.

— Ah. À dire vrai, cela ne m'intéresse que dans la mesure où cela me permet de le cerner et de déterminer son objectif, seul moyen de mettre la main dessus. Pour le compte de qui ou de quoi ? Decaze, Caher et vous arrivez à des conclusions similaires à partir d'éléments dont les différences constituent les rares dissemblances de vos opinions. C'est votre domaine d'expertise, je ne suis pas compétent.

— Pourtant...

Carlisle laisse volontairement la phrase en suspens, mais Stephen ne rebondit pas, alors il la finit :

— Pourtant, vous pensez que nous nous fourvoyons.

— Pour être franc, John, oui, je suis certain que vous êtes dans l'erreur. Mais comme je n'ai rien pour appuyer ma conviction et que j'ai besoin de vous pour mettre le Marksman hors jeu...

Carlisle explose de rire.

— J'adore votre franchise ! tousse-t-il.

Stephen sourit largement.

Everybody's got something to hide
Except for me and my monkey

26 août 2008 (2 décembre 1999)

Un peu partout dans le monde on les a surnommées les « Veuves noires », les Russes ont emprunté le mot qui signifie « martyres » en arabe et les appellent chahidki, elles, elles usent de vieux mots tchétchènes pour se désigner : malkhazni, les porteuses de la voix du soleil, et mekhkari, les gardiennes de la terre. Dans le Nord Caucase, même en dehors de la Tchétchénie, qu'elles nomment Itchkérie, elles sont un symbole pour de nombreuses jeunes femmes, celui de la résistance contre l'occupant, celui de la guerre portée chez l'ennemi, celui de l'Islam au féminin. Ailleurs aussi, on les admire, ces descendantes des premières Amazones, comme de fières musulmanes, pour certaines, pour certains, comme les combattantes du féminisme en marche, pour d'autres. Ailleurs, mais pas partout. En Russie, on les maudit comme elles maudissent les enfants de la mère Russie, moins parce qu'on ignore ce qu'elles ont subi que parce qu'on sait ce qu'elles ont infligé. Elles ont tué un général, elles ont tué des officiers, elles ont tué des soldats, mais c'est la guerre, dans toute sa laideur, comme ça l'était jadis en Afghanistan, et ces morts ne peuvent être que pleurés par leurs proches. Pas les vies qu'elles sont venues prendre à Moscou, à Boudionnovsk et ailleurs. Ces vies volées n'engendrent que terreur et que haine.

La terreur, les chahidki la revendiquent, comme une arme, comme un droit, comme un privilège que leur octroient leurs propres souffrances. La haine, elles la partagent, aussi aveuglément. On leur prend leurs époux, leurs frères, leurs enfants, on les torture, on les viole, alors elles tuent sans état d'âme. De toute façon, comme elles qui se sacrifient, les innocents rejoignent le paradis, si tôt pour certains qu'ils n'ont pas le temps d'endurer les tourments de la vie. Peut-on mieux les respecter ? Peut-on leur offrir plus belle récompense ? Alors elles se ceignent d'explosifs et elles s'offrent au jugement d'Allah, emportant avec elles ceux qui leur sont désignés. Par des hommes, ceux-là mêmes qui les guident sur le chemin d'Allah comme ils ont guidé leurs époux, leurs frères, leurs enfants, qui les forment au combat, qui les entraînent au maniement des explosifs, qui organisent la résistance, qui mènent le combat jusque chez l'ennemi.

Heda a un peu plus de dix-sept ans, elle est chahidka depuis un an. Elle n'en tire aucune fierté, elle fait ce qu'elle a à faire. C'est une jeune fille instruite et intelligente à qui il n'aura manqué que la paix pour s'épanouir, qui affirme sans frémir que la guerre l'aura révélée. Elle a quinze ans quand une patrouille militaire effectue une rafle dans le village où sa famille s'est réfugiée. Ils cherchent des rebelles ou ceux qui les aident, ils repartent avec des adolescentes. Elle est emprisonnée un mois dans un campement militaire, elle n'est jamais interrogée, elle est abandonnée sur place quand la garnison se déplace.

Elle est incapable de dire combien de soldats l'ont violée. Elle sait seulement que sa geôle et celles qui la jouxtaient ont constitué un bordel militaire le temps que les Russes ont passé dans la vallée. Elle a rejoint sa famille, elle n'a rien dit, on ne parle pas de ces choses-là et tous savent ce qu'elle a subi, d'ailleurs son histoire, comme celle des autres adolescentes qui ne se sont pas donné la mort, fait le tour de la vallée et se répand dans les montagnes. C'est grâce à ça qu'une malkh-azna vient au village. Elle parle à toutes les jeunes filles, mais surtout avec Heda, plusieurs jours d'affilée. Heda pense que sa famille est très fière de sa décision, mais qu'elle est soulagée quand elle suit la malkh-azna dans la montagne. Heda ne se fait aucune illusion sur la valeur morale des individus, aussi proches d'elles soient-ils ; elle ne connaît, elle ne reconnaît que la grandeur d'Allah, dont le travail ne s'arrête hélas pas lorsque les hommes dignes de l'approcher l'ont rejoint.

Il y a quinze jours, un commando russe a été repéré alors qu'il approchait du hameau où Naïs a rencontré Heda et trois autres chahidki : les survivantes du groupe que dirige Heda, qu'un autre commando – ou le même – a débusqué dans leur camp d'entraînement plus bas dans la montagne. Il n'y a pas vraiment eu de combat, elles ne disposaient que d'une seule kalachnikov, deux fusils, deux pistolets, un poignard par combattante et très peu d'explosifs. Le commando, lui, était armé jusqu'aux dents et formé à ne prendre aucun risque, surtout avec les femmes. C'était elles qu'il cherchait. Heda a ordonné aux plus âgées de couvrir la fuite des autres. Naïs a vu les restes du camp, les spetsnatz n'ont pas fait de détail, les huit jeunes femmes ont été abattues à distance avant qu'on leur colle une balle dans la tête à bout portant.

Au hameau, à deux mille mètres d'altitude, ils ont tiré au lance-grenades. Une des compagnes d'Heda est morte, les deux autres ont été si gravement touchées qu'elle a pris la décision de les abandonner, non sans les avoir ceinturées d'explosif. Si les spetsnatz les approchent pour les achever, ils auront une très désagréable surprise. Naïs n'a rien dit, Naïs n'avait rien à dire. Elle aurait pu attendre les soldats et les éliminer un par un, comme elle l'a fait au début du mois près de Duba-Yurt, mais cela n'aurait pas changé grand-chose dans cette guerre absurde et il lui a semblé plus important d'essayer d'en sortir Heda. Elle a suivi la Tchétchène dans les montagnes, mille trois cents mètres plus haut, vers un refuge aménagé par la résistance. Le blizzard s'est levé, il s'est transformé en tempête de neige avant qu'elles n'atteignent le refuge, celle-ci n'a pratiquement pas cessé depuis qu'elles s'y sont enfermées.

Heda sait qu'un groupe de combattants y a séjourné dans les semaines précédentes. Elle découvre en arrivant qu'ils ont vidé les réserves de nourriture, d'eau et de bois, et qu'ils ont omis d'en informer celles qui ont le refuge en charge.

— Les hommes, soupire-t-elle.

Et c'est tout. Pas de colère, ni rancœur, ni plainte. Les hommes, comme elle dit, ont pillé le refuge, les laissant sans possibilité de se chauffer ni de s'alimenter alors que la montagne entre dans l'hiver, mais Heda se contente de lever les yeux au ciel. Avec ce qu'elles ont apporté dans leurs sacs, elles ont de quoi tenir quatre jours, six, peut-être huit, en se rationnant. Pour l'eau, une fois leurs gourdes vides, la neige suffira à les abreuver.

Jour après jour, elles attendent une accalmie en discutant, collées l'une à l'autre sous plusieurs couches de couvertures qui sentent le suint. Heda raconte le peu qu'elle connaît de son pays, le peu qu'elle a vécu, le peu mais si glorieux qu'il lui reste à vivre. Naïs raconte d'autres histoires, d'autres vies, une autre Tchétchénie, celle qu'elle arpente depuis quatre mois, celle des enfants qu'elle confie à ses correspondants géorgiens de l'AISE pour que leur vie ne soit abrégée par ni pour la gloire de personne, celle que se disputent des géants de l'industrie pétrolière sous couvert de conflit politique.

— Nous n'avons que peu de pétrole et de gaz.

— Mais vous êtes sur le chemin des pipelines.

Il y a tant de tenants et tant d'aboutissants qu'Heda ignore. Elle ignore que les Occidentaux ont financé, à la même hauteur que les grands États musulmans, la résistance tchétchène. Elle ignore que, pour les Occidentaux, l'enjeu géopolitique est l'affaiblissement de la Russie par le démantèlement de ses régions, particulièrement en Ciscaucasie. Elle ignore que, pour les États musulmans, il s'agit de constituer une immense fédération panislamique, que la rébellion est dirigée par des islamistes formés et financés par la CIA, que certains des chefs wahhabites de la résistance ne sont pas tchétchènes mais arabes. Elle ignore que le régime russe avait besoin d'une guerre, puis d'une guérilla, puis du terrorisme pour justifier l'exercice de plus en plus autoritaire du pouvoir. Elle ignore que les leaders rebelles et les clans, les teïps, négocient en sous-main à la fois avec les autorités russes et avec les Européens et les Américains pour se partager les pouvoirs. Elle ignore les liens entre ces leaders, leurs financiers, les services spéciaux et la mafia que certains Tchétchènes fournissent en seconds couteaux, en drogue et en prostituées. Et qu'il est dur de lui expliquer que ses souffrances, son allégeance, son sacrifice ne servent que des ennemis de ce qui motive sa foi.

Les jours passent, la tempête ne faiblit pas. Un soir, elles finissent leurs rations, mais elles souffrent déjà de sous-nutrition depuis trois ou quatre jours, ce qui réduit d'autant leur résistance au froid et leur capacité à redescendre dans la neige.

— Il va falloir faire un choix dès demain matin, dit Naïs. Personne ne sait que nous sommes ici, personne ne viendra nous secourir. Si nous attendons plus longtemps, tempête ou non, la neige nous tuera bien avant que nous n'atteignions un village.

— Dans la tempête, c'est la mort assurée.

— Alors prie pour qu'elle tombe dans la nuit, sinon nous mourrons.

— Je prie tous les jours, plusieurs fois par jour, mais jamais pour un vœu.

Au matin, il ne neige plus, le ciel a même été parfaitement dégagé par un vent violent qui abaisse la température très loin en dessous de zéro degré.

— Allah est miséricordieux avec celle qui a une mission à remplir pour lui, commente Heda.

— Et taquin avec celle qui n'en a pas. (Comme Heda ne comprend pas, Naïs ajoute :) Le vent, Heda.

— Il nous portera.

— Il nous couchera gelées, mais nous n'avons pas le choix.

Elles se nouent mutuellement des morceaux de couvertures dont elles recouvrent leurs vêtements, leurs mains, leurs visages et même leurs pieds avant de remettre leurs chaussures. La protection est dérisoire et les alourdit, mais elle les réconforte.

Il faut moins d'une centaine de mètres à Naïs pour comprendre qu'elles n'y arriveront pas. Elles s'enfoncent dans la neige jusqu'aux genoux, parfois jusqu'à l'aine, et il leur faudra s'entraider de façon permanente pour s'extraire des trous qu'elles creusent simplement en marchant, jusqu'à ce que l'une d'elles ne puisse plus tirer l'autre, si encore elles parviennent à ne pas déclencher d'avalanche ou si une coulée spontanée ne les emporte pas.

Elles avancent, pas après pas, s'arrachent avec ce qu'il leur reste de forces. Puis elles avancent au courage, tombent, se relèvent, retombent, roulent, s'extirpent de l'amoncellement qu'elles ont provoqué, trempées, gelées, meurtries, repartent. Ici, le vent a balayé la poudreuse, elles s'enfoncent moins, elles respirent presque. Ici, la neige s'est tassée, mais les jambes sont de plus en plus lourdes. Là, elles n'ont d'autres choix que se laisser glisser et elles ne cherchent même pas à se freiner, malgré la forte pente, malgré les rochers qui émergent plus bas. Elles se relèvent encore et elles repartent, la douleur disparaît peu à peu, emportée par l'épuisement et le froid. La douleur – Naïs le sait – est le dernier lien qu'elles ont avec la vie, elles sont au bout de l'une comme de l'autre.

Il y a longtemps qu'elles ne sentent plus leurs mains, leurs pieds, et que le froid remonte les membres pour les engourdir totalement. Aucune d'elles ne se plaint, aucune ne renonce. L'une et l'autre ont subi, jadis, elles n'ont pas survécu pour subir encore, ni la mort, ni l'échec.

Heda ne parvient plus à se relever, Naïs la tire, la pousse, la traîne, et toute une plaque de neige cède, l'entraînant avec elle, l'enfouissant sous elle, cinquante mètres plus bas. Alors Heda rampe jusqu'au bord de la pente que Naïs a dévalée et la dévale à son tour, sur le ventre. La croûte gelée arrache la protection sur son visage et des lambeaux de joue. Quand elle atteint le monticule d'où ne dépassent que les jambes de Naïs, elle se met à genoux et elle creuse, et elle tire, et elle la sort tant bien que mal avant de s'effondrer sur elle.

Elles restent là, l'une sur l'autre, dix minutes, un quart d'heure, vingt minutes, elles ne savent pas. Elles récupèrent, elles se forcent à penser qu'elles récupèrent, mais elles ne font que s'engourdir plus profondément.

Naïs réussit à se dégager d'Heda, à s'asseoir, à se mettre à genoux. Elle passe un bras sous les aisselles de la chahidka et elle pousse sur ses jambes, une fois, deux fois, trois fois, mais elle est incapable de se redresser. Seule, peut-être, mais pas avec Heda. Elle parvient tout juste à la retourner et à poser la tête de la chahidka sur ses genoux.

— Je peux encore marcher et te soutenir, dit-elle laborieusement, mais il faut que tu te relèves.

La réponse d'Heda est encore plus hachée :

— Tu peux marcher, pas me soutenir, et moi je ne peux plus marcher. Va-t'en. À ta place, je n'hésiterais pas.

— Je sais. Tu es une chahidka, tu as une mission. Je ne t'aurais pas laissée l'accomplir, de toute façon.

— Je sais.

Elle sait aussi ce que cela signifie. Il est même possible qu'elle comprenne intimement pourquoi. Naïs peine à se relever mais y parvient.

— Adieu, Heda, souffle-t-elle.

La réponse d'Heda est si faible qu'elle ne la comprend pas.

Naïs tombe à soixante mètres de la chahidka. Elle parvient seulement à se tourner sur le côté, pour l'apercevoir. Heda n'a pas bougé, elle ne bougera plus.

Naïs étend un bras, pose la tête dessus, ferme les yeux. Elle ne sent plus rien, sinon une vague euphorie. Elle s'endort.

Elle ignore combien de temps s'est écoulé quand le vacarme d'un hélicoptère la tire de l'inconscience. Elle ne le voit pas et elle ne parvient pas à bouger. Elle l'entend tourner, revenir, repartir, puis le moteur se met au ralenti. Il est quelque part au-dessus d'elle à une distance qu'elle ne peut évaluer. Moins d'une minute plus tard, elle devine plus qu'elle ne voit un soldat en tenue de camouflage blanche s'installer en position de tir couché dans la neige. Puis un autre apparaît dans son champ de vision, il approche d'Heda. Quand il l'atteint, il lui donne un ou deux coups de pied dans le flanc, puis, satisfait de son immobilité, il lui dégage le visage. Naïs ne l'entend pas, mais elle est sûre qu'il crache :

— Chahidka !

Il lui tire une balle dans la tête.

— Elle était déjà morte, murmure Naïs pour elle-même. Mais quelqu'un l'entend, quelqu'un qui est juste au-dessus d'elle et qui crie en russe :

— Il y en a une autre ici !

— Flingue-la, répond le spetsnatz près du cadavre d'Heda.

— Elle est en hypothermie, on ne risque rien et Koliev veut interroger des prisonniers. C'en est une de choix.

Naïs perd conscience.

Elle revient à elle plusieurs fois, quelques secondes chaque fois. Dans l'hélico, puis sur un brancard dans un camp militaire, puis elle ne sait où, puis toujours au même endroit qui devient, au fil de ses microréveils, une chambre d'un hôpital de campagne ou quelque lieu qui en fait office.

La pièce n'est pas très grande et ressemble plutôt à l'arrière-boutique d'un boucher. Elle est sous perfusion, allongée sur le dos dans un lit étroit, les épaules et la tête surélevées par quelque chose de moins douillet qu'un oreiller. Elle est nue, couverte par un drap rêche mais propre et une couverture poussiéreuse, sûrement pas assez chaude puisque, lorsqu'elle respire, elle fait de la buée, mais elle ne sent pas le froid, elle ne sent rien. Elle voit et elle entend, c'est tout.

Il y a un homme dans la pièce, en blouse blanche. Quand il s'aperçoit qu'elle est consciente, il s'approche d'elle.

— Tu n'es pas sortie d'hypothermie et tu as de nombreuses gelures, dit-il. Je n'ai pas de couverture chauffante et je n'en userais peut-être pas : ton pouls est bas, mais ton cœur fonctionne correctement, et les engelures demandent un réchauffement graduel. Si tu as froid, dis-le. La plupart des gelures sont superficielles, mais certaines sont plus graves. Elles ne devraient toutefois pas nécessiter d'amputation ni laisser de séquelles graves. Je t'ai injecté un antibiotique, un antitétanique, un vasodilatateur et un analgésique. J'ai fait avec ce dont je dispose et je continuerai à faire de mon mieux, mais ton état empirera si tu ne donnes pas de bonnes réponses aux spetsnatz, tu comprends ?

Naïs n'est pas sûre de pouvoir parler, alors elle cligne des yeux.

— Je te maintiendrai en vie quoi qu'il arrive. Tu comprends aussi ?

Jusqu'à ce qu'elle le tue, oui, Naïs comprend. Elle cligne une nouvelle fois des yeux.

— Bien. N'escompte aucun apitoiement. Dans le sac de la femme qui t'accompagnait, il y avait une ceinture bourrée d'explosifs et ma femme était infirmière à Boudionnovsk. Ça aussi, je pense que tu comprends.

Cent cinquante personnes tuées à l'hôpital et à la maternité. Naïs ferme les yeux plus longuement.

— Je vais prévenir le lieutenant Koliev que tu es en mesure de répondre à ses questions. Je l'informerai que, même si ton élocution est douloureuse, tu es aussi parfaitement en mesure de parler.

Le médecin sort. Naïs essaie vainement de se redresser. Elle n'est même pas capable de remuer les doigts. Vingt minutes plus tard, un officier en tenue de camouflage s'installe sur une chaise à côté du lit.

— J'ai peu de temps à te consacrer, dit-il d'un timbre atone. Nous ferons plus ample connaissance plus tard. Quel est ton nom ?

L'état de Naïs lui interdit de perturber le système noologique du spetsnatz. Ce qu'il voit est donc une version gonflée, bleuie, amochée de ce qu'est son visage. Ses lèvres craquent et lui font un mal de chien quand elle répond :

— Anna Verovna.

— C'est un nom russe.

— Je suis russe.

— Tu as raison : tous les Tchétchènes sont russes. D'où viens-tu ?

— Volgograd.

Malgré la douleur, elle répond du tac au tac en s'efforçant d'articuler correctement.

— Comment s'appelait la femme avec toi ?

— Heda.

— Ce n'est pas un prénom russe, et son nom de famille ?

— Je ne le connais pas.

— J'ai envoyé ses doigts au labo, je le saurai demain. Dois-je faire vérifier le tien avec un de tes doigts ?

— Mes empreintes suffiront.

Les commissures de ses lèvres s'écartent un peu, mais ce n'est pas un sourire.

— Quel était votre objectif ?

— Survivre.

— Qui est ton chef d'opération ?

— Pas d'opération, pas de chef.

L'officier se lève sans brusquerie et descend la couverture au pied du lit en prenant soin de ne pas enlever le drap. Il se prend le menton avec la main et étudie la silhouette de Naïs sous le coton.

— Je te l'ai dit : j'ai peu de temps, laisse-t-il tomber.

Il lâche son menton et passe la main sur le drap. Naïs le voit mais ne sent rien. Il remonte d'une cheville à l'aine, s'y attarde du bout d'un doigt, passe le dos de la main sur le ventre, empoigne un sein, joue avec le téton, et se recule.

— Si peu de temps, répète-t-il.

Naïs s'est enfouie profondément en elle-même, plus pour y puiser des ressources que pour s'y réfugier. Mais elle ne trouve rien, même sa colère n'est pas assez forte pour réveiller quelque force, soit-elle infime.

— Je vais devoir confier ta préparation à quelqu'un d'autre.

Il attend une réaction qui ne vient pas, alors il se tourne. En ouvrant la porte avant de sortir, il ajoute :

— On se revoit demain, j'aurai plus de temps. D'ici là, je t'envoie un ou deux hommes qui ont quartier libre. Ne leur parle pas, ça ne servirait à rien, ils veilleront seulement à ce que tu sois plus diserte avec moi au matin.

Quand la porte se referme, Naïs ne ressent encore aucune peur. La peur vient doucement, avec les heures qui passent et les pas qui approchent puis qui s'éloignent sans que la porte ne se rouvre, avec l'immobilité de ses muscles qu'elle ne parvient pas à briser, avec la brûlure qui commence à envahir toutes ses gelures.

Et la porte finit par s'ouvrir, sur le médecin. Elle n'a pas le temps d'être soulagée, deux soldats le suivent immédiatement. Le médecin ouvre une armoire, en sort un pot, le pose sur une table.

— Vaseline, dit-il. Il y a peu de chances qu'elle sente quoi que ce soit, inutile de vous meurtrir. (Il pose une boîte à côté du pot.) Mettez des préservatifs, je ne tiens pas à devoir soigner une blennorragie. Et passez la consigne.

Sa voix est celle d'un chirurgien donnant des instructions à son équipe avant une opération. Boudionnovsk lui a véritablement arraché le cœur.

Naïs sent ses membres, surtout aux endroits où ils la brûlent, précisément grâce à la douleur, mais elle n'a pas la force de les mouvoir. C'est à peine si elle peut remuer les doigts.

Le médecin sort, les deux hommes encadrent le lit et replient soigneusement, militairement, le drap et la couverture.

— Elle est moche avec sa tête en bouillie, dit l'un.

— Mais elle est sacrément bien roulée, dit l'autre.

— Un peu maigre.

— Et un peu flasque, mais ça nous évitera les coups de griffes !

Ils éclatent de rire.

Cette fois, Naïs est totalement terrorisée. Quand un des soldats ouvre le pot de vaseline et commence à lui enduire l'entrejambe, elle essaie de hurler, mais le cri reste coincé dans sa gorge.

Ils la tournent et ils la retournent pour la détailler, la tâter, la tripoter, faire durer l'envie. Non ! Ils n'agissent que pour exacerber sa terreur. Ils savent exactement comment fonctionne celle-ci et ils s'en délectent. À un moment, l'un d'entre eux passe le fil d'un poignard devant ses yeux et le fait descendre sur son visage, sa gorge et son buste pour finalement poser l'arme entre ses seins.

Naïs se déconnecte de la pièce et plonge profondément en elle. Elle ne voit pas, elle n'entend pas l'un des hommes baisser son pantalon. Elle sent à peine son poids déformer le matelas quand il grimpe sur le lit. Elle puise dans ses terreurs d'autrefois, elle amasse sa colère d'enfant martyre, elle fait une boule d'énergie qu'elle compresse dans son ventre et qu'elle laisse diffuser à tout son corps, dont elle reprend tout à coup le contrôle.

Sans l'effet de surprise, ses forces seraient insuffisantes et sa lenteur fatale, mais la lame du poignard n'a qu'un arc de cercle à effectuer, tranchant une gorge avant de se ficher dans l'autre.

13 septembre 2008

Ce n'est pas le chalet des Stern à Saint-Bonnet, il manque la vue, le verger et Iza (Inge était à l'hôpital pour leur premier briefing en février 98), mais il y a un parfum de nostalgie dans cette réunion. C'est une fermette au bord du Rhône que Decaze a empruntée à une de ses relations – sans lui en parler, puisqu'il dispose de la clé et que la relation en question est en voyage. Son avantage évident est qu'elle est facilement et rapidement accessible depuis Lyon, du moins en dehors des heures de pointe et quand Decaze est au volant, et assez proche de l'aéroport. Son défaut, tout aussi évident, est d'être en bordure de village, entre le tout nouveau complexe sportif, salle des fêtes incluse, et un centre de vacances. Il semble, par ailleurs, qu'il y ait des festivités rurales ou, à tout le moins, un événement très bruyant dans la salle des fêtes et autour, dont un certain nombre de participants sont hébergés dans le centre de vacances. Les festivités durent apparemment depuis le matin, elles battent encore leur plein en cette fin d'après-midi et, étant donné l'orchestre qu'ils ont vu pénétrer dans le bâtiment, il y a peu de chances qu'elles s'interrompent avec la nuit.

— Redis-moi encore que tu as choisi cette baraque pour que nous soyons au calme, plaisante Carlo en allemand (depuis 98, quand ils sont tous les quatre, ils parlent toujours en allemand).

Ils sont debout autour d'une table de plastique dans un patio qui ouvre sur un jardin en terrasse au-dessus du fleuve et, s'ils n'ont pas vraiment de mal à s'entendre, il leur est difficile d'échapper au vacarme environnant. En fait, c'est Decaze que ça agace le plus.

— Eh bien, comme ça, si quelqu'un m'a suivi, la couverture est parfaite ! grince-t-il.

— La couverture sonore, à n'en pas douter, rebondit Anton.

— De toute façon, il faudrait un pro bien équipé pour te suivre, en rajoute Stephen. Un pilote de chasse, par exemple.

Decaze se déride et lève les mains.

— N'en jetez plus, je me rends.

Anton et Carlo viennent d'arriver. Ils ont atterri à Lyon-Saint-Exupéry à une demi-heure d'intervalle et loué un véhicule à l'aéroport. Stephen est le seul à avoir *bénéficié* d'une place dans la voiture de Decaze.

— Pourquoi tu n'as pas invité la petite ? demande Anton. Elle fait un peu partie de la bande, maintenant, non ?

— Je lui ai proposé, répond Decaze. Elle avait quelque chose de prévu ce week-end. Si elle peut se dégager, elle nous rejoindra.

C'est un pieux mensonge. Meï-Lin n'avait aucune envie de voir Stephen et encore moins de passer une nuit sous le même toit que lui.

— Il y a de la bière dans le frigo, enchaîne Decaze, et des chopes dans le placard à côté pour ceux qui y tiennent. Vous vous servez.

— De la bibine française ? demande Anton avec une moue dubitative.

— Arrête de râler, c'est un Belge qui la brasse.

Anton rentre dans la cuisine sans enthousiasme.

— Ramène-m'en une, lance Carlo.

— Je suis, dit Stephen.

— Quatre, dit Decaze. Une blanche pour moi.

Anton repasse la tête par la porte.

— Il y en a plusieurs sortes ?

— Blanche, blonde, ambrée, brune, sur lie, non pasteurisée, refermentée en bouteille. Je conseille de les goûter dans cet ordre.

— Alors blanche, dit Carlo.

— Je suis toujours, dit Stephen.

— Vous me prenez pour un serveur ? demande Anton. Si quelqu'un veut une chope, il aura qu'à venir la chercher.

— L'essentiel est que tu n'oublies pas l'ouvre-bouteille, commente Decaze. Il est dans le tiroir à gauche de l'évier.

Anton revient avec un torchon plié en trois sur le bras et un plateau sur lequel trônent les quatre bouteilles. Il pose le plateau sur la table et débouche les bouteilles. Ils trinquent et portent le goulot à leurs lèvres.

— Un peu léger mais pas mal, commente Anton. T'es sûr qu'il est pas allemand ton brasseur ? Markus avec un *k*, c'est quand même bien de chez nous, ça.

— Les autres seront de moins en moins *légères*, répond Decaze. En attendant, résume-nous donc ce que tu as déniché.

Anton tire une chaise, pose sa bière sur la table, et s'assoit. Tous l'imitent.

— Le Marksman a le don d'ubiquité, commence Anton d'une voix grave. (Il juge de son effet, est déçu de ne pas avoir provoqué d'ahurissement et reprend sur un ton moins théâtral :) Il y a deux Marksman. En tout cas, il y en a eu deux, comme il y a eu deux Ann X. Il est fort probable que Philippe et Inge aient arrêté le deuxième en 92, c'est ce qui ressort de ce que mes contacts m'ont appris, mais il n'est pas impossible que ce ne soit pas le cas ou qu'ils aient été trois.

« En 92, pendant que le Marksman de Carlisle chassait le communiste en Amérique centrale, celui de Philippe flinguait du Serbe en Yougoslavie. J'ai croisé les données américaines et russes, certaines dates se chevauchent parfaitement. Je ne peux pas garantir les heures, mais je ne pense pas qu'on se soit amusé à lui faire prendre l'avion plusieurs fois la même quinzaine pour faire son boulot aux deux endroits. Le Marksman de Yougoslavie, celui que Philippe appelle le Chaînon manquant, dans l'hypothèse où il s'agit bien du même, sévissait depuis plus d'un an dans les Balkans et jusque dans le Caucase. Les tirs de ce Marksman ont été effectués dans des conditions peut-être moins exceptionnelles que ceux du nôtre, mais sa cadence de tir était équivalente et la légende prétend que, après avoir pris ses marques à la lunette, il tirait sans regarder dedans. Les spetsnatz disaient qu'il ne supportait pas la vue de l'impact, ce qui expliquerait qu'il ait finalement craqué.

Il fait une pause bière. Carlo en profite pour poser la question qui coule de source :

— Pourquoi sous-entends-tu qu'il pourrait en exister un troisième ?

Anton repose sa bouteille.

— Parce que j'ai des tirs après 92 dans le Caucase, en Ukraine, en Biélorussie, en Russie et au Kazakhstan. Steph pense qu'il faut les attribuer au Marksman, je veux dire au nôtre, mais...

Carlo se tourne vers Stephen. Decaze ne dit rien, il sait ce que le Canadien en pense.

— J'ai étudié les comptes-rendus qu'Anton a fait passer à Philippe, dit Stephen. Pour moi, il s'agit du Marksman. Je dis Marksman par opposition au Chaînon manquant, mais avec eux deux nous avons les seuls responsables de tous les tirs qui nous préoccupent. J'ai appelé Carlisle, il partage mon opinion et il l'argumente géopolitiquement. Après l'effondrement de l'URSS, la CIA a entrepris de saper la Russie par tous les moyens pour, d'une part, empêcher que la CEI ne devienne une petite URSS et, d'autre part, saborder un futur concurrent économique et industriel. Ils ont financé des indépendantistes et formé des terroristes dans les républiques satellites, ils ont assassiné des personnages clés, en ont soutenu d'autres, ont continué à faciliter le trafic de drogue et développé celui d'armes, etc. etc. Le tableau que brosse Carlisle est effrayant. Or ces années sont celles où l'influence d'Haywood est à son apogée dans tous les services spéciaux américains et où il dispose d'un budget quasiment illimité pour favoriser les projets de ses amis du Club de Dallas...

— D'accord, le coupe Anton, Haywood est derrière le Marksman qui sévit dans l'ex-Union, mais cela ne prouve pas...

— En effet, le coupe à son tour Stephen, nous ne disposons d'aucune preuve de quoi que ce soit, ni dans un sens, ni dans l'autre, et c'est bien ce qui rend mon expertise pertinente.

Decaze et Carlo pouffent, Anton rit carrément.

— Ah ! Je te retrouve bien là, Steph ! Toujours aussi chatouilleux avec ce qui touche à tes prérogatives ! N'empêche que certaines dates sont tangentes.

C'est même ce qui a poussé Stephen à étudier attentivement chaque cas soulevé par Anton. Trois fois, deux meurtres ont été commis à moins de vingt-quatre heures d'intervalle dans des villes distantes de plus de 7 000 km (plus de 10 000 dans un cas). Il a pu vérifier la faisabilité technique des trois doublons pour les trois dates incriminées. Rien n'interdisait au Marksman de commettre un meurtre à Washington un soir et de remettre ça le lendemain à Saint-Pétersbourg, ou New York et Kiev, ou Los Angeles et Moscou. Rien, s'il avait précédemment planifié chaque crime sur place.

— C'est dans sa manière d'agir, dit Stephen. J'ai réépluché tout le dossier. Il ne se contente pas de réaliser des tirs improbables, il rend improbable que deux crimes consécutifs, parfois davantage, aient été commis par la même personne. En Amérique du Nord, il en a une fois enchaîné sept sur trois jours en parcourant un total de 35 000 km à travers trois pays. Il s'est aussi adonné à des périples un peu plus courts en Europe et entre l'Europe et les États-Unis. Ce qui te gêne, Anton, c'est uniquement que, dans trois cas, il soit passé des États-Unis à la Russie ou à l'Ukraine et inversement, parce que cela te paraît moins *naturel*. Personnellement, j'ai beaucoup de mal à imaginer quelqu'un sautant d'un avion à un autre pour abattre un maximum de gens en un minimum de temps, mais, à partir du moment où il le fait, je ne vois pas pourquoi il se limiterait à des considérations politiques révolues.

Anton montre les dents dans une grimace qui se transforme irrésistiblement en sourire.

— Tu imagines la préparation et les contacts que ça nécessite ? demande-t-il.

— Vaguement, répond Stephen. Ça, c'est plutôt ton domaine de compétences. Est-ce vraiment si différent qu'il s'agisse de notre Marksman ou d'un autre ?

— À vrai dire, oui. Les repères sont assez peu fiables dans les pays de l'ex-Union et le genre de cibles qu'il a abattues plutôt méfiant, donc peu enclin aux habitudes. Conséquemment, on ne peut pas planifier un assassinat de ce type longtemps à l'avance. Ce qui exclut le voyage éclair la fleur au fusil.

— Nous y reviendrons tout à l'heure, intervient Decaze. Parle-nous du reste.

Decaze est le seul à avoir les éléments que chacun a rassemblés, même s'il en a transmis certains à Stephen pour que celui-ci se penche dessus.

— La légende du Marksman existe aussi à l'Est, annonce Anton.

— Sous le même nom ? demande Carlo.

— Oui, ce qui n'a rien d'étonnant avec l'acculturation américaine qui sévit partout. Ceci dit, la version russe découle apparemment d'échanges entre forces spéciales de nationalités différentes. Elle circule depuis le milieu des années 90 et elle s'étoffe à chaque engagement des commandos. Il y a eu une enquête du FSB[1] suite à l'assassinat d'un magnat du pétrole qui a donné lieu à des investigations, du GRU[2] entre autres, parmi les spetsnatz.

---

1. Service fédéral de sécurité russe.

2. Service de renseignement militaire russe.

— Une enquête interne, en quelque sorte, fait remarquer Carlo.

— Oui, enfin non, c'est plus compliqué que ça.

— Qu'ont-ils découvert ? recentre Decaze.

— Qu'il ne faut pas faire chier les types qui font le sale boulot en terrain hostile dans les pires conditions. Ils se sont heurtés à un véritable mur, et pas seulement de silence. Un moment, ils ont soupçonné qu'il existait une mafia implantée dans tous les bataillons de spetsnatz, mais il ne s'agissait que d'esprit de corps. Quand ils en ont eu marre de ramasser les cadavres, ils ont fait ce qu'ils font toujours : ils ont appelé des anciens du KGB à la rescousse.

— Et ? recentre une fois de plus Decaze.

— Et les langues se sont déliées. Mon contact dit que le matériau récolté était en grande partie un ramassis de conneries, mais qu'il y avait des choses intéressantes. Ainsi, ils ont pu corréler certains exploits du Marksman de légende à des tirs réellement effectués. Ils ont aussi acquis la certitude que le Marksman travaille pour les Américains, qu'il a opéré en Tchétchénie et au Moyen-Orient et qu'il a été abattu en Afghanistan en novembre ou décembre 2001.

— Paul Kovacs, laisse tomber Stephen. C'est le premier tireur que nous ayons soupçonné d'être le Marksman. Ça ne colle pas.

Anton se lève, disparaît dans la cuisine, revient avec son ordinateur portable, l'ouvre, le sort de la veille et fourre l'écran sous le nez de Stephen.

— Paul Kovacs, dit-il.

Sur l'écran, il y a la photo d'un soldat américain arborant fièrement une médaille. Anton clique plusieurs fois pour faire défiler des photos anodines du même homme.

Sur la dernière, il est étendu sur un sol rocailleux, la tête fracassée par une balle.

— Paul Kovacs, confirme Stephen.

— Il a été descendu alors qu'il s'apprêtait lui-même à abattre un chef taliban. L'homme qui lui a tiré dessus était positionné à plus de trois kilomètres de lui.

Pour Stephen, c'est comme si Anton venait de lui tendre la pièce maîtresse du casse-tête qu'il ne parvenait jusqu'ici pas à remonter, parce que justement elle lui manquait.

— Ostie ! jure-t-il. C'est le Marksman en personne qui a tué Kovacs, des années avant de prendre son identité. Il...

Anton a cliqué. Il y a une nouvelle photo sur l'écran. Un homme assis jambes écartées, le dos appuyé contre un rocher, une plaie béante à la place du cœur.

— Le Marksman a peut-être tué Kovacs, mais il aurait eu du mal à emprunter son identité. Les Russes avaient eu les mêmes informations et la même idée que les Américains. Le spotter du Russe avait le Ricain dans la lunette quand la tête de celui-ci a explosé. Le tireur russe a repéré l'endroit d'où était parti le coup de feu, il s'est recalé, il a réglé sa mire, il a shooté pendant que le sniper s'apprêtait à se faire la malle. Il n'y avait que mille huit cents mètres de là où il se tenait, mais, de son propre aveu, c'est le plus beau tir de sa carrière. C'est l'équipe de récupération russe qui a pris la photo deux heures plus tard, à tout hasard, au cas où ça intéresserait un Ricain de savoir qui avait plombé son gars, si d'aventure le GRU avait un service à demander au DIA, par exemple.

Stephen est incrédule. Anton en profite pour l'achever en montrant trois doigts :

— Un chaînon manquant, deux Marksman, trois raisons d'écouter l'oncle Anton quand il est dans son domaine de compétences. On goûte la blonde ?

Meï-Lin s'est enfermée chez elle avec un plat à réchauffer et l'intégrale des Jason Bourne en DVD. C'est sa façon de se venger de ne pouvoir être de la fête ce soir, et de ne pas trop regretter d'avoir décliné l'invitation de Decaze. Elle le regrettera de toute façon, alors autant être en bonne compagnie. Par contre, si cela lui a paru nécessaire, elle n'est pas sûre que ce soit, professionnellement, une bonne idée d'avoir refusé de participer à cette maudite réunion.

Bourne est encore en Suisse quand on sonne à sa porte. À cette heure, c'est invariablement la fille de la voisine qui a encore oublié ses clés alors que sa mère n'est pas encore sortie du boulot. Elle décroche le trousseau de secours et le présente dans sa paume droite avant même d'ouvrir la porte. Et se retrouve un peu embarrassée devant la jeune femme qui lui fait face dans son fauteuil roulant. Le temps de se dire qu'elle a dû en baver avec l'ascenseur trop étroit, elle reconnaît l'homme qui tient les poignées du fauteuil.

— Dietmar ? s'étonne-t-elle.

Alors elle comprend. Elle baisse les yeux vers la jeune femme, croise son regard magnifique, voit le sourire sur ses lèvres, lit la détermination dans ses traits.

— Bonsoir, Meï-Lin, dit la jeune femme.

— Salut, Banchai, dit Stamm.

Banchai hoche la tête un peu niaisement, mais sa voix est presque normale quand elle dit :

— Salut, Dietmar. Bonsoir, Anaïs. Entrez, s'il vous plaît.

Elle s'écarte dans le renfoncement derrière la porte. Dietmar pousse le fauteuil dans l'entrée. Elle referme la porte derrière eux.

— Au bout du couloir à droite, dit-elle.

Elle se retient d'ajouter : « Suis-je bête... Tu connais, Anaïs. » Elle en a eu l'idée, l'envie, mais il y a le fauteuil et tout ce que cela signifie en douleurs, en contraintes, en frustrations, en renoncements, pour la femme qu'elle craint le plus au monde. Elle les suit dans le séjour, dégage un coussin pour que Stamm puisse positionner le fauteuil, lui désigne le canapé pour qu'il s'assoie, s'installe elle-même en tailleur sur un pouf, de l'autre côté de la table basse, en face de lui, à côté d'elle. Puis elle fait mine de se relever.

— Vous voulez un thé ou autre chose ? s'enquiert-elle.

— Merci, décline Anaïs.

— Ça ira, laisse tomber Stamm.

En posant les mains sur ses genoux, Meï-Lin prend conscience que ses paumes sont moites, que son cœur bat la chamade, que son ventre est noué.

— Désolée de débarquer à l'improviste, dit Anaïs. Nous ne pouvions pas te prévenir. Caher ne peut pas rallumer ton mobile, mais il intercepte tes communications, et c'est la même chose quand tu connectes ton portable.

— Il...

— Il n'a pas franchi ton cerbère, rassure-toi. Il n'a d'ailleurs même pas essayé. Il se contente d'intercepter ce qui transite par le Net et il est très bien outillé pour décrypter. (Elle sourit :) Nos petits tours l'ont vexé.

Inutile de lui demander comment elle le sait. Meï-Lin opte plutôt pour :

— Et Decaze ? Il est aussi sous surveillance ?

— Je ne pense pas. Ni Decaze, ni la boutique. Tout passe par toi, alors il n'a pas besoin de multiplier les risques.

Oui, indéniablement, c'est elle le maillon faible. Eh bien, comme ça, elle n'aura plus à regretter d'avoir échappé au week-end dans l'Ain.

— Où sont-ils ? demande Anaïs.

Une seconde, Meï-Lin a la désagréable sensation qu'elle viole ses pensées. Une seconde, le temps de percuter enfin. Il n'y a pas de hasard dans ce fichu métier, il n'y en a jamais.

— Dans l'Ain, répond-elle.

— Tu peux nous y conduire ?

— Oui.

Pas une hésitation, pas une échappatoire, pas une question. Pas un doute, non plus. Malgré la douceur de la voix d'Anaïs, malgré la sérénité qu'elle affiche, elle ne peut être là, à découvert, accompagnée de Stamm, que parce que quelque chose ne tourne pas rond ou carrément dans le mauvais sens.

— Dietmar, dit Anaïs.

Meï-Lin s'apprête à se lever, persuadée qu'Anaïs demande à Stamm de la pousser jusqu'à l'ascenseur. Mais Stamm ne bronche pas. Au contraire, il croise les mains sur ses genoux.

— En farfouillant dans certaines affaires soulevées par Stephen, je suis tombé sur le Mossad. Je ne dis pas que j'y ai mes entrées, mais j'ai rendu quelques services et quelqu'un de pas trop mal placé a bien voulu s'en souvenir. Le Mossad a enquillé derrière la DST à partir de Vienne. Comme ils disposent de relations un peu partout dans le monde du renseignement, ils sont allés très vite. Mon interlocuteur ne sait pas où en est l'équipe chargée du sujet, mais il affirme qu'elle était sur une stratégie de recrutement « évaluation, approche, test ». Cela signifie qu'elle est au contact dudit sujet et qu'elle peut être amenée à en assurer la protection. Au vu de l'investissement, mon interlocuteur m'a recommandé la plus extrême prudence.

— Le Mossad utilise l'espionnage électronique comme les autres, enchaîne Anaïs, mais il ne s'y fie pas ou, plus exactement, il ne se repose pas entièrement dessus. Il préfère de loin l'approche humaine, ce qui rend ses immersions dans les arcanes ennemis et surtout alliés difficiles à détecter. Comme il jouit d'un capital sympathie dans la communauté juive de tous les pays, sa capacité à obtenir des soutiens ou des informations d'apparence anodine est énorme et informatiquement inaccessible. Je n'ai d'ailleurs rien trouvé, sinon des failles individuelles qui pourraient facilement lui bénéficier, mais je suis inquiète : avec cette nouvelle donnée, le coup du Facteur de Vienne laisse envisager que le Marksman s'est lui-même organisé la porte de sortie via le Mossad. Dans ce cas, il est probable qu'il ait délibérément permis au Mossad de l'approcher.

Meï-Lin écoute, subjuguée, pas par ce qu'elle entend, mais par Anaïs elle-même. Il y a une force faramineuse en elle qui se nourrit d'une totale absence de doute.

— Il faut sortir le Mossad du jeu avant qu'il ne recoure à des expédients dommageables, conclut Anaïs, et ça je ne sais pas comment faire.

— Une mise en garde conjointe d'Interpol, du FBI et de la DST... je veux dire de la DCRI pourrait avoir un effet dissuasif, suppose Meï-Lin. C'est pour ça que tu veux voir Philippe et Stephen ?

— Je veux surtout les prévenir qu'ils risquent de se faire tirer dans le dos quand ils penseront avoir l'ennemi en face d'eux. On y va ?

Meï-Lin est prompte à se lever.

Les informations de Carlo sont moins sujettes à discussion car beaucoup plus brutes. La plupart sont tirées de données bancaires : numéros de comptes, transactions, sociétés écrans, filiales offshore, prête-noms, qui permettent de suivre le cheminement de versements depuis le donneur d'ordre jusqu'au bénéficiaire. En partant d'une liste de commanditaires potentiels de certains crimes, Carlo a descendu toute la chaîne des activités bancaires susceptibles de correspondre aux gages du tueur et localisé les comptes de réception, dont deux en Suisse.

— Là, c'est devenu plus facile, commente-t-il. Les identités et les coordonnées que j'ai trouvées étaient fausses, évidemment, mais j'ai pu suivre une partie de l'argent.

— Bon sang ! s'exclame Decaze. Tu peux m'expliquer comment tu violes le sacro-saint secret bancaire suisse ?

— Il y a quelque temps, une négociation avec les banques a abouti à la mise en place d'une brigade bancaire chargée de traquer l'argent sale et celui de l'évasion fiscale. J'en suis l'un des vacataires.

— Tu es en train de me dire que les banques suisses ont accepté de balancer des informations sur leurs clients ? En échange de quoi, nom de Dieu ?

— La paix. Le secret bancaire n'est pas et ne sera pas levé, quelles que soient les pressions étrangères, mais, pour éviter que celles-ci ne deviennent trop fortes, nous menons quelques enquêtes à titre préventif qui n'aboutissent à aucune action judiciaire. Quand les banques de la Confédération commencent à avoir un peu trop mauvaise presse, nous refilons quelques dossiers dûment documentés à la police ou à la brigade financière d'un État ou d'un autre, et tout le monde est content.

Decaze secoue la tête, atterré.

— Nous conduisons aussi de véritables enquêtes à visée judiciaire, le rassure Carlo, dans le domaine du terrorisme. Cela ne s'est pas fait tout seul et il a fallu des menaces explicites de plusieurs États, mais nous le faisons et nous le faisons plutôt bien. Bref, pour en revenir au Marksman, j'ai trouvé deux ou trois choses intéressantes grâce aux mouvements sur ses deux comptes suisses qui m'ont orienté vers d'autres comptes qui eux-mêmes et cetera, et cetera. Ce type est sacrément bien organisé, croyez-moi. Sa cascade de comptes et d'identités n'a pas de fin ! Il en sème de partout ! Aucun gros solde nulle part, uniquement des petits matelas, de quoi acheter des armes en liquide... en tout cas, certaines sommes retirées correspondent assez bien et, si c'est le cas, je peux vous dire qu'il en achète très régulièrement... de quoi vivre confortablement, et de quoi assumer sa marotte. (Il fait le tour des visages et sourit de manière triomphale :) Là je sais que je vous intéresse, mais j'ai soif.

Il débouche l'une des blondes qu'Anton a rapportées du frigo depuis un moment (lui seul a bu la sienne) et prend son temps pour en déguster plusieurs gorgées. Il repose la bouteille sur la table, s'essuie les lèvres du dos de la main et lâche :

— Notre monstre collectionne les marionnettes. Il en a d'ailleurs acheté une que convoitait le musée Gadagne à Lyon, en vue d'étoffer sa collection avant sa réouverture, le jour où il a tiré sur... euh... Anaïs, c'est ça ?

— C'est ça, confirme Stephen. Tu as des détails sur cet achat ?

— J'ai rencontré le vendeur à Genève pour faire un portrait-robot.

— Tu as un portrait-robot ? s'égosille Anton.

— Oui, celui de n'importe qui. Le vendeur se souvient surtout que le type était parfaitement quelconque. Il n'a d'ailleurs passé que très peu de temps avec lui.

— Développe, engage Stephen.

— Mon Genevois présentait sa collection personnelle dans un autre musée de la région. Le type l'a abordé, lui a demandé s'il était vendeur d'une ou de plusieurs de ses marionnettes. Le Genevois a répondu que pourquoi pas, tout dépendait du prix. Le type a désigné la marionnette qui l'intéressait. Le Genevois a dit que le musée Gadagne voulait l'acquérir. Le type a demandé sa carte au Genevois qui la lui a refilée. Il y avait son numéro de mobile dessus. Le type a appelé le lendemain matin, a demandé s'il pouvait passer à l'hôtel où résidait le Genevois, l'a fait, a offert le double de ce que proposait le musée et est reparti avec la poupée après une transaction électronique. C'est tout.

— Achat opportuniste, commente Stephen.

— On peut savoir le montant de la transaction ? demande Anton.

— Cinquante-deux mille euros.

— Merde ! jure Anton. Cinquante-deux mille euros pour une marionnette !

— C'est une marionnette en bois du début du XIXe, unique.

— Messieurs, intervient Decaze, si nous pouvions nous recentrer... Steph, que voulais-tu dire avec ta remarque ?

Stephen hausse les épaules.

— Rien de spécial. J'ai la sensation de quelque chose, mais j'ai besoin de réfléchir pour mettre des mots dessus. Continue, Carlo.

— Il n'y a plus grand-chose à dire. J'ai trouvé vingt et un comptes pour un total d'un peu plus de deux millions d'euros. Il y en a forcément d'autres. Sur ces comptes, il n'y a aucune transaction correspondant à l'achat d'un billet d'avion ou de train, à la location d'un véhicule, à celle d'une chambre d'hôtel.

— Quand les a-t-il ouverts ? demande Stephen.

— Ça s'étale de 2001 à 2005.

— Avant ou après la mort d'Haywood ?

— Après.

— Lorsqu'il se retrouve sans personne au-dessus de sa tête, dit Decaze, et qu'il s'organise une vie de tueur à gages.

Personne ne relève. Stephen réfléchit. Anton, Carlo et Decaze se jettent des coups d'œil à la dérobée. C'est finalement Anton qui craque :

— On le tient ! Nom de Dieu, on le tient ! Carlo tu es un génie !

— Attends, tempère Carlo. Il a une marotte que nous pouvons exploiter, d'accord, mais ce ne sera pas une partie de billard. Il est méfiant et précautionneux, le bougre !

Pourtant Carlo aussi exulte et Decaze ne le montre pas, mais il sait qu'ils ont enfin un levier. Stephen aussi en a conscience, néanmoins il est préoccupé par une intuition qui ne se matérialise pas.

— On a toute la journée de demain pour travailler l'idée, dit Decaze. Steph, je commence et tu enchaînes ?

— Houlà ! s'exclame Anton en se levant. Je sens qu'on en a pour un moment. Quelqu'un veut goûter l'ambrée ?

Le monospace est équipé pour transporter un handicapé physique, avec une porte latérale plus large que d'ordinaire et un pan incliné logé dans le plancher. Stamm conduit, guidé par un GPS. Anaïs et Meï-Lin sont installées à l'arrière, latéralement, face à face. Le silence occupe, lui, tout le véhicule depuis qu'il a démarré. Meï-Lin le romprait volontiers, mais elle ne sait pas comment. Après cinq minutes, Anaïs lui tend une perche :

— Si tu as des questions à poser, nous avons entre trois quarts d'heure et une heure devant nous, d'après le GPS.

Meï-Lin s'affole. Des questions ? Elle en a des milliers, mais aucune ne lui vient à l'esprit.

— C'est valable pour toi aussi, dit-elle faute de mieux.

Anaïs rit. Et qu'elle est belle quand elle rit !

— D'accord, dit-elle, alors je commence. Tu as encore peur de moi ?

Meï-Lin réfléchit.

— Non, doit-elle bien avouer. Je ne sais pas pourquoi, mais c'est passé pendant que nous parlions.

Anaïs tapote les roues du fauteuil.

— Oh non ! se défend Meï-Lin. C'est... je ne sais pas. Ton sourire, ton regard, ton aisance, ta volonté, la force que tu dégages et... et la fragilité qu'elle s'efforce de masquer. C'est le tout mélangé.

— La fragilité ? Vraiment ?

Meï-Lin est décoincée :

— Je la sens, ancienne, tenace, omniprésente. Comme si toi aussi tu avais peur... et que tu avais toujours eu peur.

— De quoi ?

Meï-Lin secoue la tête, de nouveau affolée. Elle n'a pas de réponse. Elle dit seulement ce qu'elle ressent.

— Ce n'est pas à toi que s'adressait la question, la rassure Anaïs, et j'en connais la réponse. Tu as à la fois tort et raison. La peur est récente, elle s'est installée doucement, permettant à d'autres peurs d'éclore. C'est la fragilité qui est ancienne. J'ai grandi avec elle.

— Tu as peur de quoi ?

Meï-Lin voit bien qu'Anaïs hésite avant de répondre, mais la réponse vient quand même et elle appelle d'autres questions dont Meï-Lin ne veut pas connaître les réponses.

— De moi, répond Anaïs.

— Pourquoi ? demande Meï-Lin.

— Parce que j'ai le pouvoir de détruire.

Meï-Lin préfère donner la réplique sans réfléchir :

— C'est le propre de l'humanité.

— Non, c'est celui de l'animalité dont elle n'est pas sortie.

— Tu as peur de ta part animale ?

Nouveau rire, qu'elle brise d'un coup.

— J'ai peur que Steph ne puisse vivre avec.

Steph, oui, ça c'est un bon sujet.

— J'ai du mal à comprendre comment vous fonctionnez, Stephen et toi.

— Oh ! J'ai cru que tu n'y viendrais jamais ! (Elle se penche et pose une main sur la cuisse de Meï-Lin :) Je ne me moque pas de toi. Cette conversation n'est pas facile pour moi non plus, et nous savons toutes deux que Steph n'est pas ce qui la rend pénible. Tu ne peux pas échapper à ce que je suis, tu sais ?

Elle l'a dit ! Bon sang, pourquoi lui fait-elle ça ? Pourquoi joue-t-elle des peurs avec lesquelles Meï-Lin ne veut pas être confrontée ? À son tour, Meï-Lin se penche, attrape Anaïs par les épaules et plante sa terreur dans les yeux de celle-ci.

— Pourquoi me l'imposer ?

Elles se regardent un moment, plus loin qu'elles ne voudraient se montrer, en tout cas c'est le sentiment de Meï-Lin. Il y a une franchise effrayante dans les yeux d'Anaïs, une sincérité qu'elle ne peut pas garder pour elle. Alors, enfin, Meï-Lin est prête à la recevoir. Anaïs se dégage, se recule dans son fauteuil, mais elle ne lâche pas son regard.

— Ann X est morte, laisse-t-elle tomber. Il y a huit ans. Pour toi, c'est un soulagement. Pour moi, c'est une libération qui n'en finit pas de se refuser. Ne crois pas que je sois ingrate. Je lui dois une vie. Je lui dois Stephen. Je lui dois le dégoût qu'il y a dans ses yeux quand il revoit dans les miens les cauchemars qu'elle lui a infligés. Je lui dois ça. (Elle claque des deux mains sur ses cuisses mortes.) Et tes peurs, les ambitions de Caher, la défiance de Decaze... tout ça, c'est aussi mon héritage, ce que je ne pouvais pas refuser en acceptant la vie qu'elle m'a offerte, en acceptant Stephen. Tu ne comprends pas comment nous fonctionnons ? C'est normal, nous ne fonctionnons pas.

Elle tourne la tête et regarde à travers la vitre. Meï-Lin sait ce qu'elle ne veut pas lui montrer. Alors elle dit quelque chose d'infiniment stupide :

— Il t'aime.

Le regard d'Anaïs revient sur elle, le sourire aussi.

— Ça je sais. C'est bien que tu le saches aussi.

— Il... je... Zut ! Nous avons mis un terme à notre relation.

— Ce n'est pas ce à quoi je faisais allusion.

— Ah.

— Tu risques d'être assez surprise par son comportement quand il me verra.

— C'est surtout lui qui risque d'être surpris. (Une évidence s'impose à l'esprit de Meï-Lin :) Vous ne vous êtes pas revus depuis...

— En effet.

— Mais il fera comme si vous vous étiez vus hier, comme si tout était normal, comme si...

Elle laisse la phrase en suspens. Il y a quelque chose comme une connivence dans le regard qu'elles échangent.

— À la place du cœur, il a une pierre confinée au zéro absolu, intervient Stamm. Et encore je connais des météorites dans le trou du cul de l'espace beaucoup moins froides que lui !

Anaïs fait un clin d'œil à Meï-Lin.

— C'est normal, Dietmar. La température du vide n'est nulle part inférieure à 2,73 kelvins.

Comme souvent, c'est en parlant que ses idées s'éclaircissent, alors Stephen se laisse guider par le flot qui lui vient à l'esprit, le brasse avec ce qu'il avait initialement l'intention de dire et, après avoir résumé les éléments fournis par Carlisle quelques jours après leur rencontre, l'expose comme une évidence tirée de toutes les données qu'il a compulsées.

— Le Marksman n'a pas été formé qu'au tir. L'examiner en se limitant à la fonction de sniper équivaut à ne regarder, non que ce qu'il ne peut cacher, mais que ce qu'il veut montrer. En étudiant la liste de ses victimes, une fois admise l'hypothèse que certaines n'ont été abattues que pour effacer les traces d'Haywood et, plus exactement, celles du laboratoire de l'Arkansas, on peut reconstituer l'équipe qu'Haywood a employée pour le façonner. On y trouve des spécialistes dans des domaines extrêmement variés dont une partie seulement relève des spécialités militaires. Le reste s'apparente davantage au bagage intellectuel et scientifique dont un agent secret peut avoir besoin pour opérer seul dans n'importe quelle situation. Le Marksman, au nom si bien choisi, n'est pas un nettoyeur, même s'il excelle dans cette spécialité. C'est un super espion.

Le moins qu'on puisse dire c'est qu'il les surprend tous les trois. Anton reste suspendu, le goulot de la bouteille près des lèvres. Carlo ouvre des yeux comme des billes. Decaze a appuyé son dos contre le dossier de sa chaise et garde la bouche entrouverte.

— Psychologie, sociologie, géopolitique, sciences de la communication, physique, chimie, biologie, mathématiques, cryptographie, informatique, génie civil… la liste est longue et affolante. Tabernak, on y trouve aussi bien un metteur en scène qu'un mécanicien, des profs de douze langues, un architecte, un théologien, un philosophe, un économiste… Bref, le Marksman a eu les précepteurs pointus dont rêverait n'importe quel dictateur éclairé pour son fils aîné. Et ce qui découle de tout ça, c'est que ses spécialités à lui sont la manipulation et la falsification.

Stephen continuerait bien à profiter d'un auditoire médusé, mais on frappe à la porte et Decaze fronce les sourcils.

— Meï-Lin s'est libérée, laisse tomber Anton.

— Il est plus probable qu'un de nos discrets voisins veuille nous inviter à la fête, le détrompe Stephen.

— Ou s'excuser du vacarme qui ne va faire qu'empirer, corrige Carlo.

Decaze se lève et va ouvrir. Anton, Stephen et Carlo l'entendent dire :

— Meï-Lin ? Je croyais…

Puis plus rien. Une seconde, deux secondes. Anton et Carlo jaillissent de leurs chaises, non sans avoir ramassé leurs bouteilles de bière par le goulot, et se précipitent à l'intérieur. Ils s'arrêtent brutalement et s'écartent. Stephen voit Naïs avant le fauteuil roulant. Naïs magnifique. Naïs au naturel. Naïs qui lui fait un clin d'œil.

Alors seulement il aperçoit Stamm qui pousse le fauteuil, puis Meï-Lin derrière lui.

— Bonsoir, Steph, dit Naïs d'une voix enjouée.

Il ne sait pas comment son cœur tient, il ne sait pas pourquoi il n'éclate pas en larmes. Il fait juste ce dont même lui se croit incapable. Trois pas. Il se penche vers Naïs, il prend son visage entre ses mains et il l'embrasse, lèvres à lèvres.

Le baiser dure le temps que le silence autour d'eux passe de la stupeur à l'embarras.

— J'ai peu de temps, lui souffle Naïs juste avant qu'il se redresse, mais tu ne perds rien pour attendre.

Il ignore comment c'est possible, mais il est sûr que personne n'a entendu. Il regarde Stamm, dont les yeux se durcissent avant de sourire. Stamm tend la main. Stephen la serre, fort.

— Salut, gamin.

— Salut, Dietmar.

Stamm passe devant lui en poussant le fauteuil, qu'il positionne à côté de la place qu'occupait Stephen. Stephen offre un sourire contrit à Meï-Lin qui lui claque deux baisers sur les joues.

— Elle est superbe, lui murmure-t-elle.

— Oui, dit-il (sans avoir besoin de se demander pourquoi son cœur se serre).

Meï-Lin va s'adosser contre un mur du patio. Carlo et Stamm se placent derrière leurs chaises. Decaze en attrape deux autres dans la cuisine avant de les rejoindre. Le silence dure le temps que Stephen comprenne qu'il doit faire les présentations.

— Carlo, Anton, Philippe… Anaïs, dit-il sobrement (il a failli oublier le A).

— Enchanté, dit Anton en s'approchant de Naïs, pour lui serrer la main.

— Ravi, tu veux dire, dit Carlo en l'écartant pour embrasser Naïs.

Decaze s'approche du fauteuil, regarde longuement la jeune femme et la salue simplement de la tête :

— Bienvenue, Anaïs.

— Merci, dit Naïs. Je vous connais tous par ouï-dire. (Elle désigne Stephen de la tête.) Je suis heureuse de vous rencontrer.

— Moi aussi, se manifeste Meï-Lin, je vous connais tous par monsieur ouï-dire et…

Elle n'a pas le temps de finir. Anton est sur elle, la décolle du sol par les épaules et lui claque deux bises sonores.

— Salut, petite !

Elle ne peut pas répliquer, Carlo l'a arrachée des bras d'Anton et l'étouffe contre lui. Quand ils ont fini de la chahuter, ils vont s'asseoir. Elle s'installe entre eux. Stamm s'assoit entre le siège sur lequel Decaze n'a pas encore pris place et Naïs. Decaze tient le dossier de sa chaise, il voudrait demander « Qu'est-ce qui vous amène ? », il dit :

— Nous n'avons que de la bière, du pastis et du vin, mais c'est l'heure de l'apéritif, n'est-ce pas ? Vous restez manger avec nous, bien sûr ? J'ai préparé un bœuf bourguignon et il y en a pour un régiment. Il suffit de le réchauffer. Je…

Naïs l'interrompt d'une voix douce :

— Excusez-moi, Philippe, ce serait avec plaisir, mais ce sera pour une autre fois. Dietmar a des obligations et j'ai une journée chargée demain. (Elle l'a dit de façon que personne n'ose une question. Elle enchaîne d'ailleurs très vite :) Il me paraissait toutefois important de vous prévenir que la DCRI a placé mademoiselle Banchai sous surveillance électronique et que le Mossad ne vous laissera pas intercepter l'homme qui m'a tiré dessus. Dietmar, si tu veux bien…

Stamm profite de la bombe qu'elle vient de poser sur la table et répète ce qu'il a expliqué à Meï-Lin un peu plus d'une heure plus tôt. Les fronts se plissent, les sourcils se froncent. Une demi-heure auparavant, ils se voyaient débouchant le champagne. Maintenant, leurs palais ont le goût du vinaigre. Sauf celui de Stephen. Il y a quelque chose de tellement logique dans ce qu'il entend qu'il se demande comment il a pu passer à côté de ce que cela induit ou démontre. Quand Stamm en a fini, il vole à Decaze la parole que celui-ci allait prendre et s'adresse à Naïs :

— C'est à ça que je voulais en venir avant que vous arriviez. Je vais essayer de te résumer…

— Steph, l'arrête Decaze, l'interférence du Mossad est un problème auquel il me semble urgent de réfléchir. On reparlera de…

Stephen ignore si Decaze ressent effectivement cette urgence ou s'il ne craint pas plutôt qu'il en révèle trop sur leurs réflexions, mais il le coupe à son tour, de la même manière.

— Philippe, le Mossad est un faux problème que nous ne réglerons pas ce soir et que nous confierons aux bons soins de tes supérieurs, de ceux de Carlisle et de ceux de Caher. Je préfère profiter de la présence d'Anaïs pour…

Cette fois, c'est Anton qui l'interrompt :

— Le Mossad est un *vrai* problème, Steph, que les Ricains et les Français ne risquent pas de régler, et encore moins Interpol.

— Je suis assez d'accord, approuve Stamm. Ils ont un sens aigu de la collaboration à sens unique, ils n'en font qu'à leur tête et ils ne craignent personne. Si le Marksman n'est pas encore une priorité pour eux, il suffira de leur suggérer de s'en tenir éloigné pour qu'elle le devienne.

— Il faut coller les Russes sur le coup, dit Anton. Le FSB a le Mossad dans le nez au Moyen-Orient. Moscou ne voit pas d'un bon œil la collaboration entre Tel-Aviv et Washington là-bas, c'est pour cela qu'ils essaient de forcer un accord en acculant le Mossad au Liban d'abord, en Iran ensuite. Si…

Decaze intervient :

— Je trouve qu'il y a déjà beaucoup de monde dans cette histoire. Nous nous débrouillerons sans tes petits copains.

— Excusez-moi, Philippe, s'en mêle Naïs. Vous avez raison, bien sûr, mais j'ai peu de temps et, avant de partir, j'aimerais bien entendre Stephen.

Stephen n'en revient pas : tous sont subjugués.

Comment fait-elle ça ?

Il ne se contente pas de reprendre ce qu'il disait avant que Stamm et Naïs débarquent, il résume tout ce que Carlo et Anton ont annoncé précédemment et enchaîne sur sa propre analyse.

— Beaucoup de choses m'ont longtemps échappé, entre autres que le Marksman imagine les situations et les anticipe, un peu comme il le fait avec ses cibles lorsque celles-ci bougent ou qu'il ne les voit pas. (Stephen pose la main sur le bras de Naïs :) À cause de cette analogie, je me braquais sur l'idée qu'il choisit parmi les configurations plausibles celle qui est la plus probable. J'ai fini par comprendre qu'il a meilleur compte de la provoquer. Il y a probablement une grande part d'intuition dans sa façon de procéder, mais l'intuition est la résultante de tout ce que nous avons emmagasiné de manière consciente et inconsciente. Or il a emmagasiné énormément de choses. Il laisse sûrement aussi beaucoup de place à l'improvisation, tant il a confiance en ses capacités. Pourtant, il prévoit à long terme. Plus exactement, il se dote des moyens de ne pas être pris au dépourvu.

« Par exemple, je ne pense pas qu'il ait d'autre raison d'abattre Paul Kovacs que celle de se concocter une identité. Et il le fait en 2001, des années avant de s'en servir. Il l'a prévu ? Pas vraiment… (Stephen ôte sa main du bras de Naïs pour arrêter Anton qui allait intervenir, l'air de dire : « J'y reviendrai. ») Il est tombé sur, ou il possédait de longue date, des informations concernant Kovacs, il a vu le parti qu'il pouvait en tirer, il a ajouté une pièce tactique à sa panoplie de jalons posés un peu partout. Et, si c'est bien le cas, il n'y a aucune raison de ne pas envisager qu'il a décidé d'en ajouter une autre en se faisant tuer quelques secondes après le meurtre de Kovacs.

— Euh… fait Anton.

— Je sais, c'est tiré par les cheveux, mais tout ce qu'il fait est à tiroirs… ou, plutôt, à matriochkas. Une figurine dans une figurine dans une figurine dans une figurine. Ça ne vous évoque rien cette image ? Figurines, poupées, pantins ? Pas étonnant que sa marotte soit la collection des marionnettes, il est maître dans l'art de tirer les ficelles. Ainsi, ce n'est pas par hasard que, peu après que la DST commence à le traquer sur Internet par le biais des marchands d'armes, il choisit précisément de faire des emplettes chez le Facteur de Vienne, dans un bâtiment qui jouxte celui qu'occupe le Mossad.

Anton est sceptique et donne des signes d'agacement depuis un moment. Finalement, il interrompt une nouvelle fois Stephen :

— C'est le clone de Machiavel et Nostradamus que tu décris ! Réveille-toi, Steph ! On ne peut pas…

— Quoi ? lui retourne Stephen une nouvelle fois comme la monnaie de sa pièce. Acheter des armes à tout bout de champ et les planquer un peu partout pour ne pas perdre de temps quand on en a besoin ? Une arme ne passe pas facilement une frontière et ne monte plus depuis longtemps dans un avion, Anton. Une cache ici, une cache là, partout où il peut en avoir besoin sans délai. Ça permet de tuer un type à Washington pour son petit déjeuner et d'en abattre un autre à Saint-Pétersbourg seize heures plus tard, pour son petit déjeuner aussi, sans dépendre de qui que ce soit. C'est la seule préparation de longue date nécessaire, pour le reste un minimum d'informations glanées sur le Net suffit. Quant à l'heure et au lieu, cela peut être provoqué. Le Marksman n'est préparé à rien de précis, il est prêt à toute éventualité. Il ne s'occupe des détails que lorsqu'il en a besoin. C'est pour ça qu'il ne va pas être facile à piéger, même en lui agitant sous le nez la marionnette dont il a toujours rêvé.

— Ça, on s'en doute, dit Carlo, mais si on le fait bien...

— Non, le contredit Naïs. Les marionnettes, c'est un attrape-nigaud. (C'est son tour de poser la main sur le bras de Stephen :) Tu permets ?

Stephen hoche la tête, alors elle cherche l'approbation dans le regard de Decaze, qui se fait un plaisir de la lui donner :

— Nous vous écoutons, Anaïs.

— Merci, Philippe. Dietmar et moi allons devoir y aller. (Elle en paraît presque gênée.) Je crains que Stephen n'ait raison sur toute la ligne, mais qu'il n'aille pas assez loin. John Carlisle se trompe : Dick Landis n'était pas le dernier témoin des horreurs commises par Haywood. *Je* le suis. Et je le suis parce que j'ai subi des horreurs qui ont contribué à une formation sensiblement équivalente à celle du Marksman. Je ne le connais pas et, si je l'ai rencontré, ce n'est jamais à ce titre, mais je peux certifier que le maître mot de ce qui l'anime est « paranoïa ». En conséquence, toute faille qu'il montre est délibérée, parce que la meilleure façon de s'épargner les mauvaises surprises consiste à les organiser soi-même. Il ne cherchera pas à éviter le piège que vous pourriez tendre autour de sa marotte et il n'aura même pas besoin de le retourner contre vous, c'est déjà programmé. Et il y a fort à parier qu'il aura aussi envisagé que ses chasseurs le comprendraient. L'image des poupées russes est la bonne, le Mossad est probablement la troisième dans l'emboîtement. Il doit être possible d'y emboîter Gaël Caher et la DCRI, bien sûr, mais je ne miserais pas sur vos chances de le coincer par le biais de la marotte.

« Excusez ma franchise, Anton, mais l'idée d'ajouter les Russes, même de faux Russes, à ce méli-mélo est aussi absurde, en termes d'efficacité, que dangereuse à moyen terme. Je n'ai hélas pas de suggestion. Vous savez, informez-en Caher et laissez-le se débrouiller avec ça. Il se cassera le bec, mais il l'a bien cherché. De votre côté, surveillez vos arrières. Meï-Lin ?

Meï-Lin, qui ne s'est absolument pas mêlée à la conversation, est toute surprise qu'Anaïs s'adresse à elle, mais elle fait bonne figure :

— Anaïs ?

— Tu préfères que nous te ramenions ou tu tiendras le choc dans ce repaire de testostérone ?

Meï-Lin pouffe.

— Je tiendrai le choc, dit-elle.

Stamm est déjà debout.

— Messieurs, Banchai, salue-t-il.

— Tu nous raccompagnes à la voiture ? demande Naïs à Stephen.

Pour Stephen, il n'est de toute façon pas question qu'il en soit autrement.

La portière latérale est ouverte, le pan incliné est descendu, Stamm est déjà au volant et fait semblant d'être absorbé par le GPS. Naïs et Stephen s'embrassent longuement. Quand ils se séparent, Naïs dit :

— Tu sais que je suis le seul piège dans lequel il puisse tomber, n'est-ce pas ?

— Oui. Mille fois hélas. Mais tu vas avoir besoin de nous.

— Oui, mille fois hélas aussi.

— J'ai peur pour toi, Naïs.

— Pas mieux en ce qui te concerne.

— Le Mossad ? C'est pour ça que tu es venue.

— Non, j'avais envie de te voir. Le reste ne nécessitait qu'un mail.

— Et la surveillance électronique qu'a mise en place Caher, c'est du vent ?

Elle rit.

— Oh que non ! Mais le jour où un Caher m'empêchera de faire quoi que ce soit à son insu, c'est que je serai bien diminuée. Tu me pousses dans le fourgon ?

Stephen attrape les poignées du fauteuil, le fait pivoter et le pousse dans le monospace. Stamm fait rentrer le pan incliné depuis le tableau de commandes.

— Quand nous revoyons-nous ?

— Lorsque je saurai quand, comment et où en finir avec lui. J'embrasse Michel et Nadja pour toi ?

— Évidemment !

— Oups, j'allais oublier.

Elle attrape une chemise en papier et la tend à Stephen.

— Qu'est-ce que c'est ? demande-t-il.

— Une copie de notre certificat de mariage.

Elle fait un clin d'œil à son air ahuri et lance à Stamm :

— On décolle !

Stamm commande aussi la fermeture de la porte par le tableau de bord. Stephen n'agite pas le bras, mais il regarde le monospace s'éloigner avec l'impression d'un vide abyssal dans l'estomac.

Plus tard, il comprendra que, en matérialisant Anaïs, Naïs vient de passer du statut de fantasme à celui d'être vivant, pour Decaze et les autres, peut-être un peu pour lui-même aussi.

Maintenant il doit rentrer dans la cage et affronter les remarques stupides, déplacées, flatteuses, amicales de trois lions sur le retour et d'une panthère aux griffes de velours. Mais, à dire vrai, il s'en moque complètement.

She loves you, yeah, yeah, yeah

17 octobre 2008

Stephen loue un gîte au mois près du lac de Paladru, un bungalow en forme de chalet avec un lit en mezzanine, une cuisine américaine sur un séjour confortable, les commodités et une liaison internet. C'est petit, fonctionnel, minimaliste et un peu loin de Lyon mais ça évite que Decaze soit tenté de passer le voir trop souvent. Il ignore si ça facilite ou si ça complique le travail de l'équipe censée le protéger, mais il n'en a cure. Il ne se sent pas en danger et, quand bien même le serait-il, cela ne le perturbe aucunement. À dire vrai, il ne se sent nuisible pour personne, pas même pour le Marksman. Il ne l'est plus, en tout cas. En ce qui le concerne, il a fait son boulot et il doute de pouvoir aller plus loin. Par contre, il aimerait bien le rencontrer, moins par curiosité professionnelle, soupçonne-t-il son subconscient, que pour se racheter d'avoir refusé le contact avec Naïs il y a quelques années. Naïs qui, justement, ne semble pas pressée de reprendre contact, mais c'est bien dans sa manière et dans les habitudes qu'ils ont tous les deux.

Des habitudes ! Ça le ferait rire si ce n'était pas pitoyable. Ils n'ont d'habitude que celle de ne pas en avoir, puisque Stephen n'en veut pas plus qu'il ne veut d'elle. Au passé, tout ça. Au passé.

Depuis quinze jours, Stephen se sent inutile et s'ennuie. Malgré l'avertissement de Naïs, Anton, Carlo,

Decaze et Meï-Lin travaillent de leur côté à fomenter un piège dans le piège dans le piège, à emberlificoter Caher et le Mossad avec l'appui de Carlisle qui n'est pas en mal d'idées retorses, à réexaminer certains aspects techniques du dossier sous l'angle de vue de Stephen. De Washington, Carlisle surveille son Club de Dallas. Il a aussi relancé une fouille complète du laboratoire abandonné de l'Arkansas à la recherche d'empreintes palmaires et d'ADN, et il en trouve, des milliers, souvent en très mauvais état, que plusieurs labos scientifiques du FBI analysent à temps perdu, car ce n'est pas vraiment une priorité. Pour l'instant, ils ont déjà démontré que plusieurs victimes du Marksman y avaient séjourné, travaillé ou n'avaient fait qu'y passer. Du point de vue de l'investigation, Stephen trouve que c'est une perte de temps faramineuse, mais il comprend que, si Carlisle produit un jour l'affaire devant la justice, il aura intérêt à présenter un dossier en béton en sus de l'improbable témoignage du Marksman.

Après avoir été considérée comme annexe puis carrément négligée par le euh-supérieur de Caher, la recherche du Marksman semble devenue une priorité dans laquelle la DCRI investit le surplus de main-d'œuvre né de la fusion de la DST et de la DCRG. Il semble que le euh-supérieur ait été vexé, et probablement moins par les quatre coups de feu du Marksman sur ses hommes que par les reproches adressés par Interpol quant à l'arrestation d'un certain Bellanger Stephen, ainsi que par la demande d'explications des autorités canadiennes ayant nécessité des excuses subtiles badigeonnées d'une épaisse couche de légitime suspicion. Après avoir quitté Washington, Stephen a dû faire un détour par Ottawa pour être auditionné par une commission d'experts en terrorisme (sic), caressé dans le sens du poil par deux ministres qui n'avaient apparemment rien de mieux à faire que de l'inviter à déjeuner pour l'un, dîner pour l'autre, et briefé par un haut fonctionnaire sur l'importance de ne pas communiquer autour de cette malencontreuse bévue. Il en a profité pour repasser par Montréal voir ses parents, constater que son compte bancaire avait été crédité d'une somme rondelette et s'écrouler de rire en lisant le détail des indemnités adressé par le ministère de l'Intérieur français pour sa prestation de service.

Alors qu'il ne parvient à rien en journée et surtout pas à se forcer pour travailler dans le vide, comme tous les soirs, Stephen ressent une excitation intellectuelle qui le pousse, généralement après deux heures de réflexion stérile ou inaboutie, à ouvrir le portable et à faire défiler le dossier. Ce n'est pas à proprement parler de l'acquit de conscience, c'est plutôt la crainte tenace d'être passé à côté de quelque chose qui pourrait être utile, simplifié, assuré. Et ce soir, comme tous les soirs, il ne trouve rien à se mettre sous les neurones. Il y a bien ces coups de folie, qui poussent le Marksman à tirer sur d'autres personnes que sa cible, mais il ne parvient pas à les exploiter car il ignore ce qui les motive.

Tous les jours, quand il en a ras le bol de se creuser inutilement la cervelle, il se sert un verre de vin, de saint-véran, en hommage à ceux qui lui manquent, et il se prépare un plat de plus en plus quelconque, l'avant-dernière étape avant la déchéance du plateau-télé surgelé. Aujourd'hui, ce sera petit salé aux lentilles. Il est en train d'émincer un oignon quand il entend un véhicule descendre le chemin devant les chalets et s'immobiliser devant la porte de celui qu'il occupe.

Manquait plus que Decaze !

Une, deux portières, il est venu avec Meï-Lin. Il y a du nouveau.

Troisième portière. Anton ou Carlo ? Anton, probablement. Carlo était en France la semaine dernière et pestait que la Confédération le noyait de boulot, lui laissant peu de temps à côté.

Trois coups sur la porte. Stephen se sèche les mains qu'il vient de rincer et ouvre.

— Surprise ! lui jette Michel.

Ils sont dans les bras l'un de l'autre avant que Stephen n'ait le temps de dire un mot. Puis c'est au tour de Nadja, moins chaleureuse mais apparemment contente de le revoir. Naïs attend patiemment sur le perron que Stephen aille l'embrasser. Ce qu'il fait dès que Nadja et Michel veulent bien lui en laisser l'occasion. Ce qu'il fait avec passion.

— Si vous voulez, on repasse plus tard ! lance Michel.

Stephen se redresse à regret, pousse le fauteuil à l'intérieur et referme la porte.

— Alors que je ne vous ai pas vus depuis...

— Un bail, finit Michel. On a loué le chalet à côté, alors tu sais, ça peut attendre le petit déj'... mais c'est moi qui vais chercher les croissants cette fois.

— Sans permis ? raille Nadja.

Le permis n'est pas un problème, mais Michel ne sait absolument pas conduire.

— À pied, tu en as pour une heure à l'aller et trois quarts d'heure au retour, dit Stephen, ça descend dans ce sens.

Michel hausse les épaules.

— J'ai l'habitude. Bon, de toute façon, nous aussi on a l'intention de manger en amoureux, alors...

— Alors vous ne me ferez pas l'affront de refuser un saint-véran.

Nadja et Michel ne sont pas restés au-delà de deux verres. Ils avaient vraiment prévu de dîner ensemble et avaient retenu une table dans une ferme auberge. À peine la voiture de Nadja a-t-elle démarré que Stephen se précipite sur Naïs et l'embrasse, goulûment, presque allongé sur elle. Cette fois le baiser dure et en entraîne un autre, puis ils restent un moment à se regarder dans les yeux et Naïs caresse le visage de Stephen.

— Tu nous ressers, s'il te plaît ?

Stephen remplit les verres. Naïs avise le portable ouvert.

— Tu bossais encore ou tu as commencé un autre bouquin ?

Il lui tend un verre.

— Écrire un bouquin, c'est du boulot, tu sais... auquel je ferais d'ailleurs bien de me remettre au lieu de perdre mon temps en cherchant la petite bête dans le dossier Marksman.

Ils trinquent.

— À ton prochain... ce sera quoi, un deuxième roman ?

— Je crois, oui. J'ai des idées amusantes et j'en ai ma claque de la criminologie.

— Alors à ton prochain roman !

— À nous.

Elle lui fait un clin d'œil.

— À nous, répète-t-elle.

Ils boivent tous les deux une gorgée.

— Que cherches-tu encore sur le Marksman ?

— Je ne sais pas. Je pense bien le cerner maintenant, mais j'ai pu rater un truc qui pourrait servir à Decaze.

— Oui et non.

Stephen plisse les yeux. Il n'a jamais douté que Naïs, qui fouille régulièrement dans son disque dur, puisse y avoir trouvé autre chose que lui, peut-être même plus que lui, mais, tout à coup, il se demande pourquoi il n'a pas envisagé qu'elle en sache beaucoup plus et depuis très longtemps.

— Tu as découvert ce qu'il est, explique Naïs, pas qui il est, mais il y a des rapprochements que tu aurais pu faire pour mieux le comprendre.

Des rapprochements entre quoi et quoi ? se demande Stephen. Puis il reformule la question : des rapprochements entre qui et qui.

Naïs lit dans ses yeux qu'il a deviné à quoi elle faisait allusion.

— Je suis la clé de tout ce qui t'échappe, dit-elle.

— Tu le connais, c'est ça ?

— Non. Il est improbable que je l'aie rencontré quand je me suis laissé enfermer dans l'Arkansas, je n'ai vu que des kakis et des blouses blanches, et si nos routes se sont croisées à d'autres moments, je n'ai aucune possibilité de le savoir. En fait, je suis certaine qu'il s'est placé plusieurs fois sur mon chemin, qu'il m'a observée, épiée, étudiée autrement que dans les rapports sur lesquels Haywood l'a fait bûcher. Il n'a pu apprendre à échapper à ma transparence et à me reconnaître que de cette manière.

Stephen fait pivoter le fauteuil roulant, place une chaise en face et s'assoit.

— Uniquement comme ça ? demande-t-il. S'il est lui-même... d'une autre façon, je veux dire...

— Transparent ? Non. Il se serait sorti du guêpier de Vienne sans avoir besoin de tirer dans le tas. Il approcherait ses cibles plus près et les ajusterait dans des conditions moins délicates. Je parviens encore à échapper à l'attention de Michel et il arrive même à Nadja de ne pas me reconnaître quand je ne le veux pas. Je n'ai pas essayé avec toi depuis juin 2001, mais, s'il est possible que tu sois aujourd'hui immunisé contre mes perturbations noologiques, je suis certaine de pouvoir te rouler en me grimant. Lui me reconnaît sous des déguisements particulièrement hermétiques. Je pense que c'est une faculté collatérale à un entraînement intensif.

— Haywood l'a dressé contre toi.

— Très efficacement.

Stephen est sceptique.

— Dans ce cas, pourquoi ne s'en est-il pas servi lorsqu'il a décidé de t'éliminer ?

— Parce qu'il l'ignorait.

Stephen est de plus en plus sceptique et sa moue très explicite.

— Le Marksman le lui a caché, s'explique Naïs, comme j'ai caché à mes parents que je m'entraînais avec la ferme intention de les tuer dès que je me sentirais le niveau pour le faire.

Du regard, elle lui demande si elle peut poursuivre dans cette voie, il sourit et acquiesce d'un clignement de paupière.

— Cela m'a pris des années. Mes deux parents avaient été formés aux techniques de combat et mon père y excellait. Quand il était à la maison, je le voyais s'entraîner tous les jours. J'ai beaucoup appris en l'observant. Le

Marksman aussi a dû beaucoup apprendre d'Haywood et de ses tortionnaires en vue d'assouvir sa haine, et il leur a caché tout ce qu'il pouvait sans s'aliéner leur confiance. Je sais : tu penses qu'il s'efforce d'effacer les traces d'Haywood, non au service de cet hypothétique Club de Dallas, comme le croit Carlisle, mais pour préserver la mémoire de son père spirituel. Je ne nie pas la pertinence du syndrome de Stockholm, ni les effets pervers des liens qui unissent la victime à son bourreau, je remets seulement en cause le principe qui consiste à penser que quelqu'un qui en maîtrise les mécanismes puisse en subir les conséquences.

— Cela arrive pourtant.

— Ponctuellement, dans les conditions de stress qui les induisent. Haywood mort, le Marksman n'est plus en situation de stress vis-à-vis de lui, d'accord ?

Stephen hoche la tête. Naïs lui envoie un baiser.

— Ce sont ses propres traces que le Marksman essaie d'effacer, Steph, tout ce qui a fait de lui ce qu'il est, tous ceux qui l'ont façonné. Il ne pourra pas être libre avant qu'il n'en reste rien.

— D'accord, ça me va, ça colle parfaitement, mais quel est le rapport avec toi ?

— Le Marksman a mon âge et je suppose que ce n'est pas le seul critère qui a présidé au choix d'Haywood. Il a dû être maltraité lui aussi, mettre un terme à son martyre par la violence, etc. Ce vieux salopard a dû m'ériger en modèle et orienter la formation du garçon en fonction de la mienne, exigeant des résultats comparables aux miens, instaurant une compétition à distance, récompensant, punissant, brimant, louant l'enfant uniquement sur sa capacité à m'égaler ou à me dépasser. Je suis ce qui a le plus façonné le Marksman et ce dont il a le plus souffert. Et je l'ai encore précédé, encore frustré, encore humilié en tuant ce fumier alors qu'il devait se sentir prêt à le faire. Ma mort est le prix de sa liberté.

Cela part d'une hypothèse non vérifiable, mais c'est d'une logique implacable, à la conclusion tout aussi implacable. Stephen fait tourner le verre entre ses mains, boit une gorgée, le pose sur la table. Il a le front ridé.

— Tu ne penses pas que nous puissions le coincer autrement qu'en nous servant de toi comme appât, dit-il.

— Je suis le seul pour lequel il considérera une marge étroite de sécurité comme acceptable. C'est quoi cet oignon, au fait ?

— Tabernak ! Tu as faim ?

— Très franchement, oui.

Stephen se lève et se précipite vers la cuisinière.

— Quel est le menu ? demande Naïs.

— Lentilles même pas du Puy et petit salé même pas du charcutier.

— Dans ce cas, ça pourra attendre. De toute façon, ce n'est pas de ça que j'ai faim.

Stephen repose la casserole qu'il vient de sortir et se retourne tout sourire. Puis il jette un regard vers la mezzanine, dont l'escalier lui paraît subitement très pentu. Naïs a intercepté son coup d'œil, elle rit :

— Je propose que nous laissions le fauteuil en bas, dit-elle. À moins… (Elle se propulse vers le canapé.) Je suppose qu'il fait lit aussi.

Stephen atteint le canapé presque en même temps qu'elle.

— Clic clac, fait-elle. (Elle l'arrête en lui posant une main sur le bras alors qu'il a déjà balancé les coussins et qu'il s'apprête à ôter la housse.) Attends. Assieds-toi, en face de moi.

Il s'exécute, très droit, et pose les mains sur ses genoux.

— Je vais te raconter une histoire. (Elle rit à son air déçu :) Je ferai court, promis. C'est un rêve que j'ai fait il n'y a pas longtemps. (Elle fait reculer le fauteuil d'un peu plus d'un mètre :) Bon, ce n'est pas le genre de rêve qu'on raconte pour une nuit de noces, mais…

Stephen hoquette un petit rire.

— Tu as raison, c'est un peu notre nuit de noces. Comment tu as su que…

— Un mail de Decaze à Banchai. Je disais donc...

— Et le certificat, c'est un faux ou...

— Parfaitement authentique. J'ai joué avec quelques fichiers et je me suis fait envoyer une copie au consulat. Après tout, je suis canadienne, maintenant.

— On n'obtient pas la nationalité canadienne simplement en épousant un Canadien.

— Oh ça je sais ! Il a d'abord fallu que tu me parraines, en tant qu'épouse, pour que je devienne résidente permanente, puis nous avons passé trois ans entre Montréal et Sainte-Anne-du-Lac, j'ai demandé la citoyenneté, j'ai prouvé que je parlais le français et l'anglais, j'ai brillamment réussi l'examen de connaissance du Canada et, après un délai que je trouve personnellement lamentable, nous avons été informés que je satisfaisais à tous les critères, que j'étais dorénavant une fière et pétillante citoyenne du beau pays de Canada et que nous pouvions célébrer ma toute nouvelle citoyenneté. C'était il y a quatre ans. Ne suis-je point persévérante ? Il m'a fallu au moins deux jours pour bidouiller tout ça sur le Net. Je peux raconter mon cauchemar, maintenant ?

Stephen fait la moue.

— Tu avais dit « rêve ».

— Je sauterai les passages gore. Ce n'est pas ça qui est important.

— Alors ne raconte que ce qui est important.

— Ce qui est important, ce n'est pas le souvenir qu'a ranimé le rêve, c'est ce qu'il a provoqué.

— Alors dis-moi simplement ce qu'il a provoqué.

— Tu es infernal !

— Amoureux.

— Lubrique, oui ! Tu mériterais que je boude.

— D'accord, raconte.

Tous deux peinent à retenir leur fou rire.

— Non, je te raconterai plus tard : moi aussi, je suis lubrique. Mais je vais quand même te montrer. Tu veux bien que je te montre un de mes tours de magie ?

— Je l'exige !

— Tu n'en parleras à personne ?

— Promis.

— Alors regarde, petit homme des forêts lointaines, et admire la fée Naïs.

De vrais gosses, se dit Stephen. Puis il tombe du canapé.

The magical mystery tour
Is dying to take you away

2 mai 2009

Philippe n'est pas particulièrement ravi de devoir séjourner peut-être une semaine complète en planque dans une chambre d'hôtel dont seul le prix justifie les trois étoiles affichées dans les guides touristiques. Le taulier a été honnête : ce n'est pas sa meilleure chambre. Mais c'est la seule devant la porte de laquelle on doit impérativement passer pour accéder aux combles. Et les combles offrent une vue imprenable sur pratiquement toute la ville et sur le lac du Bourget, qu'on n'aperçoit bien sûr pas de sa chambre. Or ils sont tous tombés d'accord : il n'y a pas de meilleur endroit pour faire un carton sur le centre de Thalasso, l'hôtel beaucoup plus luxueux où loge Bellanger, chacun des restaurants dans lesquels il envisage de manger et les rues qui conduisent d'un lieu à l'autre.

Philippe n'est pas le plus mal loti. Carlo est logé, avec un de ses compatriotes tireur d'élite, par une dame âgée fort sympathique mais quelque peu envahissante, dans une chambre de six mètres carrés dotée de deux lits d'enfant. Ils surveillent le dernier étage d'un immeuble dont la plupart des fenêtres offrent à peine moins de possibilités de tir que les combles au-dessus de la chambre de Philippe. Anton s'est carrément installé dans ce qu'ils ont convenu d'appeler « le dernier choix », le grenier d'une administration dans lequel il a posé un matelas de camping. En fait, ce « dernier choix » correspond assez bien aux habitudes du Marksman telles que décryptées par Bellanger. Distances importantes, angles de tir minimaux, trajectoires frôlant des obstacles, bref improbable, donc tout à fait dans son style, d'autant plus que les toits sont facilement accessibles et qu'ils permettent de rejoindre de nombreuses issues.

Philippe a aussi posté des renforts dans plusieurs hôtels, dont le sien et celui de Stephen. Huit hommes en tout, plus Meï-Lin au centre de thalassothérapie, dans la chambre jouxtant celle d'Anaïs Bellanger, qui est une satanée tête de mule !

Philippe souhaitait que ce soit un de ces agents qui occupe le fauteuil roulant. Il avait même la femme idéale, une fois teinte et maquillée. Mais madame Bellanger n'a rien voulu entendre. *Si quelqu'un doit se faire tuer, gnagnagna.* Elle a aussi refusé le gilet pare-balles, prétextant que le Marksman viserait le crâne avec un projectile qu'aucune protection n'arrêterait et qu'elle n'avait pas l'intention d'éveiller sa suspicion en s'habillant en sac pour cacher le gilet. Heureusement, c'est monsieur Bellanger qui a essuyé les plâtres, par téléphone. Philippe n'a eu droit qu'au compte-rendu de celui-ci, par téléphone aussi. Moralité, outre qu'il n'a pu briefer ni l'un ni l'autre, il a la furieuse impression de diriger le pire système de protection de sa carrière, pour la chèvre la plus visible qu'il ait jamais eue à offrir en pâture au plus insaisissable des prédateurs qu'il ait affrontés. À égalité avec Ann X, en tout cas.

Au moins, il a réussi à faire passer un mobile de dernière génération – de la prochaine, même, il n'est pas encore commercialisé – à Bellanger, qui n'a qu'à laisser deux secondes le doigt sur une touche pour que les appareils d'Anton, Carlo et le sien se connectent simultanément.

Philippe repose les jumelles. Bellanger pénètre dans son hôtel et il est à l'heure, c'est déjà ça.

Caher est assez content de lui et plutôt satisfait du boulot de son équipe. Il n'était pas très difficile d'espionner les communications de Meï-Lin Banchai, avec les moyens du ministère de l'Intérieur et le concours de France Télécom, et à peine plus de les décrypter, en temps réel pour le téléphone, avec un léger décalage pour l'ordinateur. Par contre, il était plus délicat de reconstituer les non-dits, d'interpréter les allusions, de rester invisible en toutes circonstances et de l'être encore en installant la ratière alors que Decaze positionnait sa souricière, puis de l'être toujours alors que tout le monde est en place.

Pourtant, les hommes de Decaze sont doués ! Caher n'a jamais vu ça. Plus exactement, Fourreau, l'agent qui le seconde et qui dirige vraiment l'opération, n'avait jamais vu une équipe aussi affûtée.

« — Pour être franc, monsieur Caher, à part le tireur d'élite et son acolyte, nous ne les aurions pas repérés sans savoir ce que nous cherchions. Le sniper ne les verra pas. »

Heureusement ! Sinon cela ne servirait à rien que le commando de la DCRI soit lui totalement invisible. À la demande de Caher, Fourreau a collé un de ses tireurs sur celui d'Interpol, sans ordre, juste au cas où.

« — Au cas où quoi, monsieur ?

« — Au cas où nous aurions la possibilité de le prendre vivant, je ne veux pas qu'ils me le descendent.

« — Sauf votre respect, monsieur, tirer sur un agent d'Interpol après l'incident Bellanger ne nous vaudrait aucunes félicitations. »

L'incident Bellanger ! Dans quels petits papiers se trouve Fourreau pour être au courant de ça ? Méfiance, en tout cas, ils sont peut-être à la même altitude que ceux dans lesquels Caher doute d'être toujours aussi prisé.

« — Nous l'aurons pris pour le sniper, ce sont des choses qui arrivent quand on oublie de nous prévenir d'une opération illégitime sur le territoire français. Et votre homme n'est pas obligé de tirer pour tuer. »

Il est un peu plus de midi. Il ne manquera bientôt plus que le Marksman. Caher a parié qu'il attendrait la soirée, mais pas le lendemain. Fourreau penche pour le début de matinée.

Marks est entré une demi-heure avant la fermeture des locaux. Trois entreprises dans le même bâtiment, une porte principale ouverte le samedi matin de 8 heures à midi, un monte-charge qui fait office d'ascenseur pour quelques employés un peu moins dynamiques que leurs collègues, une trentaine de salariés basés sur place, des commerciaux, des fournisseurs, des livreurs, des coursiers qui entrent et sortent quasiment toute la matinée, des stocks en sous-sol et au rez-de-chaussée, des réserves à chaque niveau, des bureaux en surnombre, des salles de réunion... il n'a eu aucun mal à passer inaperçu et à se glisser dans un local technique pour attendre que le bâtiment se vide.

C'est un petit immeuble dans un parc d'activités au sommet d'une colline près des quartiers chics d'Aix-les-Bains, certains, en tout cas, au vu des centres thermaux qui y étalent leur opulence. Un rez-de-chaussée, deux étages, le second domine la partie de la ville qui intéresse Marks. Plus exactement, il offre plusieurs angles de tir sur tout ce qu'il a besoin de couvrir. L'hôtel dans lequel Bellanger a réservé une chambre, le restaurant où il a réservé une table (pour quatre), le centre de thalassothérapie dont l'accueil attend l'arrivée imminente de Mary Dupont-Stuart. En se décalant d'une baie vitrée, Marks a même un spot sur l'auberge dans laquelle logeront St-Michel et Nadja Khelif devenue Nadia Kerrouch. Il en a aussi un sur le parking des thermes, un plus étroit sur l'entrée et plusieurs autres sur les parcours qui conduisent de l'établissement au restaurant ou à l'hôtel de Bellanger, du restaurant à l'hôtel ou à l'auberge, de l'auberge à l'hôtel. Ce sont de petites fenêtres de tir, toutes à plus d'un kilomètre et demi de distance (près de deux pour certaines), et il aurait pu choisir deux voire trois autres emplacements mieux adaptés, mais on ne viendra pas le déloger ici.

Encore qu'il ne voie pas très bien qui pourrait l'importuner, puisque tout le monde l'attend ailleurs. C'est fou ce que c'est pratique une marotte, finalement ! La sienne, c'est d'acheter des marionnettes anciennes, uniquement les acheter. Il les sème comme il sème les armes, sauf qu'il ne conserve qu'un très vague souvenir des endroits où il s'est débarrassé des marionnettes.

Logiquement pilotée par Kerrouch et accompagnée de St-Michel, Mary Dupont-Stuart devrait pointer le bout de son fauteuil d'une seconde à l'autre. Bellanger est déjà là. Il est entré dans son hôtel au moment où Marks s'installait avec la Scrome J10. Dans la lunette, Marks l'a même vu ouvrir les rideaux de la fenêtre de sa chambre, il n'aperçoit hélas rien d'autre de la pièce. Un seul des emplacements qu'il a ignorés le lui aurait permis, celui sur lequel il aurait pu afficher en 4x3 : « Youhou ! Venez me chercher, je suis ici ! »

Marks ne se positionne jamais au meilleur poste de tir. C'est comme ça qu'il a eu Kovacs en Afghanistan, en le lui laissant et en abandonnant l'autre, à peine moins idéal, au tireur russe. Bon tireur, d'ailleurs, ce n'était pas facile de plomber l'intégriste d'importation tout fier de le guider dans la montagne pour sauver une sommité du cru. Marks a tiré, roulé sur le côté et jeté le fusil dans les bras du couillon. D'accord, il a failli se faire choper par ces cons de spetsnatz dans leur hélico, mais ça valait le coup.

L'emplacement qu'il a choisi ici est très loin d'être le meilleur, il n'offre par exemple aucune fenêtre sur la chambre de Mary Dupont-Stuart, ni sur le restaurant de l'établissement thermal pourtant richement garni en baies vitrées, et pas davantage de choix dans l'évacuation des lieux. Ce dernier détail est un peu annexe au regard de la distance qui le sépare des spots qu'il contrôle et de l'absence de commissariat dans un rayon important.

Il lui a fallu des mois pour retrouver le centre de nursing, dirigé par Martha Köch, dans lequel Annalina a été remise sur roues, grâce à des commérages du personnel. Les consignes de discrétion ne suffisent pas, surtout le temps passant, quand il s'agit d'oublier une jeune Anglaise, handicapée suite à un attentat, qui parle une douzaine de langues sans en avoir aucune dans sa poche. Il a cambriolé en vain la clinique, mais les hackers du G21 ont exhumé le dossier médical effacé de la piste zéro d'un disque dur. En examinant le dossier, il a compris que madame Jeanne ne s'éloignait pas régulièrement de ses pouilleux pour le seul plaisir de s'offrir quelques jours de vie privée à l'abri de son éventuelle lunette. Mary Dupont-Stuart a besoin de soins particuliers et réguliers. Il y a une semaine, il a déniché le lieu et la date de son prochain séjour de thalassothérapie, le reste est venu dans la foulée. Le reste, dont cette magnifique marionnette prussienne du XVIIIe siècle, certes un peu défraîchie, aperçue au milieu d'un lot assez quelconque sur un site d'annonces par Internet. Cette merveille, comme d'autres objets rares, sera visible tout le week-end sur un salon aux antiquités, à trois cents kilomètres d'ici. Quelle remarquable coïncidence !

Marks sourit, pousse une table de réunion jusqu'à une baie vitrée, la place perpendiculairement à elle pour pouvoir s'allonger dessus, arrache le kraft qui couvre la mallette, ouvre celle-ci, assemble le fusil et le positionne sur le trépied sur la table. En hommage à l'acharnement à vivre d'Annalina et eu égard à sa carrière, il trouve le trépied mesquin, mais, à cette distance et avec le PGM Hécate II, il est hors de question de s'en passer – il sourit encore – même pour le Marksman.

Il se plante debout à côté de la table, fait coulisser la baie vitrée et porte la lunette à son œil. Il n'a pas à attendre longtemps. Un monospace noir aux vitres fumées entre dans l'enceinte de l'établissement thermal et se gare devant l'entrée. La portière conducteur s'ouvre : Kerrouch. La portière de l'autre côté du véhicule libère St-Michel des pouilleux, dont il voit la tête apparaître par-dessus la carrosserie. St-Michel se penche et disparaît un instant. Kerrouch contourne le véhicule. St-Michel se redresse après quelques secondes et pivote, lui tournant le dos. Deux pas plus tard, Marks voit apparaître le fauteuil qu'il pousse et un bras sur un accoudoir, puis ils disparaissent tous les trois sous l'auvent de l'entrée. Comme il le supposait, il n'aurait pas pu abattre Annalina avant qu'elle n'entre dans le bâtiment. Et ce ne sera guère mieux lorsqu'ils ressortiront. Jouable mais délicat avec la voiture devant.

Quelqu'un ressort presque aussitôt avec Kerrouch et lui indique un parking à l'extérieur de l'enceinte. La voiture ne gênera plus.

Dans ce cas, autant se mettre en place. Le fauteuil sera obligé d'emprunter le pan incliné à côté de l'escalier, Annalina sera de face et, même si St-Michel avance vite, Marks disposera ensuite d'au moins vingt secondes avant qu'ils n'atteignent l'abri des arbres, puis il aura encore plusieurs fois une ou deux secondes entre les arbres avant d'être obligé d'attendre qu'ils soient de nouveau dans l'objectif sur l'avenue. Sauf impondérables, évidemment, genre déboulé de colonie de vacances, de car de retraités, de manifestations d'ambulanciers ou de cortège funèbre.

Marks fixe la lunette sur le fusil et s'allonge sur la table.

Il fait un temps splendide.

Nadja est morte de peur. Pas pour elle – elle, elle ne risque même pas une balle perdue, pas avec un tireur pareil – mais pour la chevrette clouée dans son fauteuil roulant qui se croit immortelle. Michel et elle sont censés la mettre au maximum à l'abri, du moins faire leur possible pour que sa tête de moineau têtu comme un âne ne reste pas dans l'objectif de la lunette de fusil du tueur. Mais on s'y prend comment pour couvrir innocemment une tête de linotte dans les espaces à découvert qu'ils vont devoir traverser quand on ne sait pas d'où viendra la balle ?

C'est un plan de merde, Naïs !

Raser les murs ou les voitures en stationnement, passer au milieu des groupes, rester derrière et près des piétons (les rues sont désertes à cette heure !), tourner autour du fauteuil, se pencher dessus, faire écran... mais à deux on ne peut pas faire écran sur toutes les faces à la fois, surtout quand l'un des deux se tient en permanence derrière !

« — Il faut que tu te démerdes jusqu'à l'avenue qui mène à l'hôtel de Steph. Après, attrape le bras de Michel et reste à côté de lui. »

Il y a au moins deux cents mètres jusqu'à l'avenue en question ! Nadja les voit à travers la porte vitrée de l'accueil. Le plus délicat, c'est d'atteindre les arbres, là ce sera plus facile, plus naturel, mais avant, il y a la rampe juste à côté de l'escalier.

— On y va ? demande Michel.

— Quand vous voulez, dit l'inconsciente dans son mouroir roulant.

Nadja respire deux fois profondément.

— On y va.

Elle sait quoi faire avec la rampe, puisque celle-ci est dotée d'un autre genre de rampe pour qu'un accompagnateur puisse se freiner. Elle va jouer les écolières et se laisser glisser dessus, bien penchée sur le fauteuil.

12 h 30, Stephen en a marre de tourner en rond dans sa chambre et pas envie non plus d'attendre au restaurant. Il décide d'aller à la rencontre de Naïs, Michel et Nadja. Il presse deux secondes la touche programmée du mobile que lui a refilé Decaze.

— Je sors, j'en ai ma claque. Je vais les intercepter.

— Veinard, répond Decaze. Rien de mon côté.

— Pas mieux, se manifeste Carlo. On bouquine.

— L'ennui mortel, dit Anton. J'espère qu'il ne va pas nous faire poireauter une semaine !

Ils ne sont pas moins tendus que Stephen, ils ont l'expérience qui leur permet de badiner pour le décontracter. Il raccroche, quitte sa chambre puis l'hôtel. Le téléphone de Decaze dans une poche, celui de Naïs dans l'autre. Il passe l'oreillette qu'elle lui a demandé de porter, elle veut pouvoir lui parler sans que ce soit ostensible.

« — Tu prends la communication sans dire un mot et tu ne parles que si je te donne le feu vert. Je ne collerai pas l'oreillette s'il risque de l'apercevoir. »

C'est plus prudent, en effet. De toute façon, Stephen a la possibilité d'appeler Nadja et, dans dix minutes, ce téléphone sera devenu superflu.

Tout le monde est nerveux, alors Michel ne l'est pas. Son rôle est simple, limpide. Il pousse le fauteuil en veillant à n'exposer que le superflu et il dit un max de conneries pour décontracter les filles. Nadja surtout. Ceci dit, elle l'a stupéfait avec le coup de la rampe. C'était tout simplement génial. Pas mal aussi l'idée de danser autour du fauteuil avant et sous les arbres, lui en a profité pour se joindre au ballet en zigzaguant façon tango à roulettes. L'autre enfoiré avec sa lunette a dû avoir les boules. Et Michel n'est pas en reste. Il a trouvé une position qui doit considérablement gêner le flingueur. Il se penche en avant et fait reposer ses coudes sur les montants, les deux bras très souples pour ponctuer ses inepties d'une scénographie gestuelle digne d'un comédien italien.

Depuis qu'ils sont sur l'avenue, c'est moins facile, pour Nadja comme pour lui, de jouer les protections volantes autour du fauteuil, mais Naïs leur a garanti que cela n'aurait, à ce moment, plus d'importance et qu'il serait même préférable d'avoir un comportement plus discret. Michel a confiance, Nadja moins, alors il la rappelle à l'ordre :

— Nad, tu veux pas me donner le bras ?

Elle le fusille du regard avant de se rappeler les consignes. Elle se colle à lui, l'embrasse et passe son bras sous le sien. Au loin, Michel aperçoit Stephen. Il lui adresse un signe de sa main libre. Tout baigne.

Marks préférerait en finir rapidement, mais il est patient. Kerrouch fait l'imbécile, les mains de St-Michel jacassent à la napolitaine tandis qu'il pilote le fauteuil comme si c'était une cavalière de tango. Bref, ils se sentent en vacances et ils sont excités comme des puces dans un chenil. Depuis qu'ils sont sortis de l'établissement thermal, Marks n'a pas eu Annalina en mire plus d'une seconde.

On va attendre que tout ce petit monde se calme.

Ce n'est pas un vœu, il est néanmoins immédiatement exaucé. Kerrouch arrête de faire la pitre, St-Michel fait un geste à – la lunette descend l'avenue – Bellanger Stephen, tout guilleret tout sourire.

Retour de l'objectif sur le fauteuil. Le réticule se pose de lui-même sur le crâne d'Annalina, trois quarts face. Marks fait glisser son index sur le pontet, mais ne le plie pas.

Le doute, comme à Lyon.

Et si...

Il est trop loin. Il ne pourra pas se rassurer en détaillant le visage, en laissant son cerveau effectuer le morphing qui lui permettrait de reconstituer trait par trait ceux que lui seul peut reconnaître sous n'importe quel grimage.

Et si...

Fucking Marks !

Il se concentre, son œil focalise aux limites de ses capacités.

C'est elle, presque sans fard. Elle paraît juste plus menue, plus chétive, moins dure, comme libérée des aguets auxquels elle se contraint habituellement.

Le doigt s'engage dans le pontet, la dernière phalange se place sur la queue de détente. Marks relève la tête. Quelque chose le gêne.

Ce putain de doute !

Il fait pivoter le canon, très légèrement. Sur le visage de Bellanger, même sans que la lunette ne lui restitue l'exacte expression de ses traits, il peut voir la stupeur. Il ramène la mire sur Annalina.

Bien calée dans son fauteuil, Naïs observe, étudie, analyse, projette. Elle a pris le risque de ce moment pour en finir encore avec Ann X, alors elle lui accorde toute son acuité. Elle évalue et elle anticipe, avec une marge qui se réduit de seconde en seconde.

Il ne l'a pas vue quand il est entré. Il en était incapable, il ne pouvait pas imaginer qu'elle soit là, et elle était dans un angle mort. Il a déballé sa monstruosité, il s'est installé, couché tout contre elle, la serrant dans ses bras comme un amant attentionné, pédagogue, exigeant aussi. Elle – la machine –, elle se plie à ce qu'il attend. Elle lui restitue de toute son inertie l'expertise qu'il prodigue. D'une certaine façon, cela ressemble à la symbiose qui unit Naïs aux armes blanches. Sauf que les sabres, les épées, les lames et tout ce qui n'en est pas vivent entre ses mains.

Pourtant, lui aussi sait faire vivre les objets inanimés. Un, en tout cas.

Elle n'a pas été surprise que ce soit lui, pas vraiment, même si elle ne l'avait pas envisagé. Peut-être déçue, mais ce sera plus facile.

Le canon bouge de façon infime, il vient de balayer cent mètres de trottoir, pour la troisième fois. Quand il le ramènera encore, elle devra intervenir.

À vingt mètres, l'illusion est encore bonne, mais il suffit de deux pas pour qu'elle vacille. Deux de plus et elle s'écroule. C'est mécaniquement, uniquement, que les jambes de Stephen lui en font faire deux autres, mais il est déjà effaré. Il sort le mobile de Decaze, écrase la touche programmée en le portant à son oreille et peste contre l'éternité que durent ces deux secondes. Quand la ligne a accroché, il débite :

— Elle nous a roulés ! C'est Meï-Lin qui est dans le fauteuil ! (Il entend trois jurons en retour.) Elle a décidé de le coincer toute seule !

Il regarde partout autour de lui, mais ça ne sert évidemment à rien. Dans le téléphone, il entend :

Decaze : « Carlo, reste où tu es, cherche où ils peuvent être avec les jumelles. Que ton tireur se tienne prêt. Anton, fonce vers Steph, je vous rejoins. Steph, interroge Meï-Lin. »

Carlo : « On surveille tous les postes de tir qu'il pourrait occuper dans un rayon de mille trois cents mètres. C'est qu'il est plus loin. »

Anton : « S'il a un bon fusil, on est dans la merde ! Il peut être n'importe où dans un rayon de deux voire trois bornes. Je prends la bagnole. »

Stephen se précipite sur le fauteuil et en arrache Meï-Lin par les épaules.

— Elle est où ? crie-t-il.

Michel lui attrape un bras, mais ne parvient pas à lui faire lâcher la jeune femme.

— Elle n'en sait rien, nous non plus.

— Pose-la ! hurle Nadja.

— Tu me fais un peu mal, Steph, dit Meï-Lin.

La colère de Stephen s'effondre aussitôt, remplacée par la peur et la gêne. Il repose Meï-Lin au sol.

— Nous ne savons vraiment pas où elle est, s'excuse-t-elle. Elle m'a maquillée et nous nous sommes séparés avant d'entrer dans Aix. C'est Dietmar qui la conduit.

— Stamm ? Ostie ! Stamm ne fait pas le poids face au Marksman !

— Elle si, dit Michel avec force.

Nadja l'approuve de la tête sans conviction.

— Fais-lui confiance, ajoute Michel. Elle sait ce qu'elle fait.

Stephen reprend le téléphone.

— J'ai entendu, dit la voix haletante de Decaze. Je te rejoins. Lève le nez en l'air, si tu as une idée, elle sera la bienvenue. Carlo, jette un œil sur le plan avec ton tireur.

— Nous sommes dessus, répond Carlo.

Stephen entend Decaze donner des ordres dans un autre appareil. Toute son équipe va rappliquer. Puis il entend un bip dans l'autre oreille, celle qui le relie au téléphone de Naïs. Il appuie sur le bouton qui accepte la communication et il se retient de hurler « Tu es où ? ». Naïs a dit : « Tu ne parles que si je te donne le feu vert. »

— Ça s'agite, dit Fourreau.

— On ne bouge pas, ordonne Caher. Pas tant qu'on n'est pas certain de l'avoir lui.

— Ils sont tous en train de se déplacer.

— Tous ?

— Sauf le tireur et le type avec lui, monsieur.

Caher réfléchit, mais il n'a pas besoin de le faire longtemps pour comprendre qu'il n'a qu'une option raisonnable à prendre :

— Que préconisez-vous ?

— Nous sommes en place sur tous les points qu'ils peuvent a priori rallier, mais l'un d'entre eux a pu nous échapper. Il faut analyser leurs déplacements pour voir s'ils convergent et vers où. Dans tous les cas, il est préférable de les intercepter avant qu'ils ne se regroupent. Je suggère que nos tireurs restent en place, mais que la moitié de l'effectif se positionne pour l'interception. Nous pouvons le faire discrètement et sans heurt.

Caher hoche la tête en faisant la moue.

— D'accord, dit-il.

Marks a remis le doigt dans le pontet, mais il n'appuiera pas sur la queue de détente. Maintenant, il en est sûr : le visage dans l'objectif n'appartient pas à Annalina. La voix derrière lui, si.

— Ne tire pas. C'est une amie de fraîche date, j'aimerais avoir le temps de la connaître.

Pour lui-même, comme pour soupirer, il ferme les yeux trois secondes. Elle est entrée dans la pièce sans qu'il l'entende. Personne ne sait faire ça. Jusqu'ici, personne. Il lâche le fusil et roule sur la table pour se retourner et se mettre debout, pendant qu'elle se déplace.

Elle est entrée *en fauteuil* sans qu'il l'entende. Non. Il regarde mieux, il fait jouer sa mémoire. Elle était là avant. Elle l'attendait, sagement assise dans le fauteuil dont les roues étaient cachées par la table dont elle vient de le dégager. Immobile, transparente, comme elle seule en est capable. Sauf pour lui. Pourquoi ne l'a-t-il pas vue ?

Parce que je ne m'attendais pas à la voir. Parce que je n'ai pas regardé vraiment.

Elle est déguisée en elle-même, elle ressemble à la fille que pousse St-Michel. Elle porte un ao-daï gris. Sur le pantalon, négligemment posé sur les cuisses, il y a un Walther P38K. Calibre 9 mm, petit, léger, mais tout ce qu'il y a de plus létal. Elle voit qu'il a les yeux fixés dessus.

— C'est Dietmar qui a insisté pour que je le prenne, explique-t-elle.

— Stamm ?

— Tu connais beaucoup d'autres Dietmar dans mon entourage ? (Elle pose l'arme sur la table à côté d'elle.) Je ne sais pas m'en servir, de toute façon.

Marks sourit.

— Si le cran de sûreté est levé, dit-il en anglais (puisqu'elle parle en anglais), il suffit de pointer et de tirer.

— Comme à la pétanque, alors ?

Le Beretta est dans le holster sur ses reins, elle le sait obligatoirement et, à sa connaissance, elle est plus rapide que lui, mais, à sa connaissance aussi, elle n'a jamais usé d'une arme à feu parce qu'elle les hait. D'un revers de bras, elle balance le P38 à l'autre bout de la pièce.

— Rassuré ? demande-t-elle.

— Étonné. N'est-ce pas... imprudent ?

Elle hausse les épaules.

— Puisque tu connais Stamm, tu connais son dossier militaire.

Militaire ? Ah oui, bien sûr. Avant d'entrer dans la police, Stamm était tireur d'élite dans la Bundeswehr des années 70. Piètre tireur d'une piètre armée. Marks n'a pas besoin de se retourner. Il y a un immeuble légèrement en contrebas de celui-ci, qu'il a ignoré parce que très mal orienté, sauf pour arroser celui-ci, évidemment. Encore que, s'il se laisse tomber ou s'il fait trois pas vers l'avant, Stamm ne l'aura plus dans sa lunette. C'est gentil de l'avoir prévenu, merci.

— À dire vrai, reprend-elle, Stamm était pour t'abattre sans sommation, mais il me passe tous mes caprices depuis mes douze ans.

Et ses quatre premiers meurtres, si longtemps prémédités. Avec un sabre court, un wakizachi. Marks évalue la situation avec attention. S'il fait trois pas en avant, il sera trop près d'elle. S'il se jette au sol, le fauteuil sera sur lui avant qu'il ne puisse tirer. Derrière le dossier, il doit y avoir quelque chose de beaucoup plus coupant que le bâton que Bernardo y glisse quelquefois.

— Depuis quand soupçonnes-tu notre ami Bernardo ? demande-t-il.

— Je ne l'ai jamais soupçonné. Il a fallu que tu entres pour que je comprenne que la mutité servait à cacher une pointe d'accent et l'écriture sms une orthographe approximative.

Il passe au français.

— J'ai un accent du barrio des Angelinos dans toutes les langues latines, je craignais que tu le reconnaisses, explique-t-il, et je n'ai jamais pu me faire à l'orthographe française.

— Tu me surestimes.

Il serait curieux de savoir si elle bluffe ou si elle se sous-évalue. Il revient à l'anglais :

— Tu m'attendais à Lyon, tu m'attendais ici. Dans les deux cas, je t'ai plutôt sous-estimée. J'aimerais d'ailleurs bien savoir quelles erreurs j'ai commises.

Elle le regarde longuement.

— Une seule, toujours la même, dit-elle finalement. Être le chasseur.

Il tique ostensiblement pour signifier qu'il ne comprend pas.

— Un chasseur a des contraintes, liées à la proie, à son milieu, à son niveau de vigilance, à ses défenses et à ses propres capacités. Je les ai exploitées pour te guider jusqu'à moi dans les conditions qui te semblaient proches de l'idéal selon la définition que tu en as.

— C'est-à-dire ?

— J'ai rentré un dossier Mary Dupont-Stuart dans les fichiers de la clinique où j'ai séjourné sous ce nom, puis je l'ai effacé comme le ferait un profane. J'ai demandé à la directrice de la clinique d'informer ses employés que la petite patiente multilingue était décédée, ce qui devait suffire à délier quelques langues que le secret médical n'effrayait plus. J'ai fait le tour des centres thermaux de la région Rhône-Alpes en m'attachant essentiellement à leur environnement. J'ai sélectionné celui qui offrait plusieurs postes de tir satisfaisants, mais dont un seul intéresserait vraiment le Marksman.

Marks s'appuie du bout des fesses sur la table.

— Marks, laisse-t-il tomber.

— Marx ? répète-t-elle avec un air d'incompréhension.

— Marks, avec un *k* et un *s*. Je ne suis pas né sous ce nom, mais c'est celui qui me convient.

Elle sourit.

— Il est devenu à la mode de m'appeler Anaïs, mais c'est Naïs.

Anton a plaqué la voiture contre le trottoir pour ne pas gêner la circulation. Decaze et lui examinent un plan déplié sur la carrosserie. Ils sont au téléphone avec Carlo qui fait la même chose de son côté. Stephen n'ose pas trop s'éloigner d'eux, au cas où, et encore moins être trop près, à cause de l'oreillette qu'il s'efforce de cacher, alors il tourne en rond, s'efforçant de ne regarder ni Meï-Lin, ni Nadja, ni Michel, penauds tous les trois, et inquiets. Il sait que Naïs ne leur a pas laissé le choix, mais il leur en veut.

Dans l'oreillette, il entend très claire la voix de Naïs et, un peu étouffée, celle du Marksman. Il espère que le Marksman fera allusion à l'endroit où ils se trouvent, parce qu'il ne peut pas compter sur Naïs pour se trahir : elle a voulu, elle a fomenté cette confrontation en tête à tête avec son prédateur, elle ne laissera personne s'en mêler.

Où est Stamm ? Pourquoi a-t-elle parlé de son dossier militaire ?

Pour signifier au Marksman quelque chose dont elle ne voulait pas que Stephen entende parler.

— Je l'ai ! crie Carlo si fort dans le téléphone que Stephen n'a pas besoin de l'avoir à l'oreille pour l'entendre. (Il l'y porte toutefois aussitôt.) Tournez-vous sur la droite. Vous apercevez une colline ?

— Oui, répondent simultanément Decaze et Anton.

— C'est le seul point haut à la bonne distance. On ne la voit pas d'où je suis. Y a-t-il un bâtiment ou...

— Oui ! hurle Anton. Je l'ai dans les jumelles.

Decaze lui arrache les clés de la voiture et monte dedans. Anton prend la place du mort. Ils ont démarré avant que Stephen n'ait décidé s'il devait ou non les accompagner.

— Tu nous guides, dit Decaze dans le téléphone.

Les pneus hurlent pendant qu'il fait demi-tour. Deux motos passent en trombe sur l'avenue et doublent le véhicule d'Anton. Un moteur rugit dans une autre rue, puis deux autres motos surgissent. Les hommes de Decaze sont en route. Six secondes plus tard, c'est au tour de la voiture de Carlo de remonter l'avenue pied au plancher. Ce n'est pas lui qui conduit, lui guide toute l'équipe. La voiture plante les freins pour s'immobiliser à la hauteur de Stephen.

— Grimpe, dit Carlo.

Stephen s'exécute, Meï-Lin s'engouffre derrière lui.

— Il faut intervenir, monsieur, dit Fourreau.

Caher n'a pas besoin qu'on lui explique pourquoi. Il repose les jumelles et hoche la tête. Il a l'obscur sentiment que quelque chose ne va pas, mais il n'a pas le choix.

— Interceptez-les tous, ordonne-t-il.

Naïs est étonnée que Marks n'ait encore rien tenté. Elle doute que ce soit un hommage de Bernardo à madame Jeanne et elle doute encore plus qu'il soit du genre à perdre son temps dans un quelconque round d'observation. Peut-être éprouve-t-il lui aussi cette espèce d'empathie qu'elle ressent le concernant ? Peut-être a-t-il lui aussi besoin de parler à quelqu'un dont il se sente très proche et qui soit un parfait inconnu ? Peut-être a-t-il conscience qu'il n'aurait de toute façon pas appuyé sur la détente s'il l'avait eue dans le viseur ?

— Si ç'avait été moi en bas, tu aurais tiré ? demande-t-elle.

— Oui.

— Certain ? Je veux dire : tu ne m'aurais pas donné une chance comme tu l'as fait à Lyon et à Paris.

— Tu parles de mes coups de feu intempestifs ? C'est plus fort que moi.

— À Lyon, le type m'a craché dessus, c'est ça ?

— Il a craché sur une paumée qui faisait la manche. Je me suis maudit sur le coup et encore plus quand tu t'es échappée de l'hosto. (Il donne deux coups de pouce derrière lui :) Stamm, je suppose ?

— Stamm, confirme-t-elle. Et à Paris ?

— Des flics et des barbouzes en planque qui font du zèle pour expulser des sans-rien. Je ne suis pas St-Michel, je ne suis même pas Bernardo, mais ce genre d'enflures me met hors de moi.

Naïs sourit.

— Tu es sûr que tu écris Marks avec un *k* et un *s* ?

Il joint son sourire au sien.

— C'est mon autoflagellation préférée, dit-il.

Elle laisse la complicité s'évanouir.

— Et à Romans, Valence, Lyon, Bruxelles ? Tu as eu des centaines d'occasions d'en finir. Ne me dis pas que tu refusais de salir les mains de Bernardo !

Il prend un air contrit.

— À dire vrai... non. (Il devient tout à coup très sérieux.) Ton grand-père m'a forcé à t'étudier pendant des années, tu sais ? Je t'ai haïe pour ce qu'il me faisait endurer, je t'ai littéralement déifiée aussi, puis j'ai grandi, mûri, vieilli et il n'est plus resté qu'une masse d'informations brutes. La plupart incitent à une prudence extrême, particulièrement en matière de distance à respecter pour prendre sa chance.

— En fauteuil roulant ? Tu ne serais pas encore en train de déifier, là ?

— J'espère que si.

Manière de dire que, aujourd'hui, il est prêt à tenter le diable.

— Je pense néanmoins que j'aurais pu déjouer les précautions que tu faisais prendre à madame Jeanne, reprend-il. Une fois ou deux, j'ai eu l'impression que si j'avais eu un flingue, j'aurais pu. Entre vingt et trente mètres, quand tu étais de dos. Mais j'aurais dû charger Bernardo d'un flingue, ce qui ne t'aurait pas échappé, ou il aurait fallu que tu laisses des opportunités de t'approcher plus souvent à cette distance. Et j'aurais probablement dû abattre St-Michel.

— Et ?

Marks secoue la tête, le visage fermé.

— Je ne suis plus l'esclave de qui que ce soit, lâche-t-il.

Il n'a pas besoin d'expliquer, Naïs comprend parfaitement : personne n'est plus là pour lui désigner des victimes dont il ne reconnaît pas la nuisance. Quelle que soit l'échelle de valeur du Marksman, il y a d'un côté les bons, de l'autre les méchants. Et Michel est en bonne place parmi les gentils.

— Alors c'est pour me remercier de t'avoir affranchi d'Haywood que tu veux me tuer... je comprends.

Le visage de Marks se ferme encore un peu plus.

— Les affranchis ne sont pas des hommes libres, Naïs.

— Pas tant que ceux qui les ont asservis, eux, le sont. Je connais le refrain.

Elle ne peut pas poser la question suivante. Des moteurs en surrégime et des pneus crissant remontent la colline et s'insinuent par la baie ouverte. Les sourcils de Marks se froncent.

— La cavalerie, laisse tomber Naïs. Elle est un peu en avance, pour une fois. Je crains que nous ne devions remettre les explications à plus tard.

Marks ne peut s'empêcher de tourner la tête pour regarder dehors.

Decaze a rattrapé les motos dans les virages et pesté contre ces pilotes à la manque qui ne se sont pas écartés pour le laisser passer. Il plante les freins en même temps qu'eux et laisse glisser la voiture jusqu'au perron de l'immeuble. Elle n'est pas tout à fait immobilisée quand Anton et lui en jaillissent. Le 357 d'Anton fait exploser la vitre de la porte. L'heure n'est pas à la subtilité.

Les quatre motards jettent leurs casques, dégainent et se positionnent en éventail au pied de l'immeuble, sous la façade donnant sur le quartier qu'ils viennent de quitter. Les trois autres véhicules arrivent en même temps. Deux contournent le bâtiment. Celui de Carlo se colle contre l'immeuble, sur la face que le Marksman ne peut pas voir.

— Steph, tu restes dans la bagnole. Meï-Lin, tu peux escalader ça ?

— Oui.

— Alors tu grimpes sur le toit et tu vois si tu peux entrer par les fenêtres du dernier. C'est forcément là qu'il est.

Le tireur d'élite suisse est déjà en train de courir, rasant l'immeuble, le fusil à la main. Il va se positionner à l'abri des arbres pour ajuster les fenêtres derrière lesquelles se trouve le Marksman. Meï-Lin s'attaque à la façade, le Glock contre les reins. Carlo se rue dans l'escalier de secours extérieur, suivi par deux agents d'Interpol, pendant que les deux autres pénètrent par l'entrée principale.

Stephen se concentre un instant sur l'oreillette, puis décide de quitter l'abri de la voiture pour entrer dans le bâtiment.

Sur le parking, dans le hall d'exposition, au milieu des stands extérieurs, vingt agents de la DCRI interceptent avec discrétion mais fermeté cinq agents du Mossad. Les hommes du Mossad comprennent instantanément à qui ils ont affaire. Il faudra un peu plus longtemps à Caher, parce que les agents du Mossad ne disent rien et que ceux de la DCRI ne jugent pas utile de les interroger. Pour l'instant, par l'intermédiaire de Fourreau, il se contente de repositionner ses hommes autour du stand de l'antiquaire qui expose une collection de poupées assez dépareillée.

Marks se retourne vers Naïs et lui lance un regard incrédule.

— Tu me déçois, laisse-t-il tomber.

— Cela ne devrait pas m'empêcher de dormir. Je suis la seule qui pouvait t'arrêter vivant, Marks.

— Vivant ? Tu ne crois quand même pas...

Elle hausse le ton :

— Ferme-la ! Il était hors de question que je continue à me terrer pour éviter de prendre une de tes balles dans la tête et je n'étais pas la seule à vouloir mettre un terme à ta carrière. Interpol, DCRI, FBI et probablement plusieurs de tes anciens commanditaires, dont la CIA et le DHS qui en sait décidément très long sur toi. Sans compter le Mossad qui veut te récupérer, ce qui semble aussi être le cas des Français. Tu penses pouvoir t'en sortir combien de temps avec tout ça sur le dos ?

Il n'est pas nerveux, mais il ressent l'urgence. Il calcule, il anticipe, il se projette. Il devra agir vite, sans réfléchir, en animal.

— Tu as raison, dit-il, tu es la seule qui pose problème.

Il dégaine en plongeant au sol. La balle de Stamm s'écrase dans le mur. Un pied fauche le Beretta quand il roule sur lui-même pour tirer sur un fauteuil, vide.

Il s'immobilise sur le dos, regarde Naïs au-dessus de lui et rit.

— Alors là, chapeau bas ! s'exclame-t-il.

La porte de la pièce s'ouvre violemment. Anton entre en roulé-boulé. Decaze passe juste la tête et un bras armé, il est sur un genou dans l'encoignure. Moins d'une seconde après, Carlo entre d'un pas normal. La survenue de Meï-Lin par la fenêtre est plus fracassante. Elle a dû s'accrocher au bord du toit et basculer tout en pivotant pour atterrir, les fesses sur le bureau, à quelques centimètres du fusil. Mais ce n'est pas ce qui lui coupe le souffle.

— Tu marches ? s'égosille-t-elle.

— Depuis quelques semaines.

— Salope !

Le mobile de Caher sonne. L'écran affiche : numéro caché. Il décroche.

— Nous le tenons, Caher !

Decaze. Caher craint de savoir de qui il parle.

— Vous êtes où ? demande-t-il d'une voix glaciale.

— Entre Aix-les-Bains et Lyon. Et vous ?

— En Bourgogne.

— Où ça ?

Decaze se paie sa tronche, mais Caher ne peut même pas lui dire qu'il le sait.

— Sur une opération, répond-il.

— Ah. Bien. Bon, j'ai informé le FBI de la capture, ils...

— Le quoi ?

— Le FBI, ils ont un mandat sur le Marksman. Si j'ai bien compris, ils affrètent un avion immédiatement pour le récupérer demain matin. C'est John Carlisle qui s'en occupe. C'est un gars efficace, il a déjà dû contacter votre ministère et ça ne m'étonnerait pas que la Maison-Blanche ait appelé l'Élysée. De toute façon, ça va se passer loin au-dessus de nos têtes maintenant. Je tenais juste à vous informer, par correction.

L'enfoiré ! Caher raccroche furieux et se tourne vers l'un des prisonniers de Fourreau.

— Interpol l'a arrêté, dit-il. Vous êtes qui, vous, bordel de merde !

L'homme sourit.

— On dirait que monsieur Decaze nous a tous roulés, dit-il.

Il prend une chaise, s'assoit, sort une cigarette d'une poche, l'allume tranquillement et regarde Caher avec ironie.

— Services secrets israéliens, lâche-t-il. Je ne pense pas me tromper en affirmant que nous travaillions sur le même piège à mouches que vous.

3 mai 2009

Quand ils entrent sur le tarmac de l'aéroport de Lyon-Bron, Caher se demande s'il a encore une chance de sauver sa carrière et, le cas échéant, s'il ne ferait pas mieux de la laisser passer. En fait, il tourne et retourne la question depuis que Decaze a intercepté le Marksman. Il a donné sa démission par principe, elle a été refusée par principe, mais le placard dans lequel on va l'enfermer donne sur une voie de garage dont la rampe sera difficile à remonter. La grande maison de l'Intérieur n'aime déjà pas qu'on se plante, mais celui-qui-contrôle-tout manie le pardon avec une ironie sadique. Il lui a en personne déjà confié un poste qui prendra effet dès qu'il aura remis le Marksman au FBI.

« — Tu m'as mis dans la merde avec les Ricains, Gaël. Essaie de ne pas foirer la livraison du paquet. »

Celui-qui-contrôle-tout raffole du tutoiement et du langage populaire, c'est son côté « plus près de toi mon peuple ». Il adore aussi les tapes amicales dans le dos, il en use comme de poignards, et Caher n'y a pas échappé.

« — Ne t'en fais pas. Tu as des compétences, on va les employer. Tu as des lacunes, on va y remédier. Pour l'instant, comme les gauchistes antillais m'emmerdent autant que l'équipe de bras cassés que nous avons sur place, tu vas aller me mettre un peu de technologie et d'efficacité là-dedans. Tu infiltres, tu pousses à l'émeute, tu réprimes, tu colles au trou, tu délocalises, tu leur fous de la came dans les narines, tu vires les services cubains et vénézuéliens qui les manipulent, bref, tu te débrouilles comme tu l'entends, mais je veux une paix sociale en béton pour le premier semestre 2012.

Si, ça, ce n'est pas un enterrement de première classe...

Dire que Caher en veut à Decaze serait un peu exagéré, dans le sens de la minoration. Par contre, il ne parvient pas à avoir ne serait-ce qu'une dent cariée contre Bellanger. Le Canadien l'a roulé dans la farine, mais il l'a fait en joueur d'échecs, dans une partie où il était donné perdant. Decaze, lui, ne s'est donné que la peine de tirer les marrons du feu tout en lui savonnant la planche. Et Decaze est dans le fourgon, évidemment, puisque Interpol a joué des coudes pour qu'il assiste à l'extradition du Marksman.

En fait, Caher et Decaze sont sur la même banquette, et seul le Marksman, menotté aux poignets et aux chevilles, les sépare. En face d'eux, sur l'autre banquette, il y a deux hommes du service action de la DCRI ; un autre est assis à côté du chauffeur, dans la cabine, une moto a ouvert le chemin au fourgon pendant qu'une autre veillait derrière, et deux hommes sont postés dans l'aérogare. Le transfert est sécurisé de manière discrète mais efficace.

Le fourgon s'immobilise à une vingtaine de mètres de l'avion, parqué dans une partie très mal éclairée du tarmac. Le jour ne se lèvera pas avant une heure ; il fait sombre, mais c'est une obscurité souhaitée. Caher entend les portières de la cabine s'ouvrir, puis quelqu'un cogne à la porte latérale que débloque un de ses hommes avant de descendre. L'autre fait se lever le Marksman et le pousse dehors, le suivant immédiatement. Caher fait signe à Decaze de le précéder, puis sort à son tour.

Il jette un œil vers l'avion. L'escalier mobile est en place, la porte est ouverte, les hublots sont illuminés. Carlisle est au pied de l'escalier, sur la première marche duquel se tient une femme qui ne doit pas être très grande puisqu'elle y paraît encore plus petite que lui. Carlisle et la femme, une Asiatique, s'avancent, Caher n'a aucune intention de faire un pas vers eux et Decaze ne bronche pas davantage – il semble que ne règne pas entre eux une saine et franche camaraderie. Par contre, Caher se fera un plaisir de tendre la main, puisque Carlisle ne supporte pas le shaking hands.

Carlisle s'immobilise devant lui. Caher tend la main. La scène devient surréaliste.

C'est la femme qui saisit sa main, mais elle ne la serre pas. Elle place quatre doigts sur le dos, le pouce sur la paume et la retourne en exerçant une torsion vers le haut, puis elle l'abaisse violemment, entraînant tout le bras de Caher qui, foudroyé par une douleur qui lui paralyse jusqu'à l'épaule, n'a d'autre choix que plier les genoux et s'effondrer dessus.

Il prend alors conscience que l'autre main de la femme était cachée par sa cuisse gauche, ainsi que l'arme qu'elle serre. Une canne, non, un fourreau de sabre japonais, avec lequel elle frappe Decaze au plexus, tout en pivotant sur un pied pour faucher Carlisle de l'autre jambe. Sans lâcher la main de Caher, elle prend appui sur son épaule et bascule par-dessus lui dans une pirouette tournoyante. Ses deux pieds fouettent chacun un visage et le fourreau percute deux tempes avant qu'elle retombe et lâche enfin Caher.

Un des motards n'est pas descendu de sa moto, elle les couche lui et sa machine d'un coup de pied. L'autre écope d'un coup de coude dans les côtes et d'une manchette à la nuque alors qu'il est encore en train de dégager son flingue du holster.

Putain ! Où sont les deux flingueurs qui devaient nous attendre à l'aéroport ?

Malgré la douleur, Caher tire son arme. Tous ses hommes sont sonnés, Decaze ne parvient pas à reprendre sa respiration et Carlisle a déjà dû être désarmé. Il a à peine le temps de la lever, son poignet cède sous l'impact du fourreau. Puis l'Asiatique l'allonge d'une claque qui lui laissera un bleu énorme sur la pommette, et shoote dans le pistolet qui disparaît sous la carlingue de l'avion. Decaze à son tour porte la main vers l'intérieur de sa veste. Alors, seulement, elle sort la lame de son fourreau.

Ce n'est pas un sabre japonais, c'est une épée chinoise, un jian, dont la pointe pénètre d'un millimètre sous le menton de Decaze.

— Don't sacrifice yourself for the agents of imperialism, Mr Decaze.

Sa voix est d'une douceur glaciale. Decaze éloigne la main de sa veste. L'Asiatique ne prend pas la peine de lui prélever son arme. Elle aboie un ordre au Marksman, en chinois. Il répond dans la même langue en butant sur les mots, s'approche de Caher et plonge la main dans la poche qui contient la clé des menottes.

— Qingbao, glisse-t-il en guise d'avertissement.

Le service de renseignement militaire chinois !

Dès que le Marksman se redresse avec les clés, la Chinoise lui jette un autre ordre. Il n'enlève que les menottes à ses chevilles et lui lance les clés qu'elle attrape de la main qui tient le fourreau.

C'est le moment que choisissent les deux hommes postés dans l'aérogare pour surgir d'une porte de service, l'air embarrassé de deux crétins qui se sont perdus dans un couloir. Ils sont trop loin pour que le kung-fu et le jian de la Chinoise ne leur nuisent. Elle ne réagit d'ailleurs pas lorsqu'ils dégainent.

— Lâche ça ! hurle l'un d'eux.

La pointe de la lame est toujours sur la gorge de Decaze d'où perlent quelques gouttes de sang. Le bras de la femme ne tremble pas, ne bouge pas non plus. Elle tourne simplement la tête vers Caher :

— Mr Caher, tell them to drop.

Si elle se figure qu'il va abandonner son avantage pour sauver la tête de l'enfoiré qui lui a offert un aller simple pour Trifouilly-les-Cannes-à-Sucre...

Elle doit le lire dans son regard, parce qu'elle retire la lame et écarte les bras (mais sans lâcher l'épée).

Les deux hommes de Caher s'effondrent en même temps que lui se relève. Malgré le réducteur de bruit, il a nettement entendu les deux coups de feu, loin, derrière lui, sur la gauche.

La Chinoise pivote à une vitesse hallucinante et le jian lui balafre la joue gauche. Il ne comprend pas l'injure qu'elle lui crache en chinois, mais le Marksman se fait un plaisir de traduire :

— Petit connard inconséquent.

La femme lève l'épée. Un instant, Caher craint qu'elle ne l'abatte sur lui, mais un moteur et des phares s'allument quelque part sur la piste et elle l'abaisse pour la laisser reposer contre sa jambe.

De la BMW qui s'immobilise près d'eux jaillissent deux molosses tout aussi asiatiques que la femme. Ils encadrent le Marksman et le poussent sur la banquette arrière du véhicule avant de le rejoindre. Un coup de feu étouffé par un silencieux crève le radiateur de la fourgonnette, deux autres bousillent les moteurs des motos. La Chinoise grimpe à côté du conducteur, les portières claquent, la voiture s'éloigne très vite. À l'autre bout de la piste, une moto démarre et fait donner toute sa puissance. Le tireur aussi est parti.

Decaze a son mobile en main avant que Caher ne réussisse à extraire le sien d'une poche à l'opposé de sa main valide. Aucun d'eux ne se fait d'illusion sur la possibilité qu'une unité de la DCRI, de la police ou d'Interpol puisse intercepter la BMW avant que les Chinois ne changent de véhicule. Tout en donnant des consignes au téléphone, ils s'approchent des deux hommes fauchés par le tireur embusqué que Carlisle examine déjà. Les blessures sont moches parce que c'était du gros calibre, mais ils récupéreront : les projectiles n'ont fait que traverser les omoplates.

— Il vous a dit quoi ? demande Decaze à Caher.

— Qui m'a dit quoi ?

— Le Marksman, nom de Dieu !

C'est Carlisle qui répond, en français mais avec son accent insupportable :

— Il a dit : « Qingbao. »

Decaze fait la grimace.

— Ça, ce n'est pas franchement une bonne nouvelle.

Caher et Carlisle s'abstiennent d'en convenir. Carlisle perd son témoin sans espoir de remettre la main dessus. Caher perd définitivement la face. Decaze lève les yeux au ciel et les assomme :

— Vous connaissant l'un et l'autre, messieurs, je suppose que vous vous lamentez sur vos déboires personnels. Alors pour vous remonter le moral, je vous informe qu'au moins l'une de nos charmantes maisons est infiltrée par les services chinois. Je vous conseille donc de ranger vos déceptions dans le fin fond de vos poches et de prévenir vos directions, comme je vais de ce pas prévenir la mienne, qu'il va falloir faire un peu de ménage.

Ils ont échangé la BMW contre une Saab après cinq kilomètres et ils ont rentré la Saab dans un hangar de ferme moins de dix minutes plus tard, quelque part dans la campagne proche de l'Isle-d'Abeau. Aucun mot n'a été prononcé, même lorsque les quatre hommes sont descendus de la voiture et qu'un autre, nettement moins asiatique et en tenue de motard, les a salués un par un d'une tape amicale sur l'épaule.

Les quatre Chinois quittent aussitôt le hangar. Des portières claquent, des moteurs démarrent : deux voitures équipées de gros pots d'échappement. Le motard entreprend de changer de tenue près de sa moto dans un bric-à-brac qui ressemble davantage à un garage de mécanique qu'à un bâtiment agricole. La femme condescend enfin à se préoccuper de Marks.

— Dehors, ordonne-t-elle en chinois.

Elle quitte le véhicule en même temps que lui et lui lance les clés des menottes. Pendant qu'il les enlève, elle ne le lâche pas du regard, l'épée sur une épaule, dans son fourreau.

— Et maintenant ? demande-t-il en anglais après s'être débarrassé des menottes et des clés.

Elle lui désigne un établi mobile près d'une fosse de vidange sur lequel se trouvent de nombreux outils de mécanicien et un étui de violon. Sans se presser, Marks franchit les cinq mètres qui le séparent de l'établi. Il sait ce qu'il va trouver dans l'étui.

— Tu m'as encore reconnue immédiatement, affirme la femme en anglais et sans accent.

— Quasiment, répond-il sans se retourner.

— Je ne peux pas te tromper.

Il pose les mains sur l'étui.

— En fait, si.

Il sent qu'elle est intriguée, mais il prend son temps à la fois pour s'expliquer et pour examiner du regard l'étui qu'il vient d'ouvrir. Un Beretta, un silencieux, deux chargeurs pleins. Il écarte les mains de l'étui mais ne le referme pas.

— En fait, répète-t-il, ce n'est pas toi que j'ai reconnue, pas tes traits en tout cas, ton maquillage est parfait. C'est ta manière d'exister dans l'espace et de le vivre.

Il se retourne alors et laisse pendre les mains le long de son corps. Elle l'observe comme elle seule observe.

— Là, maintenant, reprend-il, c'est toi et ce ne peut être que toi. Personne n'étudie, n'évalue, ne jauge, n'anticipe les gens, les situations, les potentialités avec cette espèce d'acuité. Ton esprit calcule le moment et ton corps vit tous les instants qui peuvent en découler avec plusieurs secondes d'avance.

— Alors c'est comme ça que tu m'identifies.

Il fait la moue et secoue la tête.

— Oui, non, pas seulement, c'est compliqué.

— Explique.

Il lâche un petit rire.

— Tu peux expliquer comment tu floutes les caméras, toi ?

— Oui.

Marks est sidéré.

— Tu peux l'expliquer ? Vraiment ? Rationnellement ?

— Oui.

— Alors ça, je serais curieux de l'entendre !

Naïs s'énerve un peu.

— Tu sais ce qu'est une superlentille ? Tu as entendu parler de métamatériaux, de plasmons de surface, d'invisibilité par réaction ? (Pour Naïs, la stupéfaction de Marks est une réponse catégorique.) Non, évidemment. Et ce n'est que le b.a.-ba. Informe-toi, je t'expliquerai le reste quand tu auras des bases solides. Maintenant, prends ton flingue et tire-toi.

Cette fois, c'est de l'ahurissement qui avachit les traits de Marks.

— Que je me tire ? Tu... tu ne...

— Je... je ne quoi ? le singe-t-elle.

Le regard de Marks passe du Beretta à Naïs, deux fois.

— Je croyais...

— Quoi ? (Elle brandit le jian :) Que je t'ai arraché aux pattes des barbouzes pour m'offrir une vengeance sous forme de duel à la con ?

Cette nana est... est... Même en pensée, Marks ne trouve pas ses mots.

— Quelque chose comme ça, admet-il finalement. Nous sommes à environ sept mètres. Le temps que je charge le Beretta, tu peux être sur moi. C'est équitable.

— Laisse tomber tes conneries de macho, gamin ! lance Dietmar Stamm depuis le fond du garage.

Il s'est complètement changé, mais il n'a pas d'arme en main. C'est lui qui a blessé les agents de la DCRI, à une distance que Marks évalue au son à deux cents mètres. Pas mal.

— Si j'estimais que la petite court le moindre danger, ajoute-t-il, tu serais déjà mort. Alors ramasse ton pétard et rapplique, on a pas mal de bornes devant nous.

Il ouvre la porte près de lui, celle par laquelle sont sortis les Chinois.

Marks hausse les épaules, pivote, referme et ramasse l'étui de violon, puis se retourne à nouveau. La pointe du jian est sous sa gorge. Il n'a même pas entendu la lame sortir du fourreau.

— Si tu peux voir mes yeux autrement que dans une lunette de visée, tu n'as aucune chance, Marksman.

Il sourit. Naïs l'étudie, yeux plissés, et rengaine l'épée.

— Tu le savais, de toute façon, soupire-t-elle.

— T'ai-je jamais mise en joue autrement que derrière une optique de précision ?

— Alors, tu croyais juste que j'avais fabriqué l'illusion de l'équité pour te crever... Merde ! Pour qui me prends-tu, Bernardo ?

— J'ai encore beaucoup de chemin à faire, madame Jeanne, vous savez bien.

— Tu ne cherchais pas à te suicider, au moins ?

Marks est obligé de se poser intérieurement deux fois la question avant de répondre.

— Non. J'avais seulement accepté la mort comme une alternative raisonnable à l'emprisonnement fédéral, au programme de protection des témoins et aux offres discrètes mais qui ne se refusent pas de reprendre du collier.

Naïs passe un bras sous le sien et l'entraîne vers la porte que Stamm tient toujours ouverte.

— Si tu acceptais si facilement de mourir, tu accepteras bien de vivre, non ? Il y a quelqu'un que j'aimerais que tu rencontres.

Pas besoin d'être devin.

— Carl Nussbauer.

— Dietmar va te conduire chez lui.

— À Madagascar ?

— Mada ? Oh ! Je vois. C'est là que tu m'as repérée. Carl n'a jamais habité Antananarivo. Il y a séjourné un temps, comme il l'a fait à d'autres endroits, puis il s'y est posé quand nous avons senti ton souffle et il y est resté pour focaliser l'attention de ceux que nous ne savions pas encore être les Français. Mais ça fait un moment que Dietmar l'a ramené à la maison.

— À la maison ?

— C'est un peu chez moi, aussi, chez Dietmar, chez Inge, chez Iza, chez tous ceux qui y ont trouvé refuge et, crois-moi, ça fait du monde.

— Et c'est où ?

— Là où personne ne cherche plus Carl depuis longtemps.

Marks sourit.

— Une petite île dans les Sporades du Sud, devine-t-il. Qui en effet penserait à retourner chercher un vieil ermite dans le refuge qu'il a dû abandonner ? Un peu comme toi et Berlin.

— À Berlin, c'est moi qui trouve les chasseurs, pas le contraire.

Elle s'efface pour le laisser franchir la porte, le suit et Stamm la referme derrière eux, avant de prendre le volant d'une grosse Skoda. Marks ouvre la portière côté passager mais n'entre pas immédiatement.

— Tu ne me demandes pas ce que j'avais contre toi ?

— J'étais à la fois le dernier lien avec ton passé, celle qui t'a privé de ta vengeance en tuant Haywood et la seule à pouvoir te reconnaître. Et je ne serais pas étonnée que ce salopard t'ait programmé. Je suis l'ennemie parfaite.

Marks cligne son assentiment des yeux.

— Quelque chose comme ça, oui.

Il grimpe dans la voiture.

— Tu ne crains pas que je recommence ?

Le sourire qu'elle lui dédie est presque un rire.

— Combien de fois as-tu eu l'occasion de me descendre, Marksman ?

Il hoche la tête, ferme la portière et abaisse la vitre.

— Je ne serais pas étonné que Nussbauer me parle d'actes manqués, admet-il, mais ça ne te garantit rien.

— Non.

Elle tape sur le toit de la voiture. Stamm met le contact, se penche par-dessus Marks pour tendre une joue qu'elle embrasse et démarre.

Marks s'extrait à moitié par la fenêtre pour crier :

— Salue Michel pour moi.

— Embrasse Carl pour moi.

Marks secoue la tête, incrédule. Avant que la voiture ne disparaisse derrière un bosquet, il lance :

— Tu es complètement fêlée, madame Jeanne !

Il a juste le temps de la voir se plier d'une courbette.

Épilogue

C'est un tout petit village au pied de l'Omu di Cagna, entre la montagne et la mer, à quelques ceps de l'aéroport de Figari. Il fait doux s'y laisser vivre et le maquis n'est pas loin. Naïs et Stephen coulent des jours tranquilles. Stephen prête ses bras au viticulteur qui leur a ouvert la maison d'un cousin – pour protéger la vigne des sangliers, il faut replanter les piquets et réparer le grillage que les chasseurs ont saccagé pendant l'hiver. Naïs traque l'essence rare aux côtés d'une herboriste que les rhumatismes ont rattrapée, s'occupe de ses ruches, soigne son jardin et enseigne quelques tours de hacker aux enfants du hameau.

Le roman de Stephen est paru simultanément en français (*Plume de suaires*) et en anglais (*The Inktoplasm*) ; il ne l'a pas exactement traduit lui-même, il l'a plutôt réécrit en anglais. L'ouvrage marche aussi bien dans les pays anglophones que dans les pays francophones, et il est en cours de traduction dans seize langues. Il faut dire que, au fil de petites phrases semées dans les médias, John Irving en fait une promotion qui booste les ventes d'une manière que Stephen trouve d'autant plus embarrassante qu'il refuse de sortir de leur refuge corse pour répondre à quelque invitation que ce soit. Il a presque fini un autre roman (*Les Derniers Mots de Sophocle*), dans lequel il met en scène un sociologue, devenu dramaturge puis clochard, qui promène sa misère à travers l'Europe en écrivant des haïkus sur les murs, un philosophe qui suit les haïkus à la trace dans l'espoir de pondre une thèse définitive, une critique littéraire qui se prend pour une journaliste d'investigation et qui enquête sur le philosophe, un détective privé, commandité par le mari de la critique, qui la file pour la prendre en flagrant délit d'adultère, et une poignée de paumés illuminés par la grâce visionnaire que leur inspirent les haïkus. Naïs le lit au fur et à mesure et le flatte en disant que cela lui évoque Colum McCann, mais Stephen sait que son approche littéraire est faussée par sa perception du monde et limitée – essentiellement par sa mémoire eidétique – à des considérations pragmatiques.

Naïs a pris le relais de Nadja dans le rôle d'agent littéraire. C'est elle qui a tenu à soumettre *The Inktoplasm* à Irving alors qu'il n'était qu'à l'état de manuscrit et c'est elle qui l'a convaincu de le lire. Irving, son agent et son éditeur ont fait le reste, du moins pour les États-Unis, et elle s'est appuyée sur leur notoriété et des agents locaux pour vendre l'ouvrage ailleurs, à coups de mails et de téléphone, en se faisant passer alternativement pour Nadia Kerrouch et pour son associée, une certaine Anaïs Tremblay-Weaver épouse Bellanger.

Elle a construit le personnage d'Anaïs Tremblay-Weaver en *légalisant* leur union des mois auparavant et elle en a authentifié l'existence dans des milliers de fichiers informatiques. Il lui a d'ailleurs suffi de faire une déclaration de perte de documents pour que le consulat canadien de Nice lui en fournisse de flambant neufs. Elle a beaucoup ri en remarquant que c'était la première fois qu'elle avait des papiers à elle et en règle. Stephen a ri avec elle. Stephen rit beaucoup depuis qu'il s'est débarrassé du fantôme d'Ann X, et il prend goût au rire, comme il prend goût à beaucoup de choses qu'il dédaignait ou se contentait d'ignorer.

Aujourd'hui, ils n'ont donné la main à personne. Ils ont emprunté un petit monocoque et ils sont allés jouer avec le vent, les vagues et les hauts-fonds dans les Lavezzi. Stephen a skippé, Naïs a appris à le faire, à sa façon, les bras croisés, en observant, puis elle lui a pris la barre et les écoutes, et Stephen a eu la sensation que le voilier s'éveillait à la mer. Il n'a pu récupérer la barre qu'en pénétrant dans l'estuaire de Bonifacio.

Ils ont dîné sur le port, dans un restaurant de pêcheurs qui sert une bouillabaisse n'ayant rien à envier à ses sœurs du continent, même à Marseille.

Quand ils rentrent au village, le bruit de la moto fait sortir Jean de chez lui. Sa maison est concomitante à celle que sa famille leur prête, il les intercepte sur le perron. Difficile de ne pas deviner qu'il s'est produit quelque chose d'inhabituel. Lui, d'ordinaire nonchalant et rigolard, facilement mutin, a les sourcils froncés, le regard grave et des gestes presque brusques.

— Venez, les presse-t-il. Il faut que vous voyiez ça !

Ils le suivent chez lui.

— Ça va comme tu veux, Jean ? demande Stephen.

— Non... oui... Je... (Il disparaît dans la cuisine et en revient avec une bouteille de son vin blanc qu'il pose sur la table du séjour.) Steph, sers-nous. Je vais chercher le portable de mon fils. (Il s'arrête sur la première marche de l'escalier.) Merde ! Je suis con ! Je n'ai pas le code et...

Naïs est déjà à la porte.

— Bouge pas, je vais chercher le mien.

— Non, laisse. Il y a l'ordinateur de mon bureau.

Naïs est déjà sortie. Elle revient avant que les verres soient pleins.

— C'est de l'image que tu veux nous montrer, Jean ? demande-t-elle.

— De la vidéo.

— Ok.

Elle pose le portable près de la télé, connecte de l'un à l'autre le câble idoine, allume la télé et l'ordinateur. Quand un point d'interrogation s'affiche sur l'écran du portable, elle mitraille sur le clavier un code d'au moins trente caractères.

— C'est sur le Net ?

— Oui.

Elle ouvre Firefox, s'écarte et désigne le clavier à Jean. Quand il a entré l'URL du site qui l'intéresse, il revient vers la table et saisit un verre. Naïs et Stephen l'imitent.

— Anderà cum' ellu anderà, dit Jean en levant son verre.

Stephen jette un regard interloqué vers Naïs, il n'est pas sûr d'avoir compris ou, du moins, que la traduction littérale « ça ira comme ça ira » soit la meilleure.

— Advienne que pourra, confirme pourtant Naïs. (Elle cogne son verre contre celui de Jean :) Tu nous le montres, ton truc ?

Stephen n'a le temps de trinquer avec personne. Jean a cliqué trois fois, la vidéo commence. Manifestement, c'est un reportage.

La caméra se promène sur une place bondée, zoomant de temps en temps sur de petits groupes, parfois sur des visages. Ils sont noirs, jaunes, café au lait, blancs, mais tous sont pâles et sérieux, étonnamment sérieux, même fermés pour certains, presque crispés pour d'autres.

La voix de la commentatrice dit :

« Ils sont arrivés par toutes les rues avoisinantes, seuls ou en petits groupes, probablement pour éviter que les forces de l'ordre ne les dispersent avant qu'ils ne puissent exprimer leurs revendications ou simplement éveiller de l'intérêt pour leurs situations. Malgré des demandes réitérées, leurs manifestations n'ont en effet jamais été autorisées par une seule préfecture. On se souvient par ailleurs des interventions musclées de la compagnie républicaine de sécurité lors des dernières en date. »

En séquences rapides, le reportage présente quelques scènes de violences policières, ponctuées par le bilan des blessés. Puis un graphique montre, manifestation par manifestation, depuis le début du mouvement des sans-abri qu'ont rejoint les sans-papiers, le durcissement des forces de l'ordre, la courbe ascendante des blessures et la gravité croissante de leur nature. Enfin sur un écran noir, s'inscrivent en blanc, au fil d'une plume virtuelle, la date de la dernière manifestation, le nombre de blessés, le nombre total de jours d'hospitalisation pour les victimes et, pour finir, « 1 mort ».

« Durant toute cette période, soixante-quatre policiers ont déclaré des blessures, poursuit la commentatrice, sur lesquelles le ministre de l'Intérieur et les préfets se sont appuyés pour justifier les interdictions de manifestation et la dureté des interventions de police. Après enquête de confrères journalistes, toutes ces blessures se sont révélées être des égratignures ou des contusions n'ayant entraîné, au mieux, qu'un traitement local superficiel mais, étant donné leur insignifiance, aucun arrêt de travail. »

Nouvelles séquences d'images. Celles de centres de rétention administrative, d'aéroports et d'embarquements contraints. La journaliste – ce n'est assurément pas une simple présentatrice – poursuit :

« Chaque manifestation a connu son lot d'interpellations et de gardes à vue, parfois si important que beaucoup de personnes interpellées ont été immédiatement relâchées, faute de place dans les cellules des commissariats. Certains ont été moins heureux. Qu'il provienne des instances officielles ou des associations de soutien, le nombre d'étrangers interpellés à ces occasions est sujet à caution, nous avons en revanche pu vérifier que cent trente-sept d'entre eux ont été expulsés et qu'ils sont encore six cent vingt-quatre à attendre une décision administrative ou judiciaire dans les centres de rétention, aux côtés de leurs compagnons d'infortune interpellés dans d'autres conditions. »

La caméra surprend des passants ordinaires prenant conscience de se retrouver au milieu d'une manifestation. Certains s'en extirpent avec précipitation, d'autres s'écartent plus souplement, comme si leurs occupations les emportaient naturellement ailleurs, quelques-uns hésitent, interrogent des personnes qui ne sont manifestement pas là par hasard, décident de prendre le train en marche, de profiter de l'opportunité de montrer qu'ils sont solidaires, de grossir cette foule que l'État ne veut pas entendre.

Pourtant ils n'ont jamais été aussi nombreux.

« Les autorités diront qu'ils étaient cinq mille aujourd'hui, alors même qu'elles auront connaissance du comptage effectué par le logiciel d'analyse de la DCRI à partir des images que nous sommes en train de tourner, entre autres. Je ne pense pas beaucoup m'avancer en prétendant que le logiciel donnera une fourchette de dix-huit à vingt mille manifestants. Toutefois, sur la foi de mon expérience, je ne peux qu'affirmer qu'ils sont au moins quinze mille. C'est peu au regard du nombre qu'ils sont sur l'ensemble du territoire, même si l'on se base sur les estimations officielles : cent mille sans-abri et quatre cent mille sans-papiers. C'est énorme au vu de la précarité dans laquelle chacun d'eux se trouve, des difficultés qu'il y a à se déplacer quand on ne dispose d'aucune ressource, du courage qu'il faut pour se montrer publiquement quand on est en situation irrégulière. »

— Et elle sait de quoi elle parle ! commente Naïs.

— Tu la connais ? demande Jean en mettant le reportage en pause.

— Cemtare Goshovë, répond-elle. C'est une journaliste albanaise qui a fui la persécution dans son pays et qui en a bavé avant d'obtenir le statut de réfugié en France. (Pour Stephen :) Une amie de Nadja.

Donc, indirectement, en lien avec Michel. Stephen commence à comprendre pourquoi c'est une chaîne du Net qui diffuse le reportage et pourquoi elle semble encore seule sur les lieux.

— Tu es tombé dessus comment ? interroge-t-il Jean.

Celui-ci met quelques secondes à comprendre le sens de la question.

— Il y avait un logo sur certaines images diffusées dans le journal de France 3 : « autre-info.org ». Je suis allé voir sur le Net si le reportage n'était pas plus complet que celui de la télé.

— Et ?

— Le jour et la nuit.

Il relance la vidéo.

La place est comble et silencieuse. Les seuls slogans sont sur la banderole de draps cousus qui a été tendue entre la place et la rue. Ce sont encore les articles 25.1 et 14.1 de la Déclaration universelle des droits de l'homme :

25.1 : *Toute personne a droit à un niveau de vie suffisant pour assurer sa santé, son bien-être et ceux de sa famille, notamment pour l'alimentation, l'habillement, le logement, les soins médicaux ainsi que pour les services sociaux nécessaires...*

14.1 : *Devant la persécution, toute personne a le droit de chercher asile et de bénéficier de l'asile en d'autres pays.*

Dessous cet article est écrit :

La misère est la pire des persécutions.

« Les premiers cars de police sont arrivés il y a moins d'une demi-heure et les policiers sont encore en train de se mettre en place. Ils ont commencé par détourner la circulation et bloquer les rues adjacentes. Pourtant, à l'évidence, les manifestants n'ont pas l'intention de défiler : cela fait maintenant une heure que les banderoles ont été installées et personne ne fait mine de bouger. »

La caméra montre les barrages dressés par la police, derrière lesquels se tiennent les forces de l'ordre, tout en casques et en boucliers. Une caméra se braque sur un officier qui semble être chargé de l'opération improvisée. Il a le mobile contre l'oreille et il n'y a pas besoin d'entendre ce qui s'échange dans le téléphone pour comprendre qu'il prend des ordres de quelqu'un – le préfet de police ? – qui ne sait pas lesquels donner, probablement parce qu'il est lui-même en ligne avec une autorité – le ministre de l'Intérieur ? – dans la même expectative que lui.

Stephen pense : *Encore une mission pour euh-supérieur-man.*

Des renforts de police continuent à arriver. Les caméras des chaînes publiques comme privées rejoignent enfin leur petite consœur du Net. Plus exactement, elles restent bloquées derrière les cordons de police et peinent à s'installer dans le peu d'espace qu'on leur laisse. Cemtare commente :

« Nos confrères journalistes semblent engagés dans un dialogue de sourds avec des policiers qui n'ont, eux non plus, jamais entendu parler de liberté de la presse. »

Des images sans grand intérêt s'enchaînent rapidement, sous-titrées par une horloge digitale qui permet de mesurer le temps qui passe. Les forces de l'ordre terminent de prendre position puis patientent, l'officier supérieur attend les consignes dans son mobile, la place est toujours aussi immobile et silencieuse. Cemtare explique, en même temps qu'on voit un fourgon de police entrer sur la place, qu'un véhicule équipé de haut-parleurs se positionne pour que la police puisse s'adresser aux manifestants. C'est évidemment l'officier qui s'y colle :

« Ce rassemblement n'est pas autorisé. Afin d'éviter tout incident, nous vous ordonnons d'évacuer la place et de vous disperser. Faute de quoi, nous procéderons nous-mêmes à l'évacuation. »

À sa plus grande surprise, il obtient une réaction que Cemtare décrit ainsi :

« La police vient d'ordonner la dispersion du rassemblement. Aussitôt, le premier rang de manifestants s'assoit, très vite imité par le reste de la place. Le plus impressionnant c'est que tout cela se passe en silence. On lit la détermination sur les visages des manifestants et le désarroi sur celui des policiers. Leur supérieur a d'ailleurs repris son téléphone. On imagine aisément qu'il redoutait que les sans-abri et les sans-papiers se déshabillent et s'égaillent dans la capitale comme ils l'ont fait ailleurs, et qu'il ne se réjouit pas de devoir faire évacuer un sit-in de plus de quinze mille personnes. Gageons que, de la préfecture à la place Beauvau et probablement jusqu'à l'Élysée, on ne doit pas non plus se féliciter de la tournure que prend l'événement. Rappelons que les autorités politiques refusent le dialogue direct depuis des mois et qu'elles n'ont accepté pour interlocuteurs que des associations ayant pignon sur rue dont le mouvement spontané refuse l'entremise. Rappelons aussi que ces associations dénoncent le peu de consistance, l'inadéquation et la lenteur d'effet des promesses faites par l'État. »

— Elle n'est pas vraiment neutre pour une journaliste, non ? fait remarquer Jean.

— En matière d'informations, et je n'ai entendu que ça, taire est encore moins neutre que diffuser, dit Naïs.

Stephen s'abstient de rappeler la petite vacherie de la journaliste sur la liberté de la presse et ses confrères. Il n'aime pas ce qu'il voit, il a le pressentiment que cela va dégénérer.

L'horloge en bas de l'écran dit qu'il s'est écoulé dix minutes. Cemtare résume bien ce que les téléspectateurs doivent ressentir :

« Il y a quelque chose d'irréel sur cette place, comme si elle était hors du temps, figée. Tout autour, des centaines de policiers dépassés qui attendent un ordre, n'importe lequel, pour se libérer du malaise que l'immobilité et le silence des manifestants génèrent. Un peu à l'écart, l'officier, qui attend lui aussi que le téléphone lui donne une solution, lui indique la conduite à tenir, lui permette de soulager ses troupes du doute qui les a gagnées. Près des forces de l'ordre, des journalistes, des caméramans, des photographes, pas vraiment en mesure de faire leur métier, qui s'interrogent, qui s'impatientent, qui s'efforcent de négocier un passage vers la place. Nous, plus chanceux, prévenus de la première heure, qui filmons presque à bout portant, mais qui nous sommes engagés à n'interviewer personne. Il y a aussi des badauds, disséminés par petits groupes, qui n'ont pas souhaité être évacués par les CRS mais qui se tiennent à l'écart, par pudeur ou par crainte de se retrouver sur la trajectoire en cas de charge policière. »

Nouvelle coupure de montage. Il ne s'est écoulé cette fois que cinq minutes. On voit l'officier à l'écran, il approche le micro de ses lèvres. Les haut-parleurs diffusent la décision à laquelle de plus hautes autorités sont parvenues :

« Dernière sommation : dispersez-vous. Nous procéderons à l'évacuation de la place dans dix minutes. »

La caméra se promène sur les visages des femmes et des hommes qui sont assis sur la place. Ils se tournent, ils se retournent, ils se regardent les uns les autres et leurs yeux échangent des mots que les téléspectateurs ne peuvent comprendre.

Stephen se lève, clique sur pause et ramène le curseur de défilement en arrière.

— Que se passe-t-il ? demande Jean. Tu as vu quelqu'un que tu connais ?

Oui, Stephen a vu quelqu'un qu'il connaît et Naïs aussi a reconnu Michel, dès la première fois qu'il est passé à l'antenne, quand la caméra a présenté les banderoles.

— Nous avons un ami au premier rang, répond-elle, mais Steph cherche seulement à lire ce qui ne se dit pas.

— Ta copine journaliste a omis quelque chose ?

La voix de Jean est aussi pâle que ses joues. Cela n'échappe ni à Naïs ni à Stephen, mais ils ont déjà tous deux compris que la manifestation ne s'achèvera pas en débandade plus ou moins burlesque. C'est écrit dans les regards qui s'échangent sur la place.

Stephen relance le reportage à la fin de la deuxième sommation. Après quelques images, il dit :

— Ils ne sont pas seulement déterminés, ils consentent et, à ce moment, ils demandent juste à leur voisin s'il est sûr de ce qu'il fait et conscient de ce qui va se produire.

Des yeux se ferment un peu plus longtemps qu'ils ne devraient pour acquiescer à l'interrogation qui circule sur les visages, d'autres échangent des clins d'œil, d'autres encore lèvent leurs sourcils l'air de dire « quand il faut, il faut ». Certaines approbations sont ponctuées d'un hochement de tête ou d'une simple inclinaison. Oui, tous savent ce qu'ils font, parce qu'ils ont une conscience aiguë de ce qu'ils sont.

La caméra intercepte alors une discussion entre un homme âgé dont les vêtements racontent la misère et deux autres qui ne sont que jeunes citoyens d'un État, d'une Europe dont ils désapprouvent l'ostracisme. On peut presque lire sur les lèvres du vieil homme :

Vous devriez nous laisser, maintenant.

Les deux jeunes se lèvent, comme quelques autres ailleurs sur la place, tous s'écartent du sit-in.

« Pour ce que je comprends, commente Cemtare, les manifestants ont recommandé aux passants qui les avaient rejoints par solidarité de les laisser endurer seuls l'évacuation ordonnée par la police. »

La caméra suit un instant ceux qui viennent de s'extraire de la foule assise et qui rejoignent les badauds que la police n'a pas réussi à faire dégager. Puis elle revient sur la place elle-même.

« Il est en train de se produire quelque chose d'étrange, annonce Cemtare. (Puis elle décrit pendant que la caméra se rapproche du sit-in :) Les sans-abri ont sorti de leurs vêtements ce qui leur tient habituellement lieu de sébiles : des tasses, des gobelets, des assiettes en carton ou en plastique, des boîtes de conserve vides. Correction : tous, qu'ils soient sans abri, sans papiers ou les deux, ont sorti un récipient qu'ils ont placé devant eux ainsi que... je ne vois pas bien. (La caméra zoome entre les jambes d'un manifestant, puis d'un autre et d'un autre encore.) Ah ! Ce sont des bouts de carton, de bois ou de plastique. Il me semble aussi distinguer un livre ou deux et même des planchettes de cuisine. »

L'objectif d'une caméra s'est immobilisé devant un homme et une femme assis l'un contre l'autre. À côté de plaquettes de contreplaqué, ils viennent de poser des chiffons. Cemtare confirme :

« Tous ont maintenant tiré un bout de tissu à peu près de la taille d'un mouchoir et... Mon Dieu ! »

Elle voit ce que Jean comme tous les téléspectateùrs ont vu sur l'écran, ce que Naïs et Stephen découvrent maintenant. Elle voit, comme les officiers des forces de l'ordre équipés de jumelles voient, mais manifestement, ils n'interprètent pas ce que leurs yeux leur montrent de la même façon.

« Mon Dieu », répète Cemtare.

« Lâchez ces armes et écartez-vous ! » hurle le responsable de l'intervention policière par les haut-parleurs.

Ce ne sont des armes que dans la tête d'un fonctionnaire de police qui s'apprête à donner l'ordre de la charge.

Dans un même plan, la caméra englobe quatre sans-abri ? sans-papiers ? sans-droits en tout cas. Chacun pose un poing, auriculaire tendu, sur le morceau de bois, de carton, de plastique devant lui. Chacun pose la lame de son opinel, de sa copie de Laguiole, de son couteau de cuisine contre le doigt qui repose sur ce qui lui tient lieu de planchette.

L'image vacille quand les couteaux s'abaissent, comme le caméraman a dû le faire.

Les plans se succèdent de visage en visage, effleurent à peine les planchettes sur le bitume et les phalanges qui reposent dessus. Les prises de vue tremblent un peu, tressautent parfois.

Il y a eu quelques cris de douleur, mais si peu.

Il y a quelques larmes, de douleur aussi, mais tellement de défi qu'aucun regard ne flanche, qu'aucun corps ne se laisse aller à l'évanouissement.

La caméra montre une main saisir un doigt tranché et le poser dans une tasse en plastique, puis une autre dans un verre en carton et d'autres encore dans toutes ces sébiles improvisées. Avec l'aide de son voisin, chacun bande sa plaie sanguinolente dans un morceau de tissu et tous s'entraident pour se relever. Puis, comme l'officier l'a demandé, la place s'évacue et les manifestants se dispersent, franchissant les cordons de police sans que personne ne prétende les interpeller.

Alors que la caméra circule sur la place jonchée de sébiles, Cemtare conclut :

« Nous ne pouvons plus dire que nous ignorons le désespoir dans lequel nos sociétés plongent ceux qui n'ont pas eu la chance de naître ici et ceux pour qui naître ici n'a pas été une chance. Nous sommes tous désignés par ces dix-huit à vingt mille doigts, abandonnés sur cette place pour nous rappeler que le désespoir c'est l'absence de *tout* espoir, et que le désespoir est le seul horizon que nous offrons à certains de nos prochains quand collaborent nos yeux fermés, nos oreilles obstruées, nos lèvres closes. »

Jean ne sait pas comment détendre l'atmosphère, alors il essaie :

— C'est la police qui va être contente. Vingt mille doigts c'est autant d'empreintes, non ? Et ils seront faciles à reconnaître les expulsables avec...

Il se tait de lui-même, gêné par le cynisme de la boutade.

— Non, relève Naïs, ils ne seront pas faciles à reconnaître, tellement il va y avoir de crétins pour s'amputer d'un petit doigt dans l'espoir qu'un peu de la gloire que leur fabriqueront les médias rejaillisse sur eux.

C'est cynique aussi, mais ce n'est pas une boutade et Naïs ne s'est jamais embarrassée d'égards avec la pudeur ni la moralité. Jean arrondit les yeux.

— Tu crois que...

Ils se tournent tous deux vers Stephen, espérant un diagnostic, mais Stephen a le regard dans le vide, un regard noir dans un visage tendu par ses mâchoires crispées.

— Oui, répond alors Naïs à la question inachevée. Et il y aura aussi les paumés qui se charcuteront pour être acceptés dans la rue ou dans un squat, et ceux qui voudront immigrer depuis leur tiers-monde quand la rumeur leur parviendra et que les passeurs les y encourageront. Cela peut paraître absurde, mais ce n'est qu'une question de point de vue.

— Bon sang, Naïs, c'est aberrant !

— Non, ce qui est aberrant, c'est de pousser des êtres humains à en arriver là. Mais, rassure-toi, tous les gouvernements d'Europe et d'Amérique du Nord vont trembler pendant des mois et ils feront dans leurs frocs chaque fois qu'un rassemblement de sans-pap' ou de clodos va se former dans une de leurs villes. Seulement ne crois pas qu'ils se bougeront le cul au-delà de quelques effets de manche, la mémoire des peuples est volatile et facile à saturer avec des crises économiques virtuelles, des grippes du rat ou du chimpanzé, une poignée d'attentats et la violence tout près de chez vous, ma bonne dame. Au besoin, ils pondront même quelques lois liberticides pour occuper l'esprit des plus vigilants. La recette de la gomme magique, c'est l'insécurité pour tous et le spectre du totalitarisme pour les réfractaires.

Jean s'irrite :

— Ils ne pourront tout de même pas faire comme si rien ne s'était produit !

— Pour des parias ? Ils feront le minimum, Jean, et uniquement pour calmer l'opinion publique. On retouchera un peu les textes, on créera des foyers et on votera un budget pour les associations qu'on financera avec une nouvelle taxe de solidarité. On signera même des accords internationaux, surtout européens, et le G20 s'engagera une fois de plus à abolir la misère en moins de mille ans. Mais on ne pondra surtout pas de loi-cadre et on ne se dotera d'aucun outil juridique international pour respecter enfin la Déclaration des droits de l'homme. Tu prends le pari ou tu préfères relire tes livres d'histoire et les journaux de ces dernières décennies avant ?

Jean refuse de baisser les bras.

— J'ai du mal à croire qu'un truc aussi énorme puisse être enterré.

— Vingt mille petits doigts ? Ça tient dans un petit camion-citerne. (Avant que Jean ne puisse s'offusquer, Naïs enchaîne :) Mais tu as raison : on ne peut pas l'enterrer... pas sans notre consentement collectif.

Comme elle fait une moue qui en dit long sur ce qu'elle pense de la capacité de résistance collective, Jean s'apprête à lui opposer la sienne, puis il prend conscience – comme d'ailleurs Naïs – que Stephen est revenu sur Terre et qu'il les observe avec une acuité étrange.

— Tu en dis quoi, toi ? demande Jean.

— Tout est dans la conclusion de la journaliste, répond Stephen comme s'il remâche les mots de Cemtare depuis que Jean a éteint la télé. C'est... En fait, il revient à chacun de ne plus fermer les yeux, de ne plus se boucher les oreilles, de ne plus garder les lèvres serrées. (Il se tourne vers Naïs :) Tu as lu Sartre ?

— Rapidement, répond Naïs.

— Dans je ne sais plus quoi, il a écrit : *La fonction de l'écrivain est de faire en sorte que nul ne puisse ignorer le monde et que nul ne puisse s'en dire innocent*[1].

La mémoire eidétique de Naïs prolonge la citation :

— *Et comme il s'est une fois engagé dans l'univers du langage, il ne peut plus jamais feindre qu'il ne sache pas parler.*

— C'est ça. C'est exactement ça.

Ses yeux plongent profondément dans ceux de Naïs. Il y a en lui une énergie qui tient à la fois de la colère et de la résolution, quelque chose qu'elle ressent comme extrêmement positif mais qui l'effraie un peu. Alors il dit :

— Je crois que mon prochain bouquin ne plaira pas à tout le monde et qu'il ne fera rire personne.

Imagine all the people...

En souvenir de Patrice Duvic

1. *Situations II, Littérature et engagement.*

Du même auteur chez le même éditeur :

La Bohême et l'Ivraie, roman
Mytale, roman
Le Chant du drille, roman
Demain, une oasis, roman
Balade choréïale, roman
Chroniques d'un rêve enclavé, roman
Transparences, roman

Composition par MCP – *Groupe JOUVE*

Achevé d'imprimer en avril 2011 en Espagne par
BLACK PRINT CPI IBERICA, S.L.
Sant Andreu de la Barca (Barcelona)
Dépôt légal 1re publication : mai 2011
Librairie Générale Française
31, rue de Fleurus – 75278 Paris Cedex 06

31/5724/5